执剑者

心理画像师

梧桐私语 著

江苏凤凰文艺出版社
JIANGSU PHOENIX LITERATURE AND ART PUBLISHING, LTD

图书在版编目（CIP）数据

执剑者 : 心理画像师 / 梧桐私语著. -- 南京 : 江苏凤凰文艺出版社, 2018.4
ISBN 978-7-5594-1572-1

Ⅰ. ①执… Ⅱ. ①梧… Ⅲ. ①长篇小说－中国－当代 Ⅳ. ① I247.5

中国版本图书馆 CIP 数据核字 (2018) 第 018778 号

书　　名	执剑者：心理画像师
作　　者	梧桐私语
责任编辑	丁小卉　姚　丽
选题策划	涂继文
出版发行	江苏凤凰文艺出版社
集团地址	南京市湖南路 1 号 A 楼，邮编：210009
集团网址	http://www.ppm.cn
出版社地址	南京市中央路 165 号，邮编：210009
出版社网址	http://www.jswenyi.com
印　　刷	三河市华润印刷有限公司
开　　本	710×1000 毫米 1/16
字　　数	240 千字
印　　张	18
版　　次	2018 年 7 月第 1 版，2018 年 7 月第 1 次印刷
标准书号	ISBN 978-7-5594-1572-1
定　　价	39.80 元

谨以此文，献给奋战在公安前线的公安干警们

感谢齐齐哈尔市公安局铁锋分局的郭士波局长及分局全体公安干警，

有幸加入这个集体、体验真正的公安生活，作为作者，我无比幸福；

感谢中国盲文出版社的编辑高丽丽，她给予了本书盲文部分的翻译支持；

感谢我的同学吕玲，感谢你对这本书的帮助；

感谢 @ 赤木与森，感谢赐字；

感谢刘樱桃小朋友；

感谢内小谁的支持与陪伴；

感谢土豆的降生，你是我的小天使；

感谢一直在等我、等这个故事的读者、朋友们。

2015–2018，结婚、生子，以及这个近三年的故事，老朋友、新朋友，你们好，我回来了！

梧桐私语

2018 年初于家乡

目录 CONTENTS

目录 CONTENTS

楔子　骨头

1

2015 年 10 月 11 日，海城江都。

这个夏末，热得烟火缭绕。

林繁坐在台阶上，眼镜在手腕上滑了一下，叹了口气。

迟了十七分钟。

或许她只是开了个玩笑，他却傻乎乎地当真了。

双手撑地，林繁回身看向台阶后方的玻璃门，灯光太暗，照得玻璃上的人形晦暗不清，他用力扯了下脸，然后失望地看着玻璃上那几乎没变化的，模糊的一团。

他该叫林凡才对，他实在是太平凡了。

算了。

他慢吞吞地起身，甚至无心掸落屁股上粘的灰便耷拉着脑袋朝实验楼走去。

作为医学院的特困生，林繁拿着学校的助学金，每月要完成固定次数的勤工俭学任务，就像今天就该他来实验楼值日。

如果不是为了这个见鬼的约会，他本能早些打扫完回寝室的。他恼火地踢开路边的石子，加快了脚步，越发觉得自己像个白痴。

实验楼的台阶斑驳满布，湿气从裂缝里冒出来，滋养了一层绿藓。林繁三两步上了台阶，转身站在二楼一个房间前。

他手一扭，开了门，福尔马林的味道扑面而来。

他捏捏鼻子，打开门后的柜子，取出手套戴好。

三具完整人骨，要避开钢钉，否则弄散了老师会骂人的。但她为什么没来呢？要他好玩吗？

五个封存人体器官的玻璃瓶擦干净，装肝的这个有裂痕了，做下记录，回头更换器皿，或许明天该去问问她。

林繁摇摇头，他怎么还在想她！专心扫完早点回宿舍吧，“女朋友”这个词不适合他这样的贫困生。

放下玻璃器皿，他拿起头骨。

三颗人头骨，要用毛刷仔细去尘。

嘀咕着早烂熟于心的清理要领，林繁把手插进一颗头骨的眼窝，一边清理，一边回头看还有多少工作没做。

就在这时，他的动作慢慢停住，目光呆呆地落在了手旁。

一、二、三、四……

怎么有……四颗头骨？

他揉揉眼睛，不敢相信地看着那第四颗头骨，作为一名医科学生，他不可能不认得，头骨上沾的东西是一块失活的头皮！

似乎感知到林繁的恐惧，原本服帖在头皮上的一根短发飘忽地有了起伏。

妈呀一声，林繁扔了手刷，连滚带爬地出了房间，叫喊道：“死……死人了！”

就在他跑出去之后的一秒，房间里响起了另一个声音，那声音沙沙的、慢慢的，带着些不自然，徐徐荡开在房内，恍若游魂。

“Hello, I am GUIDE.”

内陆小镇固安。

咔的一声，黑白台钟翻了一页，跳停在 11:00pm 的位置。

傅邵言坐在桌前，对着手里的书入神，一只黑猫窝在脚旁，一边伸懒腰一边伸长爪子挠着椅腿。忽然，它停止了呼噜的喘息，昂起头看向傅邵言。

有电话啊，接啊。

黑猫看着主人好半天才放下书，嫌弃地捋捋胡子，它这铲屎官的性子可不是这样的。不过傅邵言已经接起了电话，回复着对方。

“这样啊，我参加。”

黑猫叫了一声，埋起脸——主人性子慢不说，还爱发呆，喏，又在发呆了，它都不爱看。

挂了电话的傅邵言的确在发呆，他坐在椅子上，魔怔了般地看着桌上那本书。

看着看着，他嘴角弯了弯。

几年了，GUIDE 又出现了。

半晌，他拂了拂膝头，起身去拿行李箱。

舔顺毛的黑猫抬头，望了望主人，一抬爪，轻跃上桌案，三两步走近桌上的高脚杯，垂涎地舔了舔舌头，叫了一声，还没来得及行动，便被折返的男人捞了起来。

“又想偷酒。”

黑猫摇着毛茸茸的尾巴，表示：没有啊，没想偷，谁要偷了？

“一会儿坐飞机，你不许闹。”男人明显不信它的表决心。

一弯腰，猫进了旅行篮，哀怨地叫了一声，它发现主人已经不再理它，只得认命地扭头，叼起篮里的小鱼干干嚼起来。

月色尚好，隔着半阕窗纱映进来，离去机场还有段时间。傅邵言端起杯子，腿一弯坐到脚边的蒲团上。手里是一口一口慢慢见底的酒杯，背后是已经整理好的床铺，眼前是无限月光，他就那么看着月亮，想着心事，慢慢喝光了酒。

时间也到了。

“走吧。”他起身，刚好看到桌上那本没看完的书。

他拿起书，手落间甚至没留意书签正从书页中掉了出来。

终于，行李箱的滑轮声被闭紧的房门隔绝在门外，一同被隔断的还有温柔的廊灯光。

书签安静地躺在地毯上，上面的字迹在月光下泛着亮——Seminar on criminal crime of UNH.2010.Sean Fu

2010年纽海文大学刑事犯罪研讨会·傅邵言

锁好家门，傅邵言拖着箱子走在夜色中的小区里。这个时候的固安，凉意已浓，他拉了拉领口，忽然停住了脚步——大门的方向站着一个小姑娘，这个时间这个场景让人觉得有点突兀。

没多想，傅邵言走了过去。

“迷路了？”他问。

“妈妈不见了……”小姑娘啜泣着抬起头，当看清眼前的男人那双眼的时候，才收住的泪又崩了。

“妖怪啊！”

傅邵言眉头蹙了蹙：“我戴了美瞳。”

小姑娘信以为真，直盯盯地看着傅邵言，真的不再哭了，因为除了眼睛，这个好看的男人真不像个妖怪。

“怎么就一只？”她问。

“丢了，没找到。”傅邵言撑着膝盖，俯下身。

“为什么不买？”

“没时间。”小姑娘的衣服洗得有些褪色，粉红色的鞋是新的，只是沾了层灰。

“才丢的吗？”

“嗯，我帮你找妈妈吧。”傅邵言重新直起身，拿出电话。

十分钟后，孩子妈跟着民警赶来，一把抱住了孩子，忙不迭地鞠躬：“谢谢你。”

“你该好好谢谢傅老师，他可是我们市有名的显微眼，你的孩子多亏他才能这么快找到。”民警一脸感慨，“傅老师，这次你又是通过什么知道孩子妈在我们那里报了案的啊？”

“她鞋底沾的土层颗粒有十几种，属于不同路段……加上鞋子是新买的打折款，可以锁定走失的商场……”傅邵言咽下后面的话，看着紧盯他的年轻妈妈。

这场面他再熟悉不过，谢已经不再指望了，傅邵言淡淡一笑道：“也没什么，我赶飞机，先走了。”

入夜后的道路安静空旷，女人刻意压低的声音依旧清晰。

“怎么可能是美瞳？那是病！万一传染怎么办？囡囡，妈妈告诉你什么来着，别和陌生人说话，现在骗子这么多。”

一旁的民警听不下去了，想喝止，一抬头发现傅邵言正看着这边。

“嗯，传染。”他认真地点点头。

女人吓得妈呀一声抱起孩子跑了。

恰好一辆出租车路过，傅邵言伸手一拦，上了车。

“机场。”

“得嘞。”司机应声踩下油门，夜班的第一单活会碰上警察，这让司机不免对坐在后面的先生多了份好奇。

“那个女人刚刚挺害怕的哈？”琢磨了半天词，他觉得这么问或许合适些，毕竟比直接问“你怎么吓到她”合适吧？

司机打着哈哈，为自己的机智得意。

他以为这位长相斯文的先生会卖卖关子呢，没想到傅邵言直接抬起头一笑：“她没见过就戴一只美瞳的人。”

后视镜里，那双笑眼一金一黑。

“那是她少见多怪，现在这社会什么新奇事没有啊，就说前天……”司机兴致勃勃地说着新奇事，车子不知不觉驶出了市区。

灯火在窗外飞驰而过，说得兴起的司机没发现傅邵言没在听他讲话，而是轻飘飘地看着他手边的车载广播。

里面播着一档夜间情感节目，声音磁性的主持人正套用一句陈芝麻烂谷子的话安慰一个患病的小女生——上帝为你关上一扇门，同时也会为你打开一扇窗。

这句话傅邵言就不很赞同。

上帝也曾关上了他的门，却没为他打开一扇窗，可他照样活得不赖。

为什么？

“我家门多。”傅邵言换了个更为舒服的坐姿，手托起下巴。

窗外，流光灯火，似霞飞过。

卷一　红蝎迷踪

一切希望都带着注释，一切信仰都带着呻吟，
一切爆发都有片刻的宁静，一切死亡都有冗长的回声。

——北岛

第一章　人骨风铃

1

又是清晨。

展屹扯着懒腰醒来，脑中是那个做到一半的梦。

媳妇还没娶，怎么就醒了？

眨眨眼，他咚的一声重新倒下。

时间尚早，交班的同事还没来，再睡一会儿！

窗外，卖豆花的大娘声音轻得上了天，展屹挪挪脚，脚下的红毯可真软啊，他抬头，看着红毯尽头的人傻乐。

谢谢老天爷，他展屹总算娶媳妇了。他飞奔几步，恨不得立马奔到花拱下拉住他媳妇的手。

老婆大人，我来了！

心呐喊得正欢，新娘旁边岳父的声音却如冷水，浇了他个透心凉。

“我女儿不会嫁给你！”

“为什么啊？”

“刑警这份工作太危险了，我女儿嫁过去万一成了寡妇怎么办？”

“不嫁警察难道就没机会成寡妇了吗？爸你不能歧视我的职业，我是真心喜欢你闺女的……”

“喜欢个屁，起来干活。”

脸一疼，梦醒了，展屹眨眨眼，被面前那团花花绿绿吓了一跳，嚷道：“老大，你这又是横幅又是气球的，想再婚啊？”

朱亚严看也没看他一眼：“欢迎新同事用的。”

展屹咧嘴笑笑，扯过横幅，正儿八经地研究起上面欢迎词来：“还热烈欢迎？当初我来怎么就没这待遇？等会儿……”他一惊一乍地叫了停，“邢菲？女的？”

“不然呢？”朱亚严白了他一眼，也不知道是不是上辈子欠他们的，这辈子要为局里这群兔崽子的婚事操碎心。

“老大果然要再婚！哎哟，老大，别踢，费腿，我去干活！”

“小兔崽子。”朱亚严悻悻收腿。

很快，更多来上班的“小兔崽子”得知了这件事，也兴奋地加入了布置。

朱亚严坐在桌边，吸着烟看他们忙活，心中不觉泛起一丝矛盾。

派个小年轻来的确能活跃局里气氛，可干起活来娇小姐不顶用啊。上头也是，说了要有经验的，要男的，怎么还是派了这样一位来。

“队长，你帮着看看左右对齐了吗？”外号“猴子”的刑警队员在那喊。

“歪了。”用力吸了一口，朱亚严扔开烟头，心想管他呢，大不了再申请人就是了。

可让他没想到的是，从日中到日落，菜场的大婶都散了，那个邢菲也没出现。

“老大，不是你消息有误，就是有人把我女朋友绑跑了，咱们快去找吧！”展屹做了个夸张的表情，随后无奈地叹气，“我就知道，咱们这种苦地方，人家小姑娘怎么肯来呢？我还是不等了，现在回家说不定还能赶上我妈做的饭……”

“啰唆，快滚。”

望着走远的手下，朱亚严转身进门，心里竟是松了口气。

不来有不来的好，省得他犯愁了。

晚上，朱亚严坐在桌前，边值班边翻看旧案卷宗。

可惜毕竟上了年纪，看了一会儿，眼睛就开始疼起来，朱亚严闭上眼，手按住太阳穴，做眼保健操的工夫，电话响了。

江都医学院发现头骨，命案。

“留几个看家，其余的跟我走！”朱亚严的吼声贯穿了整个走廊。

一路畅行，车队十分钟便到了目的地。

隔着车窗，朱亚严被扎堆在警戒线外的那些围观群众搞得眉头一皱。

要快点破案啊，长出口气，他推开车门，快步进到外围现场里（犯罪现场由外向内分为外围现场、宏观现场以及中心现场，外围现场边界以外是为公众、媒体及其他成员的活动区域）。

没想到的是，走了几步，他就被撞了一下。

“干吗呢！”朱亚严憋着气，看着一脸委屈的展屹。

他还委屈了？

“老大，你来了！不知从哪儿跑来个小丫头，占着现场不说，还不让我进现场……”

“小丫头？还长得很好看吧？”展屹的说辞朱亚严丝毫不买账。

“不是！”展屹死活不承认他是那么肤浅的人，但他又不想说小丫头的气势把他吓到了。

“痕检员没到位，法医退休了，你不让我看，你会看？手套都不戴，出去出去，帮我拿几个证物袋来，我这里不够。”

展屹失落地吹了吹刘海，刚才那丫头的话还在脑海里回响，一转身发现身边的位置已经空了下来。

“老大等等我，我物证袋还没拿！”

任凭他怎么喊，朱亚严只顾朝楼里走，他知道，展屹口中这个所谓的小丫头十有八九是邢菲。

上到二楼的走廊，朱亚严望着一屋子的骷髅架子和各种瓶瓶罐罐，一皱眉头。

人呢？

呼哧呼哧跟上来的展屹也愣了，是啊，人呢？

“麻烦帮忙开个灯，展师兄。”

愣神的工夫，突然从脚边冒出来一个声音，展屹眯眼看着黑漆漆的脚下，手忙脚乱地摸开了开关。

啪的一声，房间通亮。

脚下，一个留着齐耳短发的女生手撑着地，露着一个后脑勺给他，看样子她正努力想要爬起来，无奈脚上打着一个笨重的石膏，让她的诸多努力看上去既滑稽又费力。

接连试了几次都以失败告终，她似乎放弃了努力，人干脆趴在了地上，嘴里大口地喘着气：“法医邢菲向朱队长报道，你可以叫我名字，也可以叫我小飞侠、小邢，都行。”

“‘都行’这个名不错。”展屹在一旁乐了。

一句话惹得“都行”抬起头，展屹终于看清她长什么样了，巴掌大的脸上卡了副大大的夜视镜，乌黑的眼珠隔着镜片望着他，皮肤很白，鼻尖带汗，生机勃勃的样子，别说，真应了朱亚严那句话——长得好看。

真好看，展屹的眼睛都放光了，他们局终于分来一个像样的女同胞了，腿是腿腰是腰的，太像样了。

“看够了？看够了搭把手，展师兄。”指着右脚，邢菲伸出手。

“你认得我？”展屹脸一红伸手，意外又惊喜，“看过我照片？”

“那倒没有，我有脸盲症，看过也忘，认得你是因为你左腿股骨比右腿股骨长 1 毫米，胫骨也相差 0.5 毫米，身高符合档案里 178.4 毫米的数据要求，而且嘴皮子薄，的确话多活泼。”

头回见面被人家点明一条腿短一条腿长虽然很窘，不过展屹还是被小家伙吓了一跳，他低下头看着自己的腿，本想辨别下邢菲的话是真是假，却意外地看见了自己通红的右手掌。

手怎么红了？

“对不起啊，师兄，我手劲大，还有人的身体结构本来就不对称，你的腿骨差在正常范围。”邢菲抱歉地一抱拳。

“他装的，别理他！”朱亚严白了一惊一乍的展屹一眼，同时也对这个之前不看好的年轻法医有了丝改观，“邢菲，有发现吗？”

“一个骷髅头、一块头皮，头皮上附着三根头发，有毛囊，可以追溯 DNA，还有这个……”

刑菲指着物证袋里的录音机，摘掉夜视镜，灵动的眼睛眨了眨。

“鉴定科在哪儿？我把东西送去，不知道这个点徐老师睡没睡，要找他帮忙做个颅骨面貌复原，哎……”一口气说完这些，邢菲突然一脸惋惜地叹起了气，“连只胳膊腿也没有，我都没处下刀。”

“你的老师是……”

“法医界最唠叨的那个。”

朱亚严喉咙一梗，堂堂法医泰斗徐教授被小丫头这么评价……

不过他也因此对邢菲有了期待。

“是啊，本来师父还要带我一阵的，可我不小心得罪了他，老头儿一生气，提前让我出来实践了。”

朱亚吃了一惊：“得罪？”

“他走路不利索，差点摔跤，我扶了他一把，把他的右肩膀弄脱臼了。”邢菲低着头，有点委屈地说。她不是有意的，力气大不是她的错，何况当初说她如何如何有天赋吃法医这碗饭的人可就是她这师父。

说到这里，邢菲想起来——

“朱队，对不起啊，方才找证据，不小心把医学院的一个骷髅头摔坏了。”

朱亚严：“……”

“哈哈哈……唔唔唔。”展屹捂着嘴强忍着笑，“小飞侠，我送你去鉴定科。”趁老大没发火，溜吧。

“朱队生气了。”邢菲被展屹推着，回头望着门里。

“没事，我们总惹他生气，他早习惯了。不过老大刚才的脸，哈哈哈……别担心了，以后局里的事有不懂的就问我，师兄帮你。”

“谢谢师兄，对了，我到的时候，录音机里正播着一句话。”

“啥？”展屹殷切地问，手掏着口袋。

“Hello,I am G–U–I–D–E.”

GUIDE？杀人教父？

“师兄知道？”

车钥匙发出滴的一声，展屹收回手：“他是公安部发布的 B 级通缉犯，登记在册的案子就有十八起。”

“还有没在册的？”邢菲拉开车门，慢吞吞地上了车。

“他不直接作案，究竟参与了多少起案子没有个具体数字。”

“什么意思？”

“GUIDE 被我们称作杀人教父，他只教人杀人，除了一次……”展屹停住话头，看着挡风玻璃上一朵朵溅开的水花，皱起了眉，“我还是先送你去技术科吧，这雨说大就大。”

邢菲正听得起兴，不免有些怅然，没出声，低头看着不知什么时间就凑近了帮她系安全带的展屹。

她暗自叹了声气后说：“师兄，你比资料里说得更活跃热情呢。”

“局里的人都这么说。”展屹得意地挺了挺脊背，邢菲这是对自己有好感了？他要好好表现。

“其他同事呢？不知道和我了解的一样不一样。猴子好动吗？那个什么‘F5’真的刷新了那么多次射击纪录吗？”

“他们啊……一群浑小子，不行。”追女生第一条，踩低别人才能抬高自己。

“哦……”

“怎么了？”

车子开动，穿过绿化带，邢菲看着夜色，大力地叹气：“我妈催我找对象，可连这么优秀的展师兄都不是我的菜，我又要让我妈失望了。”

展屹手一抖，觉得心快碎了，他还准备追这个邢菲呢。

吸吸鼻子，展屹强颜欢笑：“没事，有师哥陪你单着呢。”

“师兄你真好，不过对象该找还得找。”邢菲认真地说，不找她就好。

忙了一夜，直至拂晓破窗。

邢菲睁开眼，擦了擦嘴角的口水。

她没睡实，想的全是展屹那张绘声绘色的脸和他口中关于 GUIDE 的后半段。

GUIDE 这个名字在近些年时不时就会出现在某件谋杀案的卷宗里，用那些杀人犯的说辞是，GUIDE 是他们做出最终决定的促动者，GUIDE 帮他们出谋划策，GUIDE 是他们的灵魂导师。

可无一例外的，没人见过 GUIDE，GUIDE 也从不主动来找目标人，GUIDE 只在他们亟待寻求帮助时才悄然出现。他被称作杀人教父，启发仇恨、教人杀人。

涉及 GUIDE 的案子各有不同，他从不是直接参案人，只除了一件，那是五年前……

物理学家靳怀理和他的朋友——心理医生萧砚受邀协助警方破案，第一次遭遇了 GUIDE（参见梧桐私语作品《祸到请付款》），案件的凶残促使靳怀理对 GUIDE 发起了穷追猛打，不知是不是靳怀理的坚持惹怒了 GUIDE，两年后，他和萧砚外出途经盘山道，连人带车一同失踪，同天，女白领乔溪也在相同路段失踪。

为了寻找到他们，警方曾投入大量的人力物力，依旧一无所获，直到七天后一艘出海捕鱼的渔船发现了在海上漂浮、几乎丧失生命体征的萧砚，而在同一片海域，大片红色海鱼聚在一起，形状隐约看得出是五个字母——GUIDE。

案发至今，失踪的人和车再无线索，唯一生还的萧砚因为后脑受创过重，昏迷至今，成了植物人。

“那种鱼叫啃尸鱼，除了正常鱼类喜欢的，它们最喜欢的食物就是人尸，萧砚被发现时，双脚和左手被不同程度的啃伤，右手掌甚至被啃光，看得见腕骨了。”

几个小时以前，展屹这么对邢菲讲故事。

这会儿，展屹又举着肉包子冒出来：“发什么愣呢？快吃吧，一会儿专家来了咱们有得忙了。”

“专家？”

“Golden，警界有名的显微眼，我的偶像。”

邢菲像没看见展屹的花痴一样，鼓着腮帮子仰头看他：“看样子这真不是个小案。”

“不单因为不小，失踪的物理学家是他朋友，Golden 一直不信靳怀理死了。”

“原来如此。”

窗外的日光渐渐炽热起来，邢菲嚼着包子，也咀嚼着那个名字——Golden。

那么神？

团起手里的包装袋，她咂砸嘴：“师兄，你这包子在哪儿买的？”

2

朱亚严把车停在离局只隔一条街的闹市区，买了碗馄饨回车上吃。

才出锅的汤水太热，烫得塑料碗飘出股难闻的化工味，端碗的人却像闻不到一样和着馄饨一股脑儿下肚。

胃暖烘烘的，朱亚严舔了舔舌头，发动了车子。

窗外，店铺的牌匾横平竖直，裹着包臀旗袍的美艳女郎脚蹬细跟站在店前，摇着手里花花绿绿的宣传板，百年老字号的点心店前排着长龙，推车小贩吆喝推销，穿着橘黄马甲的工人沿街轻扫……中午的城区，人来人往，马路满档。

朱亚严的马自达走走停停，又不动了。

手有一下没一下地拍着方向盘，他眼睛突然落在车载电话上。

信号灯在闪，局里来电。

“喂。”他按下了接听键，“再有十分钟，嗯……谁在说话？”他听见了另一个声音。

抽吧，不抽你们没思路。

“邢菲？她和谁说话呢？”

“小飞侠本来不让局长抽烟，现在又让了。”

下属的话音才落，邢菲的声音又响起：“我以前解剖过几具尸体，肺都是黑的了，抽烟抽的。”

……这丫头。

车流再次移动，朱亚严踩油门，一边挂了电话，脑子里不免想起回来时和邢菲的老师通过的电话。

聪明、机灵、伤脑筋、伤钱。

这九个字是徐老给邢菲的概括。

朱亚严捏了捏鼻梁，挤兑着局长不能抽烟、报道第一天就让他赔了医学院的骷髅头，还真是伤脑又伤钱。

徐老这是忍不下去了，把这个麻烦打发出来了。

哎……

马自达又蹭出十几米，温河分局的二层楼隐在一条窄巷里，蓝蓝的房顶映着蓝蓝的天。

看看能力如何吧，朱亚严摸出根烟，抓紧时间，先抽一口。

一根烟后，朱亚严坐在会议室里，看着窗帘徐徐落下，脑中又回想起三年前他第一次和 GUIDE 交锋的那起案子，羊头山三人两车失踪，盘山路四十七架摄像头没有拍到他们是怎么失踪的，没有目击者，仅有的幸存者如今还躺在医院里昏迷不醒。案子让他头疼了三年，如今……

接着疼吧。

“GUIDE 作案有两个特点，不直接参与，是案件的直接作案人主动找他而不是他选择目标人，基于这两点，我们手上掌握的有关他的资料少之又少，唯一清楚的是靳怀理和萧砚是发现了什么才遭了毒手。”解说的人切换了幻灯片，“临市警方与 GUIDE 有过接触，他们曾收到 GUIDE 的视频留言——一切仇恨都要以牙还牙。Hello，I’m GUIDE. 在那之后靳怀理便受邀正式开始追踪 GUIDE。”

“他就是在挑事，还什么 hello，他就不怕我们根据声音抓到他？”展屹愤愤说道，他说的是气话，声音不同于 DNA 和指纹，没有数据库，只能比对筛选，无法追溯本主，哪怕技术科说视频和录音里的声音都是未经处理的。

幻灯片还在继续，画面上出现的是一个眉清目秀、略带腼腆的男人照片。

“萧砚，男，职业是心理医生，羊头山失踪案的唯一幸存者，靳怀理的好友兼助手，他与靳怀理一起多次与 GUIDE 交锋，出事前夕他才结束国外进修，回国帮靳怀理筹备婚礼。”

画面一转，一男一女两张寸照横在屏幕中间，他们就是至今下落不明的物理学家靳怀理和白领乔溪。

“作为与本案最无关的失踪者，乔溪可能因为目击了 GUIDE 作案才遭到了迫害。”

“就没可能她就是GUIDE吗？”邢菲问。

“她和靳怀理没有交集。”

“或许是没查出呢？”邢菲不信，较真道。

朱亚严皱了眉，想说什么，被身旁的肖副局拦了下来，“是GUIDE也好，目击也罢，乔溪是涉案人，当初我们没找到人，如今有了新线索，我们就要抓紧破案，要知道，GUIDE已经让几省警务头疼了，包括我们。邢菲，法医那边什么情况？”

“抓手不多，没有大尸块，唯一知道的是死者颅围55厘米，死者身高在169.7厘米至172.96厘米间，另外死者的牙齿松动，缺钙情况异常，好在有块头皮，我提取了毛囊里的DNA，证实死者患有肝豆状核变性病，因为接受过排铜治疗，所以钙流失严重，全国能治疗这种病的医院不多，可以锁定一个大致的范围，加上我师父在做的死者容貌恢复，查到死者身份不难。”

一番沉默。

肖副局摸了摸下巴：“这个‘唯一’有点多啊，凭头骨推出的身高误差这么小吗？肝豆状核变性是什么？”

“回归方程，颅围的身高推断（适用于华南地区）Y=1.32×颅围+94.73±5.63厘米推出来的身高误差不是这个，这个是我眼睛看出来的，是不是等你们找出人了可以确认一下，肝豆状核变性是种代谢遗传病。”

在肖副局的眼神赞许中，邢菲突然唉声叹气，这些乱七八糟的知识真不是她想学，都怪老徐头天天在她耳根子底下念叨，想不记住都难。

邢菲忍不住望着天掏了掏耳朵。

她一脸哀怨样看得一旁展屹也哀怨了：“小飞侠你是想把我们显得多落后呀……”

“啥？”

没啥。

展屹才不想在邢菲面前认怂呢。

于是在展屹那种她看不懂的眼神里，邢菲迎来了会议结束。

她决定再去医学院看一看。

人群四散的走廊里，邢菲回头，看着展屹。

“小飞侠你去哪儿，我送你。”

“不麻烦师兄，我自己能行。”邢菲指指已经拆掉石膏的脚，证明似的踢了踢，“师兄你忙你的吧。”

看着兴冲冲走开的邢菲，展屹纳了闷，她往哪儿跑呢？

不过几秒，邢菲垂头丧气地回来了：“还是麻烦吧。”

脸盲有救，路痴无医啊，才那么一会儿工夫，楼梯就找不着了。

百度地图没楼内地图这个功能太不人性了。

而会议室门口，放走最后一组组员，朱亚严拎着半空的不锈钢杯子朝办公室走。

出了大案，连走廊里的人气都显得急躁，和反扒队的小旭打了个招呼，朱亚严停下脚："这个展屹，就知道和小姑娘厮混，没点正事。"

杯子被他攥在手里，里头剩下的那点水哗哗发着响。

他唠唠叨叨说个没完，说什么呢？看着和邢菲并肩在一起，正和另外一个同事磨叽的展屹，朱亚严有点来气，有完没完了？

好在臭小子终于带着邢菲离开了，不然朱亚严真要过去教训一番。

等等，刚才和展屹磨蹭的不是去接 Golden 的那个吗？

看着独自一人站在面前的手下，朱亚严的心里画了个问号，Golden 呢？

"没接到人也不能撞你啊。"停车位前，展屹还在唠叨，刚才下楼时，他一眼没照顾到就让邢菲被那个人高马大的同事撞个正着，想想就来气。

"疼吗？"他忍不住又问了一次。

"不疼。老徐头说做警察的不能娇气。"

"你流鼻血了！"

在展屹慌慌忙忙满身找手纸的时候，邢菲头一仰，钻进了车里："没事，我血小板多(血小板与凝血机制有关）。"

"可……"

"沉默是金啊，师兄。"坐在车里，邢菲抹了抹鼻子，"你看，我说没事吧。"

一阵无语后，展屹无奈地问："去哪儿？"

"医学院。"

断续下了两天的雨在这时又渐渐大了起来。

车开到医学院，展屹已经尽量把车停在离楼近的地方了，进楼时，二人还是成了落汤鸡。

邢菲掸着身上的水珠，人打了个寒战。

"师兄，你听见什么声了吗？"

邢菲的话打断了展屹的絮叨。

"什么声？"

"猫叫。"

"猫？"他抬起头，看着漆黑的四周，没有猫啊。

"你不知道吗？人死后会借着猫的身体故地重游，猫遇到阴气重的人就会直接让灵魂附身上来，省得投胎麻烦。"

"编的吧。"

"没编，听说被灵魂附身的人最明显的感觉就是冷，还有……"煞有介事地站定，邢菲转过身，压低了声音，"唠叨的人，阴气最重，不分男女哦。"

雨声阵阵，展屹终于从僵硬的感觉里找回了知觉。

“邢菲，还能不能注意点团结友爱了！”

黑暗里，邢菲笑了。

“你找找开关，我上去看看。”

邢菲摸着扶手，上了黑漆漆的台阶。

不知道是不是错觉，脚下的台阶竟有几分湿滑，险些踩空一脚的邢菲不得不放慢脚步，好在展屹总算老老实实地去开灯，终于不唠叨了。

突然，她停住了脚步。

真的有猫叫。

可那明明是她为了让展屹闭嘴鬼扯出来的瞎话啊。

她抬起头，人愣了。

黑暗中，一只黑猫蹲在台阶上，黢黑的毛皮如同夜色，明黄的眼睛就那么直勾勾望着她，而和着猫叫声，一个男人踏着冰冷的石阶，一步步朝她走来。

男人一身黑衣，面庞隐在黑暗中，邢菲看不清细节，只能大声壮胆：“我……我可是警察。”

男人置若罔闻，步步逼近，邢菲的心咯噔一下：不会……真有鬼吧？

3

雨势渐徐，如丝般滑进长满青苔的墙脊里，阴冷湿滑的空气像极了逼近的气息。

诚然，邢菲的话并没对男人造成威慑，发现这点的她喉咙一梗，不由自主地向后缩去，缩着缩着，脚就空了。

“我的妈呀！”她瞧着紧急之中抓住的楼梯扶手，暗自叫道。

还没得意够呢，情况又不对了，不知什么时候，自己的腕上竟多了只冷冰冰的手！

邢菲浑身一抖，觉得一抹黄从眼前闪过，甚至没看清那抹黄是什么，一声轻轻的“你”声便风一样吹近了。

这感觉，在玩鬼吹灯吗？她眼一闭，心一横，挥出一拳。

那一串开关想要研究清楚哪个是管那盏灯的着实麻烦，展屹杵着下巴，正研究得认真，突然楼上传来一声叫，吓得他一哆嗦，顾不上研究哪个是管廊灯的，他胡乱拍下一个，撒腿跑开了。

“小飞侠，你没事吧！”

“没事！”邢菲岔腿坐在台阶上，胡乱喘着气，“他想袭警，好在我搞得定。”

“袭警？”

这还得了！

展屹挽起袖子，摸出了别在后腰的手铐：“小样儿，敢袭警？胆子不小，尝到苦头了吧。”他得意笑着，正准备上铐子，手举起，动作却停了。

“Golden？！”他看着被压住的那个人，怎么看怎么觉得那只金色的眼睛显得很熟悉。

男人趴在地上，状态狼狈，笑容难看地指着下巴，一言不发。

他下巴被打歪了。

邢菲也看清了 Golden 的长相，心中一讶，是他啊！

没等她回神，Golden 就被展屹架走了。

“喂……”

望着已经没影的两人，邢菲撇撇嘴，她就是傻，怎么就没想到 Golden 就是傅邵言呢。

不识好歹忘恩负义的傅老师这次不知道又会怎么整她了，毕竟她险些把他废了。

在这城市里，总有一群人闲得只剩下时间，也总有一群人天天在忙碌，别人上班时他们在忙，别人休息了他们或许更忙，温和分局就是这样一个所在，有个勤快人今天却做了例外。

收发室的老大爷拎起水壶，朝写着第一生产队大会纪念的搪瓷杯满满倒了一杯，抬头看了眼坐在窗前发呆的人：“我在这儿干了三年，头回听说我这收发室也能执行任务。”

“还是个大任务呢。”邢菲点了点下巴，继续盯着远方。

也不知道他伤得怎么样？这次他又会憋了什么坏？

难怪她这么思念傅邵言。

这个傅邵言是有前科的。

记得那时她读大一，读的还是刑侦专业，傅邵言刚好是他们年级的客座教授。

傅邵言这个人，帅气有才，还长了张人畜无害的脸，年纪和他们这帮女学生又是最萌年龄差，他成了学院里不少女生的假想对象也是极自然的事。

可能因为邢菲从小就不爱学习，对傅邵言如何厉害倒没那么深的体会，只觉得他帅是真的，“软弱窝囊”也是真的。

要知道警校里是男多女少，男生找对象本就难，再冒出来个“男神”杵在那儿，男生们就更没活路。邢菲记得，那时他们班上就有几个男生总在背后讲傅邵言的坏话。

什么眼睛瞎、残疾人、弃儿没人要，只是靠点故弄玄虚的把戏混上了教授的位置，总之什么难听说什么。

有一天，恰好邢菲回教室，那几个人又在教室里叽叽咕咕腹诽傅邵言，远远地邢菲看见傅邵言从门口经过，他明明听见了那些人的话，却一句话没说就离开了。

太窝囊了，邢菲打心眼里有些瞧不上他，可不免又有些同情。

她听人说过，从小被父母遗弃的傅老师没少受人欺负，上学被拒收，甚至连羽毛球这样的运动都做不了，因为只靠一只眼不能定焦。

感叹之余，那几个小子还在说说说，邢大小姐内心深处正义的小火苗终于被点着了。

爆发的邢菲以少敌多，把几个男生胖揍一顿，也因此险些受到学校处分，最后还是她哥哥出面才摆平这事。

同学们有的敬佩，有的说她喜欢傅邵言。

Excuse me？她可不喜欢“窝囊废”。

就在邢菲该吃吃该喝喝快把这事忘了的时候，傅邵言在众目睽睽之下点名批评了她成绩差，害她最后离开了刑侦专业！

恩将仇报！

幸好后来她遇到了现在的师父，她命好。

忽然，陷入回忆里的邢菲打个激灵，从椅子上弹了起来。

“恩将仇报”的人回来了。

老大爷手搓起几片茶叶，放在手心数片数，突然衣襟一抖。

“任务执行完了？”他直起腰，冲门外喊。

“完了！”邢菲冲下台阶，在一前一后走近的两人面前站定。

“什么完了？”展屹一愣，紧接着就笑了，“你是担心Golden吧？好在Golden躲了一下，下巴没骨折，现在没事了。”

没事了？邢菲死盯着傅邵言，就这么放过她了？

不然呢？傅邵言挑挑眉尖，邢菲看他的眼光奇怪了点，知道她这么惊讶，他是否该考虑配合下，下巴骨折呢。

“对了，你认识他吧。”他转移了话题。

“嗯？”还在神奇傅邵言没有打击报复的邢菲看着突然举到自己面前的照片，“呀”了一声。

赵海洋，那个害她伤了一条腿的逃犯！

“你拿他的照片干吗？”

“你师父给我的，那个骷髅头，他做好复原了。”

“我师父把照片给了你？”邢菲瞪着眼睛，她就知道，傅邵言才不会轻易放过她呢。

薄暮迫近，一日将尽，傅邵言站在树下，总觉得邢菲离开时的眼神有点怪。

“Golden，你也真是细心，担心局长责怪小飞侠，现在好了，她不只是参案人，还认识死者，考虑情绪局长也不会说什么了。你瞧她那高兴样，连跑带颠的。哎呀，她腿没好，不能跑。”

展屹也跑了。

“喵……”

一只黑猫停在树头。

“板砖。”傅邵言招招手。

猫应声跃下，落在男人肩头。傅邵言摸着猫咪黑亮的毛皮，声音低沉又疑惑：“她那个表情是不高兴？”

"喵……"反正不是高兴。

"当初我安排她转学法医时她也是这个表情。"

"喵喵喵……"是的。

"她不喜欢做法医吗？明明很擅长。"

"喵喵……"主人你当面和她说这话她才会高兴的，女生要哄，笨笨。

"如果是因为那次宣读刑侦成绩大可不必，是他们教导员拜托的。"

"……"她又没通灵，你不说她怎么知道？板砖嫌弃地舔湿前爪，一下下擦着脸。

猫把注意力移开，傅邵言的视线也从猫身上移开了。

说起来，他才应该不开心的。

被那几个臭小子说了半学期，傅邵言没打算怎么刁难报复，补考题目难些，假期给补考都没过的同学留些抄写作业，譬如那篇有关励志尚实的五百字校训抄上几千遍敦促落后学生学习不算过分吧。

就因为半路杀出的邢咬金打了那一架，什么难题都没用武之地了，总不能才挨了打又挨罚吧？

为人师表的底线他是有的，就拿邢菲转系后那几个人依旧在背后骂他这事来说，他的心态平和多了，卷子出得也更难了。

"Golden?"一声叫让人回神，傅邵言隔窗望着收发室里探出来的那颗头，指指对方怀里的大小包裹，"你是朱队他们组的？要帮忙吗？"

刚好，他要去找朱亚严。

朱亚严在二楼的大办公室办公，窗子大开时就会像此时这样有大片大片的清风树香进来。

这会儿房里没人，几台电脑嗡嗡保持着运作状态，不时有一些画面闪过，切换成另一幅屏保。

傅邵言连走几步，停在一张桌案前面，放下手里的盒子。那是朱亚严的快递，他答应帮忙捎来的。

只是朱队人呢？

傅邵言回头看着门外，一阵脚步声后，一个体型微胖、头发中长的高鼻梁男人跑了进来。

他皮肤偏白，这让他那两只飞速翻找的手看上去和他的人一样晃眼又烦躁。

"数据呢？数据呢？别不是被我弄丢了吧？"猴子急得额顶冒汗，根本无心留意一旁的傅邵言已经观察他一会儿了。

"你上午应该给了档案室一份文件。"

"在里面夹着呢！"猴子一拍脑门，这才注意到房里多了个陌生人，"你怎么知道的？"

傅邵言朝显示器一指："便签。"

红红绿绿的便签沿着屏幕边框贴了一圈，上面记了各种乱七八糟的提醒，八点开会、九点执勤云云。

傅邵言从那张提醒执勤的开始，挥了一下停到一张龙飞凤舞着"十一点鸿盛门"的蓝便签上，"这些便签上的灰已经很厚了，和这桌子上的其他东西一样，只有这张……"他又指指旁边那张橘色的便签，"上面有个圆形指纹印，没猜错，拿走的文件夹当时放在这，这个方形区域。"

猴子看着傅邵言框出来的地方，忍不住啪啪使劲拍起手来："不用仪器就做到这样精准描述的肯定是大名鼎鼎、全国独一份、罪犯克星、命案终结者、可以裸眼辨灰的 Golden 了！老大说我邋遢会影响工作，开始我还不信，什么叫邋遢，这是随性，当警察的天天头别裤腰带上，随时死机的人干吗活那么规矩，如今看，真要勤打扫了，不然指不定哪天自己就被这屁大块灰出卖了。"

猴子是队里的情报员，时常打交道的三教九流各行各业都有，时间久了，他也成了队里最染江湖气的一个。

此时猴子搓着手，正想好好和傅邵言套套近乎，突然耳边传来一声吼："紧急情况，一楼集合！"

"老大的声！"看了傅邵言一眼，猴子跑了。

说实话，就算是不喜欢和人打交道的傅邵言在面对区分局这些工作本能先于礼貌客气的刑警时，他也是喜欢的。

看了眼朱亚严桌上的快递，傅邵言离开了这空空的房间。

朱队给他女儿的生日礼物不能按时送出了。

4

两分钟后，傅邵言坐在警车里，看窗外晚霞惊掠而过，清灰浅淡的闲庭小巷层叠后退，漫天漫地的灯火霓虹迎头而来。

很快驶入闹市，车速也渐渐慢下，最终停了。

晚六点，城市夜生活才刚开始，喧闹的人声里似乎没人留意一件颇为恐怖的事正在头顶发生。

一道红色光柱从车顶扫过，傅邵言滑下车窗，朝外望去。灯火尽处，造型别致的金属高塔巍峨立在鳞次建筑间，塔灯在高处一圈圈转着，睥睨之态观望着脚下的城市。

"咱们就是去那里。"展屹指着高塔道。

110 接到报案，有人被 GUIDE 挟持在电视塔上了。防暴组和消防车已经就位，他们现在既是堵车，也是等候行动的指令。

展屹搓着手，跃跃欲试。似乎在他的思维里，下一秒这个被省厅下命令缉拿的凶徒就要成为他的囊中之物一般。

可那句话是怎么讲的——

Too young,too naive.

就在展屹摩拳擦掌，等着分分钟后的对决时，车门轻轻一响，竟是傅邵言悄无声息地下了车。

“Golden……”展屹还没弄清楚情况，对讲机里突然传来一声不寻常的呼叫，朱亚严饱含怒意的声音随着急促的脚步声远去风中：“邢菲，你回来！”

邢菲也跑了？展屹一个激灵，再次探头向车外，人留中他勉强看见了小飞侠的衣角，也就是眨眼的工夫，那衣角也再难寻见了。

“这个家伙，搞什么呢？”他捶了下椅子。海绵垫起伏间，对讲机里传出了确认消息——自称 GUIDE 的人在塔中劫持了电视塔的清洁工。

“塔中有平台？”

傅邵言侧过头，看看跟着他跑来的邢菲，没作声。

“我看到你下车了。”

“你是在意我当众读你刑侦成绩那件事……呜……”傅邵言睁大眼睛，看着捂在嘴上的那只手，屏息。

“好汉不提当年勇，智者莫念昔日功，当年是当年，我做法医还是不赖的。”邢菲使劲昂着头，即便如此，下巴也才勉强过傅邵言的胸口。

她还真是在意那事啊。

好吧，不提，可……他指指下巴，又掉了。

看着慌兔子般跳开的邢菲，傅邵言无奈地叹了声气，右手擎住下巴，向上一托：“幸好学了一下。”

邢菲看着他，脸涨得通红，偏又说不出什么来，只能又愤懑地低下头。

臭手，就不能控制控制吗？

“有平台，不过 GUIDE 不在，他也没有劫持那个清洁工。”

“啥？”问完，邢菲才反应过来他是在回答自己之前的问题，随即抬起了头。

始建于二十年前的敬亭山电视塔就站在离她十几米外的地方，塔前的解放广场聚了不少出来遛弯乘凉的人，体型微胖的年轻父亲抱着女儿站在棉花糖机前，打羽毛球的少年捡起球后迟迟没挥拍，东南角一台大块头的黑音响正外放着国内某个歌唱组合带着民族的劲歌，几十个满脸皱纹的大妈站在夜色里，或胖或瘦的身形扎堆在一起，像座平地冒出来、被削了山头的矮土包。

土包安静地立在那里，和在狂啸的音响很不协调。

不止大妈们，就连急着吃棉花糖的小女孩也不再哭闹，顺着父亲的眼睛向身后的塔上看去。

白光环绕的塔腰上，两串形状怪异的东西正在风里挣扎、飘荡，其中尖叫的那个分明是个成年人。

待看清后，邢菲惊呼着指着离成年男人只有半臂距离的一串白色骨头：“人骨！”

手是手，脚是脚，被绳子串在一起的白骨随风晃动，叮咚之声乍然响起，恍若风铃。绳索的另一端悬着的正是那个在呼救的男人，两者之间的绳索担在一根看上去只有一指粗的塔柱上，晃晃悠悠，岌岌可危。

“还是肢解过的。该怎么救呢？”

邢菲说：“找到着力点，切断交汇源，救下人质。”

傅邵言点点头，颇为赞许，看样子这些年她学得不错。

“你那是什么表情？”

“什么表情？”傅邵言无辜地看着她，他很擅长装傻。

身后皮鞋声踢踏而来，朱亚严一脸严肃地赶来，就在刚刚，防暴队确认了 GUIDE 不在塔里。

放下对讲机，朱亚严看着小跑向自己的手下：“消防气垫准备好了吗？”

“头儿，就是来和你说这件事的，六点钟电视塔有个灯火展示欢迎 A 国元首来访，市长和领导们会在塔对面的会议中心观看。”

朱亚严看着汗涔涔的手下，预感不妙。

“主电线如今缠在那个被掳的清洁员沈登峰腰上。”才跑了一趟几十米高电视塔的警员抹了下额上的汗，“是裸线。”

没有绝缘层包裹的电线叫裸线，一旦通电，沈登峰必死无疑。

朱亚严抬手看表，紧接着爆了句粗口：“就剩三分钟了。”他手一挥，“上塔。”率先进了塔。

“三分钟？”邢菲仰起头，被风吹乱的头发一下下扫着眼角，“三分钟够干什么的？”

“小飞侠，你不上去吗？”展屹前脚已经迈进塔里，回头发现邢菲还在发呆，顿时亮了嗓子。

“去。”还用问？有死人当然去！邢菲撒开腿，几步便冲到展屹旁边，“走啊师兄，发什么愣？”

“Golden 不和我们一起吗？”展屹指着那个走去反方向的人说。

临时调来的警力已经把围观群众尽可能控制在离塔远的地方，好在天黑了，留意到电视塔出了状况的人并不多，可隔了这么远，围观者七嘴八舌的议论声仍然清晰地传进了傅邵言的耳朵。

他走了几步，来到电视塔另一侧，背后海涛阵阵，盖过了人声，他看着面前写着配电室字样的窄门，犯起愁，怎么进去呢？

“Golden？”

傅邵言回过头，看着跟来的人，眼睛一亮：“你会开锁吧？”

“开这个？”竟没问傅邵言为什么开配电室的锁，展屹撸起袖子说干就干，惹得傅邵言一挑眉。

“朱队说你干什么都让我们配合，他说你八成来这了。”

“是小飞侠说你另有打算，让我和队长申请过来支援的，开了。”一使劲，紧闭的门被展屹拽开了，一股不同于海风的味道扑面而来，闷闷的。

不知展屹的话触了邢菲哪根霉头，换来一搡。

“他肯定是有发现才单独行动的，我们跟着一起也多个照应，不然自己跑来配电室总不见得是为了营救不利时拔电源吧。”

邢菲的话换来傅邵言低低一笑：“你怎么知道我是来拔电源的？”

“你……”邢菲的眼珠子快掉了。

以防万一拔电源或许是个好理由，傅邵言最初也是这么想的，直到到了这里，门上一枚不该出现在这里的痕迹告诉他，这里面的确有猫腻。

配电室总控电视塔各项供电，才一进门，傅邵言对着面墙上密密麻麻的各种线路按钮默默叹了声气。

“上面怎么样了？”他走近那堆电线，拾起其中一根。

“信号不好，我正在联系。”展屹举高对讲机，里面刺啦不清的说话声断断续续在狭小的控电室里响了起来。

试了半天，展屹找到一个信号较好的地方，正松口气，实时对话的那端便传来一个抽噎的哭腔——“救救我。”

沈登峰鼻涕一把泪一把地就快哭岔了气，他已经顾不上想自己为什么这么倒霉，扫个地也能和死人绑在一起。

脚下是几十米高空，掉下去是个死，身上绑着电线，看起来危险性小些，再看蹲在近处为自己施救的人的脸色，他又觉得自己刚刚想的是个错觉。

那个瘦高的警员已经在旁边忙了半天，好像忙了一个世纪那么长，可是为什么他还在上面挂着。白色枯骨就在他旁边不远的地方，一阵风或是警员一个剧烈点的动作就能让它晃晃悠悠地戳他一下，沈登峰觉得自己的神经就快崩溃了。

“是不是有什么要命的机关？我是不是快死了？”他鼻涕一把泪一把地问。

“没有，很快。”瘦高个儿专注于手中的活计，而至于很快指很快可以下去还是很快就死让沈登峰寻思了好久。

朱亚严已经第四次看表了，还有不到十秒的时间，他终于忍不住喊了猴子一声，方才吩咐了猴子，和 Golden 保持联系。

接过对讲机，朱亚严又犹豫了，灯火展示是给外宾看的，如果他拜托 Golden 拉闸，沈登峰能得救，数控系统没了电力支持自然不能演出什么灯火了。

时间在犹豫间分秒过去。

9。

8。

“队长，就快好了。”瘦高个儿没放弃，一双手依旧忙碌拆分那层叠的锁扣。

7。

6。

朱亚严闭上眼。

5。

4。

3。

“展屹……”傅邵言终于开口，人命关天，是他们的无能造成了今天的失误，先救人，大不了回去做检查吧。

2。

扑通一声，朱亚严回头，看着坐在地上已经虚脱的沈登峰，愕然之余又松了口气。

“展屹。”

“展屹。”

就在朱亚严呼叫展屹时，一直埋头在那堆线缆间的傅邵言也叫了展屹。

他有个坏消息要告诉朱亚严。

从进门后，邢非就看着傅邵言的手没停歇地在那些线路间搜搜找找，她几次想问终于还是忍住了。

此刻，她见他终于停下了，憋着的话这才有机会说出来：“你不是说咱们是为了以防万一在这里等命令切电源的吗？”

傅邵言点点头，边接过展屹手里的对讲机，说：“顺便有点小发现，朱队，灯火恐怕不能展示了，电源一早就被人切断了。”

控电室里万千线路中的一根被人换成了塑料的。

不远处的楼宇里，一个人站在落地窗前，压了压头顶的鸭舌帽，口中默默吐出个字——“1。”

5

“什么？”一时间，朱亚严没反应过来傅邵言的意思，直到他意识到周围不知什么时候竟暗了下来。

“去看看什么情况？”

“是。”

朱亚严目送着手下小跑着下了塔，心中疑虑重重：“Golden，他不会简简单单想吓唬我们。”GUIDE 大费周章，会是单纯想破坏一场灯火表演吗？

朱亚严想的，傅邵言早想到了，此刻的他走出配电室，望着矗立在黑暗中的巨塔：

“朱队，下来看看你就明白了。”

与此同时，几十米高空上的朱亚严已经听到了来自塔下的惊叹声。

“怎么回事？”他看着去而复返的手下，心里咯噔一下。

“投影，GUIDE 在塔身放了投影！”

“什么！？”

塔下，一片骚乱。

“是激光。”邢菲跟着傅邵言跑出塔楼，回头望着头顶的塔身，惊呼道。

展屹也发现了这点，一改之前的散漫，跟着紧张起来。

他紧盯着塔身上出现的字，喃喃自语：“笼子缝，笼子缝，笼子中的鸟儿，何时何时出来呢。什么鬼？喂，小飞侠，你和 Golden 去哪儿？”

展屹一回头，发现原本结伴的两人已经走远了。

去哪儿？邢菲看了眼傅邵言，傅邵言也看了眼她，没作声。

周围是越来越拥挤躁动的人流，邢菲跟在傅邵言身后，逆流而上，耳边不时传来一两个人声——

“在黎明的晚上，鹤与龟滑倒了……”

来不及细想，邢菲已经和傅邵言飞奔进电视塔对面的半岛酒店，站在一扇门前了。

6024。

“你们什么人！”追赶而来的保安一脸戾气。

“警察。”傅邵言不知什么时候拿出了警官证，在两人面前一晃，“我需要打开这间房。”

话音落，便听到砰的一声。

再看邢菲正跺着发麻的脚，6024 的门已经被踹飞了。

“不许动！”高喊着，她冲了进去。

房内却空无一人。

“傅邵言，人跑了！”她喘着粗气。

“当然跑了，从电视塔到酒店，极限的跑步速度是两分四十三秒，除非他傻了在这里等我们抓，带脚套了吧？”傅邵言平静地问，接过邢菲递来的东西套上，“你踩了哪里我都记得，一会儿做下标记。”

傅邵言的话让邢菲又一阵无地自容，想她做法医时好歹也是顺风顺水、屡屡破案，怎么遇到他就总犯错呢？

默默套好脚套，邢菲跟着进了房间深处，宽大的落地窗外，敬亭山电视塔隔海望着这里，漆黑的塔身让她想起小时候看《西游记》时的情景。高大的金箍棒经由孙悟空一念，堆在它身上万年的污垢顿时脱落得精光，如意金箍棒几个金字在棒子上闪闪发光，与那不同的是，现在在电视塔上闪的字是红的。

傅邵言走到窗前，摁灭了机器。

窗外顿时黑了下来，他仿佛感知得到海那边攒头的人在说着什么，肯定那几句——

笼中的鸟儿啊

何时何时出来呢

在黎明的晚上

鹤与龟滑倒了

正后方是谁呢

“没事了。”邢菲松了口气，看向赶来的同事，原本和他们在一起的展屹不知为什么迟来一步，和朱亚严一同赶到了现场。

“完了吗？”傅邵言嘴一抿，轻轻吐了句粗口，因为已经沉寂的电视塔竟再次亮了起来——

身后鬼身后鬼

何时睁眼何时睁眼呢

傅邵言看着字，默默回了门口，门背上挂着酒店的逃生路线图：“东南，水平二十到二十五米，仰角十五度，朱队，房间在八楼，8032。”

“8032！”朱亚严喊完，有人应声跑开了。

“我们不去吗？”邢菲看着一动不动的傅邵言。

GUIDE 的留言还会来，投影仪绝对不止两台。

“你去看看那具骨头吧。”傅邵言提醒道。

邢菲张张嘴，还是闭上，转身走了。

目送走她，傅邵言回头继续看着远方高塔，夜影孤寂，塔上的字一闪一闪变化着。或许 GUIDE 还在这楼里，离开这里总是安全些的。

俯角十度，五楼，偏西……

这次的房间是——5100。

红字陨灭，红字亮起，抓着对讲机的手越收越紧，一个个数字从他口中说出来：9002……16058……7074……2012……

五分钟不到的时间里，他报出了八个数字，而朱亚严那边一无所获。

翻遍整个酒店，所有出口设卡，依旧一无所获。

“傅老师，有没有什么办法知道这家伙动过手脚的所有房间？”

二楼，朱亚严眉头紧蹙，握着对讲机的手绷着青筋。这么一层层楼跑，一间间扫，消耗兄弟们的体力不说，太被动了。

“结束了。”对讲机那边传来这样的回答。

是的，结束了，当最后一行字从塔身消失时，手边那台以为早就消停了的投影仪突然又重新运作起来。

傅邵言望着液晶显示屏上出现的“你好，警官，期待与我的约会吧 GUIDE”图样，默默移去墙脚，拔掉了电源。

GUIDE，不管你是谁，你惹毛我了哦。他微笑着转身，身后早是一片狼藉，人们都在说着 GUIDE 那条有些诡异的高塔宣言。

笼子 笼子，
笼中的鸟儿啊，
何时何时出来呢。
在黎明的晚上，
鹤与龟滑倒了，
正后方是谁呢。

笼子 笼子，
笼中的鸟儿啊，
何时何时出来呢。
在黎明的晚上，
鹤与龟滑倒了，
正后方的是你吗。

笼子 笼子，
笼中的鸟儿啊，
何时何时出来呢。
在黎明的晚上，
鹤与龟滑倒了，
四根骨头出，
四场冤气了，
这是教父给你的礼物。

笼子 笼子，
笼中的鸟儿啊，
何时何时出来呢。
在黎明的晚上，
鹤与龟滑倒了，
请收好。

城北，万家斜巷。
凌晨四点。

守门人木老头端着杯子坐在电脑前，昏黄的眼珠看了一眼屏幕，再低下去，慢条斯理地搅着杯，他在找一颗卖相最好的鱼丸。

别看他只是一个打更的，在吃上却是极讲究。木老头眨眨他促狭的三角眼，讲究有什么不对，好比竹签上扎起的这颗，珠圆玉润，品相好，味道自然差不了，塞进嘴里，细细咬开肉皮，等那里层汤水瞬间流进口里，那滋味，又油又香，吃下去，心情也好。

抹掉嘴角沾上的油，他放下杯，起身向外探头，哦，是分局的人。

他一扬手："二号解剖室。"

看着来人朝他点头表示感谢，木老头满意地落座，继续啃他那杯从便利店买来的关东煮。

虽然他是个守门人，可他这个守门人不是谁都能干的。

他是给死人守门。

已经走了五六米，展屹又回了头："这个木老头，又吃关东煮，成心的。"

忙了一晚，五脏庙早在闹了。

"一会儿结束了我请吃火锅。"走在前面的傅邵言说。

他们二人才从局里过来，专程来殡仪馆找邢菲的。

"希望小飞侠这边能有发现。"话音落，展屹挑开了二号解剖室的塑料门帘。

里面光线惨白，落了邢菲和解剖台一身。邢菲正在换衣服，听见声音回过头，不知为什么，她似乎在不高兴，只是扬扬手，算作打招呼。

展屹大剌剌地走过去，看着床上那堆白骨："小飞侠，我特期待你的发现。"

"交换。"邢菲摘了手套，"你们有什么发现。"

对傅邵言早早打发她走的事，邢菲终究有些耿耿于怀。

"技侦那边调了酒店监控，我们出来时据说已经锁定了嫌疑人，按理说涉及两人以上的命案要移交市局，不过因为涉及 GUIDE，原来的办案班底在我们这里，所以头儿说不用移交，市局派人过来支援，有了目标嫌疑人，GUIDE 跑不了。"

邢菲看了眼傅邵言，从后者的神情看，情况并没那么乐观。

感受到了邢菲的目光，他嗯了一声："GUIDE 不会那么不小心。"

"监控录像看得出那人的手部特征吗？"

"什么意思？"

"说说你的发现。"几乎在同时，展屹和傅邵言一同开口。

"我感觉凶手很可能是医生或者屠夫。"说着邢菲又戴上了手套，拿起解剖台上一根长骨，"除了没找到的头骨、一根胸骨、一根腓骨、一根指骨还有右脚的小脚趾骨外，这些骨头的关节囊被锐器破坏，软骨却完整，显微镜下，骨殖上有少量没有彻底腐败的肉纤维，说明尸体不是在自然条件下白骨化的，尸体是凶手人为削肉剔骨的，手法相当成熟，除了这两个职业我暂时想不出还有哪些人做得到。"

"肯定不是了。"那个人的手就不符合。

看着沉默的两人，展屹挠挠头：“也许没有那么糟，看到 GUIDE 宣言的人不多。”

“现在是 2015 年，互联网时代。”拍客遍地、消息高速传播的时代，GUIDE 的宣言很快就会传遍江都，甚至更远。

话音落，走廊里突然响起诡异的歌声——

笼子 笼子

笼中的鸟儿啊

何时何时出来呢

在黎明的晚上

鹤与龟滑倒了

正后方是谁呢

“喂，说了让你多睡会儿怎么不听话呢！”木老头那一口关东煮的声音聒噪地响彻走廊。

邢菲看看展屹。

“案子回头再想，先去吃饭吧。”

“也是。”一筹莫展的展屹看向傅邵言，“小飞侠，Golden 要请吃火锅呢。”

提到吃，邢菲真饿了。

“GUIDE 才发出来的词就有了歌，互联网时代的速度未免太快了吧？”她后知后觉发现了不对劲。

“这本来就是首日本童谣，这事一出拿它做铃声的人不会少。”

“童谣？”邢菲这才想起她还不知道 GUIDE 为什么拿首童谣出来。

“因为这是首恐怖童谣。”傅邵言解释道，“笼子说的是怀孕的女子，鸟是孩子，因为黎明的晚上是不可能出现的，孩子最终也没出生，所以正背后的‘谁’说的是背后灵，那个不明原因没能出世的死婴。小孩子玩游戏时也会唱这首歌，做鬼的小孩在中间蹲着蒙眼睛，一堆小孩围着鬼唱这首童谣，唱完的时候，若是做鬼的小孩猜出正背后谁面对他，就换他当鬼，换句话说这童谣的最后一句有个含意‘在那时刻背后面对鬼的，就要代替笼中的鸟儿当替死鬼’。GUIDE 这次的目标是四个‘替死鬼’，你也说了，少了四根骨头。”

黑夜中，傅邵言白衫黑裤，眉眼舒淡望着远方，几年的时间并没在他身上留下印记，腿是腿，手是手的，邢菲恍惚觉得他还是校园里那个一板一眼念着她成绩、让她无地自容的呆板老师，不通情理，还窝囊。

“当年我刑侦成绩差你是不是很瞧不起？”不知不觉，她竟然问出来了。

展屹已经跳下台阶，没听到她说什么，傅邵言听到了。

他回过头，一双异色眼睛望着她，嗯了一声。

嗯。

嗯……

他竟然“嗯”！

邢菲面红耳赤又无地自容。

“不过作为法医的你倒是让我略微期待那么一下。”傅邵言举着几乎捏在一起的两指，演示着“略期待”的“略”是多少。

“你！”

“走，去吃火锅吧。”傅邵言看着濒临“炸毛”的邢菲，含笑道。

走就走，摸摸咕噜噜乱叫的肚子，邢菲心里叫嚣着一定要把这个讨人厌的傅邵言吃到破产为止！

十分钟后，在冷清的街上转了一圈也没找到一家营业的火锅店的三人蹲在二十四小时便利店前，一人手捧一碗关东煮。

“都是涮丸子嘛……一样的。”插起一个牛丸，放在嘴里细细嚼着，傅邵言似模似样地点点头，那样子真像在吃什么美食。

邢菲盯着他，狠狠咬了一口虾饺。

第二章　最高明的人形师

1

地铁五号线，金贸街站。

早高峰。

一声报站声落，赶着上班的白领们便下饺子般从车里向出口涌去，他们大多低头走路，步速整齐划一得快，偶尔在迈台阶时才会把注意力从手机上移开。

快到站口时，却出了一阵骚乱。一个衣衫褴褛头发擀毡的乞丐大叫一声，他被人踩了。

一时间，哭喊声阵阵，被扯住的小姑娘慌了神，原本井然有序的队伍顿时乱了套。

站在前面的人还好事看几眼，后面的人不明就里，只是拼命往前挤。

闹腾得最凶时，没人留意一个头戴鸭舌帽的瘦子已经从队尾挤到了队首，身子一晃便钻进了出站口外一堆卖煎饼果子的推车后，不见了。

离金贸街一街之隔的拐子胡同，鸭舌帽一改方才的匆忙，慢条斯理地摘掉帽子，露出亮亮的脑门和后脑勺的一撮黄毛。

把帽舌卡进后腰，“一撮毛”朝掌心啐一口，拍了两下，变戏法似的从他那件磨起毛的牛仔服下摸出一堆东西——雷达女表一块、铂金镶钻项链两条、金饰五件，还有……

他嘿嘿一乐，摸了摸手里的男包，这牌子他可认得，挨陆威，牌子，摸摸皮子，还是正品。

一撮毛喜滋滋地看着战利品，正打算打开来看看，肩上一沉，他心一跳，慌慌张张地回头，随即亮起嗓子骂了声。

“吓死老子了。”

那人撩了撩头发："熊样，你第一天见我啊！"来人正是刚才地铁口讹人小姑娘的乞丐。

乞丐眨了眨细长鼠眼："怎么样？"

"大丰收。"一撮毛得意地晃了晃手里的东西，"就差这个没拆包了。"

"那你还磨叽啥？"一把抢过一撮毛手里的包，乞丐干脆地拉开了拉链一看，"空的！"

"咋可能？"一撮毛不信，动手抢了回来，真没有！

他把链子拉到最大，倒扣过来猛一阵晃悠，才晃一下，一个白色的东西飞了出来，掉在地上。

"我说有吧。"一撮毛得意地弯下腰，手却停在了半空。

"乞丐，你看这是啥？"

总不会是什么值钱玩意儿，乞丐兴致缺缺，只顾把玩其他那几样，压根没去看一撮毛。

"电视塔出的那件事你听说了吗？"一撮毛哆哆嗦嗦捡起那东西，"听说少了四块骨头，这不会是其中一块吧？"

乞丐听了吓了一跳，这才认真地看起一撮毛手里的东西，短短一截，真像骨头。

"咱们报警吧。"

乞丐呆呆地看着一撮毛，像在听天方夜谭："你有病吧，报警？告诉他们咱们帮忙破案，捎带送俩贼上门？快分东西，分完去干下一票。"

至于那根骨头，乞丐手一挥，丢了。

网络的力量太可怕了，才过了多久啊，猴子已经在怀疑是不是连东街胡同口那只整日趴在房檐间晒太阳的姜黄老猫都知道了那首童谣。

他揉揉耳朵，匆匆扫了眼办事大厅里一个腰扎古奇皮带大声接电话的土老板便跳上了二楼。

他急着向朱亚严汇报，技侦那边提出的嫌疑人已经排除了，虽然只是酒店的服务生，却间接被 GUIDE 利用了一把，亏他想得出利用酒店检修房间照明情况的由头让服务生亲自为房间通电呢。也对，换作那家酒店接到电话说某个残疾人团体有个成员房间的灯坏了却说不出是哪间时，酒店都会乐于趁他们"回来"前帮忙排查检修的。

猴子摇摇头，心里对那个包下酒店几层又能找来那么多临时演员帮忙住了晚酒店的 GUIDE 说了句："豪。"

这年头，犯罪都要钱，没天理！

会议室门口，一个皮肤黝黑，长着一张国字脸的汉子正站得笔直。

"你不是去省里参加射击集训了吗？"见到老同事，猴子亲热地跳起来揽住了他的肩膀。

"出了这么大的案子当然留在家干活了，枪在哪儿练都一样。"黑汉子一本正经地回答，捎带一抖肩抖落了猴爪，“我记得你以前叫瘦猴的，怎么现在像个巨猿？”

趁猴子没变脸，黑汉子一笑，出拳不轻不重地在猴子肩头捶了一下：“怎么样？是 GUIDE 吗？”

猴子摇摇头：“你杵这干吗呢？”

“展屹让我递份报告给老大。”

猴子一探头，黑汉子的手便空了。

“法医报告。”食指在舌头上抹了把，猴子翻开报告的内页，伤型……DNA 一致，常染色体缺陷基因携带者，与头颅属于同一人，身高和之前推测的也一致。

“啧啧，人家量东西用尺，她量东西用看的，牛。”

“谁？”

“小飞侠。”只顾着看报告了，猴子没注意自己的答案对没见过邢菲的黑汉子而言有等于无，“对了，怎么是展屹交给你的？他和小飞侠又去哪儿了？”

“跟着 Golden 去医院了。”

“哦。”猴子舔舔嘴唇，突然觉得干巴巴的，“老大在里面？”

“嗯，据说上面因为案子的事找朱亚严开视频会。”

话音才落，门里传来朱亚严的声音：“这个案子肯定要在我们局破的。”

猴子和黑汉子相视一眼，各自退开，看着从门里出来的朱亚严。

沉默了一两秒，朱亚严看向国字脸，低声说道：“回来啦。”

黑汉子点点头：“队长，上面不想让我们继续办这个案子？”

“嗯。”朱亚严的脸更沉了，“所以我把电源线切了。”

“干得漂亮！”猴子登时踮起脚尖作为朱亚严捏背状，他们队上的，有一个算一个，都是三年前在那起案子上栽了跟头被降职至今的，拿他来说吧，以前在 C 省特勤组，再说这个黑汉子，人称“F5”，那是在部里都有名的神枪手，憋气了三年，如今第一次有了出气的感觉。

“老大，你和哪位领导开视频会啊？”

“直管领导。”

F5 看了眼表情僵化的猴子：“现在找人把电源接上应该来得及。”

“滚蛋。”嘴上说着不服气，心里也是没底，要知道，这个对手可是三年前让近百名国内一线干警折戟的杀人教父。

沉默中，朱亚严的手机响了，东区反扒组的邵队来电，他们组在行动中抓了两个小偷……

“Golden 在哪儿？”挂了电话朱亚严问。

“医院，看萧砚。”

特护病房的玻璃清澈明亮，护士给萧砚做好翻身，为他掖了掖被角，这才走了出来。

玻璃门一晃，傅邵言的脸在门上一闪而过，眼波沉静。

不是来找线索的吗？邢菲换了个姿势，继续盯着这个“怪咖”看。

他都在门外这么站了半小时了，到底问是不问呢？

这个问题也是另外一个人想问的，一下飞机就回医院报到的主治医生薄思璇还在倒时差，就被“传唤”到这来了，可这位警官先生呢，进去坐了半天，至今一个问题也没问。

“萧砚的状况，你们用的ATP计量是不是小了些？”

好吧，问是问了，却和案子无关。

手缠住颈间的发，卷了几圈，薄思璇心不在焉地答：“我们搭配了其他药在用。”

“什么药？”

“胞二磷胆碱。”

“计量多少？”

“你在考我吗？”被问得烦了，她眨眨水汪汪的眼睛，质疑起对方的视力，没见过这么不解风情的男人，净问烦问题。

“里面的是我朋友。”

“他朋友还真多，红粉知己才走，你又来了。”薄思璇意味深长地看着傅邵言，终于露出一个笑容，“六百毫克，另外还配了几种营养脑神经的药物，不过他的小脑已经开始萎缩，药物只能维持让他多活几年。”

见傅邵言没接茬，薄思璇默叹一声，算了，不在这里自讨没趣了。

曼妙的身影踩着尖跟离开了，留下独自傻看着木头人的邢菲，她凑到木头人跟前：“你也别难受了，傅邵言。谁都会死，我和你都会死，只是早晚而已。”

“你不会。”

木头人竟被她一句话说活了，傅邵言看着她，眼睛里的悲伤真少了些，邢菲有些小骄傲。

没得意够呢，傅邵言的下句紧跟着就来了。

“祸害遗千年。”

“展屹，我们回局里！”和这个不识好歹的人没办法沟通！邢菲气呼呼地跑向展屹，完全忘了问之前他跑哪儿去了。

“小飞侠，你知道了？”

“知道什么？”

“朱队向省厅立了军令状，到期不破案，他就辞职，我是过来喊你们的，找到赵海洋的家了！”

军令状？

邢菲匆忙看了眼墙上的电视，里面画面一帧帧无声变换，午间新闻正播报着这起案子，头围高于正常水平3.3厘米——看就是大脑发育特别良好的省厅发言人在做案情播报，甚至没能再多看一眼，她就被拖走了。

2

东街，万家古巷。

老城区改造的第一批试点政策在这里施行得并不理想，站在弄口朝上望，三三两两的炊烟飘连成片，看样子，坚守弄堂的大有人在。

邢非跟着傅邵言，转了几道弯，停在一栋二层小楼前。

木楼梯吱吱呀呀，通到二楼，痕检员拿着毛刷在门框上寻着痕迹，门内闪光灯的声音不断，邢非踩着勘察踏板进去，第一次看清房间全貌。

阴暗的房间陈着一床一桌一柜，桌上电脑开着，朱亚严和另外一个她没见过的青年一站一坐在电脑前。

“来啦。”朱亚严像背后长眼一样，“这是省厅过来支援的技术员，陈森林。”

带着黑色亚克力眼镜的自来卷青年闻声回头，马上又转了回去。

肯定是幼年时期挨过揍，鼻骨都被揍塌了，邢非想。

“加密了？”傅邵言指着电脑问。

“嗯。”朱亚严点点头，“不太好解，森林已经忙半天了，也不知道里面有什么。”

邢非对男人的电脑没什么兴趣，转个身去看同事拍照。

还没走近呢，便听见屋里有人哎呀一声。

“怎么了？”

负责拍照的人尴尬地从柜子前转过身：“不小心把这个娃娃弄掉了。”

他闪开身，青灰色的石板地上，一个类似服装设计图里出现的那种没有五官的木头娃娃静静躺在那里。

“它本来是待在这个架子上的，我拍完照它突然就掉了，我也不知道是怎么回事。”技侦员调出相机里的照片，“我可没动它。”

照片里，娃娃挂在铁架上，头和四肢了无生气地下垂，邢非想起了古时的优伶。

她听见身后人凑过来的声音，自己却悄悄蹲了下去。

“这上面是不是有字？”她指着被摔成几块的娃娃，对正研究娃娃怎么掉下来的傅邵言说。

套上手套，她拿起躯干那块，不是看错，上面的确写了“第一个”这三个字。

啪的一声，证明自己清白的技侦员拍下了邢非手里这块，一并连同地上那堆已归零散的木头娃——头在东南、腿在西，两只手臂交叠在一起。

“解开了。”就在大家的目光集聚在那诡异的娃娃身上时，手一直没停的陈森林长呼口气，这台用了七重密码加密的电脑被他解开了，不仅如此，他还发现了一个很重要的事，赵海洋的身份一点不普通，他竟然是专门盗卖商业信息的犯罪团伙——“红蝎”的一员。

“离开这里前，他正在发邮件。”

内容是危险，收件地址……为空。

“虽然不知道他要发给谁，不过这台机器连接了境外一台服务器，那台服务器是红蝎专用的，除了他们，没人会用。”在国际刑警组供职的几年，这个已经废弃多年的服务器地址在陈森林心里已经烂熟。

一声沉吟，是朱亚严在思考案情，唆使别人犯罪的杀人教父加上一个名登国际通缉榜的盗窃要犯，这二者之间有联系？还是只是巧合？

“Golden 你怎么看？”

“不会有那么巧的事的。”朱亚严的心思傅邵言哪里不懂，算一算，红蝎已经销声匿迹几年了，江湖传言，因为某个原因他们解体退圈，退隐江湖，如果不是真有危险，赵海洋不会发这样一份邮件。没有打斗痕迹，键盘落满了灰尘，没有灰尘夹层痕迹，要么凶手没动过电脑没看过邮件，这里不是第一现场，赵海洋急急出门，在外面遇害，要么赵海洋在时他也在，看了邮件，删了地址，第一种的可能性几乎为零。”

“为什么？”

“那个木偶是凶手留下的，它不属于赵海洋。”这是柜子里的灰尘告诉他的。可如果凶手就在这里，他又是怎么没出任何动静杀掉赵海洋的呢？为什么要杀他？GUIDE 和红蝎有什么仇怨？这些都是问题。

思忖之间，日已中天。

痕检员在房里扫荡似的找着线索，无事可做的邢菲识趣地离开房间，找了块高地乘凉。

为什么要杀人呢？她托着腮想。

身后传来石砾踩踏的声音，余光一扫，邢菲把脸别去另一边：“你怎么来了？”

来人正是傅邵言。

他抬手一撑，人一跃上了矮墙。

“没想到，从这看，风景竟然不错。”他拍了拍手掌，墙灰散落间，看向邢菲。

他是专门来找她的。

“我想问你，你的腿究竟是怎么伤的。”

怎么伤的？

说起来，这事要从两个月前一次出勤归来说起。

那天，邢菲一共出了三次外勤，两次现场一次伤情鉴定，一直忙到午夜才回队里，坐在电脑前，她脑子里还不时回响那一家子吵吵嚷嚷的声音。

“我去买点喝的，师父你要什么？”

拿着同事列好的单子，邢菲一路小跑出了大楼。

月色半掩，是个阴天。

邢菲拎着东西走在回局里的路上，瓶瓶罐罐在购物袋里叮叮当当，倒让这段失修路段走起来不那么无聊了。

就在快到局里的时候，邢菲隐约看到路旁树下有个人在扶树呕吐。

酒鬼她自然不是第一次见，也没当回事，看了一眼继续走路。酒鬼也看见了她，当时刚好有月亮，月色下，邢菲清楚地看见了那人的脸以及他眼里诡异的眼神。

“我敢肯定那是我第一次见赵海洋，可他看我的眼神里却带着分明的恨意，我招他惹他了？”邢菲一摊手，“他扑过来想抓我，被我几拳打跑了。”

“腿就是那时候伤的？”

“嗯。”

“力气大也不是没好处。”

邢菲翻个白眼，这个傅邵言，好话从他嘴里出来听起来也是怪怪的。

腿一屈，她下了矮墙，对着远处出现的人喊：“展师兄，你怎么神出鬼没的？”

展屹也觉得队里的安排有点问题，不能因为他腿长就总干跑来跑去的活吧。

牢骚归牢骚，正事不能忘。

“Golden、小飞侠，快走，新雅别墅区有人报案！”

“我们不是专案组吗？”

“就是 GUIDE 案。”

在他们找到赵海洋家的一小时后，新雅街道派出所打来电话，在他们辖区出了命案，一栋别墅的主人被人在家中分尸，现场诡异。

“你们方才在赵海洋家是不是摔了一个木偶？我看了发来的现场照片，那具尸体的情况和木偶一模一样。”

头在东南、腿在西，两只手臂交叠在一起，尸块被钢锥固定，场面骇人……

3

通往又一个事发地的路坑洼不平，面包车颠簸前行，邢菲被颠得七荤八素，兴奋劲过去，只觉得胃酸上涌。

难受，想吐。

“要吗？”

邢菲瞟了一眼傅邵言，接过东西，拨开花花绿绿的糖纸，奶香散满口腔，胃终于消停了。

“谢谢啊。”她长出一口气。

“你们两个也是奇怪，刚才还掐架呢。”展屹挠挠头。

“这叫相爱相杀，我闺女说的。”头发白了大半的老司机开着车说着话，提起闺女，他的话格外多。

什么词儿嘛？！把广播声调大，大到盖过司机那口山东大喇叭，邢菲这才满意地闭上眼，她才不要和傅邵言相爱相杀呢。

后视镜里，邢菲和衣缩在副驾驶上，嘴角不住抿着，像在不服，看得人想笑。

傅邵言勾了勾唇角，不再看她，转而问起案子来："死者的情况了解了吗？"

"已经拿到资料了，小飞侠你不是要睡觉吗？好嘛，说就说，干吗瞪人啊。"展屹摇摇头，翻看本子，"小区物业确认了死者是房主商灯，靠外贸发家，这人在我们这还很有名。之前他在家和新婚妻子发生争吵，引来邻居不满，邻居前去理论时发现商妻连中数刀，不治身亡，而凶器就在商灯手里。人证物证俱在，法院几乎就要宣判了，突然有人出来自首，商灯最终无罪释放，这事当年一度闹得沸沸扬扬。"

"死得活该。"

"可不应该是这种死法。"话虽如此，可展屹的心里也赞同邢菲说的，真活该。

"先去看看。"傅邵言一句话结束了这场有关正义的对话。谁死他不在乎，他在乎的是抓到GUIDE，找到靳怀理。

他不信他就这么死了。

似乎知道他在想什么，准备了一肚子话的邢菲默默闭了嘴。

奶球在舌尖一点点化开，目的地到了。

即便是日光最强的下午三点，锦业别墅区仍是冷风阵阵，一栋栋立在荒草里的别墅像是城市的弃儿，在他们中来回闯荡的风是哭声。

"这地儿……"不死人都对不起这个氛围。

绕过一辆早到的警车，邢菲小跑着进了这片烂尾建筑的其中一栋。

李三觉得自己活得冤枉，以为表舅给自己介绍了个好工作，干了两月，一分钱没拿到不说，如今还要被警察问话，这运气也是没谁了。

"都说了，我在睡觉，十三栋的住户说他家水龙头坏了让我过来看看，你们要我说几遍……哎呀……"李三负气地蹲在地上，手抱着头，使劲儿捶了两下，"我还不如不来呢，钱没赚到又搞了一身晦气，这要被人知道我看见了死人还怎么娶媳妇啊！"

"看见死人怎么了？我一天看好几个死人呢。"

李三看着不知何时经过身边又几步走开的短发女孩傻眼了，啥？城里女娃一天到晚看死人？

"你可把他吓到了。"展屹打头上楼，脚下羊毛地毯柔软无声。

"我还被相亲对象'吓到'过呢。"邢菲不以为然，转过祥云形状的鎏金扶手，站上了二楼。

相亲？傅邵言站在下面抬起头，这个大力水手？他摇摇头，继续听着民警给李三做笔录。

二楼，邢菲戴好手套走到房间正中。

和途中得知的一样，商灯的尸体如那个摔碎的无脸木偶一样，头在东南、腿在西，两只手臂交叠在一起，头躺在房间正中，眼珠像颗灰色玻璃珠。

尸体旁，一把红柄电锯刀锋银亮，另一侧，一副染了些血的白手套折叠整齐，和一部手提电话规整地叠放在一起。

异常从容规整的分尸现场。

邢菲挠挠头。

“难办。”展屹说出了她的心声，一般的现场越乱越容易有线索，这样反而……

她蹲下来分析：“未见瞳孔，死亡时间应该在四十八小时以上，没有尸斑，腐败程度不严重，皮肤上有水珠凝结，伤口部分无生活反应，是死后遭人分尸。”

“我算了一下，开车从万家巷到这里花了三十多分钟，我们到赵海洋家是一个小时前，依你看，半小时内能完成分尸吗？”展屹拿出本子，对着上面记的时间说。

“能是能，不过想做得这么干净可能性几乎为零。”邢菲拿出棉签，沾了点眉角的橙红色物质。

嗅嗅，无果后她装了袋。

“心理素质再好的人在杀人时大脑神经元也会亢奋，导致行动出现不协调，可你看……”邢菲手在露着腿骨的大腿上戳了戳，“刀法利落，没有偏刀，要么这是世纪杀人魔作案，要么他有时间清理心情还有失误，楼下那个男人不是说接了个电话才来的吗，肯定是凶手打的啊，所以这个案子真的很麻烦的，GUIDE 有门徒了。”

一个在万家巷看他们忙活，一个在这边依样分尸体。

邢菲拍拍手，看得差不多了，接下来就是把尸体运回去再解剖。

“师兄，帮我一下，师兄？”她回头看看，不由扶额，才多久的工夫啊，神出鬼没的展师兄又没影了。

这边，李三鼻涕一把泪一把，终于得到了应许，可以走人了。

他擦干眼泪，对后来问话的金眼男人千恩万谢，别看眼睛和他们不一样，人却和气。又鞠了一躬，李三正想告辞，抬头便见提着几个蓝色大包下楼的邢菲。

只见她左手两个扁平袋，右手一个细长袋，风一般下了楼梯。

乖乖，劲儿真大，他看向傅邵言，傅邵言看向邢菲。

李三：“你们城里女人这么能干？”

傅邵言笑一笑：“她劲儿比我大。”

说是如此说，傅邵言还是转身上了楼。

城北，万家斜巷，殡仪馆。

二十多岁的富家子酒驾殒命，爹妈雇了好些人帮儿子哭丧，声音传进后院，被通风扇切成一道道光线，哇呀呀地照亮铁床前的人脸。

“手脚腕都有束缚伤，甲床发绀，舌头僵硬外凸，内脏残留有少量瘀血，尸块边缘没有生活反应，结合足跟的蹭蹭痕迹，应该是死于窒息，死后遭人分尸。我在他嘴里发现两样东西，需要送检，不过我觉得像卫生纸和果酱，还是一大口果酱。”邢菲摘了口罩，额头沁着一层薄汗。

“卫生纸？果酱？什么意思？”

“果酱是死者死后凶手喂的。还有，傅邵言，你这个鉴识专家不去破案，来我这儿干吗？”

“那边该看的都看了。”傅邵言笑笑。

该看的都看了，就你聪明是吧？赌气地扔了手里的东西，邢菲气鼓鼓地看着傅邵言：“他们说你聪明又平易近人，为什么总针对我？”

针对？

“大力水手！别以为我没听见，上车时你说的。”说着说着，邢菲就委屈了，被他鄙视成绩是她自己的原因，学习不好活该被骂，可力气大招他了？

这还是傅邵言第一次见邢菲哭，他顿时吓到了。

正不知所措，“失踪”半天的展屹不知道从哪个石头缝里蹦出来了：“查出来了，录音机的声音查出来是谁的了！”

他喘着粗气，就没留意邢菲和傅邵言的情绪不对：“你们绝对想不到是谁的，是赵海洋，那个死了的赵海洋，他留下的。”

死的人为凶手留言，这个情节邢菲好像在哪儿见过。

零碎的片段在脑子里乱飞，风扇声不再是吱呀吱呀的，嗡嗡耳鸣中，一个人扶住了她。

邢菲看着傅邵言的嘴一开一合，死活不知道他说的是什么……

“我掐人中。”傅邵言说，“你找杯水来。”

展屹也吓坏了，忙不迭地点着头，冲出了房间。

“在学校时我也不是有意让你难堪，你的确不适合学刑侦，法医方面的天赋倒很明显，徐老不是平白无故收你为徒的，是我和他说了你的情况他才答应的，你是个很称职的法医。”傅邵言不知道他为什么要解释这些，只是看着邢菲的脸一点点有了血色，他就觉得该讲。

毕竟小姑娘对这件事一直耿耿于怀的。

“你怎么样？听得见我说话吗？”看着睁开眼睛的邢菲，傅邵言松了口气。

“下次能别往死里掐吗？疼。”邢菲揉着嘴巴，肯定红了。

“你怎么了？”

邢菲坐正，眼睛在傅邵言那双手上扫了一下：“赵海洋为GUIDE留言这个事，我有印象。”

“之前没说过。”

“不是赵海洋，是死人留言这个事我好像在哪儿见过……或许是在哪儿看过的恐怖电影吧。”邢菲摇摇头。

“有件事我想告诉你，你做法医很棒。”他并不喜欢打击人，他也不小肚鸡肠，事实上，他轻易不和人有太多的来往，对邢菲，算是破天荒了，傅邵言陷入反思。

“你做警察也很棒。”想想迷糊中听到的那番话，邢菲眨眨眼，“所以能不能收我为徒？”

傅邵言怔住了。

“在哪儿跌倒就在哪里爬起来，刑侦。”邢菲强调道。

“万一跌更狠呢？”

“酒来了，没找到水。”没见人，声先到，展屹一掀门帘走了进来，怀里叮当作响着一箱瓶装酒，他担心不够，搬空了木老头的存货。

“我皮厚，抗摔！”

傅邵言蹙了下眉，没作声，伸出去的手从呆愣愣的展屹怀里提过一瓶酒：“邢菲，能帮我打开吗？”

什么情况啊？展屹一句也没懂，他放下酒，手在衣襟下摆上蹭了蹭：“我来！”

“我来。”

一瓶酒被邢菲和展屹两个人抢，却都抢了个空。傅邵言拿着酒说：“我教你的第一件事就是，你是女生，不要别人要你做什么你就做什么，傻。”

砰一声，他吐掉瓶盖：“我收你了。”

4

一夜恍惚而过，师徒关系就这么定下了。

清晨，警属公寓。

窗外晨练声声，傅邵言望了会儿头顶墙皮的那道裂缝，翻身下床。

有人敲门。

“是你啊？”打开门，看清来人，傅邵言愣了一愣，“来得够快的啊。”

“薄医生说你去医院看过萧砚。”说话的女人头戴凉帽，一件居家裤的真丝裙让她本就瘦小的身形看上去更加单薄了。

风一吹就倒，这是傅邵言再见阮圆时的印象。

“进来吧。”他转身进了屋。

听见动静的板砖从桌子底下钻出来看着主人，肯定是个主人不喜欢的人，瞧瞧瞧，主人又是那副懒于应付的丧脸了。它喵了一声，选个舒服的姿势趴好，最喜欢看主人怼人了。

“找我有事？”

“凶手有眉目了吗？”

“在查。”

“没有什么线索吗？”

"涉密，不方便说。"

阮圆低下了头："我知道你们怪我，我也怪我自己，如果当初没有去美国而是跟萧砚在一起，他是不是会没事呢？"

傅邵言低头摆弄着手机，没作声。

"我离婚了。"

眼睫一动，傅邵言继续摆弄手机："你该和萧砚说，那个糊涂蛋肯定开心。"

喵……板砖舔舔爪子，喏喏喏，开始了，主人最擅长的冰冷怼。

阮圆咬咬嘴唇："我会好好照顾他的，你们如果发现什么线索，希望可以告诉我，我想第一时间知道害萧砚的是谁……"

"师父，准备准备，出任务了。"邢菲气喘吁吁地跑到门口，对傅邵言说。

"不好意思哈。"傅邵言一摊手。

"偷听够了？"阮圆走了，傅邵言放下手机，她就住在隔壁，短信发半天了。

邢菲讨好地眨眨眼："她就是薄思璇说的那个红颜知己？为什么她说不去美国萧砚就没事了？萧砚喜欢她？"

"问太多了，去换衣服，等下出去。"

"啊？真出任务？"她以为说假的呢。

看着小跑着回去换衣服的邢菲，傅邵言开始思考他收邢菲为徒的理由。

大家都说黄金眼傅邵言聪明和善肯带后辈，却没人知道他活得凉薄几乎不向人袒露真心。而邢菲，毛躁甚至横冲直撞，他看着好笑，却打心眼里有些渴望那个模样。

车等在院子里，一身便装的展屹倚门而望，见他们从楼里出来，热情地招招手："师父、师姐，这儿呢。"

傅邵言见了他，这才想起，除了邢菲，还有这个死赖着拜师的便宜徒弟。

一路向北。

车上，展屹指着窗外的灰白路段："商灯老婆的娘家情况有反馈了，他老婆死后他丈母娘两口子就搬回老家住了，案发时他们在家，没有作案时间。商灯还有个小叔子，几年前得病死了。除了这些，我们还发现了一件有意思的事，乔溪在商灯的公司工作过，商灯婚前追过乔溪。"

邢菲看着远处，楼宇鳞次间，一栋玻璃墙体的高楼在清晨中发着亮，他们的目的地就是那栋世纪商贸。

商灯的公司就在那栋楼的十三层。

电梯上行。

蓝星灯饰副经理室门外，展屹提手叩门，半天没人应。

"你不是约好了吗？"

"是啊。"展屹看着邢菲，加重了手劲儿。

咚咚咚。

“你们找谁？”不知从哪儿出来个女人，推着鼻梁上的眼镜看着他们。

“警察。”掏出警员证晃了晃，展屹看着女人，“你们副总呢？”

“柳总刚刚出去了。”

“干什么去了？”

“没说。”抱紧手里的文件，女人的眼神变了，“听说商总被人杀了，是真的吗？”

真是好事不出门恶事行千里，他们已经在严控信息了，展屹望天清着嗓子：“不该打听的事少打听。”

女人撇撇嘴，走开了，不知是不是错觉，邢菲总觉得女人经过傅邵言时，眼睛放了一下光。

“展屹，你把人得罪了。现在怎么办？”

“我……”展屹一脸愤懑，他又没说什么。女人难搞！

“我去试试看。”

怎么试？邢菲盯着远去的傅邵言。

一刻钟后，展屹急急地看着回来的傅邵言：“师父，怎么样？”

“商灯不喜欢人际交往，唯一的好友就是这个公司的副总柳颇，商灯当初追过乔溪，年头太久他们说不清楚细节。商灯和他妻子的感情不好，他们说商灯喜欢乔溪，所以在他老婆死后一直单身。”

“你怎么问出来这些的啊？”展屹快佩服得五体投地了。

“她喜欢歌星刘天临，我有他的签名照，小飞侠，瞧你的表情，你不信？”

“没有没有！”邢菲连连摆手，被傅邵言知道她其实是怀疑他卖笑换情报那还得了。

“她用刘天临的手机屏幕，走路手打的节奏是他的歌。”傅邵言显然不信她说的。

转过身背对着傅邵言的邢菲吐吐舌头：“我们是继续等，还是回去？”

“去车库，他才走。”傅邵言说。

室外烈日炎炎，地下车库一片沁凉，风机呜呜作响，邢菲跟在展屹和傅邵言身后，在如同迷宫般的低矮地方里享受久违的清凉。

“估计赶不上了。”他们找一圈了，邢菲揉着腿，走累了。

突然，她停下脚：“什么声？”

展屹也听见了，咕噜咕噜，像吐泡泡的声音。

“在那儿。”眼尖的他指着一辆白色雪佛兰，大步跑了过去。

光线不明的角落，白色车子停在离墙一段距离的地方，一个人歪倒在那不足一米的空间里，手捂着脖子，汩汩的血正从脖颈间冒出来。他含糊不清地发着声音，正是最初那种咕噜咕噜的声音。

“柳颇！”展屹大叫。

柳颇也看到了他们，涣散的眼神渐渐凝聚起来，他呜咽着抬起一只手，使劲地指着一个方向。

“大动脉被割了，才受的伤，凶手没跑远……”后赶到的邢菲扫了一眼伤口，几下撕开衣服，团成团，按在了柳颇的伤口上。血瞬间殷红了布条，邢菲求助地回过头。在傅邵言蹲下的时候，展屹已经在跑了。

柳颇指的方向是正在上行的电梯！

挥舞着手臂的展屹消失在旋转车道上。

没有电梯，他就用跑的！

展屹不断提醒自己，他是省短跑第一，他能追上凶手。

跑过漫长的车道，终于到了露天地，展屹站在空了的电梯门前，看门外人来人往。

推婴儿车过马路的妇女，吵架的小情侣，向路人寻求帮助的盲眼人……人海茫茫，他不知道哪个是凶手……

他又让他跑了……

他抓狂地徘徊了好一会儿，不甘心地回了地下车库。

而此时，地下车库里，邢菲慢慢松开了手。

血在指端慢慢凝结，像层厚厚的松脂，柳颇软软地躺在地上，瞳孔一点点放大。

不顾手是脏的，邢菲蹭了蹭脸，心突突跳着，做法医这么久，和死人打过不少交道，眼睁睁看一个人死却是头一次。

“师父……”

她回头看向傅邵言，不知何时，傅邵言已经走到了不远的身后，蹲在地上，捡起两样东西。

薄的是张名片，粉色的痕迹浅浅滑过边缘，几年的刑警生涯告诉他，那是纸划破皮肤时，血留下的痕迹。

他举高名片，让冰冷的车库灯照亮上面的字，柳颇的烫金名片上除了他的姓名电话外，还手写着三个字——第二个。

5

120赶到，拉着尸体去了殡仪馆。

邢菲坐在车里，看着血从柳颇的脖颈越来越慢地流下，在浅蓝色被单上干涸成结。

“不知道师父他们能不能找出那个人。”邢菲说的三个人和停车库里凶手留下的第二样东西有关，一本有缺页的名片夹……

太阳最烈的上午，车停在殡仪馆前。

木老头的关东煮换了卖家，香料味太重。

邢菲揉揉鼻子，迈上台阶。

不知不觉太她就在停尸床旁站了一个小时，尸体的正面检查完毕，除了喉咙的一处割伤外，并没其他外伤。

邢菲擦擦额头的汗，招呼人来帮忙，该检查背面了，需要给尸体翻个个。没想到帮手没动手，门外倒是有了人声，声音激烈刺耳，竟然还有尖叫哭声。

邢菲抬了下眼皮："干咱们的。"

柳颇被翻了过来，邢菲拿着解剖刀走近，还没下刀，先咦了一声，括约肌松弛，肛门皱襞基本消失……

"啊哦。"她在为这个发现高兴，却没留意外面的人声不知什么时候就消停了，一个胖女人站在她身后，看着停尸床上的尸首，脸一阵发白。

"你个天杀的臭婊子，我儿子死了还不得安宁！"

毫无预兆的，邢菲的头一痛。

"疼疼疼！"她被拽得连连倒退，连句爆粗口的时间都没有，人已经摔在了地上。

"谁让你动我儿子的，你让我儿子不安宁我就让你不得安宁，我让你们都不安宁！"

那是柳颇的母亲。

胖女人力气大，拉倒了邢菲直接骑在她身上，大耳刮子雨点似的落在邢菲身上。个头小的邢菲虽然力气大，无奈柳颇妈体重也大，加上刚好坐在她气门上，轮到邢菲就只有挨打的份儿了。

她有些想她哥邢朗，邢朗长得高大，还会打架，要是他在这儿，肯定会护着她的。

"妈的。"

她爆着粗口，心想自己要被胖女人抓花了。骂声太小，胖女人力气太大，邢菲捂着脸，拼命告诉自己她做的事符合程序，就算被揍得再狠，也不能哭！

不能哭！

疼……

一旁的同事想帮忙，手还没伸就被胖女人的帮手冲开了。

那个时候的邢菲是叫天天不应叫地地不灵。突然，胖女人怪叫一声，罢了手。

"没事吧？"傅邵言一手按着胖女人，一手拉起邢菲，问完他就后悔了，瞧邢菲那一脸花，还用问吗？

"你是谁？敢动手？"胖女人尖叫。

"警察。"傅邵言平静说着，捎带把邢菲带到了身后。

"好啊，警察打人了！快来人啊，都看看，警察打人了，警察欺负我这老婆子啊！"

胖女人的指甲尖利，对着傅邵言的手背就是几下，她有恃无恐。

"我叫傅邵言，工号 89757（工号属虚构，如有雷同，纯属巧合），公安厅电话你问 114，想投诉随时可以，打人不行。"依旧是那种不咸不淡的语气，好像挨打的不是他似的，邢菲真怀疑是不是他的痛感神经失灵了。

没受过这份窝囊气的邢菲不干了，她撸起袖子大叫着准备大干一场，人没凑上前就被傅邵言一巴掌按了回来。

“和你说的全忘了，打架不是女生该做的。”

“可……”

“没可是。去隔壁等我，师父的话你不听了？”

邢菲语滞，被他一搡，几步退到了人群之外。

见她没走的意思，傅邵言也不理她，转过身专心应付胖女人。

女人的亲友团都比邢菲高，她看不清里面发生了什么，只知道胖女人突然不再那么吵了。

“你胡说八道什么？”她听见胖女人这么说。

“我有没有胡说你知道。”傅邵言说。

“你敢造谣是罪加一等！”胖女人喘气开始困难。

“你可以让我试试。”

胖女人哼了声，扭头出了房间。

邢菲呆呆地看着那些人走，想不明白了。

“师父，他们怎么走了？”

傅邵言朝胖女人一努嘴：“你看她。”

邢菲依言看去，只见胖女人的亲戚一个个都在窃窃私语，而在胖女人背后，赫然贴着一张纸条，上书——“gay 妈”。

“她不就是因为这个才不让你解剖的吗？我说如果她再闹我就把这件事说出来……”傅邵言拉着她的手跟着朝外走，那心安理得的样子像他真的信守承诺一样。

邢菲眨眨眼，看着他。

“我是没说啊。”

“我写的，她挠了我十三下打了你至少十五拳，这么做不过分。”

“那我们跑什么？”邢菲被傅邵言拖着脚下生风，朝漫长的走廊深处跑去。

“到了。”傅邵言停下来，“她的亲戚很快会告诉她，除非她敢在这间屋子里找我算账。”他指着房间内的铁床，上面一副尸首平躺着，默默发着恶臭。

傅邵言：“她的亲戚会告诉她，也不会替她保密，这就是人性。”

“师父，你知道柳颇是那个？”

“我解剖课可是满分。”

“师父，我想问你件事。”这件事自从她和傅邵言重逢便一直想问了，“当年那几个人说你坏话，你为什么不反驳？”

傅邵言并不是个软弱的人，至少最近的几件事上，他不是那么好欺负的人。

邢菲盯着翻箱倒柜的傅邵言，等待着答案。

不一会儿，傅邵言拿了酒精和棉签回来：“疼，忍着。”

“嘶……”邢菲一皱眉，那个胖女人下手狠，师父下手也不轻。

傅邵言就这么沉默着一点点给邢菲擦着伤口，一处、两处、三处……一共十七道伤口，都擦完了，他放下手。

“邢菲，有时候我很羡慕你，开心就笑，难过就哭，不计后果，随心所欲。”

傅邵言说这话时，眼里有种邢菲从没看过的东西，她来不及读懂，就被门外来声打断了思绪。

“小飞侠，你没事吧？怎么，师父也挂彩了？”

邢菲看着展屹：“你真的特别擅长‘打断’和‘失踪’啊。”

“怎么了？”

“没什么。等师父清理好伤口咱们说说案子吧。”

“已经好了。”

看着被傅邵言丢到一旁的棉花球，邢菲无语，根本没擦好吗？

下午五时，落日余晖。

分局办公室，圆桌旁。

猴子打着瞌睡，被面无表情的F5一指头掐醒了，嗷一声抬起头，引来朱亚严不满的一眼，他敲了敲桌面，继续问：“可以确定商灯也是同性恋？”

“定了。”猴子擦了把口水，埋怨地看了眼F5，“Golden吩咐完我就带人去了商灯的几个住所，按照邻居的说法，柳颇一个礼拜有五天要去商灯家，过夜没这么勤也是时常。还有，我们在他家找到了不少那种必要的工具……”

“商灯手臂上的束缚伤几乎没有剐蹭，加上足跟的轻微蹬踹痕迹，更加证实商灯手臂被约束是出于自愿，有受虐倾向的人喜欢寻找各种方法寻求快感，刺激感官，濒临窒息就是其中一种，只是他没想到，快感最后要了他的命。”邢菲说。

沉吟片刻，朱亚严开口道：“像商灯这样有固定伴侣又有一定格调的人轻易不会找野鸭，猴子你带几个人，去商灯常去的酒吧、咖啡馆、宾馆找最近出现又突然消失的年轻男性，凶手很有可能在那里对商灯下手。”

“是，扮惯了市井走卒，这次要扮把gay。”猴子翘着兰花指扭捏地朝门外撤，没走几步被人叫住了。

“这个人的年纪在十九岁至二十五岁之间，身高一百七十五厘米左右，皮肤白皙，体瘦，衣服不合身但干净，在这些场所做临时工，又很快被辞职。”

“啊？”

“身高来自于伤口的造力高度，体瘦和衣服是因为这个凶手并不富裕，邢菲从商灯嘴里提取到的卫生纸是种价格低廉的纸，这也帮助否定了熟人作案的可能，他的朋友消费水平比那个高，也正是外形的差距让商灯失去了戒备心。”傅邵言说。

说起傅邵言，朱亚严头疼地看了眼他那一脸伤，中午柳颇的母亲跑到市局投诉，直到现在他也没敢接投诉科的电话。

“照Golden说的做。”他一挥手，打发走了猴子，“展屹，那张名片有眉目了吗？”

“没有，柳颇的秘书压根儿不知道柳颇的名片夹里装着谁的名片，我们按照

Golden 说的，找遍了网上有类似的图标也没结果。”

展屹说的图标是傅邵言发现的，在夹过名片的塑封上有一块半圆形状的压痕，那道压痕就像法检说的那种减层足印（人走过布满灰尘的地面，鞋底粘上灰尘而留在地面上的足迹，与之对应的是加层足印）。

傅邵言说：“那是用了烫金工艺的凸形图标留下的。”他也奇怪，根据遗留的灰尘形状，他已经把图形画出来了，可就是找不到。想到这儿，他再一次拿起来名片夹，翻了两下，突然笑了，破案有时候不需要高科技，能辨灰尘的显微眼又怎样，还不是骑驴找驴，“驴”其实就在手里。

他抽出一张名片，半圆加横的图形和他画的那张一模一样，那是一所医院的建筑抽象画。

夜幕之下，华灯初上。

青灰色路上，红色途观在灯火与黑夜间一闪而过。

车载广播正播着师资引进的消息，展屹一伸手，把音量调在一个适于听觉的音量，瞧了眼后座上闭目养神的两人：“快到了。”

傅邵言睁开眼，看着公路尽头那立在坡上的四方建筑，长平医院就隐在浓浓夜色里，一身肃杀之气。

这栋医院会和柳颇商灯乔溪甚至赵海洋有什么关系呢？他抿抿唇，希望在朱队的人调查清楚前，不会有命案发生。

想法方起，便听见刹车声刺耳响起。

“谁啊？”展屹擦着冷汗，开门跳下车。

邢菲也被晃醒了，跟着探出头。夜很黑，头灯打出去的白光照在水泥路上，白晃晃，一个蓬头垢面的金鱼眼眯着眼，在车前哎哟地叫着。

被碰瓷了？撞警车，这不是撞枪口了吗？邢菲觉得好笑，升起车窗，她麻利地跳下车看热闹。

“师父，你不去？”后知后觉发现傅邵言没动作，她回过头。

“不去。”

脚步声嗒嗒，邢菲走了。

“回来。”他又叫住了她，头探出窗，压低声音，“你过去打算怎么说？”

“我是法医，自然要验伤了，不然怎么说。”

傅邵言摇摇头，太浪费时间了。

“你这样……”他勾勾手。

这边，罗三胖眨眨金鱼眼，没注意到下车的小姑娘，还在和展屹扯皮道：“警察怎么了，警察也不能随随便便就撞人啊，你看你把我撞的。”

他举起胳膊，上面乌青一片：“你看你看！”

他举着示威，还夸张地趴在地上哀号。

“你的伤在哪儿，给我看看？”

“你是谁？”罗三胖看着突然冒出来的小姑娘，挺了挺背。

“我是法医，让我看看你的伤，好商量赔偿的事啊。”邢菲狡黠一笑。

罗三胖心却咯噔一下，扭开头：“你们是一伙的，我不给你看。”

“你不让我看我们怎么赔你多少钱呢？”邢菲神情为难，正想着说服的说辞，车子突然响了，远光灯乍亮，发动机声音轰鸣。

邢菲大喊一声不好，再不理会罗三胖：“展屹，犯人把咱车抢了！”

展屹一愣。犯人？哪来的犯人？他朝车里看去，车上只有傅邵言在开车，没犯人啊？

“快走啊！”邢菲朝他使了个眼色。

啊啊啊……秒懂。

“犯人抢车了！”展屹作势掏枪。

一时间发动机的运行声，轮胎摩擦地面卷起的硝烟让罗三胖信以为真。眼见着车轮朝他压过来，那两个警察已经闪人了，他哪里还能犯傻等着被撞啊，撒丫子跑吧。

跑着跑着，就不对劲了。

那车的确在开，发动机也在响，可怎么就没风驰电掣、呼啸而过呢？

他边跑边回头，发现途观不知何时竟和他齐头开着，邢菲手搭着窗沿，年轻的脸庞带着能唬人的严肃：“小臂钝挫伤，从颜色判断，伤了两天，钝器致伤，想敲诈警察？”

“姑奶奶我错了，我家有老母幼儿，我被猪油蒙了心，一时糊涂啊！”罗三胖连吃奶的劲儿都使了出来，撒丫子跑了。

邢菲倚着车窗，咯咯笑着。夜风拂面，她理了理碎发，收回头：“师父，当年那几个人骂你，你为什么忍啊？”

“没想忍。”傅邵言看着邢菲，“被某个正义大侠‘截胡’了而已。”

“哎，师父、小飞侠，你们等等我啊。”

糟糕，把展屹给忘了。

第三章　死亡倒数

1

住院部。

今天轮到尹雪值夜班。

发完药，又给一个肺部感染的病人输完液她便没了事，忧心忡忡地穿过走廊，转个弯人已经回到了护士站。

灯光明亮，带着消毒剂的味道。

她伏在案上，头侧向一旁，刻意避着灯光，人依旧眩晕着，秋老虎肆虐的几天里，她整个人昏昏沉沉不说，连脑子都懒得动，可是没办法，孩子上学是件大事，她还是要想。

一小在家附近，教学质量一般，和平三小教学质量好，跨学区，想去不是不可以，助学金就是好大一笔，她和老公的薪水倒是负担得起，但生活水平下降也是肯定的。她正托腮苦想，冷不防头顶传来人声。

“护士，能问你些事吗？”

她抬起头，看着眼前的男人，他低着头，长长的睫毛遮住了他的眼神。

“什么事？”

“你知道医院里谁和蓝星灯饰的柳颇认识吗？”

尹雪摇摇头：“柳颇是谁啊？”

男人道了谢，转身要走，步子没迈开，又停了下来。

“一小来了几个特级教师。”

“真的吗？”尹雪忍不住追问，可她马上想到，这个男人好端端怎么说起一小，难道他知道她在为孩子择校发愁？

茫然地低下头，尹雪看着桌上的涂鸦，了然，或许也是个学生家长，也面临给孩子择校吧。

她拿起桌上的纸团烂，正准备扔，忽然反应过来：她写的不过是助学金啊，他怎么说得出一小呢？

不难，没到江都前他就把江都市地图看了一遍。

学区嘛。傅邵言撩了撩头发，走出大楼。

夜风习习，吹开台阶上的落叶，邢菲和展屹还没回来，迈下最后一阶，傅邵言拿出手机，对着空空的屏幕看了半天。

也不知从什么时候起，他有点不习惯单独作战了。

这边，邢菲和展屹从另一栋楼里出来，一前一后。

“小飞侠，跑得快也不能帮助破案，还有可能错过细节。”追车跑了半公里的展屹忍不住拽了邢菲一把，来了个急刹车。

“也对。”说是如此说，鬼都看得出邢菲眼里的着急，“展屹，朱队他们什么时候能到？”

“不知道，说是在和上级沟通，毕竟还没出人命，凶手的目标也不明确。”他看看表，“应该快了，小飞侠你等等，我有话和你说。”

按住邢菲，展屹语重心长道：“碰瓷儿那件事可以有许多种解决方法，这种不行就那种，就是别再拉着 Golden 和你一起演戏了，影响不好。”

“我拉着他？”邢菲一脸 excuse me 的表情。

“不然呢？总不能是他拉着你吧？你和谁说也不会有人信的。听我的，和我们怎么胡闹都行，Golden 太‘高’，不合适。真的，我是为你好。”

“你真觉得他做不出来这种事？”

“当然了。”

“好吧，‘的确’做不出来。”错事总是她这种“坏学生”做的，傅邵言那样的“好学生”哪可能犯错呢，想起解剖室里傅邵言对她的回护，这个锅背就背了吧。

“展屹，你专门要求和我一组就是为了告诉我这个吧，谢谢啊。”

伸出的拳到胸前化为掌，转而落在肩上，展屹看着肩头的手，挠挠头：“被你看出来了。”

头顶一道冷风，无意间抬头扫了一眼的展屹大叫一声：“靠！小飞侠，快去找 Golden！”

看着嗖的一声跑进楼的展屹，邢菲不明所以，跟着抬起头，这一抬，心便跟着漏了一拍。

黑洞洞的夜空，五楼一扇窗开着，一个人姿态诡异地从窗口探出头，正一点点朝窗外爬着。更为诡异的是，那人有三只手！

“傅邵言，老傅，师父！”邢菲大叫着不知该走还是留，那人的上半身在这个空当也全露出来了。

满是“污渍”的衣襟被风吹得摇曳，一声风响，人轰地一下掉了下来，刚好掉在了邢菲面前。直到此刻，她才看清那“第三只手”是什么了。

一根足有一指粗的木桩插进嘴，撑得嘴变了形，木桩上刀刻着三个字——第三个。

“出现了？”闻声赶来的傅邵言站在邢菲身后，看着地上的人……或者说是死尸。

嘴已经称不上是嘴了，鼻子塌了，脸血肉模糊的，唯独眼睛还算清明，痛苦地圆睁着，望着木桩上方的字，仿佛是不信他就这么死了。

“展屹上去了，这人是被推下来的，凶手肯定没走远，你快上去吧，这里有我呢！”

“小心点。”

傅邵言来了又走了，看着他宽宽的背影一点点消失，邢菲低下头与那具尸体四目相对。

“你究竟要伤几个人才能罢手？”

她像问尸体，又像问凶手。

平静的五楼警铃大作，尹雪回过神，朝响铃的房间跑去。

十一床的病人心脏骤停，多亏临床的陪护察觉出不对劲，按了铃。

尹雪叫来了值班医生，胸外按压并没奏效，她又被打发去拿除颤仪。心急火燎跑出房，走廊站满了被惊动的人，有和十一床临床的患者，有其他房间的病人，还有陪护，每个人都想从她这里打听出什么，可她没时间搭理，慌乱中，她险些被撞倒，千辛万苦，总算拿到了除颤仪。

“等等。”

她头也没抬，朝挡道的人吼：“借光借光。”

不知道吃坏了什么，杜广中又一次从陪护床上爬起来。

“小秦，去厕所。”他又习惯性地叫上同屋另一个陪床。

说来也怪，今天的屎就像尿，稀稀拉拉没个完，五分钟后，不耐烦秦冬楠接连的催促，杜广中摆摆手：“你先回去吧。”打发走了小秦，杜广中蹲在坑上继续肚子疼。疼啊疼，秦冬楠不知怎么就回来了，回来就回来吧，说话都不是个人动静了。

杜广中捂着肚子听他说：“杜大哥，你家老爷子出事了！”

“什么？”

杜广中平时很照顾眼盲的秦冬楠，所以每次他邀请秦冬楠做什么秦冬楠总不会拒绝，只是今天的时间太长了，秦冬楠不放心病房的老妈，好说歹说地脱了身。

临从男厕出来时，他还听见杜广中在骂骂咧咧，不免摇摇头。

一会儿要和杜大哥好好赔赔不是了。

他摸索着回了病房，经过十一号床时，总觉得有些不对劲，摸了几下，这才发现杜大爷没气了。

“护士，护士！”他大叫着按下铃。

一口气跑上五楼的展屹发现他来迟了一步，应该平静的走廊因为一起急救乱了套，几乎整个病室的人都跑了出来，他暂时想不出其他病人对这起急救为什么会这么关心，他只知道想找出有关凶手留下的痕迹似乎没那么容易了，发生坠亡事件的房间此刻门开着，对流的风吹得门轻晃。他站在门前，正准备推开门，身旁突然传来人声，那个叫尹雪的小护士跑过来，动作迅速地上了门："谁让你进来的？"

"我是警察。"

"警察更不能妨碍我们救人，借光借光。"

尹雪人小，力气却不小，一下就将他搡开了。

碰了一鼻子灰的展屹回身看着跟过来的傅邵言，无奈地摊了摊手。傅邵言指指出事的房间，示意他过去。

电话也在这时响起了。老式木门顶部嵌着块见方的玻璃，玻璃上的玻璃纸让房内呈现着一片朦胧，他凑近，耳边响起朱亚严中气十足的声音："Golden，找到关联点了，商灯的小舅子在长平医院治疗过，不治身亡，凶手很可能是和商灯亡妻家有关的人，所以他的目标是长平的某个人。"

"你说得对，不过不是某个，是三个……"透过玻璃纸边缘，房内的景致一览无余。

月色隔着半扇窗明亮，模糊的影子透窗落在地上——还有两个。

目光顺着影子上移，最终定格在窗上，那上面，暗红的血字早已干涸。

2

傅邵言足足看了那名片夹三分钟，这才迟迟放下，如他所想，被忽略在最后的两页空格也有那个半圆压痕。

凶手接下来的目标还在长平医院。

他转身走进出事房间，朱亚严站在痕检员后，倒背双手，一身的惆怅。

"怎么了？"自认识起，傅邵言还没见过朱亚严这副模样。

"你看过一部电视剧吗？里面有个情节，女主角为了替父母报仇，利用医院的一些常见物品，方糖、生理盐水、吊瓶架设计了一个陷阱，炸死了几个侵略者。"

傅邵言闻言环顾了下房间，方糖、碘酒、吊瓶架……

"你是说……"

"他利用吊瓶架倒下的力量让轮椅失去平衡，从而进行'抛尸'。"融化的方糖和没干的碘酒就是让吊瓶架倾倒的东西。邢菲说死者牙齿脱落，生前面部遭人多次击打，受了这么大的痛苦还没被人发现，第一现场可以肯定是个隔音很好又离这里不远的地方。凶手了解各种器材的位置，还能自由出入，会不会是医院里的人……"

话音刚落，展屹手拿笔录跑了过来："队长，有发现！"

案发前，有患者看到一个陌生人出现在医院，据描述，那人年纪大约二十岁，瘦高个子，穿着一件洗得发白的格子衬衫。

朱亚严看了傅邵言一眼，有点像？

“队长你是在想这个人和猴子在找的那个有点像吧？”展屹一脸的“我懂你”，然而事情并没完，还有发现，“商灯的小舅子死时二十一岁，就爱穿格子衬衫。”

他举起手里的照片，照片上，脸色苍白的瘦弱男孩面对他们，无力地微笑，他身上穿的正是一件洗得发白的格子衬衫……

而他们在柳颇随身携带的名片夹里有三个突兀的空缺，剩下的两个人或许就是凶手接下去的目标！

“这个脑形，身高的确和你推测的数值相符。”邢菲揪着眉头，使劲儿看了半天，再次确认道，“一米七三那样吧，他们怀疑这一切是商灯的小舅子做的？可是不对啊，商灯不可能不认识他自己的小舅子，怎么会和他玩那个呢？”

“所以凶手不是装神弄鬼，就是真鬼。”

邢菲手一抖，斜眼看着傅邵言，师父挺喜欢开玩笑的，就是笑话很冷。

真鬼，怎么可能？她举起手里的开颅锯，一点点切开了死者头部。

在昏暗阴冷的停尸房里，长平医院的这位彭鸣辉大夫生前或许不会想到，自己能有这副死相。

在朱亚严赶到长平医院不久，死者的身份得到了确认。

彭鸣辉，长平医院神经内科的副主任医师。

“鼻骨断裂塌陷，横向受力，着力点相对均匀，遭到袭击时应该是半躺姿势，血呈喷射状，凹陷创痕周围的裂纹呈交错网状。”邢菲停了停，“他遭受过多次击打，口腔内有六颗断齿，口腔壁有顺向刺状伤痕，无生活反应，木棍应该是死后插入死者口腔的。”

没有电锯，依靠人力的开颅过程异常辛苦，到了后来，大力水手邢菲也累了，风机呜呜转着，锯子割开头骨的声音像指甲划过黑板，让人很不舒服。

傅邵言正专心等着邢菲下面的话，不料却等来妈呀一声的尖叫！

怎么了？

脑子里有东西……在动！

傅邵言扶稳她，定睛一看：“你刚刚是不是说他的四肢没有约束伤？”

“没有，手腕足腕背部都没有约束伤。”邢菲舔舔发干的嘴唇，嗓子都吓疼了。

“指甲里也没发现可疑皮屑。”傅邵言重复着她之前说过的话，“四肢没有束缚伤，鼻骨作为人最脆弱敏感的骨骼之一，被击打那么多次没有反抗，是因为他被麻醉了。它干的。”

他指着白色大脑里不停搅动的小东西，默声道：“蠼螋蝎，体小，能从耳朵钻进人或动物的脑子里，释放一种有麻醉作用的毒素，再一点点将脑子吃掉，别名红蝎。”

冷风让接下去的时间更加凝重了，沉默了几秒，邢菲搓搓胳膊：“彭鸣辉会是红蝎？”

“不清楚，你干吗？”傅邵言呆了。

邢菲用镊子把蝎子夹死了。

“这么危险，还是别养着它了。”她答。

本来他想说，算了，轻叹一声，手机同时响起，他拿出手机，喂了一声。

是之前拜托过的陈森林，他要的结果有反馈了。

罗三胖最近手头有点紧，口袋里除了几张假发票，穷得连张整钱都没有。在地上捡了一天的烟屁股，他把赚钱的道道放在了山坡上的长平医院，听说刘老二这几天正在攒人闹医院，他打算去摸摸须子报个名。路上赶巧遇到一辆小汽车，心生歹念的他想借机宰他百十块钱，没想到撞到枪口上了，钱没要来，差点被逮了。

这一夜过得叫一个晦气。

跑路跑得几乎岔气，罗三胖回过头，这才长长吐了口气。

哼了一声，他转弯绕去了长平医院。他可没忘约了刘老二的事，赚钱的事他一向记得牢。

五楼的半截楼梯上，烟屁股早抽完了，刘老二也没出现。会不会是耍老子啊？罗三胖叽叽歪歪地想，就在这时，头顶那扇门里突然传来一阵跑步声。

出事了？

他蹑手蹑脚地靠了上去。

楼梯门正对的房间门开着，看得见门里的一张床，床头的铃在响。罗三胖心想护士那么急着跑开，指不定又是要出人命呢，这是不是代表他又有赚钱的机会了呢？

想想刘老二平时那副颐指气使的样子，他嗤了一声，推门进了走廊。

真的出了人命，这对他来讲就是个机会，脱离刘老二，自己接下这宗买卖。

医闹，不就是闹吗？

他嘿嘿笑着，仿佛看到病人家属正在给自己递钞票。

人才迈进门，还没过回廊呢，门里便传来了人声：“你是谁？”

“我……”他回头看着从卫生间里出来的人，又看了眼病床，支吾着说不出话，“我走错房间了。”

说完，他逃也似的出了房间，边走还骂自己：你个怂包。

跑着跑着，罗三胖停了下来，总觉得哪里不对劲，对了，那个病人脖子上好像停了一个东西，蓝不拉几的，像只蝴蝶。

吓人到怪的蝴蝶，翅膀长得像小孩的骨头。

他打个寒战，心想还是早些回家吧。

一夜就这么或忙碌或打盹地过去了。

上午九点钟，大家聚在分局里开会。

和以往一样，法医第一个发言。

邢菲坐在电脑旁，慢慢按动鼠标："死者是长平医院神经内科副主任医师彭鸣辉，死亡时间在昨天下午两点至四点间，死因是创伤性休克诱发的心脏衰竭，凶手利用蠼螋蝎让死者麻痹，再用一根木棒反复击打死者面部，直至死者死亡，死亡后，凶手将这根木棒插进死者口腔。另外，我感觉凶手除了对死者有着足够的恨意外，是不是在逼供呢？毕竟那么粗的木棒，敲一下就能敲死。"

"有没有可能是凶手没那么大的力气？"朱亚严质疑着，马上又自我否定了，能将那根木棍一鼓作气捅进死者喉咙里的力气不可能小。他点了点头："有点道理。"

师父教的，当然有道理。邢菲连看了傅邵言几眼，对方却看也不看她。又装傻，她的师父怎么这么爱装傻，邢菲叹气，朝随后起立的陈森林看去。

话少的"技术宅"推了推鼻梁上的眼镜："我们组负责信息整合，死者彭鸣辉三十八岁，单身，长平医院神经内科医生，案发时正在休假，他在医院的口碑极好，从未与人结怨，因为主攻科研，不接触病人，所以没有医患纠纷。另外，Golden让我黑了长平医院的系统，我发现除了商灯的小舅子叶培在长平接受了治疗外，乔溪的母亲也在那里住过院，出院时间是在乔溪出事之后，这是几个死者的又一个交集。"

真相似乎越来越近了。

3

罗三胖被一阵急促的拍门声惊醒，他睁开眼，看了下窗缝里还模糊的天，骂骂咧咧地爬起来开门。

大黄牙站在门外，正弓着背点烟，听见门声，小眼睛上挑，吐口烟圈，就势冲他扬扬手："三哥，走啊。"

还去吗？罗三胖拍了拍脸，突然就下了决心，意气风发地喊了声："走！"

可惜身材方面不大配合，窄窄的胡同他足足走了五分钟。

捂着肚子，罗三胖呼哧带喘地看着面前的路口。

一辆银灰色面包车停在不远处的早餐摊旁，煎饼果子炸油条的声音不绝于耳，大黄牙嫌他慢，用手连拖带拽，终于上了车。

车里黑漆漆的，气氛和他想得有些出入，不大对啊……对着玻璃纸吞口口水，罗三胖打起了退堂鼓。

"要不我……"

砰的一声，车门关闭，罗三胖只得硬生生吞了后半句。

"大黄牙，手机能上网吗？"

"能啊。"

“借我用用。”

“拿去。”

罗三胖打开手机，摸进浏览器，搜索老皇历。

烟瘾上来，大黄牙又摸出支烟，正要点，突然发现罗三胖比比画画有点奇怪。

“三哥，你怎么了？”

“七月初七，诸事不宜，小则破财，大则血光之灾。”罗三胖睁开眼，一脸哀求地抓着大黄牙，“我想回去，行不行，你帮我说说，这活我不干了。”

“这……”大黄牙为难地看着他，一时不知该怎么办。

就在这时，车里响起了舒缓的音乐，伴着乐声，一股青烟从前排吹了过来。

“三爷，既然来了，就得把活干完再走啊。”

半阴半阳的声音吐着烟圈，烟味和大黄牙的劣质烟完全不同，罗三胖鸡皮疙瘩掉满地，看着被遮光板遮去一半的那张脸，再不敢作声，只是藏进袖管里的手仍不忘比画着十字。

“阿弥陀佛，上帝保佑。”

废置的住院楼前。

刘一本看着胸牌上神经内科主任刘一本几个字，吸了口烟。生平头一次，神内主任这个头衔让他头疼。

先是科里的陈秋颖手术出现意外，惹来一家难缠的家属，再然后是彭鸣辉，好端端怎么就死了，还死得那么惨？

他眯眼捏起根烟，会是谁干的呢？

“主任？”

“干吗？”他扔掉烟头朝远处看，科里的老护士拎着水瓶朝这探头：“警察找你。”

“知道了。”他不耐烦地应着，掸了掸落在膝盖上的烟灰，起身。

推开安全门的瞬间，刘一本换了一副笑脸：“哪位找我？”

堆满器材的房间里，邢菲蹲在地上，看着眼前这辆破烂不堪的轮椅，彭鸣辉就是坐在它上面被凶手抛下楼的。

可……她冥思苦想还是不解：“为什么是这间房呢？”

为什么凶手要选这间房完成抛尸呢？

“因为有车。”傅邵言指了指一旁的推车，凶手就是利用更换床单用的推车神不知鬼不觉把尸体运到了这间房的。

“可是不对啊，带菌物是避免出现在病房的，虽然我是法医，可也知道这车应该在洗衣间啊。”

傅邵言其实也想到了这点，可刘主任的解释是洗衣服装修，相关设备由各科室自行安顿一阵子。

差强人意的解释。

他耸耸肩，又看向窗外，绿荫深处的大门外，那伙人已经静坐了一个小时了。

医闹，他还是第一次见呢。

他在楼上看得轻松，楼下的同事却是头疼，展屹骂骂咧咧地看着眼前这群人，心想老子是个警察，要办案的，不是给医院维持秩序的！

可骂归骂，队长的命令还是要执行，展屹的头顶眼见就要急冒烟了。

“不知道展屹他们问到什么没有。”因为带着邢菲再来现场，傅邵言还不知道他们现有了哪些证词，不过他不急，只是一会儿看看窗外，一会儿又回头看看身后的邢菲。

“师父，你可以不跟我来的。”

“是啊。”回答轻飘飘的。

邢菲停下手：“师父，你和我以前认为的样子不一样。”

“我是怎样的？”

“说不好，但感觉你活在一个框里。”自己不出框，不让别人进框去。这不该是傅邵言这样的人该有的人生态度，“我要有你的本事，走路都横着。”

一句“横着”把傅邵言听笑了：“这很小飞侠。”

看吧，就是活在框里的，略微逾矩的问题都不答的。邢菲摇摇头，猫腰往前挪了步。

“邢菲，回刚刚的位置。”

邢菲抬头，见他依旧站在窗边，神情却不似方才那般云淡风轻了。他眯着眼，像在看她脚下。

“怎么了？师父。”

“有个坑。”他嘀咕着过来，蹲在邢菲原本站的地方，手在水泥地上摸了几下，“之前怎么没发现？”低声念叨了会儿，终于让开了位置。

“这台轮椅的轮子有个毛刺，在地上压出了三个小坑。”

顺着手指方向，邢菲仔细地看啊看，针鼻大的坑她都没看见，更遑论几乎重叠在一起的三个小坑了。

这说明什么呢？她看着傅邵言：“轮椅被往返推了三次？”

“凶手中途又动过车，或者……有第二个人动过……”

傅邵言托着下巴，为什么呢？

皮鞋声重叠着停在门口，展屹手朝里一推，一个人叽里咕噜地便滚进了门。

都说了，七月初七，诸事不宜，小则破财，大则血光之灾，罗三胖坐在地上，偷偷朝上瞄了一眼，冤家路窄，都是“熟人”，他叫了声苦，使劲捂住了脸。

邢菲好笑地看着他：“是你啊，又犯什么错误了？”

“没有啊，遵纪守法着呢。”脸太大，没捂住，罗三胖认命地放下手，嘴硬。

“医闹也叫遵纪守法？说说吧，给你机会将功折罪，不然把你和那群医闹一起送派出所去。”在审讯方面，展屹是个老司机，多么难搞的犯人轮到他审那都是分分钟招供，更不要说胆子比耗子还小的罗三胖了，他哆哆嗦嗦，撂了实话。

“昨晚我没来，我是骗你的，我不想去派出所。”

“什么？”展屹见自己被耍了，气得七窍生烟，他以为能有重大发现呢。

他举起拳头作势要打，手起，被人拦下。

“先别急着打，我问问他。”傅邵言轻轻拨落展屹的手，“我问问。”

罗三胖吓得哆嗦，常在江湖混，老虎凳辣椒水那套没少听，他真怕惹毛了展屹挨顿打，可他也真不知道傅邵言要问啥，于是一双小眼睛贼溜溜地看着傅邵言。

“你昨晚来过医院，看到了什么？”

“我真没来。”罗三胖连连摆手，他可不想和警察扯上关系。

“那你是怎么知道有命案的？”

“你们出动这么多人，不可能是为了我们几个医闹，肯定是大事，我就蒙了一个，没想到真是。”他想好了，装傻到底。

“展屹，这个人昨晚想碰瓷。”傅邵言无辜地朝展屹一转脸，展屹立马心领神会，叫嚷着提高嗓门：“讹诈警察，聚众斗殴，两罪并罚够你喝一壶的了。”

“我只和他们说要赔偿，金额都没说，要判也判不了几天吧，不对啊，你不是那个犯人吗？你们骗我。”直到现在，他才认出了傅邵言就是昨晚开车吓唬自己的人。

老马失蹄，老马失蹄啊，他拍着大腿。

“你这么说我就没办法了。”傅邵言叹了声，看向邢菲。

邢菲眨眨眼，交给我吧！

“师父、展屹，你们出去一下。”当着两人的面，邢菲笑眯眯地关上了门。

门关上时，展屹看见罗三胖似乎松了口气。

“放心吧，邢菲脑子机灵着呢。”

话音才落，门里一声哀号惊天动地——

“我说还不行吗？”

把罗三胖移交给同事，展屹跟着进了电梯。

延伸至地下停尸间的电梯开着足足的冷气，嗖嗖冷风吹得头皮麻了。邢菲笑嘻嘻地重复着掰弯铁棍的动作。

哎，想她像个女孩子，有时又觉得不像女孩子的她也不错，很矛盾啊。傅邵言盯着电梯，直到红字跳到 1 的位置。

长平医院停尸房，里面停着彭鸣辉的尸体。

罗三胖说他昨晚就在离现场很近的地方，没发现任何不对劲儿的地方，除了在那个已死的病人脖颈上看到了一个诡异的蝴蝶图案，蓝色的。

可此刻，邢菲盯着那具尸体，发现脖颈光光的，什么也没有。

4

罗三胖说谎了？

没必要。

傅邵言半蹲着，凑近停尸床："死者死后接触过哪些人？"

"应该没有。"展屹眼睛转了转，"我去确认一下。"

脚步在长廊留下余音，邢菲仰头看着傅邵言："师父，有没有可能是罗三胖太慌张，看错了呢？还有，就算真有这只蓝色的蝴蝶，和案子有关吗？"

"你说得对，不过这个案子是不是，要查一查，有棉签吗？"

"给。"邢菲翻起包，"师父等等，你是要对尸表体液取样吗？"

傅邵言点点头。

"你怀疑有人'捉'走了那只蝴蝶？"

"有这种可能。"

"那你这样的步骤不对。"硬把傅邵言拽去一边，邢菲在包里又是一阵翻腾，这次她要找的是手机，"真有人动过尸体，肯定会有指纹留下，我打电话联络痕检员。"

我已经"看"过了，没指纹。傅邵言抿了抿嘴，好整以暇地看着邢菲打电话，没说话。

"搞定！"邢菲开心地挂了电话，举着手机甩了甩，"一会儿就到……"

手还保持着挽留的姿势，电话已经飞了出去。正对面的墙上有扇带隔栅的圆门，手机就是顺着门上的缝滚进了墙里。

邢菲小跑过去，一片黑咕隆咚里，她看到了她的手机，屏幕还亮着呢。

"这个概率，买彩票估计至少中个末等奖。"

朝掌心啐了口，邢菲拍拍巴掌，手顺着门缝伸到了里面。

"呀呀呀呀！"门坏了。

大力水手小飞侠收回手，一脸的无辜："师父，还是叫人吧。"

工人来得很快，伸头看了一眼，皱了皱眉："只好用撬的了。来，哥们儿，搭把手，这家伙沉着呢，一个人可弄不开。"

"这里为什么会有炼尸炉？""哥们儿"傅邵言问。

老工人使着吃奶的劲儿，看了傅邵言一眼，额头上的抬头纹因为这眼又深了一层："你认得啊，有人把这个当笼子呢，来，咱们顺时针使劲儿，A 国造的东西结实着呢，不使劲儿可开不开。"

忙了半天，铁门终于开了。

热心大胆的老工人匍匐着钻进炼人炉，一下便拿到了手机。

"这里好几十年前的医院，后来改建，遇到资金困难，能利用的都利用了，没用的也都没怎么拆，拆也要钱不是？你没看这楼外还有烟囱吗？"说着，他掸了掸身上的灰。

这里面有骨灰吧……别看邢菲是和死人打交道的，她也觉得这事不好意思。

她那个表情老工人又怎么会不懂，“没事，在医院干的不在乎这个，再说炉子虽然不用了，可也定期清扫，就算真粘上什么，也是被A国害死的我们中国人的，不忌讳不忌讳……”

安慰了邢菲两句，老工人走了。

痕检员王飞跟着来了，一进门，他就打了个哈欠，已经两天没合眼了。

“我真羡慕你，可以只跟一个案子，我就不行喽。”大小案件连轴转，这个月才过去一半，他的体重就掉了五斤。王飞一边掏工具一边和邢菲抱怨。

抱怨归抱怨，工作起来，他还蛮认真的。

忙了半天，王飞脱力地起身，又蹲去墙脚气喘吁吁地擦着汗。

“一共采集到指纹十二枚，具体归属要对比分析后才知道，这人不是自然死亡吗，查他干吗？”

邢菲：“右侧颈部有几枚指纹？”

“一枚也没有。”

“这点是蛮奇怪的，其他位置都有指纹，就那里，一点痕迹都没有。”

“师父！”邢菲叫出了声。

傅邵言点点头，他早就知道，死者的颈上有肥皂水的味道，指纹里的油脂、矿物油恰恰可以被肥皂水溶解。

“蝴蝶”真的来过，而“捉走”蝴蝶的人，要是没猜错，就在这家医院里。

“去找朱队吧。”傅邵言说。

打发掉医闹的朱亚严没想到接下来的事会让他更加头疼。

“我理解他们着急治疗的心情，可也不能因为他们就罔顾他人的生命安全吧？”

傅邵言和邢菲找到他时，这个临退休的小老头正握着斗大的拳头捶着医院里那张单薄的办公桌。

邢菲看了傅邵言一眼，小心翼翼地比着口型：“怎么了？”

“调查遇到麻烦了。”傅邵言想也没想便说出了答案。

“可不是？”朱亚严闻声抬起头，见是他们，脸上的火气顿时消了不少，眉宇间竟多出几分期许，“回来了？查到什么没有？”

邢菲摇摇头：“有只让人摸不着头脑的蓝蝴蝶。”

“蝴蝶？”

邢菲把罗三胖发现蝴蝶，他们去找蝴蝶，发现蝴蝶不见了的事原原本本说了一遍，朱亚严的眉头跟着一点点拧紧。

“怎么又扯进来一个，死了的这个患者和案子有什么关系吗？”

“死者的右侧脖颈被特别清理过。”邢菲说。

“彭鸣辉才被抛尸，接着他就病危，然后死亡，巧合。再有急救时死者颈部势必会有指纹留下，如今不见了右边的，说明抢救时，有人在现场做了清理，这个人要么是医院的工作人员，要么是在这住院的人。这个人势必和案子有关。”傅邵言说着自己的分析。

朱亚严点点头：“我也有个发现。”

就在刚刚做调查的时候，住在那层楼的病人几乎都反问了他们同一个问题，人好端端的怎么就死了呢？他们对那个病人的死似乎都很意外，朱亚严甚至觉得那些人对这个心脏骤停的老头儿的死感动恐惧，好像他们在害怕有天他们中也会有人和这老头那样死去。

“朱队，要不要解剖看看？或许会有线索。”傅邵言觉得这个病人的死不那么简单。

朱亚严抿着唇，这是个不好拿的主意。

时间随着朱亚严的沉思一点点过去，一阵急促的脚步声停在门外，门被推开。

“头儿，凶手出现了！”

5

神内住院部，一区。

副主任陈秋颖垂头坐在办公室外的长椅上，手中的白开水早没了热气，映着上方那张表情舒淡的脸。

“一点不像才被下过死亡警告的人。”又朝门外看了一眼，邢菲接过痕检员递来的毛刷。

他们身后，一展才被采集了痕迹样本的屏风立在那里，邢菲说的死亡警告就在屏风上。

黑色的字迹在淡蓝色的屏风上张牙舞爪，空了的墨水瓶倒在一旁，连同一团染黑的布被白粉笔圈在一起。

第四个，陈秋颖

“是呢。”王飞也纳罕，不过，“还是先干活吧。”

他挪了个地儿，那里也有足印。

就这么坐着，着实无聊，陈秋颖看着杯子，杯子里又多了张人脸。

又来了。他叹着气：“都说了我不怕死，什么时候能让我回病房？病人在等我。”

“在过去四年里，神经内科成功治愈了五百多位患有疑难脑病的病人，而这些病种在国内尚属没攻克的医学领域。科室在四年里治愈患者五百三十五个，你一个人就治疗成功三百位，看得出你不怕死，可你的病人怕，你死了就没人救得了那些病人了。”

“你知道我治疗了多少人？”知道医院的成绩不奇怪，宣传册子电视广告哪儿都找得到，可他治了多少没地方报道啊。陈秋颖终于抬起头，打量起这个有只金眼睛的高大男人。

“我去护士站看过病历，你有给成功病例标号的习惯，如果有病人死亡，后面的序号便随之提前。真在乎你的病人就应该配合我们，告诉我们你知道的，早日抓到凶手，这样你可以继续救人。”早在看见陈秋颖的第一眼，傅邵言就知道他真的不怕死。可做人总会有点怕的吧。

傅邵言的话似乎戳中了陈秋颖，微棕色的眼珠晃了晃，他又低下了头：“我这条命早就该丢了，我劝你们别浪费工夫了。”

“师父师父，怎么样？”邢菲见傅邵言离开了陈秋颖，拎着毛刷屁颠颠跑过去。

傅邵言挑挑眉毛，至于把什么情绪都放在脸上吗？手一伸，扣住了邢菲的脸，他反问道：“你这边怎么样啊？”

“有八种足迹。师父你捂我脸干吗？你还没说你有什么发现呢？不会没发现吧。”

傅邵言脚下一滞：“忙完了？忙完了跟我走走。”

“好。”邢菲三两下摘了手套。

说是走走，其实是找个安静点的地方坐。

邢菲看着在出神的傅邵言，以为他也被凶手锁定了目标呢。

其实不然，傅邵言在想长平医院。

长平医院从四年前开始兴旺，神内的几个大夫似乎联手攻克一项医学难题，对一种发病率极低的遗传病有了一套比较成熟的治疗方案，一时间，国内的病人趋之若鹜，这盛况并没持续太久，技术的不成熟产生了几起失败的案例，病人治疗不成，反而死了，商灯的小舅子叶培就是死去的一个。

凶手会是和他有关的人吗？可叶家早没人了啊。

他掏出纸笔，排除掉暂时无关的靳怀理、萧砚和赵海洋，其余的线索一一罗列出来。

乔溪（失踪）、乔母、彭鸣辉（死）。

商妻（死）、商灯（死）、柳颇（死）、陈秋颖……

叶培（死）？

他看着案件方程，想着陈秋颖那句奇怪的话，秘密肯定就在长平医院的神经内科这里。

突然传来啊的一声，他抬起头，看着那个叫尹雪的护士正怒气冲冲地对着行动组的一个同事，还有一个年轻小伙子站在尹雪旁边，刚好转过身来。

傅邵言看着那双血红的眼睛，呼吸一滞。

秦冬楠站在原地，条纹衬衫挂在身上，夹风呼扇，一双通红的眼睛茫然地看向四周，偶尔一个瞬间同尹雪对上，勾起尹雪一阵心疼。

她看了眼秦冬楠，转过身狠狠瞪着面前这几个不假辞色的警察。

“是警察就了不起了吗？我们没有配合你们吗？该答的他不是都答了吗？人家妈

妈身体出了情况，需要找医生，你们至于这么一路追来吗？还是你们怀疑是我们杀的人？他是个盲人，走路都靠摸的！”话里话外都在说民警无理取闹的尹雪张开手臂，隔开了民警和秦冬楠，生气的样子活脱脱是只护崽的老母鸡。

“怎么了？”

民警看着跑来的邢菲：“朱队让我们和他们几个问话。”

“问完了吗？”

“有的问完了。”

“他们的呢？”邢菲指着秦冬楠和尹雪，“他们俩问完了吗？”

“完是完了。”

“这不就结了。”

“不行啊……展屹说要盯着呢！”

可邢菲哪里听，拉着人转眼便跑不见了。

走廊里转个弯，邢菲停下脚，靠着墙大喘气，走廊里空荡荡的，只有两个人的呼吸声。

“行了，他们没跟来，你要找哪个大夫就去找吧，不过别找陈秋颖，他没空。”

“陈医生真的会死吗？”秦冬楠睁着眼睛，红红的瞳子血腥又温柔。

邢菲想起那部欧美电影《暮光之城》，她凑过去，死死地盯着秦冬楠：“你眼睛是发炎了吗？”

感觉到呼吸秦冬楠朝后一缩：“小时候家里着火，眼睛被熏坏了，我妈带我去做手术，手术没做好，之后就一点点这样了，角膜缺失。”

邢菲想起了傅邵言，不知道师父的眼睛是怎么弄的。

“角膜问题可以治啊。”

“家里没钱，我妈也要治病。”

哎……都是钱闹的，邢菲叹着气：“我的同事没为难你吧？”

“没有，我知道他们跟着我是担心我是凶手，怕我害了陈医生，可我和陈医生无冤无仇，他还能救我妈的命，再说，就算我想杀也办不到啊。”他苦笑着垂下头，两只手绞在一起，“我什么都看不见，就是个废人。”

“别那么说，眼睛看不见的人听力都是一级棒的，有部电影《听风者》说的就是你们这样的人。”

“谢谢你……”他不知该怎么称呼她了。

“叫我邢菲吧。”

“谢谢你邢菲，你是个好警察。”

“我不是警察，我是个还在学习阶段的法医。”

她摆着手，手在红色眼眸里掀起波浪，秦冬楠笑了，露出两排白牙。

“对嘛，多笑笑。”

包里的手机响了，邢菲看了一眼，没急着接。

“想好去找哪个大夫了吗？我送你去。”

“不用不用。”秦冬楠连忙摆着手，“我能走的，就是慢点，邢法医，你忙你的。”

“好吧，你自己小心点。”

“我走了，拜拜。”他朝她扬扬手。黑色的盲杖就那么一点点地远了。

直到再看不见他，邢菲这才拿起电话，“喂”了一声。

是傅邵言打来的。刚才的事就是他的主意。

“师父，都看好了。右手掌心有块椭圆形老茧，是常年拿盲杖那种，眼睛也看过了，眼角膜缺失造成的失明，走路姿势加上动作方面都能肯定他视力有问题，他肯定是看不见的，甚至没有感光。”想起刚刚她借着摆手的机会用手电检查了秦冬楠的眼底，邢菲咬了咬唇，“师父，我想问你件事。”

“说吧。”

“你因为眼睛自卑难过过吗？”

离开医生办公室，秦冬楠慢慢往回挪着步，在老病房住习惯了，新病房的路一时间走得并不熟。偏偏这楼还老，台阶年久失修，坑洼不平，没走几步，他就崴了脚。

他干脆坐到了地上。

身后的脚步紧跟而来。

“小秦你怎么了？”

他咧开嘴朝声源笑了笑，是同病室的家属李在望。

“哥，我没事。”

“崴脚了吧。”李在望蹲下身，三下五除二扒开了秦冬楠的裤管，“乖乖，崴得蛮厉害，都肿了。我背你吧。”李在望掸掸裤腿，蹲下身去。

“哥，不用，我沉。”

“沉个屁，跟我还客气。”李在望鼻子吹着气，胳膊一使劲，秦冬楠就上了背。

只是没走两步，李在望已经上气不接下气了。

“哥，你快放我下来吧，你身体也不好！”秦冬楠挣扎着往下溜。

李在望的确吃不住劲儿，只好顺从地放下了秦冬楠。

“哥没用。”他喘着粗气苦笑。

“哥，你……”秦冬楠一愣，他记得李在望之前做过基因测试，结果几天前就该出来了，“你不会也是……”

“和我哥一样，舞蹈症。”李在望哈哈笑得大声，突然又叹了气，“老弟，你没得上这个病，就好好活着。”

“陈医生、刘主任他们医术那么高，肯定能治好你们的。”

“他们医术再高，也是成败各半，你没见也有治不好死了的吗？”说到郁闷处，李在望摸出来一支烟，就着膝盖敲了两下点上。

烟圈化开他的脸，他拧了下鼻子："我也觉得自己命大，换成别的地方，这个病就是个不治之症，只能等死。陈医生他们不但能治，还肯照顾我们这些穷人，用便宜的药治疗，这样的好人，如果让我知道是谁想害他，我第一个放不过那家伙！"

"是啊。"想起身体不见起色的母亲，秦冬楠神色更是落寞，"阿弥陀佛，保佑先把我妈的病治好啊。"

聊得太过投入的两人没注意，就在离他们不远处的地方，一个人压低了帽檐，悄悄用手机编写了一道信息。

这边，护士长林青忙了大半天，一身汗地回了护士站，打算换件衣服喝口水，再出去忙。饮水机旁，尹雪正和另一个护士抱怨着之前的事。

"怀疑我们也就算了，没凭没据我们去哪里他们跟到哪里，烦死人了。"

"是呗，我上午被叫去问话的时候觉得他们好烦。"另一个摆弄着指甲跟着抱怨，"不过我怎么听说你大发神威，把警察给呛了？"

尹雪哼了一声说："他们欺负秦冬楠，你也知道那孩子眼睛不方便，我实在看不下去。"

"说起来，他们把我们几个都问了一遍，也没问出什么嘛。"

"李在望和他哥一起去的办公室，秦冬楠随后也去了，陈主任不是和他们聊病情吗？

"我和你还有维修工一起去修的门，还有个家属是和陈主任一起回来的，进门就发现了那条留言。"

"办公室的门平时都是锁着的，钥匙一把在陈主任手上，一把在护士长那儿，是吧护士长？"

林青隔着毛巾囫囵应着，这事是挺奇怪的。

第四章　午夜叹息

1

月满中庭。

又是个沉寂而清冷不眠夜。

邢菲躺在床上，连翻了几个身还是睡不着，终于一个鲤鱼打挺坐了起来。

手机闪着荧光，上面开着百度页面，搜索栏里的关键词是——傅邵言。

她攥着手机，按住胸口，心里百般不是滋味，她从不知道傅邵言是个弃婴，更不知道他的养父母因为一场车祸离世了。

“自卑？难过？”一想起师父挑着眉毛，一副你怎么会问这种问题的模样，邢菲就想掐死他，就算她问错了问题，师父也不能不带她破案吧，分明就是恼羞成怒，小气！

“干吗呀！”

“你说我干吗？”

冷冷的声音传来，邢菲这才发现自己接了个电话，她哥邢朗的电话。

“邢菲，说话，敢背着我调去江都就不敢和我说话……”邢朗盯着电话，听着里面幽幽传来一个女声，“您拨打的电话串线啦。”

接着便是嘟嘟的忙音。

邢菲抚着胸脯，好像逃过一劫似的，谁让她没按照邢朗的安排去那个闲得要死的机关呢？

不过，山高皇帝远，管他呢？扔掉关机的手机，她跳下床。

隔壁灯亮着。

她口渴了。

案件需要，局里的人暂住在了医院里。

走了半天，终于找到了水房，邢菲站在银亮的铁皮水箱前喝水，一边想心事。

想的还是傅邵言的事。

在邢菲眼里，此时的傅邵言已经不像她之前所想，懦弱、胆小、坏心眼，她也不觉得他有那么强大，强大背后往往有着无数隐忍。

忍？累啊。

邢菲摇着头，喝完最后一口水正打算走，脖颈一硬，一种被人监视的感觉突生。

她慢慢回过头。

展屹坐在监控室里，看着黑白屏幕，不时按两下手边的按钮。

朱亚严推门而入时，正好看见他在傻兮兮地笑。

“干吗呢！”

“没！”展屹晃了下神，手忙脚乱忙活了几下，这才说了实话，“我看邢菲大半夜一个人在走廊闲晃，逗逗她。”

怎么逗？朱亚严一皱眉。

“摄像头啊。”说起摄像头，展屹又是一阵想笑，邢菲胆子再大终究也是女生，他不过是让摄像头转了两下就把她吓到了，哈哈。

“展屹，我怎么感觉邢菲不怕呢？”腼腆的陈森林抬起头又低下。

顺着陈森林的目光，展屹看了一眼屏幕。

“小飞侠你怎么骂人啊。”

邢菲蹦蹦跳跳出了水房，心情好了不少。

展屹他们也蛮辛苦的，这个点了还要监视医院里的动静，也不知道凶手什么时候能抓到。她吸了吸鼻子，潮湿的走廊有股难闻的霉湿味。

走着走着，她就停了下来，阴暗的走廊，一个绵长的声音正冷飕飕地从身后传来。

“嘘……”

稳了稳手中的杯子，她转过身：“谁啊？”

幽绿的警示灯贴着墙脚稀疏地排到远处，地砖映着月光，青里泛白，走廊里空无一人。

“谁啊？”她又喊。

谁啊……

谁啊……

谁啊……

无限回声。

“难道是我听错了？”她摇摇头，觉得此刻端着两个盛满水的杯子、支着耳朵听一个不知道是不是幻听来的声音，傻透了。

还是回去吧。

出来时，隔壁有光透出来，师父还没睡。

一想起傅邵言，邢菲的心就跳了起来，晚饭后她听师父说要查住院记录上的药剂用量，是有发现吧？

想得入神，她打了个寒战 。

那声音又来了。这次她听得真真的——是声“嘘”！

“谁啊！”杯子扔了，她朝远处那两扇半开的门跑去。

厕所。

男的这间一目了然，邢菲进去转了一圈便被粪坑里没冲净的污物熏了出来。

出来前，她顺手抄起墙脚的扫帚，猫腰进了女厕。

三个独立的隔间让同等大小的空间看起来小了许多，邢菲举着扫帚站在第一间前，深吸一口气，用扫帚头轻轻推开了第一间的门。

没人。

她紧了紧鼻子，移向了第二间。

灰白色的复合门板安静地贴合着门轴，淡淡的骚臭混在固体香料的味道里，她手向前一送，吱呀一声，里面空空如也。

手里的扫帚被她反复抓握几次，她知道，那人一定就在第三扇门里。

心里默念一声“爸妈老哥师父你们保重”，手起扫帚落。

用力太大，门直接掉了。

邢菲捏着半截扫帚，有些不信。

怎么会没人呢？

“到底是谁啊？不应该听错啊？”

“你听到什么了？”

声音吓了邢菲一跳，她猛地转过身，等看清来人时又松了口气：“是你啊。”

原来是档案馆负责各种病历存档的大妈。

大妈头发花白，睡眼惺忪，显然是起夜来的，因为傅邵言要求，她为了那些资料也留宿在了医院。

“姑娘，你说你听到什么了？”

“没什么，就是听到有人说话所以进来看看。”

“哦。”大妈一脸了然，“那不是人说话，是以前被 A 国人迫害的人在夜里叹息，这里之前是 A 国人的医院，当时死了好多中国人，后来战争结束，他们无家可归，就留在了这里。”

“假的吧？”邢菲是唯物主义者，不信这一套。

“你知道这栋楼为什么被弃用吗？”大妈用一种“你懂得”的眼神看了她一眼，“可不止你一个人听到过。”

大妈见邢菲一脸无所谓，又说了一句：“对了，门一扇五百块，扫帚一把二十，你得赔。”

邢菲被吓得早忘了之前的紧张，也顾不上再去接水，一路小跑回了二楼。

“师父。”

傅邵言这会儿不想见她，说他自卑？呵。

他一哼，手一痛。

“断了断了！算了算了，我自己走吧。”揉着好不容易拯救下来的手腕，傅邵言跟着邢菲亦步亦趋。

哎，说好的原则，全都离家出走了。

再回走廊，依旧空荡荡的，大妈已经离开了，没有风，也没了声音。

“可我真的听到了啊。”

“是种什么声音呢？”

“无力的哭声，哼哼唧唧的。”

“哦！”

“师父，真的会有鬼吗？”

“你还是来帮我看资料吧。”

“啊？”

“免得胡思乱想。”

邢菲白了傅邵言一眼，灯光之下，师父的眉眼舒淡狭长，里面有种说不出的轻淡，或许师父真的不在乎呢，以她的智商还是别想这个了吧。

一夜忙碌至天明。

清晨，傅邵言推醒了瞌睡中的邢菲：“你看这几个地方的用药和症状对吗？”

“哪儿啊？”

扫了一眼他指的地方，邢菲摇摇头：“这个药是不能导致发热，可也不能排除个体差异因其他因素导致发热，没什么问题的。师父，压力大也不能病急乱投医啊。”

“不是个体。这里还有两个人，他们也有发烧症状。擦把脸，不然又说胡话。”

一条湿毛巾糊在脸上，邢菲抹了抹，淡淡的味道和师父身上的一样呢。她捂着脸，动作有些迟缓：“说不定是季节性的？”

“他们的发烧记录只有一天，之后没有采取任何退烧措施两个人就都好了，他们的住院时间是三年前，和叶培同期住院，叶培用的也是这种药，病症就是和药效相符的。只是……”傅邵言扯下一页病历，迎着阳光看了下，“字迹前后一致，叶培的这张纸却是新换上去的。”

六十克重的A4纸和的五十克的还是有差距。

同期的所有病历都是五十克，只有这一张是六十克。

是呢。

邢菲心猿意马地想着，门外传来咚咚地敲门声，“Golden，前天死的那家家属同意解剖了，可我找不到小飞侠。小飞侠，你咋在这儿？”

“我帮师父看资料啊。”邢菲翻个白眼，“他不是今天出殡吗？”

“他们说死者的脖子上多了一道伤。”

2

提鼻便闻关东煮的殡仪馆。

冰箱压缩机的轰鸣声随着冰柜闭拢一点点低下去，邢菲举着解剖刀，迟迟没有动手。

“创面呈现浅红色，明显是生前留下的，为什么上次看时没看到呢？”

“切开看看。”傅邵言说着，朝旁挪了一步，顶灯更亮地照着尸体，邢菲点点头，开始下刀，刀落处，表皮分向两侧，底下的黄白组织一点点剖开在白炽灯下，黄白间，邢菲声音淡淡：“轻微的皮下出血，出血量很小。”

和她想的一样，生前受伤。

“有没有可能是死后出血？”身后脚步梭梭，傅邵言又换了个位置站。

“不可能啊，死后受伤不会流血，创面皮肤也是灰黄色的。”

“徐老在，会打死你。”傅邵言抿着嘴，“细胞的超生反应 [超生反应：是指机体死亡后组织器官细胞仍保持生命机能，对刺激仍有一定反应。] 啊……”

“啊？哦，我知道了！”邢菲突然尖叫道，“人死后也能渗血的，因为细胞有超生反应。”

她搓了搓手：“师父，你真牛。”

“嗯，马屁收到了，继续工作。”

“是！”

死者死后，受创的皮下组织开始渗血，因为机体已死，超生反应下的出血量和速度大大减小，经过冷冻后，瘀青出现。

“瘀青面积长径 7 厘米，短径 3 厘米，类椭圆，位置在耳垂线下脖颈上段，着力点均匀，施力位置刚好是迷走神经！师父……”邢菲转过头，手中的镊子扯着一条奶白色的神经，“他是被谋杀的。”

绳索或是其他事物外力一旦压迫颈部，便会刺激迷走神经，从而引起放射性心跳停止。

可问题紧接着而来，这个人的死同彭鸣辉的死是否有着联系？罗三胖说他曾经看见一只蓝色的蝴蝶，死者在病房时床位在房间右侧，他看到的那只蓝蝴蝶是在死者的左侧脖颈，而这块瘀青是在右侧！

邢菲越发想不通了。

"去找罗三胖吧。"

他要和罗三胖确认一下蝴蝶的形状。

自从成了棚户区唯一一个被提前放出来的"医闹",叫罗三胖"三爷"的人越发多了。牵着京巴狗沿着小巷遛弯出了胡同,一路的"三爷"问好声让罗三胖浑身自在得几乎飞起来。

他迈着八字步,不时捋一把他那发油的头发,对脚边碎步的狗说:"等爷心情好了,教教你怎么叫'三爷'。"

"汪汪!"

"叫三爷!"

"汪汪!"

"狗崽子,养你还不如养只八哥!"懒得再理这笨狗,罗三胖继续迈着步子,朝前踱去,还没走到煎饼摊呢,杂货店婆娘杀猪般的声音便蜿蜒过巷,钻进了耳朵:"罗三胖,你电话!"

"死肥婆……"罗三胖嘟囔着,又留恋地看了一眼煎饼果子摊,不甘不愿地往回折返。

不是他不饿,是如果他不马上出现,死肥婆以后肯定不准他再用店里的电话了,对于手机费总也凑不齐的他而言,那就是灾难。

烂木头搭成的柜面被他压得咯吱作响,罗三胖手拄着下巴朝店主婆抛了个媚眼,对着电话小声喂了一声。

最烦看他脏兮兮的眼屎了,店主婆自顾自擦着手上的戒指。

她哈着气,身后的罗三胖跟着屈了下膝。

"您说,找我什么事?"

瞧你那孙子样,店主婆撇撇嘴,更不想搭理他了。

也不知道什么时候人已经走了,店主婆这才想起罗三胖还欠着他酒钱呢……

"三胖子!"

声音穿过小巷,走在扰攘街上的罗三胖根本听不到了。

警察又找他了,他有点紧张。

"就是这只!"

临时办公桌旁,罗三胖一眼认出了那天他看见的那只蝴蝶:"我记得就是这只!"他死死指着桌面上的第三张纸。

"你肯定?"

"警官,我是守法市民,再者说是你们找我帮忙哎。"

"行行行,你可以走了,谢谢你。"民警无奈地摇着头,身后朱亚严朝展屹使了个眼色。展屹顿时了然，抄着手跟了出去。

房内再无外人，朱亚严手抓碳素笔扭过头："Golden，你说对了。"

之前傅邵言来找他，说找到了蝴蝶的真相。

凶手右手呈掌状，用于固定死者，左手出拳，完成击打，事发当天，死者的小孙女曾在死者床边洒过一杯饮料，追查之下发现是饮料店的饮料桶里误混了生淀粉，所以蓝蝴蝶的真相是碘酒沾了淀粉印下的掌纹。罗三胖选择的那张正是邢菲的半掌手印。

"凶手是右利手，估计抛尸时在现场遗了件东西……"傅邵言说着自己的构想，朱亚严接着补充道："所以他杀了第二个死者，目的是制造混乱，为自己争取时间，凶手就在医院里，就在那层楼，在那八个人之中！那个谁，除了保护陈秋颖外，加派人手，盯紧那八个人。"

"为什么是右利手？凶手是用左拳杀死死者的啊。"朱亚严已经在下令了，邢菲却还迷糊着，"还有，那八个人不是都有证据证明不是他们吗？"

"右手沾了碘酒。"判断一个人习惯使用哪只手，判断依据显然更要放在单手作业的时候。伸手敲了下邢菲的头，傅邵言倒背双手出了房间。

证据？肯定有假的。

室外，阳光尚好，一风剪秋。

罗三胖也倒背着手，沿着青石板路向大门方向，一路迈着八字。和同样倒背手却老干部做派的傅邵言不一样，头后仰、脚踢高，倒背着手一步一挫朝前行进的罗三胖身上多了股子江湖气，倘若再配顶瓜皮小帽、戴副黢黑圆镜，手里再举一幌子，嘴里念着"天灵灵地灵灵，知天算命我最行"的念词，那光景……

展屹忍不住啧啧两声。

"你啧什么？"

"没什么。"

"快走吧。"

从这里到正门，不短的距离被展屹不耐烦地走完了。

站在门旁，罗三胖不满地嘟囔："还赶人，当谁高兴来呢？"

"不高兴来还不走。"展屹挽挽袖子，"看什么呢？"

罗三胖没作声。

展屹奇怪地回头看去，秋草枯黄间，尹雪推着病人出来晒太阳，看见他们，颔了颔首。

展屹嘴巴一紧："快走吧！"

一巴掌搡出去，罗三胖已踉跄着站在了大门外，可他的神情看上去却不大对劲儿。

朱亚严没想到派出去的人这么快就回来了。

端着茶杯，他从显示屏前回过头："怎么回来了？"

"秦冬楠的妈突然发起高烧、肺部积水，呼吸几度困难，二区的医护人员忙成了一锅粥，F5 在那儿盯着陈秋颖，让我回来报个信。”

想起蝴蝶的典故，朱亚严与傅邵言对视一眼——这么巧。

时间未止步，病房里的急救越来越紧张，不知不觉，已是入夜。

3

易我城是临时从基层抽调过来帮忙的派出所民警，有着多年经验的他此刻正隐蔽在走廊尽头一片阴暗的区域，悄无声息地留心不远处那间房里的动静。

已是午夜，房间仍开着灯，一场抢救正紧张进行着。

秦冬楠被安置在角落的一把椅子上，手忐忑地做着抓握，进行急救前医生就告诉过他，想留在这里，就不能出声，所以哪怕他再急再担心，也只能咬着牙在心里默默祈祷：妈你别有事，妈你别有事……

祷告对病床上这个骨瘦如柴的女人而言，并无助益，哪怕尹雪已经按照陈秋颖的吩咐给她注射了第三支针剂仍无法阻止女人继续衰弱下去。

“陈医生，怎么办？”另一个护士看了眼心电监护仪，“病人血压持续降低，再不采取措施恐怕就要不行了。”

“有我在不可能不行。”

陈秋颖一句话出口，整个房间都静了下来。秦冬楠咬着唇，眼泪从眼眶里簌簌而下，“求你了陈医生，求你救救我妈吧。”

说着，他扑通一声跪倒在地。

房间里的人无不动容。

唯独陈秋颖，他好像没看到秦冬楠一样，只是专心想着自己的那些事，身旁人说什么他也并不回应。

就这样尴尬了足足半分钟，他才迟迟开口：“我离开一下。”

什么？整个屋子的人都呆了，秦冬楠的眼睛圆睁着像随时可能蹦出眼眶，他摸索着想起身，嘴唇哆嗦：“陈医生，你不救我妈了？”

“想你妈活就别废话，我去去就回。”扔下这句话，陈秋颖便头也不回地走出去。

见他从房里出来，易我城忙拿出对讲机请示任务。

没多久，对讲机里传来答复：继续原地监视。

易我城放了心，他知道有同事在接手监视和保护陈秋颖的工作了。

他换了个姿势，继续留心房内的一静一动，要知道，那八个人中的三个现在就在房里。

时间一分一秒钟过去，走廊里终于传来了脚步声，秦冬楠肩膀一震，茫然的眼睛望着门的方向，可那脚步似乎并没进一步逼近。

F5 看着易我城冲他摇着头，心一沉。

他把陈秋颖跟丢了！

“再说一遍？”朱亚严对着对讲机瞪眼睛，气急的情绪溢于言表。

展屹才冲了杯毛尖，打算提提神回去接同事的班，连轴转了几天，他这个机器老虎也有点吃不住劲儿了。

人还在走廊，几个人急匆匆地迎面走来。

“怎么了？”

“陈秋颖不见了，队长让我们去找人。”

还真出事了！顾不上手里的青花塑料杯，展屹手一挥，跟进队伍：“什么布置？”

“F5 给了大致方向，Golden 和小飞侠还有其他几个兄弟在东边那片找，我们去西边。”

“这个 F5！”

夜色无声，展屹混进队伍，很快散进医院的某个角落。他和他的同事都相信，在这么短的时间里，凶手如果想将陈秋颖掳走，不可能不留下蛛丝马迹。

邢菲也这么想。

她一边低头向前移动，一边捋着思路说：“F5 说穿过这片灌木丛就发现陈秋颖不见了，凶手如果想把陈秋颖带走，陈秋颖不可能不反抗，反抗就会留下痕迹啊。”

手电把巴掌大的地段照了个遍，什么都没发现。

“怎么办啊，师父。”

她看着傅邵言，傅邵言看着远方。

“冒烟了。”

邢菲回过头，顺着傅邵言的目光朝上望去。

一缕青烟沿着停尸间那根废弃的烟囱里飘忽上天，停尸间的大门开着，墙根那排窗晕着一片红光。

“坏了。”他说。

人死之后要被火化，可火化并不只是被推进焚尸炉再用火将尸骨焚成灰就完了的。

先要挨钢锭或刀片的几下戳，戳到内脏外流为止，这样尸体在燃烧受热后，体内就不会有气，也就不会发生爆炸了。

国内的这几刀是要人为下的，像 A 国这种自动下刀甚至配合骨锤敲碎功能的焚尸炉，邢菲是头一次见。

夜风穿过长廊，撩起衣襟下摆，邢菲搓着胳膊，看着那具黢黑裸尸，头皮发麻。

一个在警方严密保护下的医生，此刻成了一具焦尸。

看着那对空下去的眼窝，她无力地摆了摆手：“抬上车吧，我一会儿就来。”

同事应声，随后是尸袋拉链的声音。

刺啦一声，袋子里皮肤剥落。

哎……师父。

昏黄的灯泡照亮他的背，他正弓腰朝焚尸炉里看去，邢菲突然有种可怕的错觉。

“师父！”

叫声引来旁人侧目，邢菲一阵窘迫：“那个，我去殡仪馆了。”

“去吧。”

邢菲一步三回头地上了车，说实话，刚刚她真怕他因为办案压力大爬进焚尸炉里。

木老头把风机开到最大，呜呜声里，关东煮的味四窜得更快了。

“不耽误你们吧。”木老头插起颗鱼丸，下巴朝床的方向努了努，“那玩意儿更香。”

邢菲转着手中的解剖刀，理都没理他，因为有个更让她发怵的鬼见愁立在身后。

“F5，你能往边上站站吗？站这儿太影响我工作。”

F5 没动。站就站吧，邢菲摇摇头，继续工作。头部她已经检查过了，颅骨有骨折，硬膜外也有血肿出现，剩下的就是检查呼吸道了。

师父怎么还不到。

正想着，对讲机里传来了声音：“怎么样了？”

邢菲如释重负，汇报道：“师父，死者其他尸况符合热水肿，我现在要开始掏舌头，检查呼吸道了。”

“下刀时注意力度，焚尸的尸体皮肉发脆。”

“嗯。”邢菲答道，随即下刀。

先切开胸腹部皮肤，再取出胸骨……每一步她做得小心翼翼。

不知从什么时候起，她就习惯了傅邵言的存在，哪怕只是声音……

“怎么了？”发现有异，F5 上前一步。

黢黑的气管里，一只已死的蠼螋蝎保持着最后挣扎时的姿势，钳子深深插入皮肉里。它大量炭黑色的粉末包裹着它以及它待的地方，热呼吸的综合征的证据集齐了。

“他是被活活烧死的。”邢菲抬起头。

“陈秋颖是被蠼螋蝎麻醉后失去行动能力再被活活烧死的，受热的钻骨蝎趋于本能反应，爬向相对低温的人体内部，最终被烧死。”

在 DNA 证实死者就是陈秋颖后，邢菲坐在分局会议室里做了案件复原。

话音刚落，房间陷入死寂，警员们一个个有如霜打茄子般一言不发，F5 的国字脸更是如遭霜打。

朱亚严前一秒才圈定的几个嫌疑人在陈秋颖被杀时都有不在场证据，凶手下一个目标是谁他们不知道，凶手的杀人动机他们也不知道，接下去案子究竟要朝哪个方向去他们也不知道。

案子陷入了一个死局。

“等等再看。”傅邵言低低地开口，他一直相信，最困窘的时候往往离光明不远，不是他们看到的是错的，他们只是被什么蒙蔽了，忽略了真相。

4

会议中途，口袋里的手机便响个不停。

终于等到会议结束，傅邵言拿出来一看，发现是罗三胖打来的。

他顺手回拨回去。

嘟嘟响了许久，一个粗嗓门的女人接了电话，口气冲得很：“找谁？”

傅邵言报了罗三胖的名字，没想到遭了女人一通骂：“又是找那个死鬼的，老娘买卖不用做给他当前台接电话好了！三胖子，你电话！”

震耳欲聋的声音引人连连皱眉，傅邵言把电话举出半米远，好在胳膊长。

不知过了多久传来一阵小跑声后，紧接着便是罗三胖小心翼翼的声音：“是傅警官吗？有件事我想问问你。”

“什么？”

“如果能给你们提供破案线索，你们是不是会给点儿什么……”罗三胖嘿嘿笑着，声音油腻，“奖励？”

“就凭你？还奖励？”

粗嗓门女人的嘲讽声遥遥传来，傅邵言换了只手拿电话：“你有线索？”

“当然有的啦。”罗三胖捻着手指，学起了港腔。

他们约定了入夜面谈。

“为什么是晚上？”听了傅邵言的话，朱亚严说出自己的疑问。

“他出门了。”想起挂断电话前，电话里传来他朋友的那一声喊，傅邵言耸耸肩，罗三胖这个无业游民还蛮忙的。

沟通之后，大家暂时各忙各的去了。

整个白天都忙碌非常，秦冬楠的妈抢救无效过世，医院里进进出出的人乱乱糟糟，给监控工作带来不小的麻烦。

傍晚时分，傅邵言带队奔赴罗三胖家。

罗三胖住的地方在市北，距离医院有将近半小时的车程，晚高峰刚过，路上车辆不多，一路夜色，没一会儿便到了地方。

窄窄的胡同前，面包车是进不去了，傅邵言、邢菲、展屹、F5 以及林林总总的其他人等下车，在这样一个地方，这群衣装整齐的人显得颇为浩荡。

“万一他是诓我们的就白折腾了。”展屹依旧絮絮叨叨的性子，被 F5 伸手捂住了嘴。

展屹瞪着眼，不说就不说。

夏末秋初，天早早黑了下来。邢菲走在黑漆漆的巷子里，被那股棚户区特有的污水恶臭味熏得够呛。

她捂着鼻子，摸黑前行，一边说："师父，如果罗三胖真有证据，我们为什么不早点来找他呢？你不怕他万一出事，证据就石沉大海了？"

"早了他没时间，朱队派人在他家盯着，问题不大。"

话音才落，一团壮硕的身影忽地从巷口一跃至前。

猴子拿下遮脸的报纸，一脸幽怨道："你们怎么才来，日报的中缝广告都被我看五遍了，妇幼医院周日做免费产检，你们谁合适去查查？免费的。"

别说，卧底某种倾向群体这几天，猴子举手投足都透着股妩媚，邢菲站在傅邵言后头，捂嘴偷笑。

"人盯得怎么样了呀？"

"老大吩咐完我就来这里盯，没见他回来。"

没回来？

邢菲手心一紧，不妙啊。

"你们去他家看看，我去附近转转。"傅邵言说着，人走了。

"小飞侠，不会又扑空吧。"

"你待在这儿。"

迈出去的步子又缩回来，邢菲瞪了眼展屹："看什么看，师父怕我有危险。"

"嗯嗯，是。现在怎么办？"

"去罗三胖家看看。"F5 答。

路灯疲软在远处的巷口，漫长的黑夜伴着贫民窟的恶臭才刚开始。

傅邵言很快找到了他要找的地方，那间有着一张油腻吧台的杂货店，胖女人坐在吧台里看电视，粗壮的背影挡住了窗里大片的货架。

"买什么？"女人背上好像长了眼睛，一动不动问吧台前的傅邵言。

"罗三胖上午用过你家电话？"

胖女人嗑起了瓜子，摆明架势不买东西不理人。

这一幕太司空见惯了，傅邵言掏出张票子，放在吧台上："来包云烟。"

"硬的没了，只有软的。"女人笃定他会挨宰，呸地吐着皮，理直气壮地道。

"好。"

"二十一，要打听什么？"

"罗三胖上午用了你家的电话，之后被谁叫去打牌了，你看见他回过家吗？"

"用过，去东边黄二狗家打牌了，没看见回没回来。"

"是那边吗？"傅邵言连跨几级台阶，指着店面左手边的方向。那里成片立着矮棚子，好像一个个破旧的箩筐，被人随意丢弃在城市的肮脏角落。

傅邵言摇摇头："虽然我不能精确说出他去的地方，不过不会是东方和北方，罗三胖当时和我刚刚一样，在打电话，东、北两个方向的人是看不见他的。”他指着门脸旁的木挡板，好比刚刚，要下了台阶才看得到东边的建筑群的。

“叫罗三胖去打牌的那人声音很远，不会是走近同他讲的。”傅邵言眨眨眼，眼神不逼迫，却摆明了洞悉一切。

他的确为让胖女士陷入一种尴尬境地而感到抱歉，可他并不打算让步：“你可以骗我，只要你敢负刑责。”

胖女人下巴的赘肉抖了抖，一番挣扎之后终于不甘地开口：“是丁家的大儿子，住那边第五间。”她又指着一栋房子说，“就是那间，罗三胖只要回家，肯定从我这里经过，我真是没看见。警察同志，我说的是实话，不过能麻烦你，别说是我说的不？”

“好。”傅邵言答着，看着女人手指的那间房。

夜色起，炊烟才熄。

局撤得早，饭后的丁傻子坐在牌桌旁吸烟，嘴里骂骂咧咧。

傅邵言被满屋浓重的烟味熏得咳嗽出声，引得灰头土脸的男人抬头瞥了他一眼：“你谁啊？”

“罗三胖今天在这儿打牌了？”

“你谁啊？管那么宽！去去去，不出去我报警了。”傻子起身，推推搡搡往外赶人。

“警察。”

看着证件，丁傻子吓得一哆嗦：“警官，我没干什么违法的事啊，我是好市民……”

“嗯，我只是想问有关罗三胖的情况。”

说起罗三胖，丁傻子不知怎么就生起了气：“都怪他，每次打牌数他屎尿多，一去厕所人就没了，他从老子这里赢的老子还没赢回来呢！警官，您别误会，我不玩钱的。”

“记得他是几点走的吗？”

“四点多，我和老包都能证明，警官……”丁傻子一脸“八卦”地凑过来，“三哥他惹事了？”

从丁家告辞，傅邵言循着夜色往回走，没一会儿就到了丁傻子说的那个公共厕所。

乌漆墨黑的地方亮着一盏节能灯，算是光源。一个中年女人提着裤子从里面走出来，看见傅邵言，厌恶地骂了声，大意无外乎是流氓。

他倒不在意。

他想的是，从丁家到厕所，这么短的距离罗三胖会有什么事呢？不会在厕所里出事，因为这里人来人往的。

或许罗三胖没出事，只是有什么比赢钱更重要的事让他不得不暂时离开了，而他离开时，恰巧杂货店的胖女人分了神没看见。

完全有可能。

悬着的心稍稍放下，他打算和展屹联系一下，说不定罗家那边会有情况。

电话嘟嘟响着，他又觉得不可能，如果有情况，展屹不可能不告诉他。

正悬心时，他的目光突然定在了不远处的地上，那是一堆垃圾，烂菜叶卫生纸堆积如小山。

小山一脚，风吹着一张皱巴巴的纸币，上面黑黑的一片，像沾了血。

他低头调出手机的手电功能，这才慢慢向垃圾堆靠近。

光柱随手轻晃，撩起苍蝇无数，横冲直撞地四处乱飞，有只甚至撞上了他的脸，他用手扫了扫，蹲在了垃圾堆近处。

那张十元钞就躺在他正前方不足一米的地方，被一片烂菜叶压着。风吹起一角，他终于看清了那黑色痕迹的形状了。

那是一大块喷溅状的血迹，颜色暗沉，显然已经干涸许久。

这钱不会无缘无故出现在这里，罗三胖很有可能是出事了。

傅邵言的目光顿时一重，他缓缓抬头，看向那堆垃圾。垃圾堆得老高，遮住了半面墙，手中的光源有限，他竟不管不顾，在那有限的光源下没命翻找起来。

眼睛看累了，眨眨。

疼了，就揉揉。

不知不觉，两分钟过去了，他终于停了下来，人呆呆地看着最接近墙脚的那块墙，那里，几块不仔细看根本不会发现的喷溅状血迹留在墙上。

真是这里！

他一怔，而后疯了一样，直接用手去抓那些垃圾。

他心里默念着：罗三胖，你可别有事。

“师父！”

邢菲还是赶来了，她拉拉傅邵言：“师父，你怎么了？”

“邢菲，我又害死人了。”

手中的光束一晃，邢菲看清了在傅邵言身后那片垃圾山里，一大片血摊在山脚下。

她瞠目结舌：“什么叫‘又’啊？”

5

半小时后，增援的人赶到，警戒线拉长，交错的黄布条间，勘察灯具把这个破烂地照得通亮。

这样的情形似乎很少出现在棚户区，不少人放弃了晚八点的肥皂剧，跑出来瞧热闹。几个身披宽松衣服的汉子嘴里叼着牙签，蹲在远处一边剔牙一边朝这里看。

邢菲蹲在垃圾堆旁，巴掌大的小脸被防护口罩遮去大半，声音听起来闷闷的：“现场破坏严重，血迹形状不完整，以喷溅状为主，另外有类圆形血迹，这种血迹应该是被害人受伤后，血从伤口流出，直坠地面形成的。从现有的血流量看，伤未必致命，但不排除大面积出血痕迹随垃圾被运往别处的可能。”

身后沙沙的笔记声落，她敲敲腿起身，回头看向弄堂方向。

夜雾浓稠，手拨不散，师父刚才就是一个人走去那边的，虽然他的脸上依旧带着笑，可邢菲总感觉师父不一样了。

还有他说的那个“又”，又是怎么回事？

“没怎么啊。”

再次找到傅邵言时，他正同朱亚严在通电话，分心回了邢菲一句话，他落下扣紧话筒的手，继续讲起了电话：“邢菲这边的 DNA 比对的结果明天能出来，一旦确定是罗三胖，这个案子的凶手差不多就要落网了。”

等会儿，什么跟什么啊？邢菲有点跟不上。

“如果确定是罗三胖，那么事发当天他在医院看到的除了蓝蝴蝶，肯定还有其他东西，这个东西最初并没被他放在心上，今天却意识到了不对，而凶手也意识到了这点，所以先下手为强。

“刚好罗三胖才去过医院，很可能是医院里的什么提醒了他，所以才联系了我们，而凶手知道这件事的途径是有限的。”展屹举着一根手指，得意地给邢菲做着分析。

傅邵言嗯了一声，挂了电话：“展屹，你先回医院，协助朱队排查监控录像。”

“是。”双指合并，潇洒地从眉间朝外一挑，展屹应着，“不过，陈秋颖死的时候他们都有不在场证据啊。”

“除非空气可以杀人，不然凶手就在他们中间。邢菲，跟我去那边看看。”

没等作答，人已经被傅邵言拽走了。

这个夜晚忙忙碌碌，忙得邢菲怀疑那个有点脆弱的傅邵言似乎从未出现过。

“师父你慢点……”她叫苦不迭。

回到住处，已是深夜。

脱了外套，傅邵言重重地坐在椅子上发呆，已经多久没想起那件事了……

想着想着，他动作迟缓地扯开了领扣，再一颗颗地解下去，这个时候能洗个热水澡就好了。

咚咚咚，敲门声响起。

“谁？”他起身去开门。

门外，邢菲没想到他会这副袒胸做派来开门，微微愣了一下。

终于回过神的傅邵言此时也发现了不妥，忙拢起衣襟，故作镇静地说道：“还不睡觉？”

“师父你不用遮了，你忘了我最会什么，打从第一次见面，你的身体数据我就知道了，身高腿长。”邢菲舔了舔舌头，也不用经主人允许，径直就进了房间，“我找你有正事，长平医院真的有问题。”

傅邵言脸一阵红一阵白，僵了半天，最后只能闷闷地接受了这次调戏。关上门，他回到椅子旁，一边系扣子，腿一边夹紧了坐下：“什么发现？”

“我联系了我师父，他帮我找到了董其昌。”

“药剂大师？”

“我师父喜欢叫他毒老头。”邢菲晃着脑袋纠正，“毒老头看了我发去的那些病历，说有问题。”

“什么问题？”

“他说病历记载的那些药根本不可能治愈舞蹈症，还问我长平这些病人的病真好了吗，我说的确好了，他就说要亲自过来看看，明天上午九点的飞机，你和我一起去接机吧，毒老头儿点名要你去。”

“不能治疗？那病人是怎么好的？”脑子飞速转着，或许他该去病房，对那些患者的药进行取样，傅邵言的脑子飞速转着。

“我已经拜托F5做了取样，他现在一心将功补过，动作麻利得很。”邢菲眨着眼，看着呆呆看她的傅邵言，“怎么了？觉得我进步太快，还是我脸上有脏东西？”

“嗯，好大一块。”傅邵言手一伸，邢菲已经被推到了门外。

“哪有啊？”举着手机看了半天，邢菲噘着嘴，这人!

牢骚归牢骚，她很快又变了个脸，揣起手机，蜘蛛人般趴在了门上，贴耳听起里面的动静。

门里水声阵阵，傅邵言在洗漱了，邢菲眉眼一弯，这才心满意足地拍了拍巴掌，走开了。

她刚才就是故意那么说的，心思想太重多累啊，那么好的师父不应该和心累扯上关系。

机场。

接站口的壁挂电视播放着地铁未来的线路图，纵横伸展的色块将城市地图勾勒得格外高大上，大有直逼一线城市之势。趁着航班停降这段时间，邢菲多看了屏幕几眼，而后指着图像下连续滚动的字幕低声说道：“也不知道这么悬赏下去会不会有人能提供罗三胖的线索。”

“不知道。”

她眨眨眼：“师父，你对我有点冷淡。”

“……没有。”

“是因为昨晚事在害羞吗呜……”嘴被捂住了。

傅邵言一字一顿，几乎是咬牙切齿说道：“并没有。”

他的手温热，背很宽阔，被“揽”入怀的邢菲的脸一下子着了火，手使劲一扯。

“邢菲，你又没轻没重了。”苍老的声音传进耳廓，邢菲抬起头：“老头儿你来啦？”

一个两鬓斑白、慈眉善目的老人不知什么时候已经滑着轮椅来到了跟前，他看着地上的牌子，一脸叹息：“你就这么对我啊？”

邢菲低头去看，忙捡起写着董其昌名字的牌子，三两下扫掉上面的鞋底灰：“都怪师父……”

师父？这才发现不知道什么时候，傅邵言就松了手。

不松能行吗？手又断了。傅邵言一脸无奈加痛苦，就不该招惹这丫头。

原本是来接人，如今倒先忙活起他了。

三人没回住地，先去了医院骨科。

一小时后，傅邵言伸出幸存的左手，俯身对董其昌说：“欢迎您，董老。”

“邢菲啊，下手太重。”董其昌拉了拉膝盖上的绒毯，微笑着回握住傅邵言，“我知道你，警界的后起之秀、鬼眼之才。”

傅邵言一笑，之前他倒不知道药剂大师竟是个坐轮椅的残疾人。

“邢菲啊，病人的用药名单拿到了吗？”

“早好了。”才犯了错误的邢菲小心翼翼递上电脑，不巧，越小心越出错，一声脆响，电脑屏幕被她捏了道裂缝。看着委屈的邢菲，傅邵言低头接过电脑：“电脑和我才委屈吧？”

我也不是存心的啊，邢菲撇撇嘴。

目光在两人间打了几个转，董其昌接过助手递来的花镜，看起了表格。

时间一分分过去，终于他摘掉眼镜，捏起了眼角。上了年纪的人，干什么都容易累啊，稍后董其昌叹了口气：“我想见见那个病房的负责人。”

“是有什么发现吗？”邢菲又抬起头，脖子一刺，回头对上了傅邵言的目光。

“师父，破案要紧。”

这话翻译过来就是不许再斤斤计较，打击报复了哈。

他有那么小气吗？摇摇头，傅邵言想起展屹才发来的消息——监控录像毫无发现。除非他们当中有人泄密，否则凶手根本就没机会接触到他们的计划，问题出在哪儿？还有，他忙问董其昌：“董老，这些药确实有问题？”

“它们不可能治愈舞蹈症患者。”董其昌无比笃定地说。

自从医院开始出人命，刘一本每天过得都是心惊胆战，以至于听到警察造访，他手又是一抖。苦着脸从里间出来，他第一句便是：“你们什么事啊？知道的我都说了啊。”

“我想知道你给病人用了什么药。”董其昌坐在轮椅上，针织外衫扣子系得一丝不苟，他目不转睛看着刘一本，像在看着某个重大发现，“据我所知，舞蹈症是种在现有医疗水平下还无法根治的病。”

什么？刘一本一时竟没听清。

“刘主任，六号床病人说他不舒服，想让你过去看一下。”

“知道了，出去出去。”刘一本烦躁地赶走了打岔的护士。转回身，他也反应过来了董其昌的问题。合起掌，答话时的他竟多了丝傲慢：“我们是专业医生，我们就是靠那些药给病人治病的，你们外行人不懂。”

“营养神经的芬类药剂能治愈舞蹈症，那才是世界奇迹呢。”董其昌徐徐开口，眼睛却死死盯住了刘一本，目光锐利，直慑人心，让刘一本本能地向后一缩。

董其昌笑着看着刘一本的反应：“如果是真的，我替你们上报科研项目，申请国家奖励；如果是假的，我会向有关部门反应。”

“你是谁啊？”

“不才是中国药师协会副会长董其昌。”

良久的沉默后，刘一本喘着粗气，终于还是放弃了，开口说：“我实话实说吧，的确用了其他药，但这药只有陈秋颖和彭鸣辉知道，我这个主任不过是摆设，上任两年，只负责外围病案和公关，偶尔接手个舞蹈症，药也是他们配好的。你们真想知道他们用的是什么药，可以问问我两个前任，他们说不定知道。”

“前任？”这个情况傅邵言还真是没想到。抄了两个人的名字，傅邵言把纸条递给了邢菲，好在两人只是调了科室，人还在医院。

时间分秒过去，傅邵言和董其昌并没走的意思。刘一本绞着手指，想将来的出路。

咚咚咚，又有人敲门。

是他们？刘一本抬头紧接着又失望地低下了：“什么事？”

捧着盒子的护士莫名其妙：“主任，你的快递。”

“放那儿吧。”他掏着烟，挥挥手，正准备点烟，发现屋里还有两个人，便举手问道：“可以吗？”

傅邵言看了董其昌一眼，见他不介意，自己也点点头。

蓝火苗点红了烟头，刘一本长出一口气，舒服了不少。半支烟尽，两个前任终于到了，他按死烟头，迎救命稻草般招呼着人进门：“老许、老路，快来快来。”

两个人莫名其妙，心想刘一本这热络劲是为哪般啊？被他叫老路的那个先看了看傅邵言和董其昌，没搞清楚状况，又把目光落在了桌上，“奇怪，我以为是恶作剧呢，怎么你也收到了？”

“啊？你们也收到了？”老许奔过来，也是一脸错愕。

只有刘一本还在状况外：“都收到了？里面装的是什么啊？”

他拿过剪裁刀，划开塑胶袋。老路说：“我的盒子里装的是一张扑克牌，红桃 K。”

刘一本呆呆看着盒子里：“我也是……”

一旁的傅邵言再不能平静了。失去女儿的国王为了找出凶手，给他所怀疑的每一个嫌犯发出一张白色纸牌，最终，查明真相的他用利剑刺穿了凶手的心脏，血染红纸牌，国王化为纸牌的模样，自此，红桃 K 多了一层含义——Red Kill.

第五章　尸骨之城

1

“有罪者死，无罪者生，凶手接下去要做的就是——筛选。”

“等他筛选？”展屹按捺不住性子，拍起了桌子，“被他牵着鼻子走？”

“这次啊，我们就是要被凶手牵着鼻子走！”朱亚严呵呵一笑。

展屹看了看邢菲，又看了看猴子和F5：“老大被气疯了……”

瞪了展屹一眼，朱亚严同傅邵言交换了一个了然的眼神，他知道，傅邵言懂他的意思，因为他们终于找到了凶手作案的动机。

商灯、柳颇、商灯的亡妻，长平医院相继死去的医生，不明的药物，满是错误数据的病历，死在医院的叶培……

这些看似松散的线索有着一个核心的人物——叶培！凶手极有可能，是在为叶培报仇。

“一组调查叶培，二组负责保护三个目标人，既然是筛选，说明凶手还不知道他要杀的是哪个，另外，密切注意这三个人的行动，三组调查神秘的药物，其余的人留下进行全面监控。”一番布置后，朱亚严宣布散会。

“森林，　会儿就拜托你了。”出了会议室，邢菲揉着脸走在前面，留下足音在身后流连，“不过我不懂，师父，咱们不是要查药吗？为什么要把森林叫来，药什么时候和计算机相通了，我怎么不知道？还是你又有什么想法没告诉我？还有那个药，毒老头说有点难度。师父，你怎么不说话，你不会还在怪我。”

“Golden早走了。”陈森林指着另一个方向，“老大要询问那三个‘k’，Golden也参加。”

“没听到啊。”邢菲傻眼了，“你不早说。”

害我浪费那么多口舌，不过转念的工夫，她就寻起了别人的毛病。

“看你自己和自己说话，挺好玩的。”陈森林推推眼镜，他就不会和自己说话。

撇开忙着和书呆子较劲的邢菲不谈，另一边的傅邵言已经在那旁听对刘一本的询问了。

刘一本生来一副苦瓜脸，再加上眉头紧锁，后背佝偻，那股冤屈劲儿简直是从骨子里散发至脚底跟的。此刻的他就垂着头，苦大仇深地嘟囔着：“为什么要杀我啊，我什么都不知道啊……”

原本问他问题的警员情绪受阻，抓紧手中笔，音量也跟着高了一个分贝：“你是什么时间来的神经内科，还记得叶培这个病人吗？”

“啊？”他梦游般回过神，“两年半左右了，能给我支烟吗？”

手一伸，接了烟，待烟气画着大小圈，一点点四散开，他这才长出口气：“是死了的那个吗？记得，不过当时我人在神经外科，具体情况不了解。”

“从神外转来神内，跨度不小啊。”陈述式的问题。

“你们也看得到，我们医院就这样，只有神内赚钱，刚好那时出了叶培的事，家属闹得凶，我托了点关系，就调过来了。”

“认识柳颇吗？”

“认识，还有他那个朋友，商灯，他们和我们医院的人关系一直不错。”

“陈秋颖他们用药你为什么会不知道？”

“他们不让我知道啊，我只管分油水。”

接到朱亚严的眼神，这次问话随之结束了。

再是老许。

老许全名许锦，是叶培死时当值的主任，因为那起事故被迫离职，辗转岗位，后来成了副院长，这几个问题的回答，他和刘一本没有什么出入，不过他提到一点，在他在职期间，陈秋颖的脾气有阵不知道为什么突然变得异常暴躁，也是在那段时间里，长平的神经内科突然对舞蹈症有了突破。

“那是什么时候的事了？”

“记不清了，不过离叶培出事的时间相差不远，三年多吧。”

至于那个老路，在任年头更远，各种问题都是一问三不知，除了他也认识柳颇和商灯外。

问询室外，朱亚严看着傅邵言。

“谁更有可能？”

“许锦和刘一本之间的一个，我偏向于刘一本。”

“为什么？”

“换成哪一个人，如果有生财的道道都会想占为己有，不可能像他那样，安于置身事外。”

“同意，不过许锦毕竟在任，也不是没可能成为凶手的目标。”

“所以是‘偏向’。”说到这儿，傅邵言想起另一件事，“叶培的父母还健在？”

“在啊，怎么了？”

“年龄多少？”

“男的六十一，女的五十六。”

“叶培不是他们亲生的。”

啥？手中烟灰抖落，朱亚严一惊。

“舞蹈症是显性遗传病，叶培有这种病，父母一方肯定也有，而这种病的病人一般是中年发病，存活时间短。”

这个朱亚严真没想到，不过这也怪不了他，毕竟叶培这条线索是才被提起重视的，不知道有没有用，他还是拿起对讲机，准备通知展屹。

没开口呢，突然想起什么，他腿一收，人退回了房里。

关门前，朱亚严露出一抹苦笑：凶手神出鬼没，他们这群老干警都被逼得处处小心，时时都防着被窃听。

展屹也觉得凶手太过神出鬼没了，那么多线索硬是没一个帮得上忙的，譬如此刻他做的案件重演，就没演出什么来。

“罗三胖看见有人在卫生间里，吓得跑了。”负责监督现场的同事翻了下证词本，宣布重演完毕。

展屹叹气：“就知道演不出什么。”

DNA 比对出垃圾场的血迹是罗三胖的，电视悬赏倒是得到了市民的积极响应，可惜都是奔着钱来的，有用的线索没几个。罗三胖至今下落不明，就连罗三胖缘何被盯上的他们也没搞清。

哎！重重一叹。

就在这时，对讲机里传来呼叫声，展屹没精打采地举高“黑砖头”，对里面说道：“我是柯基，我是柯基，请讲。”

“隐蔽。”是朱亚严的声音。

“隐蔽着呢……”展屹不耐烦地进了盥洗室，再关上门，“说吧。好，我把情况告诉猴子，他们在查叶培，我哪儿闲着了，不是你说的要我案件重演吗？”

他看着镜子，抱怨着老大的不善解人意，人突然僵住了。

等等……一抹灵光就那么在脑子里一闪而过，似乎有什么东西正从他面前那面镜子里跑了出来。

“老大，我有个思路，去查案了！”

“喂……喂……败家玩意儿，敢关机！”朱亚严按断对讲机，回头看着傅邵言，“也不知道这兔崽子发现了什么。”

邢菲这边也不顺利，她和董其昌已经把神内病房里现有的所有药物都检测了一遍，还是没有找到那几种神秘的药物。

“会在哪儿呢？”翻遍了处置室大大小小的瓶瓶罐罐，她沮丧地出来，不知道下一步该去哪里找。就在这时，远处传来了人声，她回头看去，见尹雪正弯着腰把一堆瓶瓶罐罐逐一丢进清洁工的手推车里。

“尹护士，在丢什么？”

“邢法医？”尹雪抬起头，朝邢菲一笑，“是用过的空药剂瓶。”

邢菲眼眸一亮：“有陈秋颖在时的吗？”

尹雪为难地摇着头：“空瓶是每天一清的，这个是今天才用过的。”

“哦……”邢菲有些失望。

“你想要这种空瓶？”一旁的清洁工搭话道，“我有。”

“几天前的也有？！”

“有啊。”

“快带我去拿。”

几分钟后，邢菲站在后院那堆小山似的空药剂瓶面前，叉腰长叹：“怎么这么多啊？”

“收垃圾的司机前几天出了车祸，几天没来，就这样了。”清洁工无奈地摊着手，“你确定要吗？”

“要！等会儿，我叫人来帮忙。”她拿出手机，拨了个号。

当看到浑身挂满药瓶的傅邵言进门时，董其昌一愣：“丫头又欺负你了？”

“不许冤枉好人。”邢菲紧随着傅邵言蹭了进来，为什么用“蹭”呢？自然是因为身上挂的瓶子更多了。

傅邵言卸掉身上的瓶子，再用仅有的那只左手把邢菲从缠绕的瓶子底下解救出来。

“成也萧何败也萧何吧。”意思翻译过来就是谁让你先伤了我的手，不然根本不用你出力的。

“又翻旧账，力气大也不是我的错。”邢菲摘了挂在头上的输液管，假装郁郁地说。就在她打电话给傅邵言时，她就知道师父才不会和她一样呢。

“干活吧。”董其昌扬扬手，打断了二人。女助理随即把他推到了房间里那排精密非常的仪器前，戴上手套，他开始调仪器。

邢菲在侧帮忙，傅邵言却走到了一旁陈森林的身后：“怎么样了？”

“在查。”陈森林五指翻飞，随着动作，屏幕上几个搜索引擎也各自做着交替。

时间段在三年半到三年前，关键词红蝎、舞蹈症。

董老说，舞蹈症在国内尚是不治之症，而长平的案子又起于红蝎，二者间会不会有什么关系呢。

傅邵言的眼睛跟着窗口变化快速做着切换。

可结果却让他失望。

关于舞蹈症的页面足足下拉了十余页，什么“治病你就到长城，随治随走解烦忧”，什么“李大夫在线，为你解答舞蹈症这种人类难题”，什么“《刑警手记之逝者之证》大结局是什么。”

嗯？眼睛来个急刹车，傅邵言有些跌眼镜。

“开卷有益，我要为中华之崛起而读书。”陈森林脸微微一红，方才的词条眨眼间被他一个后撤键撤回了舞蹈症的页面。

“等等。有了。”陈森林指着屏幕上的匿名论坛，公共发帖区，有这样一条——2012年，红蝎解散。

时间刚好是三年半以前。

解散？会和这座医院的案子有关吗？

他抬头看向房间另一边，不知何时，天便黑了。

窗外夜意茫茫，邢菲坐在董其昌旁边，认真打着下手，或许觉察到有人在看她，她也回过头，见是他，忙“狗腿”地一笑。

“师父，你累不累？我去给你倒点水。”

不待董其昌发话，邢菲已经跑了。

“这丫头，都不问问我。”幽幽的语气透出不满。

刚好傅邵言也想换换脑子，腿一直，站了起来：“我帮你去倒，董老。”

走廊里，旖旎月光被窗棂切成一个个菱格，斜铺地上。

傅邵言走了几步，便见邢菲快风一样跑来，手里还擎着个装满水的纸杯。

他停下脚，好整以暇地看着她过来，心里竟说不出的羡慕。

十多米外的邢菲有些好笑，师父是渴成什么样了？

正待发问，傅邵言的电话响了起来，虽然隔着有段距离，师父神色的变化还是一览无余。

“怎么了，师父？”她停在傅邵言面前。

“展屹说他知道谁是凶手了！”

“谁？！”

他不知道，展屹没说。

“跟我走。”不由分说地，他拉起邢菲朝大门跑去。

展屹要他去二区找他。

月色正好，空荡的走廊里，急去的步声了了回荡。

从前楼通往神内二区的路，灯火稀散，邢菲个子矮，步子小，跑几步就开始体力不支了。

可她咬紧牙，硬是没吭声。

她看了眼灯下自己的人影，师父的手可真暖。

突然，傅邵言停住了脚，邢菲也跟着停下了。

远处的灌木旁，有人影在晃。

“展屹，是你吗？”

邢菲这么一叫，黑影竟跑了。

“怎么回事，难道不是展屹？”她正疑惑，不想傅邵言已经朝黑影出现的地方跑了过去。

月光照亮砂粒地，她这才发现展屹浑身是血，躺在灌木旁。

2

“展屹，你怎么了？”邢菲大步过去。

展屹像被血洗过，伏面趴在地上，身下流淌婉转着大片的血，月色之下，红得妖冶，无论邢菲怎么叫，他都没有任何回应。

自信面对各种生死场面，却从没想生死能发生在作战并肩的战友身上，邢菲手心发凉，人跟着慌了。

“邢菲，帮我一下。”

“是，师父。”她颤抖着接过展屹。

“慢慢将他放平，他背上伤口很多。”

“是，师父。”

傅邵言忙着看顾展屹，分神看了邢菲一眼：“怕了？”

“谁怕了？”邢菲否认着，声音却是抖的。

“别怕，他不会死的。”

“真的吗？”邢菲希冀地等着答案，不料那边却是沉默。

终于，傅邵言低低嗯了一声：“是钻骨蝎，他被麻醉了。”不知何时，他竟扒开了展屹的嘴，再咔的一声，那个重回天日的双爪小恶魔就这样殒命在傅邵言的鞋底之下了。

傅邵言看着指端的血珠，甩了甩手，那畜生没被展屹咬死，还咬了他一口，啐！

“邢菲，你留在这儿，我刚刚开了对讲机，朱队应该很快就到，你负责保证展屹安全送医，他中了五刀，不能耽误。”

“那你呢？”只听了她的安排，他呢？邢菲警觉地看着傅邵言。

“当然去追凶。”不然他干吗去，傅邵言抬头看了看浓浓夜色，摆摆手，“你，就在这儿，自己小心点儿。”

“师父！”邢菲叫着，她想一起去，可去了展屹怎么办，为难间，傅邵言那细细高高的影子已经没入近前那片林子里了。

不知是否错觉，邢菲总觉得师父走前回头朝她笑了一笑。

不知什么时候起了雾，模糊了那笑，也侵蚀了地上的血。

一夜秋凉。

在黑夜中奔跑的感觉刺激而冰凉。

傅邵言跑跑停停，不时俯身看下地上的新鲜足迹，风缭乱头发，思绪渐渐远去在过去的日子里。

其实他是擅长跟踪的，格斗也不错，只是这双异于常人的眼睛……又是眼睛，他撩撩头发，停下来，看着面前那扇木头小门：“说了，不想过去的。”

门吱呀乱响，拍打着门框，那人就是从这里进去的。

他拉开门，跟了进去。

里面漆黑一片，有窸窣声响从黑暗深处传出来，那人没走远。

他不再犹豫，紧跟上去，才走几步，便踩了一地的医用废瓶，塑料的变形声乱响，酒精的味道扑鼻而来。

踢开那些瓶罐，傅邵言一路向前，具体也说不清走了多远，前面没路了。

被堵死了。

两个半人高的储物柜叠放着，把狭窄的通道堵得满满当当，他伸手推了推，柜子纹丝不动。

看样子是嵌进地里了。

他又抬起头，左右看了看，有那么几个攀爬点，上面的泥迹还很新鲜，显然才有人从这里爬上去。

有了判断，行动紧接着跟上，不过三两下动作，傅邵言已经立在柜子上端，被棚顶霉腥味熏得摇摇欲坠了，他强忍着呼吸，手一抓，脚再一蹬，人便上了顶了。

也不知道这柜子几年没动，积了好大的灰，被这接二连三的来客一搅，齐齐翻飞起来，呛得他想打喷嚏。

他蹭了蹭鼻子,盯着斜前方柜面上巴掌大的一块地方看了许久,虽然后来又被擦过，不过受按压最大的地方就是伤展屹那人的手纹。没错，他凑过去，仔细看起那人的手纹路来。

才看了一下，底下突然传来咚的一声，像有什么撞上了柜子。

他朝下面探出头，也几乎是同时，一个犹如猫叫般大小的声音鬼鬼祟祟、颇带试探地低声唤道：“师父？”

“不是要你原地不动吗？”傅邵言看着底下灰头土脸的邢非，气得够呛。

他气，某人却不自知，揉着头嘿嘿笑看着上面的人：“你放心，我把展屹交给朱队他们了，我不放心你，跟过来看看。”

“回去。”

“我不。”

“回去！”

“我不！”

算了。傅邵言无奈地伸出手：“上来吧。”再磨叽一会儿人都跑了。

“别抓柜子！”陈年老柜易碎。

“轻点握我的手。”手更易碎。

看着终于爬上来的邢菲，傅邵言摇摇头，这一路不知凶险，所以他才特地让她留下的，结果……

“走吧。”

“师父，虽然我的手机有手电，你最好也拿自己的照照啊。”感觉走了很久，却似乎总走不到边，远处的那个脚步声渐渐弱得听不见了，邢菲跟在傅邵言身旁，举着手机，亦步亦趋，“两个手电筒毕竟更亮，这样也能看清凶手是不是从其他出口跑了。师父，这种关键时刻不能懒啊。”

懒？说他吗？傅邵言哼了一声：“我看得见。”

“你看得见？什么意思？”

此情此景，邢菲这个好奇宝宝真让人心烦，傅邵言无奈地叹气一声：“我这只眼睛在黑暗的情况下看得见。”他指着自己那只金色的眼睛。

“我的天，太帅了吧！”

“帅？知道这事的人很少会这么说。”他们都说他的眼睛不祥，是吓人的。不自觉地，他又挺了挺背：“闭嘴。”

步子越发轻快，直到停下脚来，他默不作声，看着面前的这个环境。

他们正身处一间空旷的房间，房间正中并排停着几张金属床，不知是床单还是衣服的东西胡乱堆在床上，成了一个鼓包的小山。

没想到兜了一圈，他们竟然来了医院的停尸房。

风吹月光，隔着荷叶气窗进来，邢菲走到门旁，拉了拉，粗重的铁锁箍筋铁门哐啷作响。下班了，门被工人从外面锁上了。

“没人？他从哪儿跑的呢？”邢菲不信地回头。

傅邵言却在发呆。

“你闻到什么味儿没有？”

“什么味儿？”邢菲不明所以，“尸臭？”她对这个熟。

“不是。”傅邵言摇摇头，肯定有什么。

放眼又看了下房间，他顿时冷汗直流，一路走来，竟忽略了那股若有若无，一直没散去的酒精味！不是这会儿房里飘着那么些小“颗粒”，或许他还想不到。

那人弄这些酒精肯定是要做什么，不安感袭来，他开始在房间里四处翻找着。

“师父你在找什么？”

“火。”他闷闷地说，目光落在了金属床上的那堆布上，比起刚才，那团布竟亮了。

他三两步上前，一把掀开了那布。

刺的一声，蓝色火焰和一根被埋在布团里的热得快被甩了出来。

像是舞动的精灵跳落地上，房间霎时星点亮起，最后成了横七竖八的火带。

邢菲傻了眼，可还安慰自己和傅邵言："没事，房子是水泥做的，有点火星问题也不大……

"……吧。"

她吞着唾沫，收回这句话。

也不知道是偷工减料还是怎么，地板噼啪几下，竟然也着了起来。

真傻眼了。

以至于清醒的傅邵言拉起她走时她都忘了反应，半天才"哦"了一声。

不知是地上的酒精少了还是跑得快，等他们再回到储物柜隔断时，身后已经只有少少的一点火了。

邢菲抚着胸，心想好险。

傅邵言的脸上却一点轻松也不见，因为噼啪火声并没走远，反而更近了。

"等我一下。"说着，他单手攀上柜子。

当看到另一侧是什么情况时，他后悔了："就不该让你跟来。"

"什么？"邢菲没听清，呆呆看着傅邵言。

他的脸挂满汗珠，白衬衫也变得脏兮兮的，低着头，像在懊恼什么。

"到底怎么了？"邢菲急死了。

"过不去了。全是火。"他指着柜子那边，"比这边的还大。"

话才说完，才甩掉的火舌已经蜿蜿蜒蜒地追了过来。

火光映亮了两人的脸，一个咬着唇，一个蹙着眉。

该怎么办？傅邵言的人生第一次被逼入了死角。

回想过去的年头，小学老师拒收他，他用年级第一的成绩怼回去，同学嫌弃他单眼视力不能对焦打球，他就用实力顶了那人直升高中的名额，就算有那么多人说他是怪物，有双只有怪物才有的眼睛，可是结果呢？他就用这双饱受诋毁的眼睛扬名立业，让那些笑过自己的人再见他时点头哈腰。

他就是这样，无论何时，都是坚强的，没人伤得了他。

可如今呢？不仅自己深陷困境，还连累了邢菲。

他看向邢菲，奇怪的是，她竟没一点怕。

"我不怕，就算是死，我也是和大名鼎鼎的 Golden 死在一起的，赚大发了。"

愣了几秒，傅邵言摇摇头："这个买卖还是不做为好。走吧。"

"去哪儿？"

"回去。"他已经想到办法了。

一路火舌开道，浓烟滚滚，没一会儿，他们又回到了停尸房。

房间的温度高得可怕，火苗燎着她的头发、衣服，邢菲觉得自己就要被烤熟了，再看傅邵言并没去砸锁，而是把她带到了焚尸炉旁。

火光近得好像隔在两人之间，他说的每一句话都带着烧炭味。

“邢菲，你信我吗？”

“信。”

“钻进去吧。”

啥？邢菲看看一旁的焚尸炉，脑子晕乎乎的。

3

可是……

邢菲真想说可是。

可一看傅邵言的那双眼，她就什么可是也说不出来了。

算了，死就死吧！

两眼一闭，她弓腰钻进炉里，手还没撑稳炉壁，人已经被里面的热浪和粉尘呛得不敢呼吸了。

师父啊师父，你可别是想躲在这儿啊，比起憋死，我宁愿被烧死。

想着想着，身边竟是一挤，她眯眼一看，吐出一句“师……”又闭上了嘴。

这里的灰比雾霾厉害得多，她可是一口也不想吃。

她就那么紧闭着嘴，看着挤在一旁的傅邵言：接下去怎么办？

傅邵言却不理她，不止不理，嘴巴还不停念叨着：“应该没错的，我想得不该有错的啊。”

见瞪眼不好使，邢菲直接去捂傅邵言的嘴，可她忘了手是压在胸前的，加上紧张，早就麻了，这么一挥，路线就跑偏了。

跑偏的手打上傅邵言的小臂，他叫了一声，小臂打在了熔尸炉壁上。

师父我不是故意的，还有这次我控制了力气，邢菲盯着傅邵言那通红的手背，缩了缩脖子，等着挨批。

批评没等到，面前却多了一道门。

熔尸炉的一头竟然开了一扇小门！

邢菲看看门，再看看傅邵言，不由分说爬进了门里。

速度之快，让傅邵言瞠目结舌。

“师父，快来啊！”囫囵的声音从洞里模糊地传来。

傅邵言看着负伤两次的右手，哀叹着，无奈着，跟着进了洞里，速度嘛，和邢菲比起来，自然是小巫见大巫。

噼啪的火声渐渐被甩在了身后，邢菲的声音也清晰起来。

“师父这是哪儿啊？”

“不知道。”

“你怎么知道这里有路？”

“除了这里，那人没其他路可去……”爬啊爬，洞没有见大的意思，最初还嫌邢菲聒噪，如今又觉得聒噪有聒噪的好，至少不会无聊，“你记得陈秋颖是怎么死的吧？他是被烧死在熔尸炉里的。尸检是你做的，身上没有约束伤痕，剐蹭痕迹也没有，想把那么大的一个人弄进熔尸炉，这些肯定会留下。只是灼烧可能将这些伤烧掉，所以当时的这个想法就暂时搁置了，直到今天。”

“你的意思是……”

“他自己爬进来的。”

“师父……”又是先前那个鬼鬼祟祟，带着试探的低低声调，“要不，你爬前面？”

哪由得他答啊，邢菲已经倒蹭回来给他“让位”了。

想了半天，想吐的槽也没吐出来。从认识的那天起，她不就是这么个凡事都直来直往，从不会作假掩饰的性格吗？

手心全是灰，他却忘了擦，只是一点一点往前挪着。洞里没有光，狭小黑暗又漫长无比，大有这辈子都不让他们爬出去之势。也不知爬了多久，邢菲正用手抹脸，却听前头的傅邵言说：“我很羡慕你。”

“啥？”恍惚间，邢菲以为自己幻听了。

傅邵言嘴角轻抿，微微一笑：“你的做人方式很特别。”

特别？邢菲没作声，潜意识告诉她，今天的傅邵言和平时不太一样。沉默了一会儿，她跟上已经爬远的人：“师父，是我又做错什么了吗？”

“没有。”傅邵言苦笑，看来自己真的没这么直白地说过话，乍一说，谁都不习惯，包括他自己，“还记得第一次见面吗？一直没有谢谢你为我挺身而出。”

“你没怪我多管闲事啊？”邢菲抽着鼻子，“那时真以为你好欺负，所以才路见不平的，可后来……师父，我觉得你不是那样的人。”

傅邵言一愣，爬行的动作跟着停了下来：“你觉得我是怎样的人？”

“特别聪明，没什么事难得倒你，就是心理负担太重，师父，你知道吗？有时你在笑可我觉得你心里没有笑，难过了就该哭，开心时才要笑，心事太重不好，哎哟……”

邢菲捂着脸，只顾说话忘了看路，追尾了。

回神的傅邵言忙收回脚：“你没事吧？”

“没事。”邢菲揉着脸，抱怨道，“你看，心事都影响走路，我的脸啊……”还真有点疼。

后面的邢菲絮絮叨叨，前头的傅邵言却是沉默，多少年了，他靠自己的力量把自己包裹坚强，不让任何人小瞧，伤了痛了都藏进肚子里，从不让人知道，可如今，这一切都被邢菲看穿了。

“邢菲。”

“怎么了，师父。”以为他有什么重要的事，邢菲紧爬两下，蹭到了傅邵言的斜后方。

“你……”他想说你是怎么看出来的，一扭头，身子向下一坠，竟忘了方才就发现洞到了尽头，前面没路了。

他掉进了洞口的无尽深渊之中。

邢菲的声音在头顶盘旋，似很近，又很远。

痛。

浑身上下，痛得不行！

傅邵言睁开眼，片刻间有点恍惚，这是哪儿啊？

正想着，有猎猎风声自顶上传来，没等他反应，一大坨邢菲就这么空降在了他身上。

“师父，你在哪儿呢？”

“别叫了。”傅邵言咬着牙，这一降，活活把他降出内伤。掀开邢菲，傅邵言揉着肚子，面容痛苦地问：“你怎么也下来了？”

“你是我师父，要死一起死。”她又补充道：“其实我自己在上面也害怕。”

两场沉默，第一阵因为感动，第二阵是在反思自己为什么感动。傅邵言望着天，听邢菲问：“师父，你刚才在上面想和我说什么？”

没什么。天晓得他差点有向邢菲吐露心声的冲动。

他扭过脸，也第一次看清他们所处的环境。

“我想你该看看这个。”傅邵言拿出手机，照亮了眼前的环境。

离手只有一臂远的石壁上，结满灰的枯骨晃荡荡挂在上面，右手被一只钢条牢牢钉住。一只不习惯剧烈运动的蠕虫缓缓从眼窝地方爬出来，瞬间又被追来的光束吓得缩回了骷髅头里。

在更远的一座小丘上，十几具人骨堆积在一起。

像魔怔了般，邢菲顺着亮走向骨堆。一路脚下咯吱，踩的竟也是散乱骨殖。

做法医也有段日子了，邢菲还是被眼前的场景惊呆，那些骨盆，有男有女，年龄相去不一。在那些人骨里，她甚至看到了儿童的骨骼，小小的头骨，歪歪垂在外侧，那应该是个未满五岁的男孩。

邢菲的眼睛发烧般生生疼着：“师父，他们是被毒死的。”

傅邵言当然看到了，可他想的却不是这件事。

“气味不对，我们必须尽快出去。”

他这么一说，邢菲也发现了散在空中那种奇怪的味道。

她看了下四周，从他们刚刚下来的地方出去？那里太高了，根本不可能。

“别急，我看看。”傅邵言凝神望着四周，这里已经很久没人来过了，除了他在追的那个人，顺着流动的空气尘埃一路向上看去，“那有个洞口。”

不过原本架在洞口的梯子已经没了，傅邵言眯起眼，那洞离地面少说也有四米高。

怎么办？

4

“你说我怎么就不再长高些呢？”邢菲手掐着腰，一脸的郁闷，看见那么高的一个洞，她的第一反应就是和傅邵言叠罗汉。

1.59m+1.85m=3.44m<4m

“怎么办呢？”她踹了两下脚下土。

“够高。”说着，他蹲下，伸手挖起一培土，“玩过堆沙堡吗？”

当然玩过啊，她点点头。

“我没玩过，过来帮我。”

搞懂他意思的邢菲屁颠屁颠过去帮忙，撅着屁股边挖边惊讶：“师父，你没玩过堆沙堡？”

“没有。”

“跳皮筋呢？”

“没有。”一顿，“那是女生玩的吧。”当他不知道？

邢菲嘿嘿一乐：“那师父你小时候玩什么？”

小时候？他撩起一捧土：“我不玩。”

“不玩？没人找你玩吗？”

沉默，算是默认吗？邢菲看着对面，她知道黑暗中那点黄是傅邵言的眼。

“是我不和他们玩儿。”傅邵言说完，又觉得这样的逞强真的意义了了，叹声气，他拍实手里的那捧土，“还记得罗三胖出事时我说了什么吗？除了他，我的养父母也是被我害死的。大家都说我的眼睛能带来不详。”

在他十几岁时，有次学校里的学生又欺负了他，他哭着打给了爸妈。爸妈就是在赶来学校的路上出事的，从那以后他再也没机会见他们，也再不会哭了。

“那次如果不是你出手，我照样能收拾那几个学生。”他眨眨眼，“补考题目我可是选了最难的 A 级，他们不单会挂科，还要准备迎接大量的罚写。”想想这个美妙的处罚，他回味地舔舔嘴，“可惜被你那么一搅，卷子也没用上。”

才知道里面有这层内幕的邢菲点起了头：“所谓蔫坏，大约如此啊，师父。”

“可以了。”不知过了多久，他拍拍手，看了眼土台的高度，“蔫坏的我要把你弄上去了。”

“我上去了你怎么办？”

“别管我。”说着，他肩一矮，再一高，邢菲已经被扛上了肩。她大头朝下，听傅邵言说："踩着我的肩膀上去。"

不过眨眼间，她就站在了傅邵言的肩上，腿一屈再一直，人就进了洞里。就这一会儿，她已经钻了几个洞了啊。

洞口的枯草压在膝下，硬硬地硌着膝盖，她手撑着地，想扭头，没想才一动，手就狠狠地打了个滑，心跟着漏了一拍。

无尽黑暗里，一道道暗痕从膝前一路逆行而上，消失在手电光的极限里，那是和他们之前爬过的截然不同的洞道。

"师父，这好像是条运尸道，师父……"

没有回音。

"师父？"邢菲拼命抓牢洞壁，也是回不了头。

傅邵言不知何时就躺在了地上，景色依稀，有些眼熟。

他眨眨眼，怎么就回到了父母出事的现场了呢？

他那个爱笑的养母圆睁两眼，大大的眼白就那么对着他，像在问："为什么？"

是在问为什么会死？还是在问为什么当初要收养他？

答案不得而知，唯余苦笑。

"师父，你在吗？回话！我回不了头，你再不回话我就下去了！"

聒噪不断的声音吵得人心焦，他咧咧嘴，睁开眼。

依旧是那个暗洞，那个味道淡淡地绕着鼻尖，头顶邢菲半只脚已经伸出来了。

"在呢。"他疲乏地发声道，头晕乎乎的，大约和那个味道有关，他撑身坐起，"你回去，我就上来。"

"师父，这里有点窄，你等我给你挪个地儿。"接着是邢菲吭哧吭哧的声音。

傅邵言有些好笑，不用那么急的，他还没站起来呢。手狠狠地在虎口上掐了一下，人清醒了些，腿一屈，他摇摇晃晃站了起来："好了吗？"

"等等……好了。"邢菲撑好姿势，"师父，你上来吧。"

一只手扣在脚旁，傅邵言已经跪伏在旁了。

"师父你可真厉害。"邢菲一脸钦羡，歪头看他。

"特警训练里有翻高墙这项。"他才不要说自己连蹦三次才成功呢。

耳边是邢菲不迭的赞声，傅邵言绷着脸，观察起洞内的情况。他的头还在晕，多少和盘伏在暗坑里的气体有关，总之是早早离开这里的好。

他摸摸全金属制成的管形洞壁。

表面抛光，只有几处很小的破损，制作年代从破损痕迹看离现在有七十至七十五年间，从做工看，应该是 A 国所产。

"爬上去有点难度，试试吧。"他做了个请的姿势，示意邢菲先行。

"师父，这么难爬，万一我爬不上去，不是又要压到你了。"对于先走这件事，邢菲想得有点多。

“所以，为了不把我压死就抓牢些。”

插科打诨着，他们就这么上了路。

开始还好，只是一个缓坡，可随着前行，坡变得越来越陡，邢菲几次手脚打滑，几乎要放弃了，可想想跟在后面的人，她咬紧牙，死死蹬住脚侧，终于，头顶渐渐有了光。

虽然只是一点点，微微黄的光，却有了希望。

可邢菲却不知该喜还是该忧，光来自头顶，想出去，必须要爬过这段目测有三米的垂直管道。

直上直下的垂直。

“师父……”

“别说话，爬。”

邢菲一咬牙，一鼓作气，竟然真的爬到了洞顶。

推开铁盖子的瞬间，她几乎有些不敢相信：“师父，我们出来了。”

“嗯。”傅邵言坐在洞口，低垂的眼眸里流转着一股温柔暖意，“还没被你坐死，可喜可贺。”

邢菲顾着高兴，没有反驳，可紧接着，更大的绝望就在那等着他们去发现。

他们仍在地下，一个没有窗的地方。

红色的灯泡感知有人到来，倏地灭了。

黑暗中，邢菲感觉到除了傅邵言，还有什么东西在盯着她看，目光危险又侵略，看得她起了一身鸡皮疙瘩。

傅邵言也发现了她情绪上的变化，喘匀一口气，便抬头望向黑暗。

这是个什么样的世界啊?

布满斑驳血迹的铁床上堆放着无数的玻璃器皿，已经浑浊的培养液里，漂着各种头骨，那些头骨静静凝固在黄绿色的液体中，似是在看看他们，又像在看另一个世界。

目光从那堆瓶瓶罐罐上移开，他看向房间另一端。

从方向看，东边的圆洞就该通向他们最初进的那条地道。

洞口的正对面是个布置规整的方桌，桌子的款式和铁床差不多，有了年头，可桌面却比整间屋子的任何一个角落要来得干净，桌面上摆着各式螺旋直弯玻璃管，管子七扭八转最终连接到一个玻璃缸里，里面没有水，只有一只长“肿”了的尖牙胖白鼠。

老鼠抱着短爪，凶巴巴地“瞪着”邢菲。

已经摸到手机的邢菲也看到了这幕，先是一惊，接着便是一阵自嘲。

一只耗子能把你吓成这样?拎着手机她走过去，对着玻璃缸敲了两下：“小样!”

“别动它，它可能不是普通的白鼠。”傅邵言想拉住她，却为时已晚。

被调戏了的小白鼠竟三两下爬出玻璃缸，直奔邢菲而来。

邢菲叫起来："成精了？"

要知道那缸身比小白鼠高得可不是一星半点儿。

"等等。"傅邵言叫住了在做高抬腿的邢菲，"它好像没恶意的。"

"它没恶意还那么凶巴巴地看我？"邢菲指着老鼠，却发现不知何时这只耗子竟停下来，远远蹲在那里，看邢菲，也着傅邵言。

邢菲一阵没趣，跟着傅邵言走去了桌前。

桌上有个本子，本子合着，封皮上一个陈字刚劲有力。

只翻了几页，傅邵言便已了然。

"这就是陈秋颖他们能够治疗舞蹈症的秘密，他们掌握了一项未公开的医学技术，小白鼠是被激活过大脑细胞的试验品。"

再联系到红蝎，傅邵言有了一种假设，这项医学成果极有可能是红蝎从国外偷来的。

偷来后，是发生了什么让红蝎解散，又是什么让这几起命案有了由头呢？

他继续翻着笔记，上面大量的对比数据让人眼花。

这是在对比什么？

傅邵言想得出神，脑子也比先前清醒，头也不晕了，邢菲却已筋疲力尽。

她就像个垂暮的老人一样，不计形象地倒地歇脚，一边看那只老鼠不知从哪儿又跑了回来，举着两颗板牙对着她的腿就咬去。

"咬我？"她喘着气，手却不慢地朝那耗子招呼上去。

没想到胖老鼠一点不笨，不仅躲开了邢菲的打，附带咬了她一口，再三两下就跑到一边的长排椅后面去了。

看着被咬坏的衣服，邢菲愤愤又慢吞吞地起身。

"你就欺负我饿了是吧，告诉你，饿了我也能逮到你……"

走到长椅边，她拿好手机，趴在地上，俯下头朝椅子下面看去，不看不要紧，这一看，她不由呆了。

"师父，你快来！"

排椅下，一具泛黄的干尸侧卧在地，空洞的眼窝对着她，干枯的手直直指向墙的方向，墙上密密麻麻布满了蜂窝一样的斑点。

小白鼠就趴在墙根上，黝黑的眼睛也渐渐融在身后那满墙的斑点里……

邢菲心口一冷，拿着手机的手也不住发颤。

对于有密集恐惧症的她来说，那感觉就像一整墙的鼠眼在看她一样。

5

"戳了这么多的洞，肯定受了不少虐待。"几分钟后，邢菲指着干尸颈上的铁链，"他是被囚禁在这里的吧。"

“在刑侦课上睡觉不是个好习惯。”傅邵言蹲在一旁，手摸着墙壁，“虐待留下的抓痕会有慧尾，不像这个，这个是规整的点状。”

密密麻麻的斑点堆砌满墙，除了深度不同，不然真的和白蚁蛀洞有几分相像。

“也不会是疼大发了留下的。”邢菲搓着胳膊，天晓得再让她多看一眼疙瘩又要长多少。

挠了一会儿，她发现傅邵言竟然还盯着那一墙的点看个没完，一面佩服，一面奇怪：“师父，你看什么呢？”

傅邵言不答，只是呆呆看着墙。

突然，他挪了挪胳膊，人竟半倒立地倒向了椅子。

“师父？”邢菲顿时慌了，她想起以前学过的知识，非洲丛林里有种毒蛙分泌的毒物能让人精神失常，做出怪异的举动，师父刚刚说他吸了毒气，难道师父疯了？

“师父师父师父……”

“我没疯。”傅邵言终于抖了抖肩膀，有了反应，“是盲文。”

他认出“倒立”在面前的那三个点在盲文里是“我”的意思！

后面的那些点又是什么意思呢？他试着给那些点画着隔断。

已经很久没接触过盲文了，可记忆里的知识还在，没一会儿，第一句完成——我希望早点离开这个地狱，我受不了了，可我知道我已无法逃离，他们是魔鬼。

读完这句，傅邵言沉默了。随着那一个个小点变得越来越熟悉，他已经不需要隔断就能读懂上面的大意了。

这是这个当事人在他最后的日子里留下的一段类似日记的东西，内容经过翻译是这样的：

我希望早点离开这个地狱，我受不了了，可我知道我已无法逃离，他们是魔鬼。在外人眼里，他们是救命的菩萨，没人知道他们在做的事是多么的可怕，也没人知道叶培没有死，没人知道我在这里受罪，除了他们。

我对于他们，就是一只小白鼠，一个试验品。

我不知道会不会有人看到我写的，如果有一天，有人看到我写的，并且读懂它，那陈秋颖和彭鸣辉他们所做的就能被世人知晓了。

长平医院能治愈舞蹈症的消息是假的，陈秋颖他们不知从哪儿得来的治疗方法是不完全的，根本不能治愈亨廷顿舞蹈症，住在医院里的人，哪怕是“治愈”出院的那些，都不过是陈秋颖他们的试验品。陈秋颖说过，真正想攻克舞蹈症，还缺失最重要的一个“步骤”，这个“步骤”存在过，只是不知出于什么原因他们没有取得，所以有了我们这些试验品。

没来长平医院前，带我来的人说长平的医生有着仁心仁术，他们放弃名利，放弃申请国家专利，只想安心钻研医术。天真的我竟信了这个说法，事实上，我就是一只小白鼠，住在医院里的都是小白鼠，陈秋颖给我们每个人用不同剂量的药来获得他想要的数据，药效不好的就被冠上医治无效的名头，我就是如此。

并不是所有人都是我这样的待遇，那些家境好的，有亲人照料的一般运气会好不少，付不起医药费的，没什么家人的就会轮到我这个下场，对外宣称死了也不会有人问津。

这样的情况几乎不会引起人们的怀疑，因为有钱的用的药要“好”，治疗效果“好”些也是自然。

只是“死”后的日子太难捱了，不在病房，他们更肆无忌惮，每次打完那些针我都好难过，可我想活啊，只好忍了。

我的几个伙伴都死了，尸体被他们扔下洞里，终于只剩下我和叨叨了。

我不知道还可以坚持多久……

后面的字变得凌乱模糊，再难读出意思，傅邵言和邢菲只得放弃。

长久的沉默浸染着两人的思绪，波澜起伏，久不平息。邢菲胸口发闷，突突跳着跃跃欲出的是那一腔怒火。

怎么会发生这样的事!

“师父，陈秋颖他们该死。”说话的邢菲喉咙发涩。

“是该死，不过不该是这种死法。”叹了一声，也感叹法律与人性偶尔出现的冲突，傅邵言拍了拍邢菲，“先想办法出去吧。”

只要能出去，他就有把握抓到凶手，也能为叶培伸冤了。

话音刚落，耳边传来噼啪之声，不知什么时候那滚滚黑烟竟追出了洞，隐隐火光隔着盖洞的铁板威胁地吐着舌头。

怎么办呢?

脚边传来“吱吱”叫声，傅邵言低头一看，那只尖牙老鼠正叼着他的裤脚，瑟瑟发抖。

他弯下腰，揽起老鼠，忍不住猛咳一下。

黑烟伴着火光竟已逼到近前了。

一切似乎成了死局。

联络了医生对展屹做急救，朱亚严气没喘匀，便接到属下报告：傅邵言和邢菲失联了。

“对讲机都不行？”

“对讲机、手机都没用。”

“分些人手在附近找找。”

多事之秋，千万别再生枝节了，有一个展屹已经够他受得了。

属下得令跑开，没跑多远又停住了，指着远处嚷：“老大，那里好像着火了。”

浓浓黑烟，正从排房门里冒出来，好大的火。

朱亚严头皮一紧，预感不好。

“快，联系消防，组织人手救火。”扔下这句话，他朝火点跑去。

冷月下，那个奔跑的身影脊背有些佝偻，他拼命乞求着傅邵言和邢菲与这火无关，无关……

可当属下在火灾现场附近找到小飞侠身上的挂件时，朱亚严心想：完了。

三辆水车外加近半个消防支队，忙了整整三个小时才算控制住火情。

转眼东方鱼白，天就这么亮了。

消防队长抹了把熏黑的脸，从火场中撤出了，一脸抱歉道："朱队长，地上的火差不多灭了，没找到你们说的那两个人。"

"那他们能去哪儿？等等，你说地上火是什么意思？"

"我们顺着火势延伸方向找到了一个地下通道的入口，就在停尸房里，不过那洞太小，我们的人暂时无法进入。"

"地下通道？"

"我听说这里曾经是A国占领的医院，估计是A国留在地下的助燃物引发了地下火，不会错。你们的人如果真进了排楼，下地洞的可能性很大。"

"现在能进入吗？"

"恐怕不能。"

"那我们能做什么？"

"等火自己熄灭。"对这场地下火，消防队长也无能为力。

朱亚严拳头攥紧。

"等"会是什么样的结果，谁都清楚。

在队里，猴子和展屹的关系最好，展屹一出事，猴子当场炸了窝，不仅拦了几个想靠近的医生，还差一点动了手。

折腾半天，他总算在F5的劝说下同意让长平的医生救治。

"听说董老爷子懂医，我找他过来盯着。"对F5千叮万嘱后，猴子朝楼下跑。

一楼，火烧的烟味正浓。

猴子一边摇头，一边从男厕前跑过，还没跑几步呢，他身后便响起轰的一声。猴子一哆嗦，收住了脚。

男厕所那边，隔板不知怎的竟呼扇作响，浓烟散去，从洞里钻出地面的邢菲愣了好一会儿，泪珠子随即大颗大颗地沿着眼角流淌下来，光哭还不够，她更是丢了魂似的喃喃道："师父，我们没死。师父，我们出来了。"

"嗯，出来了。"经过了刚刚的一切，傅邵言浑身疲乏，但眼里还是带着劫后余生的欣慰笑意。

只是这笑意在邢菲抱住自己时变成了微微诧异，待猴子冲进来傻兮兮看着他们时又转成了微微怒意而已——早不来，晚不来的。而完全没留意傅邵言眼神的猴子只有一个念头——长平医院男厕隔间里什么时候有个洞了？

第六章　半瞳

1

夜风吹凉汗水，额头干了又湿。

大家忙了一夜，唯一的好消息或许就是傅邵言和邢菲安然无恙地回来了。

“展屹怎么样？”简单地包扎后，傅邵言坐在了走廊长椅上，一旁的朱亚严正吸着烟，烟屁股在脚边落了一地。

“还没醒。”朱亚严按灭了烟头，“你说的发现是什么？”

“三年前，C国有过研究舞蹈症的报道，而且还有了突破，之后却不了了之，再无后续，红蝎解散的时间也是那段时间，紧接着长平医院就有了治疗舞蹈症的突破，所以这项技术很可能是被红蝎盗走，被盗的技术不完整或是存在着缺陷，这其中发生了什么事，让原本团结的红蝎解体，而这项残缺的技术也留在这间医院，被陈秋颖他们掌握、实验，并且补充，凶手是为了被当做试验品的那些人报仇的，而且和叶培有关。”

无比坚定的断言让这起案子的缘由明了了大半。

接下去，就是查叶培了。

朱亚严点点头。

晨曦来临，专案组的人都出去跑案子了。

走廊里一片安静，少有几个还在住院的病人也意识到出了事，躲在房间里闭门不出。

傅邵言坐在窗前，安静地看着面前那几张纸，细声朗读。

“杀死商灯的人体型瘦弱，拥有可以麻痹死者的某种特质——瘦弱。展屹和罗三胖，一个遇害，一个遇袭——和凶手有过交集，极有可能和凶手接触过。罗三胖的交集——彭鸣辉死亡当天。展屹的交集……叶培会盲文……

舞蹈症是显性遗传病，叶培的父母都是健康人——叶培不是他们亲生的，他是哪里来的，关系网是什么？”

话止笔落，他脑中已经有个答案隐约闪现着，只是那些说不通的事情还需要找到答案，只能等猴子他们的答复再看看了。

只是可惜，追凶途中在走廊柜子上发现的那枚掌纹被他记个大概，详细的却被火烧没了。

猴子那组人连口水都没顾得及喝就登上了南下的列车，行车半日，终于抵达了目的地，位于长江三角洲上的一个偏僻县城。

叶家就在县城的东北角上。

接了消息，老两口早早就等在了门口。

脱落的外墙皮，褪色的红灯笼，再加两个神情木讷的老人，这一切让原本憋着气的猴子突然就没了气焰。

“我是江都市区刑警队的，想和你们了解下叶培的情况。”他伸出手，感觉手中握着的另一只手随着他接下去的话一点点僵硬起来，“我们想了解叶培的朋友圈，他的亲生父母是谁，有关他的东西，希望你越多越好地告诉我。”

叶父就那么呆呆地看了猴子几秒：“你怎么知道的……”

他四下看了看，退后一步，把人让进屋。

“他是我捡来的，除了给他一个姓，我没给他什么，更别说做他爸爸了。”叶父沮丧着脸，从茶几的抽屉里拿出张照片，递给猴子，“我闺女和他感情倒是亲厚，我们把他送去盲校后他们之间还有联系。如果我闺女在，他的事你大可以问她。”

猴子接过照片，照片上的大女孩正吃力地抱着怀里的婴儿，婴儿胖嘟嘟的，却拧巴地不愿被女孩摆布。

“他不爱拍照。”叶父探过头，拧着眉头这么说，似乎这是那个小东西给他留下的唯一印象，“喏，还有这张，叶雅去看他时捎回来的，说实话，我都认不出上面哪个是他。”

猴子抓着那张照片，看着悬在人群头顶的抬头——××市盲人学校05级全体合影。他眯眼，从左看到右，没看出端倪。

终于，他放弃地垂下手：“这两张照片能借我用下吗？”

“可以是可以。”迟疑了一下，叶父又说，“还会给我吗？有我女儿的那张。”

看了看手中的照片，猴子点点头。

接到猴子的电话时，傅邵言正坐在监控时里看录像，几天下来，架在医院里的几台录像设备攒了足足十几卷带子，以两倍速快放，他也只才看到编号为七的带子。

一边听着猴子汇报，他调慢了播放速度。

屏幕上，画面一帧一帧变化，电话里，猴子的汇报声徐徐。

“就是这样，叶培是叶家老两口捡来的孩子，后来因为查出视力有问题，他们放弃了收养，把叶培送去了孤儿院，倒是叶家的大女儿喜欢这个弟弟，一直照顾着叶培，甚至把他送去盲人学校学习……”

猴子依旧说着，傅邵言却只是盯着屏幕出神，画面上，展屹正打发着罗三胖离开，那是罗三胖失踪前最后一次出现。

他站在门外，透着铁栅栏看着院子里，神情有些不自然。

再看展屹，他也看着罗三胖看的方向，表情同样不自然，这不自然里又多了点不好意思。

他们看到了什么？

“有没有其他镜头？”他贴近操作员，完全忘了猴子还在电话那端喋喋不休。

操控手点点头，指头翻飞，在键盘上一阵盲弹，画面跟着他的手一帧帧切换。

终于，他停了下来：“这个是最靠近的摄像机拍到的了。”

画面里的人形比之前远了许多，从角度看，探头是在几乎墙沿处拍到的，展屹小得看不清表情，可这就足够了。

傅邵言终于知道罗三胖是因为什么丧命的了，可展屹又是为什么呢？

他抓起电话，正打算拨出去，这才发现电话还通着，猴子有气无力地说：“我拿到两张照片，发到你的邮箱了。”

“好。”傅邵言神情一赧，怪他想得入神了。

接收着图片，傅邵言拨通了另一个电话。

电话那头，朱亚严正忙着甄别昨晚医院里一切有可能的嫌疑人，见是傅邵言来电，他挥手暂停了问询，出去接电话。

才出门，朱亚严人没走过转弯就撞见了一个同事，他正带着几个护士过来，那些人也是来接受甄别的。挥手和同事打个招呼，朱亚严侧身去了一边，贴着墙根压低声音：“世纪商贸楼内和附近的监控？是有发现了？好吧，还卖起关子了，我派人去找。”

挂了电话，朱亚严摇摇头，Golden 竟也会开玩笑了。

下午三时许，房间飘着股泡面火腿肠的味道，桌上见底的空纸杯里，红色的火腿肠封皮随意丢弃，目光再放远些，傅邵言支肘坐在显示屏前，安静地看着面前的画面。

帮他操作仪器的小沈被同事叫走了，房间里只剩下他一个人。

身后的门不知什么时候开了，一个人走了进来。

“你找我吗？傅警官。”秦冬楠摸索着进门，连日的忙碌让他眼底泛起了微微的青色，他苍白着脸，一点点摸索到傅邵言身边。

红眸映亮傅邵言淡淡的脸。

他挥挥手，指着一旁的椅子：“坐。”

“不了，聊完我就走了，你知道如果不是我身体有些不方便，医院也不会同意让我妈在这里停这些天。

“嗯。”傅邵言一抿嘴，目光重新移到了屏幕上，随手递了个纸杯给秦冬楠，“喝水吗？”

“不麻烦了。”

窸窸窣窣的脚步声打身边经过，傅邵言竟已经接好了水。

“谢谢。”秦冬楠局促地接过杯子，唇沾了沾杯沿就放下了，“听说邢法医受伤了？”

“虚脱而已。”说起邢菲，傅邵言嘴角不禁浮起微微笑意，出息劲儿。

“哦。”

然后又是沉默。

秦冬楠抓着杯子，手不安地搓着杯口：“傅警官，你找我有事吧？”

“有。”傅邵言依旧摆弄着鼠标，眼睛也不看秦冬楠，“我就想知道，你和叶培究竟是什么关系，为什么要为了他杀那么多人，商灯、柳颇、彭鸣辉、陈秋颖，还有罗三胖？”

秦冬楠一阵发愣，干净的脸变得苍白虚弱：“傅警官，我不明白你在说什么。”

“还有，你是怎么做到的，我的眼睛也不好过，知道眼睛不好的人有许多事做着都不方便。”

语气急迫，不容人插话，终于等他说完了，秦冬楠淡淡地问：“你凭什么说是我，我眼睛不好。”

“时间，你出现的时间太巧了，罗三胖出事那天展屹送他出去，他在门口迟疑了一下，是在看你。”傅邵言调出来一个画面，画面上尹护士推着病人在晒太阳，秦冬楠刚好从附近经过。

“这也是展屹遇袭的原因，他看到了你。”

“看到我又怎么样？”秦冬楠的声音变得越发冰冷，他手插进口袋，掏着什么东西。

“朱队说他是在模拟现场时发现异常的，也是我一直疏忽，直到我找到了另外一段录像，我才知道我遗漏了什么。柳颇被杀的那天，展屹去追凶手，没追到，而那天，你就在现场，混迹在行人里，过马路。那个病人死的那天也是，罗三胖是被卫生间里的人吓出来的，我们开始只把这当作罗三胖是被人发现，吓跑的，我们忽略了一个问题，那个时间，什么人会出现在卫生间里，不是你按铃叫来了护士吗？”

“你想知道他那天是被什么吓到的吗？”不知什么时候，秦冬楠的声音已经变得居高临下，他把指尖的东西放进眼皮里，正不适地眨着眼。

在近处的地上，一个塑料瓶倒放着，透明的液体从瓶口溢出，发着一股怪味。

不适感终于消失了，秦冬楠这才睁开眼：“他看到的是这样的我。”

白炽灯照在他头顶，一黑一红两只眼睛变得格外明亮。

他眨眨眼，看着傅邵言微笑。

他果然能看到。傅邵言想。

2

秦冬楠笑了笑，又抬起手，将指头上的另一个东西放进了眼里，如法炮制地眨眨眼，随后笑了："别人的东西，用着不大习惯。"

他指指眼睛，解释道："这东西的主人你认识，赵海洋，他的眼角膜做的，跟隐形眼镜一样，国外没公开的黑科技，用起来很方便，算是他为我做的一点贡献吧。还有……"他笑笑，"你说得都对，这一切都是我做的，商灯、柳颁、彭鸣辉还有陈秋颖，他们是我杀的，因为他们该死，不是他们，我朋友根本不用死。"

"叶培吗？"

秦冬楠笑了，样子说不出的得意，好像傅邵言的话对他来说是个天大笑话般，笑完他摇摇头："你不是神探吗？连你也没猜到，我才是叶培。"

死在长平医院的那个是他的朋友小曲，他最好的朋友小曲。

如果不是他的好心，或许小曲到现在还活得好好的，他们还能坐在一起听鸟唱、闻花香，如果没有三年前他的好心，一切的一切或许都会不一样。

小曲是被他害死的。

三年前的一天，老师给他们上流行音乐课，他还记得那是首很红的歌曲《别问我是谁》，唱到那句"我的真心没人能体会"时，耳边传来咚的一声，紧接着是音乐老师的尖叫声，他这才知道是小曲跌倒了。后来，小曲被确诊成是亨廷顿舞蹈症，一种很罕见的遗传病。

小曲是他在学校最好的朋友，虽然是盲校，分帮结派的情况还是有，有钱人家的孩子拥趸就多，像叶培这样不知道亲生父母是谁，又被养父母抛弃的人顺其自然成为被排挤对象。

"小曲和我差不多，是孤儿，话少，最开始也不和我说话，直到那次我被几个人关在厕所里，他路过把我救了出来，我们才成了朋友，小曲是我最好的朋友，我不能让他死，可我没钱没势，又是个废人，我没办法，只有找我姐姐。那天，我打电话去姐姐家，是姐夫接的，他说姐姐不在家，后来我才知道姐姐她根本就在家，是姐夫不想我再和姐姐联系。他开始不想理我，直到听出我口气不对，问我是不是身体不舒服，我才说'不舒服也没人能治'。我当时也是赌气，气养父母收养我又抛弃我，所以我赌气说我得了病，没想到姐夫的态度竟突然有了转变，他说会帮我联系医院治疗。"

秦冬楠攥紧拳头："我是鬼迷心窍信了那个骗子，他根本就是想把我送去长平给那几个医生做实验，他们不敢对有权有势的人下手，只好物色一些我们这样的人给他们做白老鼠，可怜小曲以为他有机会活下去呢。"

"小曲顶了叶培的名去了医院，事情没人拆穿？"

"拆穿？怎么拆穿？商灯根本没见过我，我姐直到'我'死才知道'我'去住院的事，谁会拆穿？小曲退学后，我也跟着离开了学校，偷偷来了医院。开始那段时间一切都是蛮好的，小曲有了康复的迹象，我跟着开心，可后来的一天，小曲突然不见了，他们说他死了。我不信，就找了这个病重到失语的老太太，假扮成她儿子，一点点查出了真相。而今年，赵海洋的眼角膜给了我复仇的机会，商灯害死了小曲，杀了我姐，他们都该死。”

“因为你看不见，所以才能找机会接近商灯。”傅邵言说，他的推理几乎正确，却没推出杀人的会是个盲人，“因为养父母不愿说，你眼盲的事也就鲜少有人知道。如果早知道这个，人也不会死那么多。”傅邵言双目微合，十指交叠，靠在椅子上，脑中浮现出一个眼盲的男生趴在商灯身上，口里含的水一下喷湿商灯脸上的纸，纸化了，勾勒着痛苦的人脸。

“他们该死。”

“那个病人是无辜的，为什么要杀他？”

“‘眼镜’中途掉了一只，必须马上清洗，我的眼睛会这么红也和感染有关。”

“那天是你按铃叫来了护士，难道你眼睛的异样没被发现？”

“他们忙着看病人，哪有时间看我，何况我是面朝窗站着，护士看完病人就走了，没时间理我，倒是后来我一时大意，被那个混混撞见了，所以我趁你们不注意，出去杀了他，就像杀柳颇那样，像这样。”

傅邵言脖子一热，再一睁开眼，一张白色卡片正抵在脖子上，余光所见，那是张边缘薄极的硬质名片。

“你想灭口？”傅邵言淡淡地说。

“不然呢？我已经杀了这么多人了，不差你这一个。”

“杀了我你也开脱不了！”

“不用你管。”

“我眼睛也不好，因为眼睛我不能当刑警，也没学搏击术。”

秦冬楠轻笑一声：“你是想说你学了搏击术就能躲过今天吗？这种事不能后悔，天生有缺陷的人注定了是被人瞧不起的，即便是你这样的大警探，知道吗，从第一眼见你，我就知道你和过去的我一样自卑。好了，别废话了……”

失去耐性的秦冬楠一挥手，本以为就此可以了结的事，不料中途被什么东西挡了一下，他一晃神，再看时，傅邵言的脖子湿漉漉的，已经红了一大片。

不是血，是他手边的一整杯热水。

“你……你疯了？”

水灼着皮肤，傅邵言闭着眼，撸了下面颊：“自卑和没脑画不来等号，你拿的这张名片质地光滑硬度高，在阳光下泛淡蓝色，这种颜色和质地是印产桉木纤维特有的，桉木是阔叶硬木，有强韧性，的确适合刺杀，可它也有着强亲水性。”

他睁开眼，两指成圆，噗一声弹走了软趴趴的卡片：“虽然眼睛不好，可我习惯靠实力让别人闭嘴。还有，我没练过搏击术，可格斗成绩还不赖。”

说时迟那时快，傅邵言一个矮身，人已向秦冬楠的腿倒去。

突然的变故吓了秦冬楠一跳，短暂的迟疑后，他连退几步，撞上了从外面进来的人。

于是尹雪就这么稀里糊涂被劫上了天台。

六楼的天台，秋风簌簌、乌云压顶，空气透着股紧张。秦冬楠抓着不知从哪儿摸来的碎口玻璃瓶，抵在尹雪脖子上，冷冷地看着面前那群警察：“是你们逼我的，我活着时没能找到那个人杀了他，我死后也一定要找到他，杀了他！”

紧随其后赶到现场的朱亚严举着手，让他冷静。尹雪被他拽紧，脸色苍白，嘴里喃喃着别人听不清的话，秦冬楠的表情却一直出奇的冷静，他冷笑着看着面前那群人，一下一下摸着尹雪的头，纵身向后一跃。

十月的第三个星期天，画面定格在尹雪惊恐的脸以及秦冬楠那诡异的笑容上。

斜阳、秃柳，地上那摊殷红的血。

一天后，星期一，专案组临时办公室里，周围的陈设乱七八糟，连一个文件夹都带着紧急撤离的慌乱。

手下在收拾东西准备撤离，朱亚严手夹香烟，望着窗外，身后一台德生收音机平躺在厚重的资料堆里，里面的女主播声音郎朗而富感情——

“凶手当场坠楼，经抢救无效确认死亡，被劫持的女护士因一棵柳树拦挡，意外生还，这也是这棵柳树在近几年内救下的第二条生命。据悉，自今日告破的电视塔宣言杀人案后，去往长平医院乞求生命树保佑的人数日趋增多……”

啪的一声响，一只手按掉开关，朱亚严满嘴的不忿：“就会胡说八道，案子明明还没全破就这么胡说。”

“是为了安稳人心嘛。”F5走过来，“让一让，我拿东西。”

“展屹还没醒？”

F5摇摇头。

朱亚严继续叹气，一种奇怪的感觉仍然缠绕在心头。

那种感觉是什么呢？想不出来的朱亚严觉得他是空有重拳却打在了棉花上，太无力了。

他决定找傅邵言聊聊，这个时间的傅邵言应该在邢菲住的病房。

走廊里，两个小护士在交头接耳，说的刚好是他知道的事。

“那个女法医不是虚脱吗，怎么又昏迷了？”一个问另一个。

“兴许是地下的毒气闹的吧，不过昏迷前她真的说了句‘我知道他是谁”，接着才晕的。对了，你得替我保密，这事我就告诉过你一个人。”

“你们说邢菲说了什么？”

两个小护士吓了一跳，抚着胸脯看着身后的人。

3

刘一本最近过得相当无聊，秦冬楠的事一出，他们科室别说病人跑光了，打官司索赔更是苍蝇蚂蚁似的扎堆朝医院涌，几个院长不堪其扰，借开会为由都躲了出去。

他也想躲，无奈那些死较真的警察还在追查谁才是那个什么见了鬼的红蝎，害得他去哪里都被跟踪，烦得要死的他索性哪儿也不去，窝在医院嗑瓜子，听人声。

许开和路行之的情况比他好不了多少，老许的儿子读高三，老许借由忙儿子，带着“尾巴”回了家，路行之可不愿意回家，也在医院里神出鬼没，偶尔找刘一本聊聊天。

这天，路行之听到风声，屁颠屁颠跑去刘一本的办公室，和他同行的还有邢菲的主治医生。

“我听说那个女法医醒了，还说她知道谁是‘红蝎’，是谁啊，王建？”

“什么是谁啊？”体格精瘦的男医生推了推金丝眼镜，胸口上写着王建二字的名牌锃亮，他也是长平医院的医生，才受命为警员治疗。

“装傻是吧？”路行之捅了他一下，“案子啊，那个法医说是谁了吗？”

“你们怎么都知道的？”

“没有不通风的墙。”一旁的刘一本唉声叹气，“知道是谁就赶紧抓起来吧，我现在和坐牢没什么两样。”

“就是。”路行之帮着腔。

“我是真不知道。”王建急得甩手，“那人说完就晕了。”

“真没说啊……”老路一阵沮丧，再聊下去的兴趣荡然无存，挥挥手，走了。

“本来就没说，他们让我保密，也不知道哪个大嘴巴把这事说出去的。”王建苦着脸耸肩，也想走。

一坐一起，看到了在座位上发愁的刘一本，打算离开的脚跟着停下来。

“一本，别郁闷，事情查清楚了就没事了。”

“我知道，我就是在想以后怎么办，医院眼看要倒闭了，像你们这种有本事的去哪家医院都不怕，我怎么办啊？”

王建跟着叹气，他也不知道，眼睛一扫，发现桌上有瓶好酒，他忍不住舔舔嘴唇：“哪来的酒啊？”

刘一本抬起头说：“整理东西，准备拿回家的，要不你陪我喝两杯，正好我也烦。”

“好啊。”王建搓搓手，重新坐下。

半小时后，天黑下来，王建出了刘一本的办公室，顺便看了眼远处，整天这么被跟着，真的很烦。

6:00pm 吊水时间。

护士薛冰心捧着点滴用的针具和药，心不在焉地走在路上，她在等一个人的短信，而这个短信却迟迟没来。终于，口袋里的手机滴的一声响，她停下脚，单手擎着托盘，腾出另外一只手去拿手机，点开屏幕一看，心头一凉，手里的东西应声而落。

哐啷一声，托盘落地，塑料瓶滚落，绊倒对面欢快而来的人。

护士秋小清年前分配到了长平，笨笨的她总是挨护士长的批，可她此刻的心情却是格外好，因为就在刚刚，她被表扬了，心里轻飘飘的她对生活充满干劲，配药的动作跟着快了起来。对门里的人说声谢谢，她脚步轻快地出了门，没想到，人都没走多远，就摔了个狗啃屎，药没碎，碘酒瓶子却碎了，浓重的味道散满走廊。

她哎哟一声抬起头，发现地上躺着两个托盘。头顶，薛冰心一脸的难过与愤愤。

秋小清不禁吞了口口水："冰心姐，你没事吧？"

不料薛冰心理都没理她，捡起自己的东西走了。

6:03pm

病人家属徐欢坐在家里气得够呛，按开电视机没几秒又按灭了，他握紧遥控器，心里诅咒长平医院那些败类不得好死。正想着索赔的事，手机响了，他抓起电话看了眼，顿时火冒三地叫道："你们知道是谁拿我老婆做实验还不告诉我，想掩盖事实吗？"

6:15pm

路行之的老婆王一一下班回家，发现家里空无一人，不免怒火中烧："好啊你个路行之，老娘生日都不回家，看回来我怎么收拾你！"

她气呼呼地坐在沙发上，想打电话没想到电话竟先一步响了起来。

她接起电话喂了一声。

6:28pm

五岁的王小花蹲在走廊里等去拿药的妈妈，突然，一队蚂蚁士兵吸引了她的注意，她跟着蚂蚁士兵一点点往前挪，终于到了墙脚，她咦了一声，那里有辆玩具车。

6:30pm

被安排蹲点的行动一组成员戎玺听到一声孩子哭。同时朱亚严接到电话，路行之跟丢了。

几分钟前，傅邵言坐在房间里，看着床上沉睡的人，醒后的邢非无疑对那第三个目标最具威胁，而他势必会今早出手、灭口。

摸摸下巴，他看眼给邢非做检查的王建，他戴着口罩，弓腰查得认真，一旁输液器里，药液慢条斯理滴着，护士来过，才给邢非吊上水。

夜色安静，门外突然传来一阵急促的脚步声，王建抬头看了一眼来人，又低下头继续听诊。

猴子冲进来，走到傅邵言面前，压低声音："有突发状况，那群家属不知从哪儿听说了小飞侠知道害他们家人的第三个人是谁，抄着家伙朝这赶，情况失控。"

"三个红桃 K 呢？"

"有人盯着。"猴子答道，手就势摸摸腰间，枪套里有枪，可是没配子弹，"Golden，是撤是留？”

“留。”

猴子点点头，拿出对讲机，呼叫朱亚严：“一饼呼叫六条，红钟保持不动，请求增援……”

接到呼叫的朱亚严应了一声，准备布置任务，不料前脚信号一断，后脚新的呼叫继而跟进——“二饼呼叫六条，红桃跟丢了，请求支援追踪！”

“三饼呼叫六条，门诊楼出现炸弹，一女孩被困，场面失控，请求增援。”

朱亚严气得脑门青筋迸发：“是他，他要对邢菲下手了。”

短暂的思路整顿后，他安排人手。路行之那条线暂时不管，如果是路行之，那他最可能的是混在那群家属里。

“我去门诊楼，剩下的人去住院处增援，记住，一定要抓住他！”眼光逐一扫过在场的手下，他转身先行出门。

6:35pm

失去理智的家属们冲进病房，王建吓得瑟瑟发抖，蹲在床边，手扒着床沿。傅邵言站在另一边，离那群人连一步的距离都没有，他静静地看着面前的人问道：“你们想干什么？”

“把凶手交出来。”

“把害我妹的凶手交出来！”

说话的人示威着，猴子挡在窗前往傅邵言身边凑了凑：“咱们怎么办？”

他不知道此刻的朱亚严正使出浑身的解数安抚着受惊的小女生，还要分心研究炸弹，他也不知道朱亚严派来的同事正被两个吵架的女人弄得分身乏术，他也不知道制造这一切混乱的人什么时候已经混在人群中，为邢菲做着死亡倒计时。

“我们还不知道谁是害你们亲人的人，我们还在查。”猴子试图解释。

然而他的话却没什么效果。

为首的一个高喊着：“你们就是欺负我们，给我们消息的人说了，那女的已经醒了，而且知道是谁，你别想糊弄我们！”

“红蝎，你真是会算计。”傅邵言苦笑一下，侧头朝猴子歪了歪，“那边肯定被什么绊住了，在他们赶来前，只能靠我们俩了。”

没等他说完，激愤的人们已经扑了过来。猴子双臂一张，迎了上去。

他力大无比，一下搂住了四个，连带拦下了后面的人，这就大大减轻了傅邵言的负担，他守在床沿，挡住每一个想靠近的人。

也是奇怪，傅邵言并没用什么招式，可无论是谁只要一抓他，不出三秒，必定松手。

猴子分神间看到这一幕，暗自叫了声好。

时间分秒过去，两人的体力也迅速消耗着，更糟糕的是，来讨债的人不止这些。

看着那乌泱泱的人头，猴子咬了咬牙，又在臂上加了几分力气。

就在情况越发焦灼难解时，身后突然传来一声呻吟，猴子回头一看，大叫一声："Golden！"

血沿着傅邵言的手心汩汩流出，殷红了床单，疼痛让他额头冒满了汗，半晌，他对握着那把手术刀的人说："你想干什么？"

此时，门外终于蜂拥进一群人。

应援的人总算赶来，带走了闹事的，还有割伤傅邵言的，朱亚严也赶来了，唏嘘着红蝎的狡猾，竟然造了个假炸弹来分散注意力。

"不过竟然不是他们三个里的一个？"朱亚严奇怪着，就在这时，邢菲床前的监控仪突然有了情况，几条原本的波浪线直了！

那人跟着人流一同朝外走，同时抬手看了眼表，唇不自觉弯着，3……2……1，再见，邢菲。

一切都会结束，他们不会知道他是什么时候做的手脚，而"果酱"这个身份也再不会有人知道。

没错，他还有个别名"果酱"，艳如血、甜似蜜，红蝎的成员之一。

"王医生，等一下。"一只缠满纱布的手落在他肩头，身后的人语气轻和柔软。

王建脸跟着一僵。

傅邵言看着王建的背："是你想杀邢菲吧，或者，我该叫你刘医生。"

刘一本垮了肩，机关算尽，还是被拆穿了。

他回过头，摘掉口罩，口罩后面露出了王建的笑脸。

那张脸扭了几下，像晕开了一层水波纹，眨眼间再看，面前的人已经是刘一本了。

刘一本笑看着他："傅警官，你怎么知道是我的呀？"

4

"王建是个拿惯手术刀的外科医生，右手指肚有老茧，你没有；他走路外八字，双脚习惯呈 115° 钝角外张，这个你模仿了，可与 115° 之间的偏差率还是高于正常值 12%。"

"好吧，我承认，是我模仿王建，可那是因为我被你们跟太久，实在是跟烦了，刚好王医生喝多了，我就随便模仿一下他，出来散散心。"

散心？鬼扯般的理由，可那又怎样，如果他们一早就看出了问题，他也不会安好地站在这里了，刘一本轻松一笑，何况邢菲已经死了，现在是死无对证，他只要坚持现在的说辞，警方就不能拿他怎么样。

傅邵言却摇摇头："在你进来给邢菲做检查的时候我就知道你不是王建了。"

刘一本一愣，开始回忆刚刚的情形，不会啊，他每一步都做到位了，检查、听肺，他做得丝毫没差啊。

“听肺时你没听出什么吗？”

什么？

刘一本抬起头，眼神在一阵迷茫后突然滞住了：“她没病！”

“对，而且真的王医生也不会给她听诊。”

邢菲昏迷从最开始就是个局，为了引红蝎出现。

把刘一本交给同事，傅邵言回了病房，才核对完录像的陈森林闻声抬头，朝傅邵言比了个 ok 的手势。

“他趁乱调了输液滴数，一旦确认这药被动过手脚就好办了。”忙了多半个月，终于抓到红蝎了。

“是护士换的药，他大可推说与他无关。”

“那怎么办？”

“凉拌。”彼时的傅邵言已经坐在了床边，背对陈森林，看着邢菲，“还装？”

“像吗？师父。”眼睫忽闪，邢菲已经睁开了眼，笑意盈盈看着傅邵言。

“嗯，还不赖。”

有邢菲偷录的录像，加上护士的证词，证明“王建”确实接触过她拿的碘酒，也调快了滴速，证据确凿，刘一本只得承认了一切。

“薛冰心怀了路行之的孩子，急切地等待路行之的消息，收到路行之分手短信的她方寸大乱，失神摔了东西。而小护士秋小清办事毛躁，工作时常出错，难得受到表扬，刘一本就是利用了这种心理，借表扬的机会既能控制薛冰心和秋小清的相遇时间，又利用二者情绪状态的不同制造了这起大概率的意外。碘酒里面加的物质挥发沾在针具上，再通过注射混进药液进到邢菲体内，这种物质本身无毒，一旦遇到药液就会发生络合反应，络合后的产物再配合加速运动可以在短时间内达到致命效果。如果薛冰心没有受刺激摔了东西，或者秋小清没有摔倒，刘一本也有机会完成他的灭口计划，因为他当时就在附近。”

周一，区分局刑警队办公室，墙脚的白板上写着如上的案件分析简报。朱队去市局做汇报，几个同事趁着放假去医院看展屹，留守的人也大多不知去了哪里，房间空荡荡的。

F5 从射击场回来，发现房里不止他一个，想了想，他走了过去。

“唔。”算是和傅邵言打过招呼。

“嗯。”傅邵言回了一声，案子还有地方没搞清楚，是哪儿呢？

躺了几天的邢菲身上有着发泄不完的精力，十圈跑下来竟然一点累的意思也没，眼睛一转，她回去找师父。

一进办公室，F5 和傅邵言一高一矮一站一坐的画面映入眼帘。

“师父，干吗呢？”

“说案。”和F5待了一会儿，傅邵言的说话方式也受了影响，精简不少，“秦冬楠的抛尸机关明明可以完成一次抛尸，为什么会有那三道车辙；屏风上的字是谁留的；还有罗三胖的死，当时秦冬楠可是被密切监控的，他不可能有机会跑去那么远杀了罗三胖。”

“车辙说不定是他之前实验留下的，屏风的话，趁人不备偷偷写的。”

“罗三胖呢？”F5酷酷地说。

“要么监视有疏漏，要么他有‘影分身’。”邢菲擦着汗，开始胡说八道。

她这副吊儿郎当的个性F5接受不来，索性不再接话。

不料傅邵言接了一句：“真的可能是‘影分身’。”

“罗三胖出事那晚，秦冬楠一直在医院里，那天是他妈过世的那天。”

“我记起来了，那天他守了一夜的灵，白天也一直在忙。”F5顿悟，“杀罗三胖的另有其人，他有没有可能替秦冬楠杀了刘一本？”

话毕，F5已经跑出了房。

邢菲看眼手表：“刘一本是晚六点的航班！”

作为一个被国际通缉的要犯，刘一本提出要去能保证他安全的上级部门交代红蝎始末，而距离他要坐的航班起飞还有五小时又五十三分。

“联系那天负责监视的同事，找出疏漏点，我们走。”

“去哪儿？”邢菲兴奋地拿来她的工具，一脸跃跃欲试。

“现场。”

曾经的神内科室如今一片破败，空无一人的走廊带着种阴森感。傅邵言蹲在地上盯着车辙的痕迹看了一会儿，合上了眼：“如果有两个人参与这个案子的话……三道车辙，秦冬楠想要直接抛尸，车推了一半，被另一个人发现并拦住了，他事前应该不知道秦冬楠要做什么，否则不会再布置一个机关，他们这样做是为什么呢？声东击西？拖延时间？”

脑子有点乱，究竟是为了什么呢？头发被揉乱时，他终于想起一点：眼角膜，秦冬楠的“眼镜”！

秦冬楠说病房里的人是他杀的，为的是给他清理“眼镜”的时间，这不合理，住在同屋的病人家属说过，他和秦冬楠一起去了厕所，之后秦冬楠先回了病房，而抛尸就是在这段时间里完成的，一个几乎是自动的机关，何必他再冒险戴上，还要制造一个机会弄脏它呢？

答案显而易见，他在说谎。

“戴着一只‘眼镜’、毫无避讳地站在门口，拖延时间？声东击西？”他敲了一下脑门，“他的‘眼镜’丢了一只，所以他们要制造混乱，找到，而当时可以行动自由的除了病人和病人家属，只剩下……”

不知不觉间，他已经走到了秦冬楠曾经住过的病房，窗外的草全枯了，留下干黄干黄的一片，邢菲站在楼下，和几个在生命树旁祈福的人聊着天。

突然，不知道听说了什么的邢菲尖叫一声，朝楼这边跑来。

“老傅，你知道几年前从楼上摔下来没死的人是谁吗？是秦冬楠！我刚刚去看了一下，他跳楼的楼顶其实有个小坡，那个坡离柳树特别近，树枝都挨着房檐了。”

他已经猜到了，秦冬楠通过跳楼的方式保护了尹雪，能接触到碘酒和病房钥匙的尹雪制造了至少两起命案，那天，她借抢救为名，实际是在找秦冬楠的“眼睛”。

他点点头，拨电话给陈森林：“跟尹雪那条线的人那晚他们确实一直盯着尹雪吗？”

“Golden，我正想和你说呢。”陈森林为难地看了眼身边的同事，叹气，“他们的确是二十四小时紧盯的，不过有件事他们之后才发现，尹雪住的那栋楼有个偏门。”

“知道了。”

“等等，Golden，你先别挂，你是怀疑尹雪就是和秦冬楠一伙的人吗？是的话，我刚刚收到点数据，说不定能成为佐证。尹雪上班以来献血三次，都是人对人定向献血，三次的受献人都是秦冬楠。还有，她的体检报告上说她腹部有两处刀口，从位置看，应该是剖宫产。”

“可她只有一个儿子。”

“是。”陈森林的眯眯眼在镜片后弯成条线，他推推鼻梁上的眼镜，听电话那端问：“你是怎么知道的。”

“我翻了医院的档案库，顺便远程了一下她的私人电脑。”

哭笑不得地挂了电话，傅邵言看着一旁盯着他瞧个没完的邢菲。

“怎么了？”

“没怎么。”

她就是觉得师父有些不一样，都会哭笑不得了。

5

答案揭晓，朱亚严也跟着松了口气。

“人已经控制住了，她那个情况也没能力再害人了，腿骨骨折。”朱亚严指了指腿，“其他的情况和你推断的差不多，秦冬楠是尹雪十六岁就生下的孩子，因为孩子爸不认账，孩子就被她扔在了福利院门前。后来再见面，她认出了秦冬楠身上的胎记。成年的她一面觉得愧对孩子，一面担心相认会毁了现有的一切，矛盾着矛盾着，她就发现当年被她抛弃的小孩杀了人，于是她就想办法开始帮秦冬楠隐瞒。那三道车辙如你所想，是因为运尸路上他的角膜掉了，所以尹雪想了这个办法帮他找眼角膜，至于屏风，字根本是她前一晚偷了护士长的钥匙提前写好的，之前没人发现是因为陈秋颖办公室的屏风平时都是合着的，不过他有习惯忙完在办公室小床上睡一觉的习惯，而这个时候他就会拉开屏风。”

“做妈做得这么费尽心思也挺辛苦的。”邢菲搓着手感慨，“为什么一定要把刘一本送去上面，如果 GUIDE 的目标是红蝎，那他还是有危险的啊。”她可没忘赵海洋给红蝎的示警邮件，“而且，我们不是刚刚才帮 GUIDE 找到一只蝎子吗？”

邢菲说的正是朱亚严担心的，可没办法，刘一本这么要求，上面的意思也是如此。

点燃手里那支烟，朱亚严抬手比画着：“红蝎犯过的案子那么多，牵涉很多机密，上面也要审慎处理，只是没问出舞蹈症的治疗方案为什么会少这个很可惜。”

燃着的香烟在指尖兜了一圈，随后被神来一手掐灭了。

邢菲凝眉掸掉粘在指头上的灰：“抽烟不好。”

“烦！”朱亚严摔了身边一沓资料，尘土飞扬里，他看着窗外，喃喃自语，“希望上面派来的人能安全把人带走，别再出岔子。”

当然，朱亚严忌惮 GUIDE 的算计，却也相信他的同行们。

16:53pm

朱亚严一行人随车抵达江都市顶山国际机场，刘一本被几个便衣围在中间，遥遥走在前面，他看眼同车的傅邵言、邢菲猴子还有 F5，跟着下车。

17:25pm

登机手续办完，准备过安检进闸机口。

傅邵言盯着低头走路的刘一本，心里微微泛起不安，一、二、三、四、五……刘一本身边的护卫少了一个人！

“等等。”他大喊一声跑过去，拉住刘一本肩头往后一带，低着的头扬了起来，一双迷离而无神的眼睛对上了他，不是刘一本！

17:26pm

确认刘一本失踪，全员分散在机场找人。

17:27pm

刘一本随着散开的队伍自然而然地离开，他要找个地方把这身警服换了。他一边走一边在心里得意，随后又懊恼，好容易藏住的身份就这样被揭穿了。

不知不觉，他走近了一个胡同，突然停住了脚。

18:00pm

航班照常起飞，邢菲跟在傅邵言身后飞奔，时间一点点过去，刘一本逃离的可能已经极大了，朱队带人去了总控室，希望能从监控上找到刘一本逃离的方向。

“老傅，刘一本会不会不在机场了？”

“嗯。”

比起他逃了，傅邵言其实更加担心的是另一种可能。

真是想什么来什么，这想法才一冒出来，电话就响了。

朱亚严来电，刘一本找到了。

18:02pm

众人停在二层东翼的男卫生间前，邢菲看着躺在隔间里的刘一本，赤身裸体地躺在地上，沾血的手指端是那几个熟悉的字母——

Hello，I’m GUIDE.

先一步赶到的同事正在处理现场，咦了一声：“还有字。”

刘一本扣在地上的手下，赫然还有两个血字——犹一。

作者注：亨廷顿舞蹈症是种显性遗传病，不可治愈，病发后身体会不自主地颤抖，从早到晚，慢慢地会失语，各种器官会慢慢衰竭，直至死亡。我有一个好朋友就是这种病，最近，ta的妈妈才去世，因为这个病，在阿姨发病后，我去探望过几次，每次看她痛苦我都特别害怕，怕我朋友将来发病也会是这样。

这个案子写的是起失控的医学实验，不过我真心希望，有一天，世界上不再有遗传病。

卷二　口红

在人间，
有谁活得不像是场炼狱。
——《在人间》

第一章　恐怖小说家

1

江都，顶山国际机场。

和往年一样，这个秋天来得又快又急，夹枪带棒的风呜咽着从门缝里灌进来，刮得人脸疼。

接机口人流如织。元城推了推鼻梁上的雷朋镜，脖子一缩，半张脸就势埋进颈间的羊绒围巾里，对着围巾大大哈上一口气，温度熨帖了面颊，人这才舒服了点。

他不是没在这里生活过，可每每回来，依旧应付不了这里的天，湿冷的寒气像钉子扎进骨头里戳来戳去，疼也疼死了。

想着想着，他条件反射式地揉了揉肩。

“怎么了？哪里不舒服吗？”肩头一重，元城回过头，墨色镜片后面，经纪人巴掌大的“黑”脸正紧张兮兮地看着他。

“有点冷，给我拿件……”本来想说给我拿件厚外套的，眼角一扫，元城突然闭上了嘴，薄薄的唇微微弯起，有点小得意——他的“粉丝”呼啦啦围了上来。

经纪人后知后觉也有了反应，一个扭腿转身，手臂一张，拦住了扑身而上的人群。

“别挤别挤，保安，哎哟我的妈呀，谁踩我脚了……”

一时间场面极其混乱。

许多不明真相的旅客停下来朝这头望过来，间或听见一个女孩急速的说话——“元城，江都最近出的这起案子你知道吗？和你的小说《不明来客》好像啊！”

有听过元城名字的人哦了一声，原来那个会预言的恐怖小说家元城来江都了。

温河区分局。

这天是周五。

临近周末，分局的人依旧是忙忙碌碌。F5 自楼梯上下来，迎面撞见了猴子，就势一巴掌熨平了他眉心的川字。

“愁眉苦脸，怎么了？”

“没事。”猴子愤愤地道。

“哦。”

“喂，你就这么走了？”猴子拉住 F5，“你听我说，我这几天都烦死了，现在是个阿猫阿狗都说有罗三胖失踪的线索，也不等我们核查就提钱的事，累得我东跑西颠地核实不说，还要费口舌打发这群骗子。”

“说完了？”

“完了。”

“哦。”

“你也不安慰我一下？”

F5 一抬眼：“我能听你唠叨就是安慰。”

见猴子就要炸毛，F5 格外开恩，又多说了几个字：“这个也值得愁？咱们就是干这个的。”

经他这么一说，猴子顿时觉得他们的职业既无私又高大，“就是干这个的”嘛，听听，多无欲无求。他啧啧嘴：“也是，局里有人比我还愁。”

猴子说的这个发愁的人不是别人，正是他们刑警队的队长，朱亚严。

至于他为什么发愁，倒不全是为了案子。

“都说了多少遍，靠梦破不了案，不靠谱。”此刻的他正摆着手，拼命想摆脱掉身后的尾巴，“你是咱们队上唯一的法医，我不可能准你的假。”

说到这儿你懂了吧，这个尾巴就是小法医邢菲，而邢菲正是让朱亚严发愁的根源，算一算她像现在这样磨着朱亚严已有三天了。

“可我真的见过类似的情景，我必须回家去找答案。”小飞侠毫无气馁之意，一路旋风腿追到了男厕所……

“不管怎么样，我一定要回趟家。”倚着厕外的白墙，邢菲愤愤地看着厕所前的人来人往。

邢菲想回家，完全是因为一份三天前从鉴定中心出具的报告。

那是张名为死者刘一本字迹比对的鉴别报告，证实了顶山机场男厕所里面的几个字的确出自死者刘一本之手。

恰是这份看不出什么玄虚的报告让当时在场的邢菲足足怔立了十几秒。

她知道说出来或许很难有人相信，不过死者为凶手留下杀人宣言这事她真的在哪里见过，曾经的赵海洋是，如今的刘一本也是。

一番求索无果，她把目光放回了老家寥城，都说儿时的记忆既模糊又深刻，说不定她要找的答案就在儿时生活过的老家。

可惜朱亚严就是不给假。

“邢菲。”

“师父。”邢菲抬起头，看着一身素衣的傅邵言。日光苍白旷远，自他背后照来，晕在他身上，勾勒出模糊好看的轮廓，他微笑着看她，笑容暖暖的。不知怎的，邢菲觉得有点委屈了：“师父，他们不信我。可我真的觉得我早见过这情景。”

去省厅汇报回来这一路，傅邵言对邢菲的诸多作为早有耳闻，此刻的他点了点头道：“我知道。”

“你信吗？”

“信。”

真的？邢菲抬起头瞪大眼睛：“那师父帮我说说。”

“现在还不行，你收拾一下，跟我去拜访一个人。”

一个人？邢菲不懂傅邵言的故弄玄虚，却依言而行。

而那所谓收拾，不过是换了身便装。

半小时后，金井区龙南大道，梅西购物广场。

一楼大厅，人声鼎沸。

邢菲拉低鼻梁上的墨镜，啜了口奶茶，仔细打量起远处巨幅宣传海报下面站着的那个男子：“就是他？”

近年来名噪圈内的知名恐怖小说家莅临梅西购物广场为新书《叹息墙》造势，这个元城就是傅邵言此行的目的。

傅邵言点点头，就是他，元城，以故事具有预言性而闻名，这次更是因为长平医院的案子把新书宣传的第一站选在了江都。

“据说他之前出版的那本小说就是讲医疗实验的，几个参与的医生后来都被死者家属杀了。”

“那的确有些像。”邢菲点头，“所以他有可能是 GUIDE 吗？”

不是师父说出现了可能是 GUIDE 的人，她才不会老实地放弃请假的事呢。

“不过，GUIDE 会这么大张旗鼓地出现吗？”

傅邵言撑着下巴，眼神深邃，看着远处台上的人，食指轻轻蹭了蹭唇，他也不知道，或许要买本他的书研究一下。

再看台上，一身灰色麻衣打扮的元城倒不像能和恐怖二字扯上关系的人，他斜坐在藤椅上，跷着腿，通身带着股书卷气，拿着那本名为《叹息墙》的书，正低声朗读：“叹息墙下回头望，梳妆镜前魂离亡，美人妆，鬼人状。江都的叹息墙给了我创作这部作品的灵感，我也希望江都的读者能喜欢这个故事。希望大家做好人，有好报。”

叹息墙？邢菲看看傅邵言，从后者的神情看，显然他对这个叹息墙也不了解。

“看样子，有必要买两本书了。”傅邵言自言自语着，再一扭头，发现邢菲早不见了。

邢菲已站在签名队伍里，手里拿着几本等待签名的书，队伍里吵得很，她抱着书不禁无聊地四下张望起来。

看样子为了给元城办这个签售会，梅西商场真下了不少工夫，一楼的化妆品柜台都挤在一起了，离这边最近的 Dior 柜台前，柜员正向几个外国友人兜售着商品，一个中国男人站在那堆外国人里，低头看着商品。

可真吵啊。

又是半小时过去，邢菲抱着书姗姗归来："师父，我知道你想读就买来了。"

正闷头喝咖啡的傅邵言余光一扫，险些吐掉口中咖啡。他的确想读，可没有想读二十几本那么多啊。

"邢菲……"他想说什么，最后千言万语化成一句，"我来拿吧。"

入夜，圆月当空，大如斗盘。

傅邵言坐在窗前，手从键盘上离开，就在刚才，他在网上搜到了叹息墙的典故。

相传清末时期，如今江都所在地方有一大户人家姓王，王家有一女儿，年方二八，生得美貌，据说登门求娶的人踏破了王家好几块门槛，王老爷只等选个中意的将女儿嫁了。谁想一个意外，王家吃了官司，王老爷被下了大狱，王家更是被流民一抢而空，躲在床下的王小姐也没能幸免于难，被十几个流民找到，糟蹋了。

王小姐因而致疯。

然而事情至此并没完，疯了的王小姐被一个老鸨看中，意欲拐回来为她赚钱。就在王小姐被老鸨领着回妓院的路上，疯了的王小姐不知怎么突然就明白了事，抵死不从，无奈鸨儿带着魁梧家丁，将王小姐围在墙脚，逼于无奈之下，王小姐以头触墙，了却了性命。

说来奇怪，从那以后，每逢月圆，那面墙就会发出唉唉之声如叹息。有人说那是王小姐不甘的亡魂回来索命。

无稽之谈。傅邵言摇摇头，从那摞高垒的书里找到那本《不明来客》。

还是先弄清楚这个元城是不是真会预言吧。

看着看着，到了天明。

然而就是这短短一夜，城南出了事。

花园小区一户住家的男主人出差回来发现妻子死在了家中，诡异的是，尸身竟是坐在化妆台前，在她对面的镜子上，有口红留下的一个艳红唇形，而死者的嘴竟被人齐根割去了。

梳妆镜前魂离亡，美人妆，鬼人状。

第二章　“咬”唇妆

1

“死者名叫程南心，是梅西购物广场香奈儿柜台的柜员。据她的同事称，她为人腼腆，话不多，更没什么仇家。就在上个月，她还因为表现出色受到商场表彰。案发当天，程南心的先生外出出差，儿子在外婆家，家里就她一个人。具体外围有没有什么可能的仇家，我们还在查，不过据邻居说，死者有个情人。”

“查下这个情人，还有她先生，保不齐这位报案人有什么问题。”城南分局刑警队队长卢一成手一挥，打发走手下，紧接着回过头，满脸堆笑伸出手，“什么风把您给吹来了？”

邢菲坐在后座上，看着车外秋意烂漫，枯叶飞扬，心里被这秋景搞得有些郁闷：“没想到元城这么警觉，知道我们怀疑他竟然提前跑了。”

“嗯。”傅邵言搓了搓下巴，按照常理，GUIDE 不会这么不禁吓的。

“找人的事就交给朱队吧，咱们先来验证下这个元城究竟是不是会预言。”

清早，城南分局就发来了通告，花园小区命案，和 GUIDE 案或许有关。

说话间，花园小区那金闪闪的方匾便已遥遥在望了。

案发地，花园 C 座三号楼，楼前警车环伺。

下了车，上三楼，一进门，傅邵言忍不住咦了一声，他没想到，“失踪”的元城会在这里。

朝邢菲使了个眼色，两人一外一内，分头行动。

邢菲最初还分神朝傅邵言这头望上两眼，等进到中心现场，这心思就被她彻底放下了。

这现场可太过诡异了。

墨绿的密织暗花窗帘将阳光重重锁在阳台外，几个全副武装的技侦人员正站在勘察踏板上对卧室展开地毯式搜索。标盘像一个个草莽一样占了卧室里的各个山头，邢菲在最大的一个旁找到了她要找的人。

“张叔。”

张云龙法医闻声抬起头，口罩上的两粒豆眼眨了眨：“邢菲来了？过来看看。”

邢菲嗯了一声，三两下戴好手套，走了过去。还没走到跟前呢就停下脚，她看着尸体对着的那面化妆镜，以及上面的那张脸，视线着魔般再也移不开。

那是一张美丽的脸，杏仁般的眼睛，粉粉的面颊，长长的睫毛配上一抹艳丽的唇红。

如果不是那抹红带着些毛边，这绝对是一个梳化得仪的妆容。

屏了屏息，她三两步走了过去：“张叔，需要我做什么？”

“嗯。”张云龙鼻子出气，“暂时不用，死亡时间已经大约确定了，死者死于昨晚十点到十二点间，机械性窒息死亡，凶手用这根丝巾将死者勒死，然后割掉了她的嘴唇，不过这人可够变态的，他不止在镜子上为死者化了妆，还在这栋房里停留了至少四个小时。”

“怎么这么说？”邢菲凑过去，扭头正视起死者的脸，这一看，不免倒吸了口冷气。没办法，饶是这世界上胆子最大的人，当他以几乎脸贴脸的距离看一个双唇被割、咬着两排白森森的牙齿的女尸时，估计也会肝颤那么一秒吧。

邢菲转过头来，拍拍胸脯：“张叔，这人不止割了女死者的嘴唇，恐怕还故意割出了一个微笑的唇形。”

“是啊。”张云龙说着直起身，“不单单是微笑，凶手在这间房里停留了至少四个小时，因为他要把已经形成的尸僵破坏掉再造出一个死者在对镜梳妆的模样。”

唰的一声，有人拉开了窗帘，阳光一下子涌进，搅乱了一室灰尘乱舞，浅白的日光照在女尸的手臂上，戴着 Tiffany 手镯的小臂果然举着，神似梳妆。

邢菲嗯了一声：“她的死亡时间还可以进一步精确到她回家的时间。”她朝女尸一指，“她连衣服都没来得及换。”

此时，花园小区外一处简约咖啡厅。

元城望着花园小区的正门，一脸惋惜：“我不过是想过来取取材，这是我和卢队长之间早达成的共识啊，我不懂你们为什么突然就不让我参加了。”

“有人说你不会预言，之所以小说里的案件会成真，那是因为你就是一切的幕后——GUIDE。你是吗？”

“我说是，你信吗？”

傅邵言一阵轻笑，笑过后，他话锋一转：“你知道‘犹一’吗？”

犹一，长平医院案中最后一个死者刘一本留在机场卫生间里的另外两个血字。

傅邵言看着元城，后者看着远方，像是思索。半天他摸摸下巴：“犹一我没听过，我听过犹大，出卖上帝的那个叛徒。”

“这么说他真有可能是 GUIDE 了，因为师父你也说刘一本要写的极有可能是犹大。”

半小时后，花园 C 座三号楼，邢菲看着站在远处和卢一成说话的元城，不免又凑到傅邵言身边低声问道：“可你怎么把他带来了？”

“不入虎穴焉得虎子，他想取材让他取好了。”傅邵言眯眼看着近前的矮个子，“你们这边有什么发现？”

“尸体被张叔带回去解剖了，目前知道的就是凶手的作案手段极其残忍，很可能是仇杀，死者的丈夫已经被带回局里了，那个没露面的情人还在找。还有，有件怪事。”邢菲皱了皱眉，“我想不通凶手杀人之后对镜给死者画了个妆，其他化妆品都是死者自己的，为什么偏偏口红不是？”

“什么口红？”

“程南心用的五管口红全在化妆台上，分别是纪梵希小羊皮 305、雅诗兰黛 envy240、Mac 的 chili，以及 Channel057，而镜子上的是 Dior 蓝金 999，有名的斩男红。但程南心的丈夫说他老婆从来不用 Dior 的东西。”

“嗯。”傅邵言还想问她是怎么知道口红不是程南心的呢，“你刚刚叽里咕噜念的那堆可不止五只吧。”

“纪梵希、小羊皮 305、雅诗兰黛、envy、240，光这些就有五只了……你干吗？我脸上有脏东西吗？”

被邢菲盯得脊背发毛，傅邵言忍不住挺了挺脊背。邢菲忍着笑，认真打量着他：“原来你也有不懂的啊。”

邢菲这头很开心，另一头有人却不开心了。

程南心的丈夫于大伟拉了拉领口，一脸不耐烦，他想不通怎么他报的案，如今反而被抓了。

“你们是不是搞错了？不去抓凶手反而和我纠缠不清，我才出差回来，单位一堆事等着我去做呢。”

问话的警员一阵冷笑：“你可真敬业，老婆才死你还有心情想工作？”

于大伟低下头嗫嚅道：“我和她早没感情了，她背着我在外面和人乱搞，活着让我丢脸，不如死了。”

这说法倒也合情合理，警员一沉吟，转到下一个问题。

隔着单向玻璃窗，傅邵言看着里面的情景：“元老师，你说凶手会是他吗？”

一旁邢菲翻个白眼，师父啊师父，你怎么问他？

“傅警官，你不会真把我当成 GUIDE 了吧？”元城呵呵一笑，“他是不是凶手我不知道，不过在我的新书里，命案背后总有着更深的原因，而且命案往往不会只有一件。”

又是这模棱两可的回答，邢菲已经懒得翻白眼了，师父到底想干吗啊，让一个疑犯参案，还问他意见。

听不下去的她趁机溜出了房间。

一楼，城南分局办公大厅里，一个年轻男人冒冒失失闯进来，神色无比慌张，下楼来的邢菲刚好看到他，咦了一下，头骨先天畸形，前扁后椭圆，扭曲度跻身她见过的人里面前三，这人是——

“托塔天王？”邢菲脱口而出这个畸形的绰号。

年轻人闻声抬头，一惊：“邢菲？”

“还真是你啊，李靖。”认出老同学，邢菲蹦跶着跳下台阶，“听说你来江都了，怎么跑这儿来了，有事？”

不问还好，一问李靖的脸色就不好了。他看下四周，确认没人看这里，这才压低声音说道：“邢菲，你在这儿上班吧，我想和你打听个事，有没有一个叫程南心的人，她真死了吗？”

之前的热络化作此刻的惊奇，邢菲睁圆了眼：“你……不会就是程南心的那个相好的吧？”

邢菲提前开溜傅邵言是知道的，可他没想到结束了于大伟的问话再下楼，楼下已经议论四起，说温河局的女法医和疑犯搞在了一起。

听到这话，傅邵言眼角一挑：“卢队，你们局的人这么会推理，我看过阵子的研讨会就从你们局选个人上去讲讲吧。”

傅邵言是笑着说这话的，卢一成的心却凉了一截，省厅为傅邵言办的研讨会，让他们局的人上去说？成何体统啊。

“你和我开玩笑。”他嘿嘿乐着，挥手拍了那个带头“造谣”的人一巴掌。

傅邵言微笑着看着卢队长，再看着远处浑然不知发生了什么的邢菲，还有那个谁磨了磨牙。

第三章　杀人口红

1

几年不见，没想到曾经的同学如今竟然会在男女关系问题上出状况，而且女方还出了命案，邢菲忍不住啧啧两声。

“你是觉得我很不堪吧？”李靖垂着头，声音低沉，带着沮丧，末了眼角撩起，偷偷看了邢菲一眼。

“No……”邢菲使劲摇着头，“绝没那个意思。”

“那你……”

“我就是感叹时光飞逝，你都在犯规恋爱了，我连正规的都还没试过。”念叨着念叨着，邢菲觉得脖子上一刺，不免抬起头，对上了李靖炽热如火的眼神，“你干吗？这么快就忘了程南心啊。”

邢菲的凉水还没把李靖浇透，另一个声音已经吓得他胆战心惊了。

“李靖你个王八蛋，是不是你害了我闺女？”

李靖吓得浑身僵直，而邢菲却早已淡定地闪开了身，她冷眼看着这个骨质明显已经疏松的银发老人，心想大妈啊你轻点捶吧，你那胳膊可脆啊。

身边不知什么时候多了个人，余光一扫，邢菲叫了声：“师父，你那边问完了？”

“完了，想着你可能想听听，就下来找你。”傅邵言手插着口袋，神情淡然，下巴轻飘飘地朝李靖的方向努了努，“你同学？”

“高中同学，当时还追过我，礼物玫瑰的没少送，可他长得太畸形了，不是我的菜……”邢菲扳着指头细数李靖送过她的那些无聊礼物，完全没注意傅邵言看她的眼神略略地微妙起来。

能不微妙吗？

就算同为男人，傅邵言也是无法将李靖的丹凤眼、桃花嘴，还有那张扑了粉似的小白脸同畸形二字联系起来的，邢菲的视力不像有问题啊？他止步回头："你难道不觉得他帅？"

邢菲认真点点头，不觉得。

"走吧，我和你说说案子。"说着傅邵言转了身，唇角一抹微微笑意泄露了此刻的好心情。

"师父，刚好我也有事想问你……"邢菲几步跳下台阶，跟上傅邵言。

少风的秋日，天清亮旷远，偶有远风携来草香，也是干燥枯黄的味道，两人踩着泥土枯叶，从光秃秃的树下走过。邢菲步声嗒嗒，响在傅邵言身后，一脚一脚认真踩着他走过的脚窝。

"所以你觉得元城根本不是GUIDE，而他所谓的预言也不过是为了卖书搞出来的噱头？"

"从你买回来的二十几本书上看，是这样。好比长平医院案，虽然元城的《不明来客》里也写了医学实验的题材，可无论是凶手的作案动机还是作案过程同长平案都不一样，《冻土新月》里的灭门案也是。"

"那还管这个案子？"邢菲打个激灵，眼睛都亮了，哪还有先前撂挑子开溜时的郁闷，她比比画画，勾画着和傅邵言的"未来"，"我们趁早回去，我和朱队请假回家找线索，你再帮我吹吹风，不信他不给假。师父你干吗摇头啊？不会……是还不能回去吧？"

"让那个作家打着犯罪预言的旗号卖书也不好，是吧？"

邢菲想了想，也是。

"哎？师父。"她想起件事，"你说你看二十几本书，一个晚上？都看完了？"

"你可以考考看。"

"考你的前提是我要先看。"邢菲吐吐舌头，她就对解剖书还有些兴趣，至于其他……看了就催眠。

言归正传，说起了案子，结果却让邢菲掉了下巴。

"程南心的老公于大伟也有情人？"傅邵言的话让她消化了好一阵，脑子里随即浮现出一个数——2。人家搞外遇要么丈夫出轨要么媳妇找相好的，再看程南心家可好，夫妻两个全没闲着。

邢菲忍不住道了声："佩服，他有作案动机吗？"

"于大伟的情人要求于大伟和程南心离婚娶她，程南心却迟迟不肯点头离婚。"这就是动机。

"卢队之前说程南心社交圈子简单，没什么仇家，嫌疑人基本要在于大伟和李靖之间划重点，如今看于大伟似乎更胜一筹。"

"你不希望李靖有事？"

"当然。"虽然没什么交情，邢菲还是不希望自己的老同学成为杀人嫌犯的，所以傅邵言一问，她想也没想就答。

“师父，你脸色不好看，不舒服吗？”

“没什么。回去吧。”没等邢菲回答，傅邵言已经扭头走了。

脚步声缀在身后，傅邵言摇摇头，都说女人疾恶如仇，既然不喜欢“畸形”，那么那个人有事没事和她有什么关系。

拜托了傅警官，你那不是想不通，你是巴不得在邢菲眼里全天下的男人都是坏蛋，就你一个是光辉又灿烂吧。

不知不觉间，城南分局的三层小白楼已经遥遥眼前了。大厅里熙熙攘攘，挤了不少看热闹的人。邢菲伸头一看，乖乖，南心妈还揪着李靖打呢。

“卢队长，你们就光看着啊。”邢菲啧啧嘴，看着南心妈一记虎爪飞起，李靖脸上多了三道平行线。她紧一闭眼，看着都疼。

“谁说我光看了，瞧那大姨给我挠的！”卢队长手一撂，露出脸上的三道血檩子。

邢菲不吱声了，毕竟男人对女人动起手来总是不好。算了，还是她上吧。

想着，邢菲已经撸起袖子，而她这一系列的表情变化自是被在旁的傅邵言看在了眼里。他轻轻一笑：“你上再把老太太胳膊拆了。”

“那咋办？”

“我去吧。”

也不知傅邵言对南心妈说了什么，老太太就真的不闹了，哭哭啼啼被人扶了下去。

“你和她说什么了？”

“人死不能复生，吵吵也没用。”

“就这样？”菲撇撇嘴，看向一旁的李靖，卢一成正和他说着话，看样子是要安排问询了。

问询室隔壁房间，元城倚着沙发靠，面前是杯冒着热气的淡茶，膝头摆着写了几行文档的笔记本电脑，也许是待得久了，有几分无聊，他打了个哈欠，扭头看向门处。

铁门一开一关，成串地进来几个人。卢一成走在头里，回头朝身后的几个人摆着手：“快点，别再让她看着。”

“她？”

“程南心的妈，非逼着卢队长让于大伟和李靖给她女儿偿命。”

身边沙发一矮，元城看着笑眯眯坐在身侧的邢菲，唇不自觉抿了抿——那笑怎么看怎么不对。

果然，邢菲一开口就将了他一军：“元大作家，你说这两个嫌犯哪个会是凶手呢？”

远城抬眼看看邢菲，又看看对面的傅邵言，蓦地知道了这个问题的用意。

在考他吗？看看他是不是真的会预言。

真的又怎样？假的又如何？他的读者买账，宣传新书时他能理直气壮地让出版商写上“来自真实取材，会预言的犯罪故事”如是字样，他就赢了。

“邢法医是吧，你这个问题我真不好回答你，不过有一点我知道，如果是我写书，这两个人要么都是凶手，要么都不是。”

都是，又都不是？胡说八道的吧。邢菲真想揭穿这个骗子，开口前被傅邵言一个眼神压了下来。

算了，等案子破了，我看你还敢不敢称自己会预言。邢菲冷笑着赏了元城一个白眼。

那边问询在继续，这边卢一成等着答案，可任谁也没想到会等来这样一个答案。

下午四点，城南刑侦队的人脚底冒风，推开了他们房间的门。

“怎么样？”卢一成按按太阳穴，他快睡着了。

“队长，于大伟的确说了谎，他并没出差，昨晚他人就在江都，可那小子拒不承认，人我们已经暂时拘了。”

“好。”卢一成拍拍属下的肩，“连夜攻克，争取早点拿到证词，尽快定罪结案。”

要是这么容易就好了，属下苦着脸：“队长，还有个情况和你汇报。”

“什么？”

“在疑犯李靖脚底我们采集到了死者的血迹，已经化验证实了血迹来自案发现场。”也就是说李靖去过现场，甚至于杀人。

“什么？”卢一成傻眼了，作为报案人，于大伟的足底也沾有现场血迹，不会真像元城说的那样，两个人都是凶手吧。

屋内几人，包括傅邵言和邢菲的眼神齐刷刷投向了元城。

晚六点，城南区机械厂家属楼，六栋，302。

仇老太哆哆嗦嗦揣好钥匙，关上房门，眼里仍然吟着未干的泪水，谁能想到好好的闺女就这么没了呢？

抹了抹眼泪，她伸脚穿上了拖鞋，这才发现小外孙没像平时那样叽叽喳喳跑出来和她要吃的。

“安安，安安，这孩子跑哪儿去了。”没想好咋和孩子说他妈的事，仇老太先挤出了个笑，总之能瞒就先瞒着吧。

“安安。”客厅里没有，厨房里没有，厕所里没有，卧室里还是没有。

这孩子保不齐又和楼上老黄家的小孙子玩去了，这么想着，她进了卧室，铺着老花布的床边摆着移动公司送的座机。她拿起话柄，慢慢又放下了，对面的立柜脚边，一支口红静静躺在那儿，口红的帽儿不知所终，原本切齐的口红斜面不知道蹭到了哪里，泛起了毛边。

她就那么怔怔地看着口红，再看着一支口红帽从露着缝的立柜门里滚了出来。

像被什么摄了魂般，仇老太慢慢起身，慢慢拉开了柜门。

尖叫声卡在喉咙口，最终也没发出来，仇老太瞪着眼睛看着柜子里的外孙，听着耳边响起的那个声音——“嘘，别出声。”

第四章　童尸

1

残阳下的这栋老楼通体发亮。

四楼。

黄大白话就坐在通亮的客厅里，眯眼调着频道。上了年纪，啥啥都不好使，原以为在看的是《还珠格格》，闹了半天才知道电视播的是《经济与法》。

“我说怎么小燕子的格格服都是蓝哇哇的。”她念叨着，一回头，看见五岁的小孙子泪眼汪汪地走进来。

“大孙子，咋的啦，谁欺负你，告诉奶奶，奶奶替你报仇。”

“安安拿了我的遥控小马，说是今天还，我刚才去敲他家的门，他不给我开。”

孙子的那个马她知道，是儿子从国外寄回来的，孙子喜欢得不得了。

“仇老太这孙子也太不像话了，走，奶奶领你要去！”遥控器一扔，黄大白话拽起小孙子风一样地下了楼。

祖孙俩站到三楼门口，笃笃门声响了许久，终是没人应门。

“这老家伙，跑哪儿去了？”黄大白话嘀咕完，转身柔声安慰起孙子，“乖孙，先回家，奶奶给你做好吃的，晚上再来要小马。”

话音没落呢，身后便传来了脚步声。

“我说老仇啊，你孙子抢了我孙子的小马你准备……啥时候还啊警察同志你们找谁啊？”

黄大白话这话接得叫一个无缝对接，顺溜程度让邢菲咋舌到五体投地，她笑眯眯看着黄大白话；“这家是姓仇吗？”

黄大白话懵懵懂懂地点头，心想这仇老太是犯了什么事啊？

答应了第二天来局里做笔录，几乎到日落仍没见仇老太的人，心里惦记着，下午得了空的邢菲央了傅邵言同分局的另一个警员，三人同行去了仇老太的家。

上到三楼就碰到了在敲仇家门的黄大白话。

“小朋友，你找了仇奶奶的外孙一天也没找到？”傅邵言矮下身，微笑地看着躲在黄大白话身后怯怯的小男孩。

半天过去，小男孩探出头，点了点：“昨晚找他他就不给我开门，他就是不想还我小马。”

稚声稚气里，傅邵言的预感已经不好了，这头他还在想接下去怎么办，那边已经传来咔吧一声。

仇家的防盗门锁就这么生生被邢菲拽开了。

“师父，鞋套。”

接过鞋套，傅邵言默了许久，接着对已经掉了下巴的同事说了句——事急从权。

就在几个人忙着穿鞋套时，屋里传来一声孩童的尖叫，黄大白话一摸身后，吓得叫出声：“乖孙！”

在几个人没留神的时候，黄家的小孙子已经跑进了门里。此刻，他站在仇家的卧室里，对着眼前那副情景尖叫不已。

在他对面，仇老太坐在床沿上，脸朝着穿衣镜，镜子上淡淡的妆容和程南心死时如出一辙，她的嘴唇也被人齐根割去了。

当然，如果案件仅止于此，邢菲还能接受，一面捂着孩子的眼睛把他拉走，她一面回头看向房里。

触顶立柜的门微微开了一扇，一条小小的腿从门里伸了出来……

仇老太死了，她的小外孙也死了，最让傅邵言和邢菲想不通的是，三个死者里，只有那个小名叫安安的小男孩没有“被化妆”。他就那么小小一团蜷缩在柜子里，凸露的牙缝里，一管 Dior 蓝金 999 插在牙齿间。

究竟是多大的仇怨啊……

蹲在现场做尸检的邢菲的心情别提多沉重了。

傅邵言站在楼下，心里的温度随着冷风一点点低下去，他才和卢一成通过电话，再次确认了两名死者大致的死亡时间内于大伟和李靖都在局里，不具备作案时间。

他有些好笑，元城的两句预言还真的都成真了，要么那两人都是凶手，要么都不是。

如今看，真的都不是了，那会是谁呢？

他仰头朝黑黢黢的天空望去，不知什么时候，天就黑了。万家灯火燃起，有的灯在等家人归来，有的灯则是为了照亮现场的。

长吁一声，他收起电话，重又钻进楼道。

还没上楼呢，他迎面便撞上了两个熟人，黄大白话裹着破棉袄，手里牵着同样裹得严实的小孙子匆匆朝楼外走。

“阿姨，你这是去哪儿啊？”

“出了这个晦气事，孩子爸爸让我们娘俩去宾馆住两天，他马上赶回国。”生怕这事刺激到孙子，黄大白话说话的口气都是低低的，一边还摸着小孙子的头。

傅邵言理解地看着小男孩，矮下身说：“小朋友，别怕，叔叔会抓住坏人的。”

没想到，就是这句话竟让沉寂许久的小男孩有了变化，他先是抬起头，接着又摇摇头：“你们抓不到的，因为口红生气了，所以安安才受到了处罚。”

傅邵言心里一动：“小朋友你是不是知道什么？”

“安安从他妈妈那儿拿了支口红，口红找不到家了，所以处罚了安安。叔叔，我听他们说安安嘴里叼着支口红，是不是？”小男孩还想再说什么，被黄大白话一拉，闭了嘴。

“谁让你偷听警察叔叔讲话的！警察同志，我们还是先走了。乖孙，走。”

目送走祖孙二人，傅邵言的脑子里一闪而过一个灵感。

他又拿出电话，打给卢一成：“卢队，你们之前拿到的资料是不是说程南心最近受到商场表彰，对，我想你帮我查下为什么表彰，还有程南心和他们商场的 Dior 柜台有没有什么交集。好，等你消息。”

“师父。”

他抬起头，楼梯间，邢菲圆圆的脑袋倒挂在光影之间，有点朦胧，有点好看。

“看什么呢？是不是有发现。”

他点点头：“邢菲，你别叫我师父了。”

“啥？”邢菲吓得一个倒挂后从二楼楼梯上蹦了下来，“师父是我犯什么错了吗？”

“没有……再去现场看看吧。”

他上了楼，邢菲却在原地不动了，师父这是嫌弃她了吗……

卢队的反馈来得很快，程南心之所以得到商场的嘉奖是因为帮助邻居柜台抓到了一个小偷。

“是 Dior 柜台吧。”

“对，据说被偷的就是一管 Dior 蓝星 999 的斩男红。”卢一成一口气说了这么多话，口干舌燥的，他舔了舔嘴唇，“这倒是能和案子合上，偷东西的贼被程南心抓住，怀恨在心，继而杀人，就是一杀杀三个，狠了点。”

“偷东西的很可能是程南心的儿子，当妈的为了袒护儿子而栽赃他人。”傅邵言把方才从黄大白话小孙子那里听来的依样告诉给卢一成。

对方一听，当即吩咐手下查人：“Golden，我感觉这个案子离破不远了。”

“嗯。卢队，还有件事。”他可没忘了元城。

于是，元城就这样莫名其妙被拘禁在了一个小屋。

“我犯了什么事你们这样对我！”

隔着门上的窗板，警员头一抬，答道：“因为你涉嫌几起连环杀人案的幕后指挥，警方要暂时将你扣留，协助调查。”

“幕后指挥？那个 GUIDE？你们有没有搞错，我不是他！”

“可你的确预言成功了，于大伟和李靖基本已经排除了行凶可能，于大伟当晚去领导家串门，而李靖鞋底沾的血迹经过化验已经证实留存时间在一个月以上，是程南心之前流鼻血时不小心踩到的。怎么样，我的元城大作家，一切都被你料准了，开心吧？”

什么跟什么呀，他真的是随口胡说的。

“那我还说杀死程南心他们几个的是鬼不是人你们也信？这一切真是我编的，我就是为了多卖两本书而已。”

想想看，一代畅销作家隔门呐喊伸冤，那情景——惨！

邢菲失魂落魄地回到警局，早忘了什么案子不案子，心里想的只有傅邵言的那句“别再叫我师父了”。

“邢菲，你回来了。”呼声快步走到近前，邢菲迷迷糊糊抬起头：“是你啊。”

头骨畸形的托塔天王李靖眼光无比热忱地看着邢菲：“老同学，这次真是谢谢你，没有你我不可能洗脱冤屈。我想请你吃个饭，地点……”

“停。”邢菲比了个打住的手势，“我现在没心情和你说话。”

“你怎么了？是不是哪里不舒服，不然我带你去医院……”

邢菲看着李靖的下颌骨不停地和上颌骨完成着“我来了，我又走了”的聊骚戏码，挥挥手：“别说了。”

咔嚓……李靖的下颌骨被扇歪了。

“我送你去医院……”

就这样，后一步回分局的傅邵言刚好和“手挽手”的两人擦肩。

傅邵言：“……”

同事 A：“Golden 你去哪儿？”

第五章　水泥棺寝

1

一小时后。

区中心医院，骨科。

门帘一挑，李靖活动着下巴走了出来，好像刚才在里面嗷嗷喊疼的是另外一个人一样。此时的他正一派轻松，朝邢菲摇着头："没事，这才多大点儿伤啊，被你伤一下，是我的荣幸。"

他的热络换来邢菲的心不在焉："没事就好，我先走了，局里还有案子。"

"邢菲，你等等。"

"啥？"

"邢菲……"李靖低下头，欲言又止，"其实，这些年我一直没忘了你，你永远是我最喜欢的女生。"

"可我不喜欢你啊。"

"因为程南心？"

"我不喜欢头骨畸形的人，你的头骨太畸形了。"邢菲重重点了两下头，"当然了，恋爱观畸形的人也不在考虑范围之内。"

一句畸形搞得李靖面红耳赤，憋了半天，他扑哧一声笑了："你说我畸形，那个姓傅的就不畸形，眼睛那个样，你不用这么看我，怎么说咱们也是同学几年，能让你邢大小姐跟前跑后还叫师父的，你对他存着什么心思我会看不出来，你喜欢那个残废……嗷呜！"

邢菲淡淡地看着李靖，眼神还残留着方才被戳破心事的怔忪，手却不知不觉已经一大巴掌挥出去了。

她扶着嗷嗷叫的李靖重新又转回骨科门口，拍了拍他的肩膀叹气道："这么近，不会迷路吧，还有，不许拿那两个字说我师父。"

邢菲的声音轻轻的，脸色看不出喜怒，李靖吟着泪花，大气也出不来一口。

他是疼的，才弄正的嘴巴又被刻意扇歪了不说，肩膀经了邢菲这两下拍，也在凶多吉少地疼。

在邢菲逐渐狠厉的眼神里，李靖步履踉跄，退回了骨科门诊里。

人满为患的走廊，狠厉慢慢从她的眼中退去，邢菲茫然四顾，她还在维护"师父"，可如今早说了——不要再叫我师父。

隐藏在心底这许多年的懵懂感情甚至没来得及表白就"遭拒"了。

她委屈极了。

"邢菲。"

她抬起头，看着不知从哪里冒出来的傅邵言，本能地吸吸鼻子："你怎么在这儿？"

"找你，程南心的案子真凶没落网你咋能到处乱跑？"

她看着他转过去的背影，哦，是工作啊。

有点失望。

"以后别叫我师父了。"

我知道，我听见了，不用你说第二遍！她的心底在呐喊，表面却一声不吭。

"学校有规定，不许师生恋。"

他的声音小小的，邢菲几乎以为她是幻听了。

"你说啥？再说一遍！"

"我喜欢你的，邢菲，很喜欢。"

表白之后，是长久的沉默，沉默到傅邵言竟有些忐忑时，邢菲开了口。

"不行。"

不行？傅邵言被深深地 shock 以及伤害到了，天晓得他对情爱的态度本来就是小心翼翼的，别说表白，就是能遇到一个懂他、和他合拍让他倾心的人这事放在过去也是不敢想的。

他这个人，骨子里还是和普通人不一样，除了破案，其余事，总是悲观多过乐观。

傅邵言苦笑一下，是他多想了，他以为邢菲方才和李靖在一起的表现是对他也有意呢。

"要表白也要我和你表白啊。"邢菲快哭了，一直以来，傅邵言都是她追逐的目标，当追逐的目的渐渐变了味道，她多希望自己是那个先表白的人啊，傅邵言是神，哪有神先表白的啊。

人生目标就这么没了……

"那你当我什么也没说，你说。"

"不要了。"邢菲撇撇嘴，"哪有那么折腾的。"

“我们还是回去吧，卢队那边说不定有进展。”想想，她补充了一句。

“好。”傅邵言微笑，“这么简单就在一起啦？”

“你不会再想给我来场加考吧？”邢菲张大嘴巴。

“那倒不会，不过可以考虑来点罚抄，开玩笑的。”他笑。

盯着不知怎么就拉在一起的两只手，邢菲忙移开眼：“以后不叫你师父叫什么？”

“慢慢想。”

回去时，卢一成刚好在找他们。

“回来了？去哪儿了？”

“案子有进展了？”傅邵言才不给别人八卦的机会，一句话就把话岔开了。

这话果然让卢一成来了精神，手里的杯子倒了三分之二，他关了饮水机，转身坐在了椅子上：“是啊，还是重大发现，你说对了，程南心之所以被嘉奖，真和口红有关，有个叫路家凤的女学生之前被程南心抓住了偷东西，偷的就是隔壁柜台一支 Dior 蓝金 999，事发后，学校因为这件事开除了路家凤的学籍，而更重要的是，案发前后，有人看见路家凤在死者家附近出现过。”

“所以现在人找到了吗？”

“我们还在找，据路家凤的同学说，路家凤在校外租了一间房，我的人正往那儿赶。”

“哦。”

“薯片”是城南分局刑侦队行动组的一员，人如其名，长得单薄，声音很脆。此时，声音很脆的薯片就站在老城区一处民房外做着突击布置。一个年轻男人拎着垃圾从他身边经过，忍不住多看了两眼，在遭遇薯片伶俐的眼神后快步走了。

“两点、三点都有人盯吗？”确认好布置无误后，薯片手一挥，几个组员随着手势，动作快且稳地挺近了面前这栋民居平房。房后他们也安排了人，所以薯片这头没有顾忌地就进了院子。

进入前，他们已经向邻居确认过，路家凤外出回来再没出去过。

此行，需万无一失。

薯片屏了屏息，悄无声息地站在没上锁的屋门前，看样子，目标还没警觉，这样甚好甚好。用手朝身后的队员数了三二一，他砰的一声踹开了房门。

一斜阳光入室，照亮被他们搅乱的一室灰尘，房里很安静，没有任何预想中的抵抗负隅，因为没人。

“靠，白跑一趟。”搜索一圈有了这种认识的薯片急火火地打给卢一成请求指示。

接了电话的卢一成也是吓了一跳：“不是说没见人出来吗？咋跑的？”

我哪知道？薯片撇撇嘴，正不知该怎么答，忽见队友朝他招手：“咋？”他捂着话筒走了过去。

只见客厅里原本是摆沙发的一处地方如今裸着一块两米见长的新鲜水泥地。薯片蹲在一旁，伸手摸了摸水泥，软的，还没干。

“队长，我想你最好亲自来一趟，这边有情况。”

接了消息，卢一成风风火火赶去了现场。

赶到时，那个水泥坑已经被薯片和同事挖开了大半，一具女人的半个身躯露出了地面，已经没有生命体征了。

卢一成走近一看，吓了一跳：“路家凤，死了……”

路家凤不仅是死了，还死了不止一天。

半小时后，做完初步尸体鉴定的邢菲直起身，摘掉手套：“瞳孔高度浑浊，尸体已经开始腐败，死亡时间绝对在四十八小时以上。”

这是怎么回事？如果路家凤死亡时间超过四十八小时，那么是谁杀了程南心一家三口？再者说，路家凤住地的邻居说上午还看见路家凤，几名死者家附近的监控录像又是怎么回事，没人见路家凤从房子里出来……

“头儿，不会真有鬼吧……”薯片讷讷地说。

“胡扯什么！”

“没胡扯，活人谁也不能自己把自己埋了啊，元城不是也这么说吗？”

“没看出来，卢队队上还有元城的小粉丝呢。”邢菲从尸首旁抬起头，半开玩笑道。

傅邵言没心思开玩笑，他也蹲在一旁，看着死者颈间那道深深的索沟，从索沟的方向看，她是上吊死的。

已经死了两天以上，那么多人声称见过她，是什么人能假扮死者假扮得这么像，而且还能从警方的眼皮子底下逃走？

傅邵言决定去看一下下面递上来的监控。

“监控吗？不用回队里了，数据在我车上，车里就有播放器材。”听了傅邵言的请求，卢一成大方地扔过了车钥匙，“你自己行吗？”

“没问题。”傅邵言甩着钥匙走了，走前，他不忘望了一眼还在忙的邢菲。

如今的小飞侠可比在刑侦专业时上进多了。他想。

看视频是个枯燥活儿，何况还是辨识度极低的视频，看了一会儿，傅邵言除了能确认疑犯几个细节外，得到的线索了了。

正看得入神，车窗一暗，不知什么时候跑来的邢菲腼腆地朝他眨眼：“怎么样了？”

“正在看。”

“这个凶手够牛的。”连他也被难住了，邢菲探进头来。

怎么办，现在控制不住地就想往他身边凑，动着小心思，邢菲默不作声看向屏幕，没想到只一眼竟看出了端倪：“这是个男人扮的啊，等等，这副骨骼数据我在哪儿见过。我想起来了！元城新闻发布会那天，Dior 柜台旁的中国男人！”

因为邢菲的这个发现，案子的收尾就变得异常简单了，卢一成调出了民宅附近所有路段的监控，靠着傅邵言的鬼眼，凶手在一个小时后终于落网了。

你没猜错，他就是和薯片他们擦肩的那个男人。

“这个男人是路家凤的老乡，也是男朋友，两人的故事有点美好，男人是个明星的御用化妆师，常年跟着明星四处跑，长期的分离没让他和路家凤的感情变淡，相反还更好了，这次明星来江都宣传新剧，化妆师也一同跟来了。路家凤想让男朋友开心，特地去商场买了支口红想化妆迎接男朋友，没想到刚好程南心的儿子偷拿了一支同样型号的，为了维护儿子，程南心昧着良心诬赖了不善言辞的路家凤。路家凤受了冤枉，又被学校开除了，一时想不开就自杀了，所以她的男朋友才替女朋友杀人报仇，而他接近死者方法就是化妆成路家凤，利用愧疚心介入。始于化妆，终于化妆的案子。”有点悲情，邢菲摸摸鼻头，和朱亚严做着汇报。

要说邢菲这次可真是不得了，不仅一眼看出了凶手的真容，还拿下了 Golden，这可真让朱亚严大跌眼镜。

“所以，元城能预言的事也是假的了。”

案结后不久，一段关于元城否认他会预言的视频在网络不胫而走，知道真相的人们再不买账，曾经的畅销作家成了如今的滞销作家。

十二月的某天，邢菲钻进了傅邵言的宿舍，她都快忘了要回家查案这事了。

卷三　捉迷藏

不要习惯了黑暗就为黑暗辩护

——曼德拉

楔子　嗜灵

1

十一月。东北重镇安平，雪花飘洒。圣索菲亚医院门前。红色欢迎毯被太多人踩踏过，早已褪了色，门一开一合，步履匆匆几人一走一过，留下磨得越发油光水亮的那方门毯孤零零继续守望。

陈静河走在最前面，就近抓了一个护士，大声地喊：“有人受伤，需要外科医生！”

“怎么伤的？”

“咬伤，蛇咬的。”

护士看眼一身警服的陈静河，说声“你等着”，转了身去找人。

站在大厅里，陈静河慢慢喘匀了气，头顶的灯光是如此柔和，带着眩晕感，让他几乎忘了方才自己是怎么着急地叫来同事又上了警车的，他甚至开始考虑起这边的事一解决，是不是有早下班的可能，毕竟答应了苗苗晚上带她去夜市的。

苗苗是他的女儿，五岁，苹果脸，梳着两根弯弯的羊角辫，笑起来甜甜的。

想起女儿，陈静河嘴角不自觉地跟着弯了起来。肩膀一沉，他看着身旁的人，老顾的手还没收回来，正一脸阴郁地盯着他看：“专心点。”

老顾是陈静河单位的前辈，也算他半个师父。陈静河不好意思地点点头，看了眼随行几名荷枪实弹的武警，不免重新打量起被他和同事簇拥在中间的人。

那人个头在一米六七左右，清瘦，脸尤显苍白，头发乱而长地垂过眼睑，发丝间，一双圆眼半睁，混沌无神。他像个任人摆布的木偶一样，被随行狱警半扶半拉牵引着往前，没有独立的生命，除了手臂上不算冰冷的体温。

陈静河是名狱警，今天是他到任新单位的第一天，没想到遇到了骚乱斗殴，其中伤得最重的人就在他身后，是咬伤。

年纪轻轻的，犯了什么事啊？还有怎么会有蛇呢？他想问，话到嘴边，被打断了。

“急诊那边联系好了，你们过去吧。”小护士去而复返，带来消息。

老顾搡了下发呆的陈静河：“走啊。”

陈静河第一次这么认真地打量一个犯人。从进到急诊室，再到清创、包扎、注射针剂，自始至终他没哼一声，这样的一个人会犯什么罪呢？

“小陈，跟医生去拿药。”于是他哦了一声，走了出去，再回来，没想到天地都变了。

当看着狼藉满地的急诊室，陈静河手里的药失手落地。

“怎么了？”他抓住地上的一个人问，那人的腿插了一把刀，伤口汩汩冒血。

“他绑架了老顾！”

挟警外逃！陈静河惊出一身冷汗，这种事他是第一次遇到，怎么就让他遇上了？他摸出身上唯一的武器，朝同事指的方向追去。

11月4日，安平下起了大雪，雪片斗大，落地即化，连点给人欣赏雪景的时间都不留。

年轻的妈妈一面翻箱倒柜找女儿的毛衣，一面大声勒令年幼的女儿不要乱跑。陈静河抱着热水杯，专注地看着电视。新闻里播的是他两天前的亲身经历，说的却是删减版：“绿岛监狱一名犯人在外出救治过程中意外逃脱，一名狱警殉职，目前警方正在全力追捕当中，提醒广大市民外出注意安全，另欢迎有线索的人……”

妻子走进来，手里拿着一团橘色的毛线球，她准备给女儿打条兔兔围巾。

他就手关了电视，嘱咐妻子：“这几天没什么事少出门。”

“是那个逃犯吗？咱们小门小户安稳过日子，不会被他盯上的。”

陈静河话到在嘴边，欲言又止，那是有着反社会型人格的泽西恶魔啊。一个杀死五名学生的犯人，杀人时自己也是个未成年的学生，这样的凶手陈静河实在不敢说出来。

“晚上吃什么？”他岔开话题。

“火锅，苗苗吵着要吃金针菇。”

他干笑两声搓搓手臂，脑子里浮现出老顾死时的画面：老顾瘦削的脸密密麻麻被一种毛茸茸的丝状物覆盖着，他只看了一眼，竟有种那东西是从老顾嘴巴里钻出来的感觉。即便现在，他还无法忘记手电筒的光照下，那些白点白丝覆盖着的老顾一双惊愕的眼。老顾是不信自己一直颇为照顾的囚徒会杀死他吧。而就在老顾身旁，泽西恶魔用红漆刷下了血淋淋的几个字——GUIDE is back。

后来他听说那种毛茸茸的丝状物是从印尼地区传进来的一种真菌，它的印尼名字有些长，在中国，迷信的老人给它起了个简练的名字——嗜灵。《平西野史》载：有灵色白，形如蒲公草，多触手，无冷热寒暖之喜，榭寄于人，灭生者毁死欲，被寄者永不入六道轮回。

所谓嗜灵，吞噬人的灵魂，被吞之人无法转世投胎。

这个冬天，安平太平不在。

第一章　杀意再起

1

太阳懒散，俯卧云头，11 月 1 日这天，停满木材和人的站台上，味道混乱复杂。

T1701 次列车停靠在港已有五分钟了，车长陈兆忠结束巡视，正折回头车拿东西，准备收工回家。

跟车五天了，回家的心情是那样迫切，他想念妻子，还有读高中的女儿。

“丫头期中考也不知道怎么样？”说是如此说，对女儿，他一向也信心，越想越开心，他搓着手抬脚上车。

脚踏上梯子，又收了回来。

有人从车上下来，他自然是退到一边让路。

“拿好你的行李物品，小心台阶……”说着话，他的目光跟着粘在那人身上。

鸭舌帽，行李简单，只有一个巴掌大的挎包，条纹色棒球服单薄得不符合安平现下的天气。陈兆忠皱着眉，有点眼熟？

“小姑娘……”他伸手，却拦了个空，回头看时，那人已经跑远了。

乌云之下，平安天桥的金属扶栏隐隐露在出站口上方，是了，这背影和几年前电视里悬赏录像里的那个身影很像，就连跑路时抬起的手部姿势都一样。

“等等！”陈兆忠大喊一声，边拿出对讲机，追了上去。

邢菲走得很快，快到出站口了才甩掉后面的尾巴，回头确定没人跟着，这才长嘘一声，拍拍胸脯：“现在的治安未免也太乱了，车站里都有变态。”

嘘了没几秒，想想如今的处境，邢菲又消沉了。

朱队最终也没给假，傅邵言也不支持她。

什么嘛，才在一起就这么对她！

寒风瑟瑟，嗖嗖冷风里，邢菲抹了把脸收紧衣领，天凉，心更冷。

一件毛开衫兜头罩顶，邢菲一愣，傻呆呆看着眼前的人，半天才结巴着开口说：“师父？”

“说了，学校禁止师生恋。”

“你不是不来吗？”

“谁说不来了，请假去了，无假脱岗要扣工资。”

他会在乎那点工资？邢菲不信。

“那在车上为什么不找我？”

“指南上说女人善变，万一你临时变卦又改主意了呢？”

“指南？什么指南？”

“恋爱指南。初恋，怕谈不好。”

“噗。”邢菲抬眼偷看傅邵言，都老黄瓜了吧，还初恋？说是如此说，心却自此暖了。为自己之前的小人之心别扭了片刻，她抿嘴：“不叫师父那叫老黄瓜呢？”

“难听死了，不行。”傅邵言平静且认真地拒绝着，“关于我比你大这事我顶多接受你叫我老傅。”

老傅？没新意又不好玩的称呼，虽然更心仪老黄瓜这个词，别扭了半天的邢菲终于还是点了头，老傅就老傅。

“其实我没那么老。”

当然不老了，邢菲点着头，人还没从老傅驾到的喜悦里出来人就出了变故。有人踹了她一脚，邢菲直接飞了出去。

谁啊！邢菲又气又疼，人还发着蒙，电光火石的刹那，傅邵言左手扣紧用力一收，她人就又被捞了回来。

“呦，练过？”对邢菲下脚之人身手也是矫健，一招落空并不气馁，反剪一手，又攻过来。

傅邵言索性连退几步，不呼不喘地把邢菲一起带到了安全区域：“你哪个局的？”

哪个局？自己人吗？还在蒙圈的邢菲抬起头，歪七扭八的视野里，一个白面小生一身警服，单脚站在几步外，另一只脚高抬着还没收呢。

“干吗踢我？我招你惹你了？”

白面小生没理邢菲，只是打量起傅邵言来：“你和她是一伙的？看这样子还挺利落，我也打不过啊……”

最后一句是他小声嘀咕的，像经历了短暂的思想斗争，他重新抬起头：“不管怎样，我不能让嫌犯逃走！”

嫌犯？

“你说我？”邢菲指指鼻尖，一脸莫名其妙。

“除了你还有谁？7·18泽熙惨案的嫌犯，当时抓到一个，漏网一个，有人举报你的外貌特征和该起案件中嫌犯的特征极为相像，告诉你，今天有我在，你跑不掉了，有帮手也不行！”白面小生一脸稚气，说话透着心虚，两手偏虚张声势地挥舞着。

嫌犯？她？

邢菲被他说晕了，傅邵言却大概明白了就里。

7·18泽熙惨案发生在几年前，几个结伴去网吧的中学生在一次网吧上网后集体走失，家长随后接到了绑匪的勒索电话，他们按照绑匪的指示支付了赎金，可孩子却再没回来，案发后一周，几个孩子的尸体在一座废弃公园里被发现，死相恐怖诡异，据说内脏被掏空，脸遭钝器击打毁容。案子的恶劣程度震惊了当局，由公安部亲自点将，省厅骨干挂帅，终于在随后抓住了凶手一人，另外一个据证人描述出现在现场的可疑人物在逃。那名被抓的凶手是几名死者的同学阚泽西，而赎金也一并找到了。

“另外一个是男的吧？体格消瘦，身高一米八左右，穿格子衬衣……”回忆过往看过的资料，傅邵言低头看着将他和邢菲紧紧抱住的警员……哑口。

“冯叔、冯叔，你们快来！我抓住他们了！”白面小生大喊道。

经傅邵言这么一说的邢菲明白了大概，她瞧着抱紧她的小白脸，一阵冷笑。

说我是嫌犯已经够可笑了，和我比劲儿？确定不是在侮辱人？

她肩膀一抖，一声惨叫顿时响彻站台。

一刻钟后，停泊的车厢消失，干燥的杨树枝立在道旁，隔着栅窗快速西去。

这是一辆警车。

邢菲坐在后厢，如果不是人伤了，她真的不想理肖白脸。肖白脸是邢菲给白面小生肖尧起的名字，肖白脸，小白脸。

“姐，Golden说我和你一样，你是因为不擅长所以改学了法医，我是因为武力值不够，被分作文职工作，现在市局档案科，刚刚在车站对不起了，我去找我叔，听到报告，一时情急，把你当嫌犯了，嗷！疼！姐你轻点。”肖白脸可怜巴巴地想缩手，结果手没缩成，又被邢菲一把拽了回去。

系好最后一处的绷带，邢菲放了手，正色道：“我改学法医是因为擅长。擅长！还有……”

“别随便叫人姐，会找不到女朋友的。”一旁的傅邵言头也没抬，认真地看着手中的《恋爱指南》。

“嗯！”

邢菲点着头，同时又重重地叹了一声，都是同僚，方才那一脚就只能白挨了。

她揉着背，突然听见傅邵言同肖白脸提起拜师的事。

怎么又收徒了？

邢菲哑口看着傅邵言，不能报仇也就算了，一言不合就收徒，太不慎重了吧。

傅邵言却递了个少安毋躁的眼神给她，继续淡定地说：“想要成为刑侦高手就要对典型案例有足够了解和掌握，我那里有本世界典型案例分析，回头给你，抄一遍，会有提高。”

“抄？”

“对，抄。抄能让你对案件有更准确的掌握，也能间接锻炼腕力，提高体能。”

“有道理，不愧是Golden。”肖白脸如获至宝，一脸的喜色。

邢菲却明白了什么，傅邵言的那本案例她可是见过的，够厚够大，抄完？手不得断了！她抬眼看着傅邵言，傅邵言也恰好在看她，一抹微笑浮于嘴角，他在对她笑。

突然，心就开始突突跳了起来，大约这就是被人默默守护着的感觉吧。

邢菲的眼睛一时间找不到落脚点了。

2

邢朗长得过分细高，像根铁灰色的电线杆，俊脸习惯性地不带一丝笑容，风风火火地从前台经过。留着咖色短发的女助理比起他，步子小得多，跟在他身后紧赶慢赶。

“不用跟着我。”走过转角，他突然站住，脸偏向了几米外的玻璃门，那里车水马龙，一个长发女人一脸苦恼地看着一旁哭闹的孩子正在手足无措，不知谁丢下半杯橙汁，在地上散着黏腻的热气，清洁员边骂边用黑不出溜的拖把做着清扫。

“你留下，安排那群人的接待。”他又说，“规格参照DBP。”

“邢总，DBP是常春藤大学组织的访问团，这次和我们谈合作的是市级团体，同规模会不会不合适？”女助理看着转向她的那张脸，连忙收声。

“我妹在江都工作。”

你妹啊，女助理瞬间了然，知道邢总疼妹妹，不过爱屋及乌的程度竟让他连妹妹所在城市的考察团都一并照顾了，这可真让人长见识，女助理不禁再次打量起这个年轻意气的男人，心里开始犯酸。

世界被突突而来的清扫推车一分为二，想起接下去的安排没敲定，女助理伸手想叫住他，无奈车子离开，邢朗也走远了。

“他还真是疼妹妹。”抓紧怀里的行程本，女助理转身，开始思索哪些有关邢朗的日程要修改。

先要取消这星期的三个会谈，啊不，是四个，周四约了开发组的专家讨论，一想起那个脾气比牛大的专家，她苦恼地捂住脸。

“要死了。”

要死了！这也是邢朗赶回家后对自己说的第一句话。

“邢菲你过来！”这是第二句。

“他是谁？”这是第三句，当然说这句时他已经带着妹妹转战去了楼上。

把客人一个人丢下显然不是邢朗的作风，不过此刻已经顾不上了。

“傅先生喝茶。”邢家的管家潘喜适时地端来茶水果盘，毛峰清香波西柚甜美，傅邵言接过茶杯，睫毛很快被热气氤氲了。他低头喝了一口，点点头：“好茶。”

没听错，邢朗应该是领了邢菲去了邢菲给他安排的房间，情况似乎不妙，他低下头，再喝一口。

邢朗自然不知道傅邵言正喝着客户才送他的顶级茶叶，他现在只关心一个问题——他是谁！

“男朋友呗，好不容易追到的男朋友。”邢菲捧着个本子，认真作答的一句话噎得邢朗半天想不起该接什么。

“你至少该告诉我他叫啥吧。”

“他叫啥？”

“傅邵言。”

“哥你这不是知道吗？”

眼见哥哥彻底火了，邢菲终于乖乖地放下手里的书，走过去抱住邢朗的胳膊：“哥，我知道我突然交了男朋友你接受不了……”

“我能接受。”

“那不就……”

“我对你的男朋友有要求。”

“不能找警察……”

“知道你还找！”邢朗那叫一个火大。

“他不一样。”

“哪不一样？”

面对胡搅蛮缠的哥哥，邢菲没辙，也不想应付，注意力自然又回到手里那本册子上。突然，一道黑影从头顶闪过，邢菲脑子一闪，脱口而出：“猫不一样。”

啥？还没等邢朗有所反应，一坨重物已经泰山压顶，稳稳坐在了他头上。

“介绍一下，板砖，傅邵言的猫，板砖，这是我哥，邢朗。”

“你想气死我！”

“我哪舍得气我哥？哥，板砖对陌生人的攻击值蛮大的，想破解可以考虑用小鱼干收买，百试百灵。”

“啥？”忙着把头顶这猫弄下来的邢朗哪听得清啊，手忙脚乱间，发型乱了手被挠了，一摸……猫尿！

“小鱼干，板砖，小鱼干。”趁哥哥没崩溃，邢菲捞了根小鱼干奉上，板砖大神这才算了，叼着鱼干去旁边地毯上，踩点，挖坑，埋鱼干。藏东西可不是只有狗才有的属性。

可怜邢家几万块一条的地毯在板砖的几爪子下，花了。

邢朗的脸越来越黑，妹妹越是这样，他越是不赞同他们在一起，好容易情绪平息下来，邢朗呼了口气，打算和邢菲好好谈谈，便听邢菲哦了一声。

“这是叨叨，傅邵言的变异小白鼠，叨叨，这是我哥。”

还小白鼠！邢朗死死瞪着脚边的尖牙小怪物，那分明就是只死耗子！

邢朗的精神严重崩溃了，大叫一声后，房里只剩邢菲一个人了。

这时的她才终于放下本子，轻轻叹了声气，她使劲挠了挠头，咋这么烦呦。

“他不同意我们？”门被轻轻推开，傅邵言走了进来。板砖见了他，鱼干也顾不上埋了，芭蕾步一迈，到了傅邵言跟前，主人只顾忙案子，已经好久没帮他铲屎了。

“嗯。”邢菲顶着那头鸟窝，抱膝坐在地上，下巴一下一下磕着膝头，刚才她是故意胡搅蛮缠的，她知道邢朗会反对她找警察，可刚刚的反应是不是太激烈了？

“我以为他不要我找警察只是说说呢。”她叹声气，歪头看向傅邵言，“不过你放心，我哥对老鼠过敏，只要叨叨在，他就不会烦你。”

“真是女生外向。”傅邵言摇头挨着邢菲坐下，“以后我们还是生儿子吧。”

“老傅！”邢菲的脸都冒火了。

“玩笑而已。”他按住已经在跳脚的邢菲，“有没有什么行之有效的方法，我研究一下，收买大舅哥。”

噗！

邢菲抹抹嘴，还大舅哥呢，她从没想那么远，就算是当下她有时也觉得不像真的。

看着突然安静下来的邢菲，傅邵言慢慢地也收起了笑脸，或许她不信，从确定在一起的那刻起他就把未来的每天都想了一遍。

要和邢菲在一起，一起去过这辈子的每一天。

“邢菲……”

“什么？”

入夜了，潘喜在客厅里收茶具，一抬头，见邢菲通红着脸从房里跑出来：“小姐你怎么了？”

“没怎么。”邢菲一阵风似的跑了，留下不明真相的潘喜在原地丈二和尚摸不着头脑。

邢菲就这样，一直跑回房间，靠在门板上，她久久才抬起手，摸了摸肿了的唇。

这下，不用再做强调她也知道，她有男朋友了。

邢朗气得晚饭也没吃。

潘喜端着餐盘进进出出，嘴里免不了几句嗔责：“小菲也大了，该交男朋友了，你不能因为这个赌气不吃饭。”

夜风起伏，他站在窗边，脑中反复不断的是喜妈的话，道理他何尝不懂，可他就是不喜欢警察，为什么偏偏就是警察？还是个这样的警察？

算了，走一步看一步，他的妹妹眼高于顶，过了这个新鲜劲说不定就换人了。

顿时想开的邢朗一挥手："吃饭。"明天要陪他们去看爸爸。

"好。"喜妈肥胖的身躯笑眯眯地退出房间。

翌日。

天空像蓝色的天鹅绒，柔软地与黄白色的坡道交织前行，邢朗开着车，耳边的蓝牙耳机放出滴的提示音，他按了一下，助理干净的声音缓缓入耳，不过听了两句，他就皱起了眉。

"要等我去了才开讨论会？我不去地球就不转了？"

女助理喉咙一紧，如果可以，她不想访问团的行程有变动，更加不想打扰自己不知怎么突然取消一切活动回家了的老板，她唯一想的是把自己的本职工作做好。想到这儿，之前那一闪而过的怯懦便消失了，她点头道："您不来，真转不了，对方现在已经解散，自由活动了。"

一股气憋在胸口，半天才平息，邢朗打着方向盘，车顺势爬上坡道，一座白墙石路的院落立在不远处。

"明天我回去。"他只得妥协，气恼地锁车。

邢菲和傅邵言先下了车，慢慢地走在前面，邢菲低头数着脚下的石子，一边偷偷用余光看向一旁的人。

"想看就大大方方看，看我不收费。"

"谁看了？！"

四目相对，知道又中计了的邢菲瞪了会儿眼就败下阵来，老傅太狡猾了，她总是说不过他的。算了，不计较了。

"刚才说哪儿了？"

"不收费。"

"不是！"

傅邵言瞧着要跳脚的邢菲微微一笑："说你哥。"

嗯，在说邢朗。邢菲低下头，为自己的反应脸红，也不是没和男生打过交道，干吗动不动就脸红心跳呢？越想越恨，连说话都咬牙切齿了。

"我哥他志向不在公司，如果不是我爸突然病倒，说不定他现在在哪个领域翻江倒海呢。他脾气不好和压力有关，所以老傅你别和他一般见识。"

"我会让着他。邢菲，那个是不是叔叔？"傅邵言下巴一努，远处的草坪上，一个头发花白的老人站在阳伞底下，手里拿着把木头制的朴刀，嘴里呀呀喊着："我心系百姓。"

他面庞和邢菲是那么相像，看得邢菲眼眶一热。

她几步爬上了坡，一把拿过老人手中的刀，嗯了一声："我爸脑子不好使，总以为自己叫邢玉森，爸，别玩了，我带了男朋友来看你。”

老邢被夺了刀正不高兴，看见走近了傅部言，呆了几秒，开口便是一声：“湘玉……”

一队提枪的巡警从铁门前经过，在墙上留下几道移动的黑影，最后消失在床上那具安静的躯体上，不知什么时候，阚泽西睁开了眼，他的眼睛浑浊太久了，以至于有些不适应这个清晰的世界。他起身坐在床沿上，黑黑的眼珠慢慢滑过房间。

其他人都睡了，房里却有那么一双小小的眼睛那么望着阚泽西，好像他望着它一样。

那是一条有着黑黄花纹的小蛇，蛇身缠在一条粗壮的文身手臂上，正昂着头，看着慢慢靠近的阚泽西。他太瘦了，和它的主人没法比。小蛇歪着头，盘紧身躯。缠绕的力道一点点加了上去，蛇主人终于被惊醒了。他先撑起上身，看见已经靠得很近的阚泽西，好笑地亮开嗓门：“你想干吗？”

对这个在狱中毫无存在感的狱友，他这个号房老大是丝毫不放在眼里的。他的一嗓门喊醒了其他人，一双双睡眼打量起这个平时总是默不作声、只能像痴傻儿童一样发呆的狱友。

他想干什么？大家对他这种扰人清梦的举动都很生气，有几个也做好看好戏的准备。大半夜作妖，老大饶得了他？

“我想找死。”许久没说过话，阚泽西的舌头都是硬的，说完这句，他举起软绵绵的拳头朝“老大”挥去。

“这家伙活腻了吧？”

“老大收拾他！”

“干他，老大！”

叫好、助威夹杂着脏话盖过了拳脚声，阚泽西慢慢倒地，他望着手臂上那两个崭新的圆点，露出一个心满意足的微笑。

南美金钱蝮，拥有如同金钱豹般的美丽花纹和一咬足以致命的獠牙，毒性了得。

半分钟后，新任狱警陈静河跟着同事老顾赶到出事地点，架走了被蛇咬的阚泽西。又是一分钟后，狱医宣布现有药物不能解毒，必须送院。

一小时后，对阚泽西一直多加照顾的狱警老顾躺在医院冰冷的天台上，因谋杀入狱服刑五年的犯人阚泽西吞下一颗药丸，站去了天台边缘，嗅着风的味道。

那是他久违的自由。

3

邢菲坐在坡上，托腮看着远处一高一矮两个人影，晃了晃头说：“哥，老傅真好，聪明，脑子灵，对爸还好。”

“还老，还是警察。”邢朗看着配合老邢演《武林外传》的傅部言，哼了一声：“你说他没看过《武林外传》，演起来这么溜，肯定说谎了。邢菲，不能和不诚实的人交往。”

“他可没看。”不理邢朗那套，邢菲抱住肩，看傅邵言的眼神甜蜜而坚定，“为了老爸他专门去网上看了《武林外传》的人物梗概和台词，才看了不到十分钟就都记住了，聪明吧。”

“你那么笨，找个这么聪明的不怕被甩啊？”

“他又不是你。”

软软一句话，噎得邢朗没了声音，他没法反驳啊，他交过的女朋友的确多得连他自己都数不清。

不过，说起来，这个傅邵言还算有耐心，老邢的老年痴呆那么严重也没见他不耐烦。

邢朗摇摇头，耐心是装的，那是个聪明的警察，伪装绝对不在话下。

就在邢朗忙着把对傅邵言产生的那一点好感打压下去的时候，傅邵言的手机震了一下，他拿出来一看，眼眸一闪，看来邢菲的直觉真不是空穴来风。

“老邢，我有事要先走，下次再来看你。”他收起手机蹲下去对举刀挖沙的邢城说。

沙土飞扬，迷了人眼，邢城扔开刀，胡乱揉起了眼睛，望着傅邵言道：“湘玉，十八里铺又出命案了吧，你去吧，破了案赶紧回来。”

“好。”傅邵言拉开邢城的手，“哭一个。”

邢城真听话啊，哇的一声就哭了出来，哭声惊天动地，惊动了远处的人。邢朗跑过来一把扯过邢城，虎视眈眈地看着傅邵言：“干吗呢？”

“眼睛好了吗？”傅邵言开口，对象却是邢城。

“好了呢，咋好的？”邢城一脸惊奇，原地转圈，像在找那个让他眼睛好起来的灵丹妙药。

“哥，你看，是爸迷了眼睛。”

邢朗：“我不看。”

傅邵言：“我们回局里吧，GUIDE 出现了。”

“啥？！”

车外，荒草枯叶金黄如画，邢菲坐在车里，错愕过后，兴奋溢于言表：“这下朱队不会说我是空穴来风了吧。”

“嗯。”

“老傅，谢谢你对我爸那么有耐心，你对你爸妈肯定也超有耐心的吧。”

傅邵言默默含笑，没作声，邢菲这才想起傅邵言是被父母抛弃的，养父母也死了的事。

“趁着没到局里，我们理理案子吧。”

话题就这样被微笑着的傅邵言岔开了，心里懊恼不已的邢菲顺着话头说起了案子。

市局。

冷风穿堂，吹干汗水，他们站在接待处前等来接洽的人。天气太冷，人都冻傻了，邢菲捂着嘴打了个喷嚏。

这一声响动不小，引得几人驻足。一个人站在她身后，哦了一声跑过来，重重地拍了她一下："你怎么还在这儿啊，队长喊你出现场呢……呢……"当那个小年轻看清邢菲一张快被他拍吐血的脸时，人变得结结巴巴，"我……我以为是'羊'呢，对……对不起啊！"

然后他落荒而逃。

"什么羊啊狗的。"邢菲咳嗽着看要帮自己揉背的傅邵言，摇摇头，咧嘴笑了，"我没事，老傅，对不起啊。"

笑过，她又抱歉地说，对方才的事她还是耿耿于怀。

"没关系。"傅邵言继续一下下地给邢菲顺气，其实他是不在意的，比较邢菲的话，更直白的谩骂他也听过。想想，他又对邢菲笑了笑。

两人的互动引来一人侧目，那人啧啧两声："Golden 竟然也搞对象了？"

傅邵言回过头："我搞对象很奇怪？"

他的目光无比柔和，却看得那人恨不得把方才的话重新吞回肚里，一面猛摇头，一面说着："没有没有，副局和头儿他们在楼上等你们呢，他们让我带你们上去。"

来人竟是过来接洽他们的，傅邵言也懒得计较，一句走吧大赦了天下。

"老傅。"身旁的邢菲突然扯扯他。

她朝他勾手，趁着两人靠近时踮起脚："你还有我呢。"

叔叔阿姨不在了，她就是傅邵言的家人。

傅邵言一怔，抿了抿嘴，什么也没说，只是伸手拉住了邢菲的手。

两人就这么一前一后，一级一级上着台阶。世界好静啊，时间都像停了下来，邢菲的心不再那么内疚了，有什么东西在她心底正默默产生着变化。

她就任由傅邵言那么拉着她，两人间的距离因为步幅不多时就拉开了，这时她就紧跑几步，再跟在他身后，等下距离又拉开了，她就再跑上几步。

"借光。"

好好的气氛因为这句话一下子没了，邢菲只觉得肩后一重，人就被撞了出去，连带前面"引路"的傅邵言也受了牵连。

"谁啊？"晕头转向的邢菲瞪着眼睛找那个撞她的人，不料那人撞完她，停也没停一下，嗖的一声，没了。

什么情况？她看看引路人。

带路的人心里暗道一声不好，几步小跑跑了下来："没事吧，'羊'就那样，邢法医别和她一般见识。"

羊呢？又是羊呢？

"这个羊呢到底是谁啊？"

“我们这里的法医，业务好得没话说，就是为人有点……说来话长，等我想想。”他挠挠头，想不出用什么词来形容自己这个有“萝莉”面庞、做事却不大讨喜的同事。

“隔路！”他想到一个词，“羊呢和我们玩不到一块去，太隔路，所以邢法医你见谅啊。”

风评这么“厉害”也是种本事啊，邢菲啧啧嘴：“她业务很好吗？”

本来想说“真的很好”的警员想起身边这位是同为法医，又是傅邵言的女友，忙改口道：“也没有，就那样吧。”

“到了。”不怎么圆滑的警员长吁口气，朝正对楼梯的一扇门里一扬手，“乔局、郑队，Golden 来了。”

隔着他，傅邵言看着迎出来的几个人里，发现竟然有个熟人。

“陈森林，你怎么来了？”

“队长让我过来支援。”陈森林推推眼镜，依旧是在江都时的腼腆模样，“朱队那头遇到棘手的案子了，增援暂时过不来。”

“所以在朱队那边撤出人手前，这个案子就靠我们搞定吧。”人群里一个抗星最多的人站了出来，“我是乔文焕，在局里分管刑侦，这是郑植，刑侦支队队长，我们这的破案能手，破过许多大案要案，还有这位，我们法医检验鉴定中心的副主任法医师小杨，杨呢，这次的案子由她主检解剖。”

随着乔文焕的话声，一个原本不在邢菲视线里的人终于慢吞吞地从窗边走出来，对方矮矮的身形居然和邢菲一样，小小的，波波头，皮肤白皙透明，可爱的面孔配着一副不谙世事的表情，一张口硬是让邢菲足足一愣。

“‘呢’读一声时是‘第一’的意思，我的这个‘呢’读一声。”

够骄傲的呢，邢菲看了傅邵言一眼，早忘了刚才的“撞人之仇”，只觉得这个人蛮有意思的。

杨呢可不知道邢菲的这个有意思是褒义还是贬义，她手插着口袋，从乔文焕身边一本正经地迈步走过。一句“我去殡仪馆了”算是交代了去向。

“等等。”

一声喊，叫住了杨呢。

4

杨呢停下来，看看邢菲：“你叫我？”

“你去殡仪馆吗？一起啊。”

“我没意见，平时解剖也有实习的在旁观摩。”

“怎么说话呢，杨呢！”乔文焕大叫一声，随即又软了下来，“这是从江都方面来的犯罪心理学专家傅邵言傅老师，这位是……”

他看向邢菲。

“邢菲，我叫邢菲。同事都叫我小飞侠，原来供职C省省厅，目前调职江都。”邢菲笑眯眯地答。

乔文焕哦了一声：“在省厅工作过的人本事可都不小啊，你们在一起刚好可以交流一下，互相学习。”

“有些省的案子技术含量高的太少，像这样的真要经常学习，我用学什么？”

乔文焕鼻子快气歪了，他使劲朝郑植眨了下眼，不想郑植一声哈欠，回了乔局一个眼神：我也没招。

完蛋！乔文焕想着如何圆场，杨呢却已经开口了：“我要走了，你还来不来？”

“来啊。”邢菲笑着跟上，她才不怕什么杨呢呢。

看着一前一后下楼的两人，傅邵言摇摇头，遇强则强的邢菲啊，这是要给杨呢点“color see see”了。

“麻烦安排一下车吧，乔局。”搬着小板凳，他准备去看戏。

“好。”乔文焕头疼地应着。

殡仪馆的前院在整修，锃亮的探灯光隔窗落进冰冷的房间，混着风机声，像刀光霍霍。

邢菲拿着电锯，皱了下眉，就在刚刚，她切开了死者头部。弯腰站在那具尸体面前，她眯眼查看，拿着镊子的手小心翼翼地剥离零星碎骨和脑组织。

“颅骨遭重物击打，呈凹陷性骨折，颅后窝与对应侧有弥散性蛛网膜下腔出血，死者在遭到第一次击打后应该有个前扑动作，所以在对应侧留下对冲伤。至于死因，他是死于脑部严重损伤脑出血死亡的。”

话毕，她抬头：“杨法医有异议吗？”

“没有，都对。”

这个杨呢没挖苦自己两句，邢菲倒真意外，她还准备实力开怼呢，没想到这样就完了？战斗值和预期不符啊。

“你在干吗？”她摘了手套，走过去。

“整理检验结果。”

检验结果？邢菲挑挑眉：是整理我刚刚说的？什么“呢”读一声是第一的意思，意思是捡现成的？没关系，捡就捡吧。她笑着凑近，当看清杨呢写的字时，愣了一下。

“凶手单人作案，从死者背后下手，对死者后脑先后击打七次，死者与凶手间存在矛盾关系，死者对凶手没有设防，凶手相对对死者有很深的恨意；凶器是本市白鸽自行车厂1992年产的A5023型女式自行车的车座，蝴蝶骨造型，基底宽24.5厘米，座位有两个舒适乘坐用的凸起，形状与死者伤处吻合，该物非现场所有物，也不符合凶手自带，不排除现场曾有第二人未直接参案的可能；死者口腔内的菌丝土名嗜灵，是种反类型菌种，也间接印证凶手对死者的恨意（另建：凶器特殊性是否与凶手存在某种关系，考虑是其曾用物）。”

写好最后一个字，杨呢抬起头，看着傻眼的邢菲：“有问题？白鸽产的自行车车座相对短，不是趁手的工具，在这样的情况下凶手接连击打七次，对死者的恨可见一斑；击打次数是从骨折线的交错程度上估算出来的，再从骨折的凹痕数加以精确，我这么说你懂吗？不懂我再说一遍。”

“你怎么知道是那个车座？”

“我熟悉一切可以作为凶器的硬物、绳类、刀具、枪支，也熟悉它们的分类、质地、型号和年产，你不知道的可以问我，我都知道。”举了下手里的本子，杨呢招呼负责录像的同事，“交报告去。”

门帘一飘，傅邵言进来，再一落，杨呢出去，他看看邢菲：“怼得怎么样？”

“被反怼了。”

“你打算怎么办？”

“反反怼。”杨呢厉害，她也不菜啊。

别说，好戏没看成，邢菲认真较劲的脸倒是蛮好看的。

然而，怼回去的路没想象的那般平坦，第一关竟然是开会。因为GUIDE案影响之大，上级直接组了队专案组，之前朱亚严那队人由于级别低，成了后备力量。他们这次开的，就是新成立的专案组的碰头会。

两人来得比较迟，会议室里已经坐了几个人，面对面的两排靠背椅上，郑植和一个伏案睡觉、睡相难看的胖男人坐得近些，正低头看着文件，听见人声抬头，朝傅邵言和一同进来的邢菲点点头，算是打过招呼。

杨呢坐在郑植斜对面，专心玩着手机，头抬也没抬一下，倒是坐得离门最近的书呆子陈森林看见他们，脸抽了一下，看了半天邢菲才看懂，他是在对他们笑。

怎么也算是之前合作过的战友，邢菲和傅邵言自然坐在了陈森林旁边。

“人到齐了，我们先互相认识下，我是郑植，安平市局刑侦支队的。”

他看向杨呢。

“杨呢，法医……”

扑哧一声，众人的目光都集向声源，郑植身边那个胖子，见大家都看他，没有一点收敛，反而笑更欢了。

“这名……你们不觉得好笑吗？还羊呢。”胖子不停抖动的双下巴颤啊颤，配上一对黑眼圈，活像国宝。

“我的‘呢’读一声，是第一的意思，你有意见吗？”杨呢不知从哪儿拿出把手术刀，照着自己额前一根碎发劈了两下，头发瞬时分成三股。

“没有没有。”那人连连摆手，下巴随着手臂的肉一起颤。

“行了，你也做下介绍吧。”郑植指指那人。

“我啊，我叫王高冷，别笑，大名是爹妈给的，不习惯就叫我王胖子，爱好睡觉，所以你们有什么任务都别叫我，我的睡眠比什么都重要。”

郑植一阵无语，想提醒他严肃，后一想案子总归马上就能完结，案子结了专案组也就撤了，他也就懒得废话了。

“这位是 Golden，犯罪心理学专家，旁边那两位是陈森林和邢菲，都来自 GUIDE 案的上一个案发地江都。”不想继续废话下去的郑植一口气介绍完，便又拿出他刚刚在看的档案。

“我先说说目前这个案子的逃犯阚泽西的资料吧，他被誉为泽西恶魔，所犯案件发生在五年前，安平中学几名学生与阚泽西发生过冲突，几天后，学校发现这几名学生在一次外出去网吧后集体彻夜未归，家长在事后接到了绑匪电话，因为几个学生中的一个家里有些背景，那次安平市也投入了大量警力搜寻，花了一周时间，人找到了，被弃尸在距离学校五公里外的鹤冠山上，死因各不相同，尸体被发现时，五个学生身上穿着校服，袖子两两相绑，内脏被掏空，脸被击打变形。后来经过检查确认，从死者身上采集到的凶手少量 DNA 是阚泽西的，他本人也对罪行供认不讳，阚泽西当年十六岁，因为未满十八，法院判处免于死刑。”

郑植说完，略略地平复了气息，突然说：“不过我们很快就能抓到他，咱们这个专案组存不存在没什么必要。”

他对这个案子是有着充分的信心的。

“就是，搞不懂上级是怎么想的，调我过来，而且，一个组还配了两个法医。”王高冷打个哈欠，重新伏案。

然后，那个方向很快传来呼噜声。

邢菲想打人。

大家的情绪傅邵言都看在眼里，不过他知道，邢菲不仅仅是法医那么简单，口红案的凶手落网就是证明。

慢慢大家就会知道的。

5

郑植是土生土长的安平人，对当地地理人情都很了解，是这个案子能顺利操控的关键人物，缺点是过分自信，对这起案子太过掉以轻心。

杨呢是法医方面的专家，能给案件以最强的技术支持，缺点是不合群，同郑植间的关系也不亲近。

王高冷，擅长唇语以及一些稀奇古怪的知识，是个万金油。之前傅邵言做巡讲时，这个王高冷给他留下了极深的印象，整个大礼堂，只有他睡得呼噜震天响。据说是身体缺陷造成的嗜睡，为人不羁，甚至让人觉得像个小混混，也是个不合群的主。

陈森林，熟人，配合融洽。

邢菲，除了上面的原因，傅邵言当然有自己的私心。

说到这里你懂了吧，这个专案组名为省厅安排，实际上是傅邵言建议组建的。

此刻，他默默坐在椅子上，听着郑植说话：“市局已经调集全市警力，一旦发现阚泽西行踪，便会对其展开拘捕，抓到他，GUIDE 的身份差不多就能知晓了。”

郑植一如傅邵言所想的那样，太过轻视这个 GUIDE 了，不过，现在说什么都没用，走着看吧。

十一月的第一个周末，漫天飞雪。

喷香的蒸汽从咖啡壶里打着旋地朝上冒，盘旋在圆地毯的一头，那里放着个装满水的小钵，伏在地上打盹的拉布拉多犬被咖啡香熏醒，撩开眼皮，打了个喷嚏，掀起钵里的水波。

邢朗坐在沙发上，听到喷嚏声，眼睛向后一瞄，起身。

拉布拉多发现主人动了，圆圆的鼻头跟着主人的步子画了个半圆，停在了咖啡机的方向。

接了满满的一杯，邢朗坐回沙发，顺便调大了电视的音量，画面里播的正是他的 HCG 药业与江都医药访问团交流会议的场景。

电视里的他意气风发，结合播音员洋溢的词汇，他真要以为他是个年轻有为的成功企业家。

谁都忘了，他却记得，这一切是他和邢菲的爸爸创下的。

想到邢菲，他放下杯子，冲二楼叫了一声：“喜妈，小菲还没回来吗？”

一阵窸窣鞋声后，潘喜手拿抹布出现在二楼扶栏前：“没呢，本来说今天回，可上午来电话说案子有进展，不回来了。”

“阚泽西的那个案子？”

“没说，不过她和傅先生在一起，应该没什么好担心的吧。小朗，中午厨房准备的饭快凉了，我给你热热吃点。”

邢朗想说没胃口，可耳边不知怎么就响起了邢菲的那句话——天塌下来又能怎么样，死的也不止我一个。

是啊，天塌下来又能怎样？何况人生在世，谁又不是心怀愧疚的？

“喜妈，再帮我煎条鱼。”想开的他也饿了。

“好。”

“再加个布丁蛋羹。”

“没问题。”

“还有菜再加个川香桂鱼、酒酿肉圆，排骨家里有吗？最好再来个排骨。”

喜妈："……"

邢菲已经顾不上他哥心里是怎么骂她的了。

因为就在专案组成员确定下来的当天夜里，安平市发生一起谋杀案，凶手的作案手法同阚泽西逃跑时杀害那名警员的手法如出一辙，头部重击，最重要的是，嗜灵出现。

尸体被发现是第二天清晨，鹅毛大雪下的城市正沉浸在一片饭香里，油煎果子、萝卜丝肉饼、浓浓的热豆浆发着甜香，那味道让隔着整扇窗的郑植吞了一大口口水，低头看眼手里早没热气的杯子，他只好安慰自己，忙过这阵就可以吃顿好的了。

强咽下最后一口面，他吐了口浊气，饱了。

电话也响了，他神色一怔，拿起电话。

"我是郑植。什么？"预感应验，原本准备犒赏自己的这顿饭看起来要推后了。记了地址，他挂了电话，人呆了一秒。

目光落在轻飘飘的泡面杯上，他喃喃自语道："奶奶的，跑路也不消停，还杀人。"还有他那群手下，人跑了几天没抓到不说，竟然让他再度犯案了。

越想越气，他拿起外套冲出门去。

"在家的人除了留守人员都跟我出去，有情况！"

声音沿着走廊传得老远，几扇门开，有整理装备的刑警大步从里面跑出来。

"龙头桥那边发现男尸，怀疑与阚泽西有关，你去通知组里其他人，然后和我们会合。"他指着最近的一个组员下命令。

室外，风雪越来越大，郑植坐上车，掸落肩头雪，看着白茫茫的雪景一点点后退。

天，说冷就冷。

龙头桥始建于乾隆年间，因为桥头的龙头雕刻得名，桥共六拱二十四柱，桥下有湖，夏天是个乘凉赏荷的好去处。一场雪却让湖面结了冰，放眼望去，风吹冰雪，湖面一片茫茫。

桥边风雪不小，几个民警立在风雪里，吃力地做着现场保护，天气恶劣，仍有零星群众围观。

郑植跳下车便吃了口冷气，他拉低帽檐，心想这次出完任务回去要再申请批新防护。这天，太冷了。

"法医就位前，先去拍照做固定，痕检在附近找找有什么可疑线索，剩下的给在场的人做笔录，看有什么线索。"

"法医早到了。"

"啥？"郑植回头一看，冰天雪地中，邢菲和傅邵言就站在桥下。

天像下了浓雾，人脸在雾中摇来晃去。邢菲显然看到了他们，朝这边招着手。

"臭屁羊还没到？打电话催一催。"尸检方面，他还是信臭屁羊多些，想想他又说，

“你们去拦一拦，最好别让她碰尸体，毕竟是新手。”

“我们本来想回家吃饭，刚好经过这附近而已……”

“我家就在这儿，安平的环境在全国都算比较差的了，冬冷夏热，还有边界线，在这工作不止体力要好，心态更是要好，王师兄你在这里工作多久了……”

“好，我等你们做好固定再看尸体，规矩我懂。”

邢菲笑眯眯地退到一旁，看闪光灯频闪。

“看样子郑队长更相信那只羊的实力。”邢菲不傻，对方什么表情什么意思她一看一听就能猜出个八九不离十。此时，她吹着气，哈气向上翻飞，凝结在发梢，被她伸手揪掉。

“情商也是才能的一种，如果郑植是罪犯，你已经对他做出了初步正确的判断。”扫掉肩头的雪，傅邵言收回手，“我的邢菲很棒的。”

说这话时，刚好痕迹那边收工，邢菲忙着验尸，一跑一颠竟错过了这句表白。

傅邵言立在风中，哎了一声，第一次肉麻竟然没人捧场。

“小飞侠，你看过后我们再把他弄下来。”尸体悬在桥头，下面是个缓坡，再下去是结了冰的湖面，风在耳边呼啸。痕检员指着悬在桥头的尸体，贴心地叮嘱。虽然才认识，不过小飞侠可比他们那只羊招人喜欢太多了。这么想着，他又回头看了一眼，确认那只羊没来。

“知道。”邢菲应着，人已经完全被面前这具尸体吸引了。

死者是年轻男性，身上穿着时下流行的一款品牌运动装。他低着头，血结成冰碴糊在脑后。

“和狱警类似的击打伤。”邢菲念着，眼睛慢慢移向死者的脸。苍白的脸上，嗜灵从嘴里钻出来，攀援般爬满死者的脸，有的爬在眼睛里，孢子结实地扎根在眼球上，菌丝如同死者眼里残留的惊恐一样，长长地蔓延纠结着眼睫。

邢菲有轻微的密集恐惧症，忍不住挠挠脸，这尸身真够恶心的了。她一边想一边靠近，三心二意的结果就是没发现脚下的勘察踏板没有铺牢，等发现时，人已经踩着踏板滑向湖面了。

风声呼啸，岸上有人在喊她的名字。邢菲听出有老傅的声音，她摇摇晃晃地想说没事，冰都结实了。

话没出口，人就结结实实地掉进了湖里。

湖没结冰。

邢菲惊讶着，扑腾着。她想说没事，她会游泳，才一张嘴，一群牵扯不断的白毛就势涌进了嘴里。

嗜灵！她赶紧闭嘴。

寒冷伴着恶心，狗刨的动作慢了不少。

突然，手碰到了什么东西。

她一愣，本能地伸手去抓，却什么也没抓到。不死心的邢菲想也没想，猛吸一口气，下潜入水。

湖水清亮刺骨，目光所及什么都没有。

她明明碰到了什么的……

正想着，什么东西碰了她肩膀一下。

她扭头，呆住。

一个苍白无比的女人张开双臂，“站”在她面前，眼睛圆睁，鼻尖近得几乎碰到她的脸，长发水藻般漂浮在水中。

第二章　死亡论坛

1

两条人命。

一男一女。

尸身停在铁床上，冰凌从床沿朝下，形如尖刀。

邢菲站在操作台前，朝手心连哈了几口哈气，上岸有会儿了，姜汤也喝了，还是冷，手指笨得连手套也戴不上去。

牙咬着手套一端，连拉带扯，总算戴上去了，她长出口气，朝一旁的傅邵言咧咧嘴："我不冷。"

才怪，傅邵言摸摸她的脸，一皱眉，这么凉。

"借光。"这种时候，杨呢又挺着她不高的个子面无表情地从他面前经过。

酷酷的，如同她戴上手套时的利落动作。

"冷就找个地方暖暖，手感发僵影响解剖。"

都这个时候了，杨呢怎么连句安慰的话都没有呢？负责录像的警员有些看不下去，毕竟天是真的冷，再说邢菲才落水过。放下手里的录像机，他想替邢菲说两句，没想到没开头，已经被邢菲抢了先。

"都说了，我不冷。"她甩了甩手。

"那开始吧。"

刀具触碰铁盘，发出脆声。下刀时杨呢偶尔会说上一句，声音也是冷冷的。想帮腔没帮成的警员悻悻地举起录像机，心里想的是——邢菲可真坚强。

不过邢菲并不这么看自己。

她啊，是"小强"。而这只"小强"此刻就站在手术台旁，一边解剖一边看着杨呢的动作——她手法利落干练，的确出色。

“手脚的束缚伤存在生活反应，男死者被绑前没有死，头部致命伤的尺寸也符合A5023型女式自行车车座，你手法很快。”邢非看着为死者开膛破肚的杨呢，问道，“怎么练的？”

“我没带徒弟的习惯。”

邢非耸耸肩，这个杨呢脾气的确够冲的。

“基底宽24.5厘米，蝴蝶骨造型，骨脊造成的击打深度2至4毫米不等，力道和顾义彦的伤处基本相同。”忙活了半天，邢非有了结论，凶器和杀害顾义彦的应该一致，死者死于脑部严重损伤造成的脑出血。

“车座特质配合力道对比得出击打深度特质。不过凶器是‘肯定’。”

“怎么说？”杨呢的话邢非没懂。

“在顾义彦头皮上发现的皮瓣这次也有，可以肯定凶器是蝴蝶骨上带有5毫米裂口的A5023型女式自行车车座，车座有裂纹。还有，想赶上我，光靠背一背这些小知识，可能吗？”

邢非再次无语了。

初时为邢非打抱不平的小警员更加不平了，这个杨呢怎么这样？

镜头一转，对准另一张铁床。女尸赤裸着躯体，上面斑斓纵横着一些类似涂鸦的痕迹。

不同于那具男尸，女尸遭到过不小的侮辱。

半天没出声的邢非朝女尸努努嘴：“再看看这具。”

解剖结束，已是中午，负责录像的小警员给带子做好备案，打算休息下吃个午饭。走廊中段，他遇到了也要去吃饭的邢非和傅邵言。

想了想，他凑上去，喊住了邢非：“小飞侠。”

邢非回过头，和傅邵言一同看着小警员。

“你别难过，杨呢就那样，喜欢看不起人，总觉得自己牛掰，我们都不喜欢她。没事，你真的别难过，换成我被那么说早就炸了。我们都不喜欢她，我们喜欢你，所以加油。”面对一直想让他闭嘴的邢非，小警员理所当然把这当成了邢非“善良”，勾起了他更强的保护欲。小警员滔滔不绝、唾沫横飞，邢非捂着脸，今天已经不知道是第几次无语了，天晓得杨呢就在她对面站着，一张脸不辨喜怒，却不怎么好看。

“杨法医，王高冷。”一旁的傅邵言终于看不下去，扬了扬手，朝小警员身后的人打声招呼。

已经无法用言语形容小警员那副表情了。

“我什么都没听见。”杨呢低着头，淡定着步子走过，正看热闹的王胖子跟屁虫一样跟上，嬉皮笑脸地说，“他说他们都烦你。”

邢非扶额，乱，真乱啊。

“想什么呢？”饭堂里，傅邵言夹了块红烧肉放在她碗里。

从刚刚到现在，她一直在发呆。

“想杨呢。”她实话实说，“我已经放弃反怼她了，却出了这么一档子事。”

杨呢的经历她也遇到过，被人说了闲话，偏巧她听到了，说她闲话的人也发现她听到了，场面倒没有很尴尬。

“我脸皮厚，总不至于太难受，但我不想别人因为我发生这事。”

“不怼是因为服输吗？”

“当然不。”邢菲瞪大眼睛，“操作和细节上我的确不如她，可她也有不如我的地方，不想继续怼下去是因为觉得我们不是一类人。哎呀，怎么绕到这个话题了。”

她摆摆手，继而捧腮为方才的事内疚，傅邵言却对这种发散式的聊天来了兴头，他想起了当年。

“当年在学校，我让你难堪，你是不是也难过了？”

“当然了，差点气死了，所以你差一点就没女朋友了。”邢菲眨眨眼，吐了吐舌头，“当年”的话题果然容易引起共鸣啊。

往事依稀，化作窗外皑皑白雪，松枝底下，一个人正用松枝画着落雪，是杨呢。

邢菲一愣，鬼使神差地起身：“我去卫生间。”

“什么啊？”追问失败的傅邵言幽怨地望着远去的她，话说一半，这习惯真的不好啊。

叹了声气，他低头挑起了自己餐盘里的菜，宫保鸡丁，鸡丁给邢菲，可乐鸡翅，鸡翅也给她。

他要给他善良的女朋友好好补补。

邢菲走走停停，来到树下，站定时特地落重了脚，雪在脚下咯吱作响。

杨呢没回头，背对着她，也不说话。

怎么开口呢？邢菲挠了头。

“他不是有意那么说的。”想了想，她这么开了头，“事情因我而起，我就代表我自己和你说声对不起吧。喂，不是吧，别哭啊。”

杨呢的肩细细发抖，吓了邢菲一跳。

她手忙脚乱地翻遍口袋，这才找到一包纸巾。

抽出一张递过去，杨呢也回了头。

“你没哭啊？”

“你说什么？”杨呢微微皱起眉，随手摘掉耳机。

没听到……

白说了啊……

邢菲张着嘴结巴。

“你傻啊？”杨呢看怪物一样看了她一眼，塞上耳塞，走了。

邢菲哭笑不得地立在雪中，她这是图啥啊？

漫天雪地中，邢菲拖着她孤零零的脚印，一步一停。

好心当成驴肝肺，还被人说傻，郁闷！

半小时后。

三号多媒体会议室。

警局的会议室一贯的乌烟瘴气，遇到大案时烟就更凶了，邢菲一进门便被烟熏火燎的状况熏得接连咳嗽了好几声。

“要开窗吗？”想起在江都时的情景，傅邵言的手已经伸去了窗前。如果她想，他可以代劳。

“不用，不过是点烟，我能忍。”邢菲咚的一声坐下，顺手把傅邵言也拉下就座，“现在的形势不允许我隔路，隔路的人惹人厌。”

傅邵言看着那张皱得紧巴巴的脸，不喘气确定没事？

其实邢菲屏住呼吸不只是怕烟味，她在盯着杨呢瞧。

杨呢坐在她对面，低着头，耳朵里，两根白色的耳机线甩出来，头打着节拍轻晃。

人陆续到齐，会议开始。

“先说下法医方面的情况。”郑植转了转手中的笔，等着做记录。

房里的灯都灭了，投影仪低低嗡响，等着来个人操作它，然而半天没有动静。“杨呢？杨呢呢？”郑植扭过头，他知道杨呢就在他身后斜右方的那把椅子上。

“别把我名字叫成结巴，法医不止我一个，你们可以找个讨人喜欢又好脾气的人说，喜欢看不起人的我今天休息嗓子。”

“不想说”这三个字生动地像刻在她额顶，郑植当即黑了脸，压低声音:“这是工作。”

“不是我一个人的工作。”杨呢看着邢菲，眼神冷冰冰的。

“那邢菲说吧。”郑植扶额。

邢菲抿抿唇，她说就她说吧。

“死者两名，一男一女。从尸僵形成情况看，死亡时间在昨晚十一点至一点间。除了男尸身上的衣物外，没有发现能证明他们身份的有效证件。两名死者年龄相仿，二十二至二十五岁之间，男死者的死法同顾义彦相同，颅骨损伤致死。凶器通过比对，是同一个 A5023 型女式自行车车座。女死者……”她滑动鼠标，投影仪的画面跟着转去了下一帧：冰天雪地上，才被打捞上来的女尸平躺在黄色的裹尸布上，身体上纵横交错着一个错乱的伤口，是刀伤，伤处因为水泡过的关系发胀发白，胡乱外翻着。尸体身上的水未干，结绺的头发僵硬地铺在女人的脸侧。

邢菲停顿了一下，她无法忘记女人那种无助又惊恐的眼神。

“女死者下颌发现衬垫伤，口鼻部有蕈形泡沫，肺部膨胀，肺部提取液里未检测到龙头湖底的故生藻类，有漂白粉成分，可以判定女死者是溺毙，并且湖边不是第一案发地。我们在她的指缝里检测到了皮屑，DNA 室那边在做比对。另外……”邢菲顿了一顿，“女死者身上的割伤，一半以上的伤口没有生活反应，凶手用刀在死者双乳上刻下了‘1011+11=1110’的字样，怀疑是有特定意义的死后虐尸。”

血凝结在幕布上，裸尸的长发似乎轻轻在飘动，像只鬼手，撩动藏在暗处的那颗罪恶之心。

2

“当时风雪很大，加上湖边是原有的砂粒地，地面载体情况很差，除了解剖结果外，没有其他发现。另外，我有个想法，如果确定了杀人的是阚泽西，他大费周章杀了两名死者，又留下这样的记号，他很可能还要杀人。因为对一个逃犯而言，最重要的是跑路而不是杀人。我查了资料，1011+11=1110 这个等式成立的条件是在二进制下，二进制被普遍应用于计算机领域。阚泽西入狱前杀害的五名少年失踪前是结伴去上网的，计算机、网络，这里面或许有着某种寓意。”

“他还会继续杀人。”郑植反复念着，内心不希望这是真的，可无疑他内心也倾向于邢菲的观点，这两名死者可不像是随随便便被杀的啊，一定有着某种寓意。

“杨呢呢，有补充吗？”

“我不用查资料就知道那是二进制。”

“死者情况摸排得如何了？”郑植已经不想理她了。

“因为死者身旁没有证件，我们还在排查两名死者的身份，加上地况不好，凶手朝哪个方向逃的也不确定。”

低效率让郑植不悦，难道就这么没头绪下去吗？

“我有几个方向。”一个人声从远处传来，说话的是傅邵言。

“Golden，快说说。”

“第一，两名死者是安平工程技术大学的大一学生，男的计算机系。第二，阚泽西有车，这辆车之前出现在他越狱医院的周边干道上。第三，两名死者死前曾经在一处民居逗留过，建议调查抛尸现场方圆一里的空置高档公寓。暂时就这些，不过这些成立的前提，是不是要确认下女尸指甲缝里的皮屑 DNA 是不是阚泽西的，严谨一些。”

慢点，这都哪跟哪啊。郑植自认有几分才能，可除了车子那条，其他的他都不懂。

“DNA 室那边有结果了，是阚泽西。”正在接听电话的邢菲举起了手。

“那就分头干活吧。”虽然众人对傅邵言的结论有着诸多不解，郑大队长却没让傅邵言一一解释就把人散出去做事了。

真奇怪。

男洗手间。

确认里面没人后，郑植倒扣住门，回身瞪着傅邵言，眼神凶巴巴地："说，你是怎么想的？"

"他们两人右手的几根指头都有厚厚的老茧，茧没退化，月骨比同年龄人的增生情况严重，豌豆骨和三角骨均有 0.1 ~ 0.2 毫米的移位（月骨豌豆骨和三角骨是腕骨的一部分），所以肯定是才从高压的高三摆脱出来，茧子很厚，两人都是很用功的孩子，而离案发地最近的高校里只有安平工程技术大学比较有名气，加上男尸十指尖有新磨的茧子，能用到十指尖的一般是钢琴或是计算机，而钢琴的茧通常是从小就有，不会这么新，这也从侧面说明死亡的男性很刻苦。两具尸体如果分开运送，危险会很大，阚泽西体型瘦弱，想同时运送两人，车是必须的，而想要迅速从医院逃离，车也是必须的。至于高档公寓，邢菲说了，女死者应该是在浴缸里溺亡的，龙头桥附近的住宅楼有半数都是二三十年前建的老房子，那种房子卫生间尺寸不足以容纳浴缸，能容纳的只剩下南边那片高级住宅，就这些。喂，回神，又傻了？"

"我就知道……"

"知道什么？"似乎预感到什么，傅邵言本能地朝后退了一步，也就是在同时，郑植的扫堂腿也已扫过他刚刚站的位置。

一脚落空，郑植气得牙痒痒，这脚落地再换那脚，脚脚踢高，步步紧逼。

"一堆事呢，别闹了。"

"谁闹了，傅邵言你把我脚放下，放下，好吧，师兄我不闹了你快把我放下吧……"

"求我。"

"傅邵言你别太过分，哎哟我去。"郑植跺跺脚，自由来得太快，他一点准备都没有。

嫌弃地抬起头，他突然发作，一拳轻轻擂上了傅邵言的肩："一出现就把我比下去的臭师兄，又见面了。"

"好久不见，郑植，和你商量个事。"傅邵言微笑地看着郑植掏出烟熟练地点上，伸手麻利地掐灭了火星，"我在的这段时间别抽烟。"

"开什么玩笑？"郑植像看外星人一样盯着傅邵言一阵瞧，末了摇摇头，又做点烟状，"你对烟不过敏，当我不知道？"

"她不爱闻烟味。"

"啧啧，才搞对象就这么护着。"郑植一脸你不让我偏不地晃着香烟，贱贱的样子像在等人去求他。

可傅邵言是谁啊？指望他求人？权衡了几秒利弊，郑植悻悻地揣起了烟。

"她和你可不配。"

"这就是我想和你说的第二件事，茧子虽然是我看到的，但证据加强用的腕骨变化数据是邢菲说的。"

"编，接着编。"

“信不信由你。”傅邵言说着，把口红案中邢菲的表现一同说了。

郑植一下来了兴趣：“X 光眼啊，这技能蛮牛的，比杨呢也不差啊。”

“让你那群手下也别抽了。”

“不是，我说，师兄你这要求是不是太无理取闹了点？”

“有吗？”

“没有吗？”说话的工夫，郑植已经方便完，正提裤子，听了这话，他看傅邵言的脸就更嫌弃了。

恋爱误国啊。

嘟嘟囔囔拉上拉链地往门口走，快走到门旁了，他又停下脚：“不过说真的，谈恋爱的你是比之前多了些人间烟火气，那个邢菲蛮厉害的嘛，能把泥菩萨点着。”

他一转门把手，还没用力，门竟开了，郑植看着踉跄跌进来的王胖子，惊讶之余有些生气。

“干什么呢？”

“别发火别发火，我可不是对你无理取闹的那个。”他幸灾乐祸地朝身后看去，逆光中，邢菲小小的身影模糊不清，很显然，她也在那儿站了有一会儿了，此时连声音都变得懒懒的：“喂，想挑拨离间等办完正事再说。”

“你男朋友和别的男人在厕所窃窃私语这么久你都不气？没劲。”王高冷懒懒地打了个哈欠，“尸源找到了。”

“这次的速度还行。”郑植绕开胖子，“那群家伙，不打不干活。”

“不是他们速度快，是人家找上门来了。”王高冷又说，见郑植回头，他晃晃下巴，“死的那是一对，来找人的是他们学校一个男生，单恋人家单恋到这个份上也是蛮叫人可怜的。”

王高冷啧啧着，那神情哪有一点可怜同情的模样，那嘴脸分明在说三个字——傻死了。

他的样子实在和一个警员相去甚远，郑植已经懒得理他，倒也是因为王高冷的不受待见，之前有点遭藐视的邢菲成了香饽饽。

“邢菲，你说，还有什么发现。”

我说啊，邢菲指指自己，待遇提得有点快，她还真有点不适应。

好吧，她说就她说。

一楼的接待大厅。

接待员小刘看了眼窗外的莽莽白雪，第三次俯身想要扶起跪在地上的那两人，天这么冷，再这么跪下去人哪里受得了。

“大爷，你快起来吧，人我已经帮你去叫了，起来等好不好？”

白发苍苍的老人对小刘的劝阻置若罔闻，一边流着泪一边执拗地跪在那里，他身边，同样高龄的老太太脸上满是沟壑，不时默默擦干眼角的泪。

两个老人不吵不闹，就那么默默跪在那里，沉默又执拗。

“他们是谁啊？”一个不明真相的警员拉了小刘一把，小声问道。

“7·18案的死者家属，陆帅的爷爷奶奶，听说当年出事后，陆帅的爸爸受不了打击自杀了，陆帅的妈也疯了，哎，好好一个家。”小刘摇摇头，“你去哪儿？上楼的话帮我看看郑队他们下来了吗？老人家一定要见他。”

“好。”被说得动容的同事重重点头，全然忘了他该去外勤的，撒腿就朝楼上跑，才跑了几步，就在楼梯口遇见了下楼的郑植一行人。

“郑队，那边有家属找你。”

“嗯。”郑植点点头，他已经知道了。

可看着闻声抬头的两位老人，他又不知道该怎么过去，他也有疼他的爷爷奶奶，如果他死了，他家的老头老太肯定也会哭死的。

郑植眼眶一阵刺痛，紧跑几步扶住了正对着他猛磕头的二老。

“大爷，有话起来说。”

年迈的老人没听见一样，仍固执地跪着，嘴里念叨着：“郑队，求求你，一定把凶手抓回来，我孙子死得冤枉啊。”

“我一定竭尽所能，大爷你起来，大娘你也起来。”

邢菲站在远处，鼻子跟着发酸：“小时候我被人骂一句我爸和我哥都会拼了命地替我骂回去，何况现在是几条人命呢。”

“所以我们要抓紧抓住凶手，你刚刚没说完的是什么？”傅邵言问，刚才邢菲的汇报还没开始就被打断了，他只听到她说“犯人们说蛇是从外面爬进来的”。

“是啊，他们说蛇是从外面爬进来的，可现在这天气怎么可能有蛇。”邢菲抹抹眼睛，“狱警说蛇源肯定来自监狱内的黑渠道，里面盘根错节，想弄清要一段时间，还有，监狱探视记录上有发现，案发前有个署名‘图灵’的人探过监。”

众所周知，图灵被誉为计算机之父，同时，它还是安平的一个论坛名，一群热爱电子科技的人聚在那里。原本一个名不见经传的小论坛，之后因为一件事出了名，五名论坛上的活跃用户遇害惨死了。

“因为那件事，安平人一度说‘图灵’是被诅咒的，论坛在那段时间流量激增，一些好事的人都跑去想见识下这个诅咒。”

“那件事是指五年前的案子，那五个活跃用户正是7·18案的五名死者。”

傅邵言唔了一声，五年前阚泽西让五条生命陨灭，如今“图灵”再现，他接下来的下手对象还会是论坛上的人吗？他为什么会对“图灵”如此耿耿于怀呢？

十几分钟后，郑植擦着眼泪回到会议室，没办法，他也知道一个大男人哭哭啼啼不像话，可就是控制不住，那家人太可怜了，阚泽西活该千刀万剐！

扔掉面纸，他一抬眼：“王胖子和杨呢呢？”

“杨呢没来，王高冷刚刚还在，这会儿不知道跑哪儿去了。”刑侦组的一个组员看了一圈，摇摇头。

“不等了，先开会。”

3

雪花簌簌，积满窗棂，王高冷打个哈欠，人朝身后的暖气片又挤了挤，眯缝的眼睛从身旁那人转移去了不远处的那扇门：“你真不进去吗？不参加会议他们可是没什么好脸色的。你这个人真有意思，你怎么不反问我我不是也没参加吗？你上次是故意把讲解的机会让给邢菲的吧，和我说说，你怎么突然就发善心了？”

说不上是被问烦了，还是觉得王高冷的性格和名字出入太大，总之杨呢真就扭头看了他一眼，接着就扭回去重新看起了雪花。

“得嘞，小爷今天也露两手，给你读个唇。”说着，王高冷的眯眯眼睁开，呸呸两下朝掌心啐了两口，揉了揉，再一撑，人就上了窗台，“乖乖，这窗台板就不会造宽点吗？节能减排也给我个充裕点的立足之地啊。”说着，他人已经恍恍惚惚地站在了窗台板上。

“妈呀。”他张着双手，像只摇摆不定的企鹅。

“开始了哈。”他清清嗓子，眯眼看向平齐的房间，门顶那扇通风用的玻璃窗关着，许久未擦的玻璃上，郑植的脸被拉成一个大大的椭圆。

“阚泽西入狱前，是我市一中高二一班的学生，单亲家庭，成绩年级倒数，性格孤僻暴戾，不爱讲话，经常对同学有过激行为，是学校有名的暴力分子，关于阚泽西，只在档记录的处分就有四次，其中一次就是因为偷袭了7·18案遇害的五名少年中的三个，这三个人和阚泽西同校，成绩优异，那次被偷袭，四人都受伤不轻，至于剩下的两人，他们和一中那三个学生认识，也都喜欢玩电脑，就读在离一中不远的镇南中学。二班的蒋恩就是个傻子，挨揍都不会还手。”

始终没动也分不清在听还是在溜号的杨呢偏了偏头，淡淡的眼珠在王高冷身上不轻不重地滑了那么一下过，王高冷一愣，意识到刚刚的语气不算好，自知地耸了耸肩。

他继续读道：“案发前的一段时间，阚泽西的同学反映阚泽西的情绪有奇怪的变化，时常紧张、偶尔傻笑，还有人说他有偷窥癖，曾经有人在女厕所门口看见他鬼鬼祟祟，被发现后落荒而逃。尸体发现后，技术人员在死者身上查到了属于阚泽西的指纹和DNA，而对于阚泽西被拘捕后的反应，也印证了他是杀死五名少年的凶手。”

王高冷收回眼，居高临下，眼神幽幽地看着杨呢，举起双手：“他笑容像鬼，不停地冷笑着，是我做的，是我做的，除了这句，再无其他。我们的鉴定专家说阚泽西拥有的是典型的反社会型人格。”

房门打开，郑植瞪着窗台上“作怪”的王高冷：“是你自己下来，还是我帮你下来？”

王高冷看着郑植那两条大长腿，嘿嘿笑着从窗台溜下来：“不劳驾，不劳驾。”

足足看了这个无组织无纪律的组员好一会儿，郑植这才转身回房：“继续开会。”

王高冷一声哈欠，看向还原地不动的杨呢，摇头晃脑地跟着进去。

“来呀。”一直看着杨呢的邢菲见她不动，一把扯住，“走啊。”

哧的一声。

杨呢抽回袖子，一脸警惕地看着邢菲抓过的地方。

“怎么了，快走啊。”

“我不喜欢别人碰我。”

“不碰，你自己走。”邢菲举起两只手推开门，房里一堆人看着门口这别扭的一幕。

杨呢冷了脸：“谁说我要进去的？”

“我也没想过做两名死者的简报，不也被你赶鸭子上架赶上去了？”

杨呢心一突，她的确是故意让机会给邢菲，不过她是怎么知道的？

尴尬中，人已经进了会议室。

会议就在这种奇怪的氛围中得以继续，郑植说到安排人暗中查访监狱的事，因为除了一个阚泽西，还有一个 GUIDE，那条蛇可不是简简单单出现在那里的。

入夜。

远郊别墅区里远远近近的灯光晕在莹莹雪地上，像是繁星坠落。

一阵急促的脚步声后，房门被人从外向内推开了，邢菲喘着粗气合上门，冲着门外不知是谁的人喊着：“我就进来了，怎么了？我都这么大了，交个男朋友你也管？”

“他是不喜欢警察还是不喜欢我呢？”洗好澡正在晾头发的傅邵言坐在靠椅里，抬头看着邢菲，半湿的头发像打了层啫喱，半立半伏在头顶，直觉告诉他，邢朗对他的讨厌和戒备似乎不仅仅因为他是个警察那样简单。

“不管他。”邢菲就手捶了下门板，对外面的人喊，“你就那么不相信你妹吗？我的自制力天下第一。”

门外传来窸窣的脚步声，还有拦挡的衣襟摩擦声，傅邵言听见潘喜低低的声音说了句“她都那么大了”，紧接着人声渐远，烦躁的邢朗被扯走了。

“总算走了。”邢菲长出口气，甩开拖鞋，一脚踩上松软的澳洲羊毛地毯上，小跑着到了傅邵言近前，这才发现老傅竟是这副打扮，不免一愣，“真好看。”

“好看不多看看？跑什么？”他一把拉住了想跑的邢菲。

邢菲咬咬唇，我怕我控制不住自己啊，老傅。

“手里拿的什么？”

“7·18 的尸检报告，有几个地方想不通。”

“拿来我看看。”傅邵言拿走了邢菲手里的资料，另一只手就势拉人入怀，“这样看得清楚。”他解释道。

坐在他腿上，盯着傅邵言那张脸，邢菲就想啊，老傅明明是初恋，怎么比自己还老油条呢

“别光看，听我说。”老傅的声淡淡入耳，邢菲回了神，“体格较弱的阚泽西一次杀死五个人的可能性不是没有，小也是肯定的，除非他身手了得，因为当初除了阚泽西外，还有一个在逃的嫌犯，两人共谋犯罪，可能性就大很多了，所以在模拟出谋杀顺序后，你提的这个质疑就被解决了。”

“另外一个嫌犯？”邢菲一个激灵，她想起来了，“咱们来安平的时候，我在火车站被那个大力牛逮了一回，就是因为他把我误当成另一个嫌犯了吧？”

“肖白脸，坐稳点。”他伸手一捞，把蹦高的邢菲又捞了回来。

邢菲脸一红，被他这么抱着多少有点不习惯，想着想着，声音就低了下去：“是他。五年前，我还在学校里挨训呢，到现在那个嫌犯也没落网，当年的案发现场也是，除了阚泽西的指纹之外再无其他，你不觉得这件事有点不对头吗？”

“阚泽西说是他杀了那五个人，没有供出另外一个人是谁，或者是他特别亲密的人，想维护。”当年的案子他并没参加，现在看来，还是有不少线索值得推敲的，“你拿了他们五个人的解剖资料吧，看看，说不定会有发现。”

邢菲应了一声：“当年没发现的事情，隔了五年还会有发现吗？”

“不一定是技术上的发现，凶手作案，会把他的性格和心理反应在尸体上，这个是属于凶手的心理痕迹，找到这个，会有帮助。”

“哦。”邢菲点点头，脊背不自觉地挺挺直，要学的还真不少。

远郊的灯火一盏盏灭了下去，窗外的冷气流被房间的热气逼成成片的冰凌结在玻璃上，一觉睡醒的小白鼠叨叨揪着板砖的颈毛，驱车一样赶着黑猫背它在房里上蹿下跳，邢菲听完傅邵言的分析，寻思片刻道：“刀伤切断心脉，一招毙命的击打伤，还有单纯溺亡的、窒息的，如果是阚泽西作案，为什么要选不同的杀人方式，而其中两人的死法又是一样的，还有，五名死者的膝盖髌骨下缘有皮下出血反应，说明他们生前有过下跪的情况，什么事或人能让五个身材体格不一的人跪下呢？阚泽西和那个未知的凶手 X 有这么大的威慑力？老傅，总说心理痕迹心理痕迹，就这几种不同的死法我就想不通为什么，一般连环杀手不都有习惯性作案手法吗？总不见得有四个凶手吧。”

傅邵言嗯了一声，的确如此。

“想不出来。头疼。”

“头疼就聊聊别的。”他拢了拢手，抱紧了怀里的人。

鼻尖，浴液与湿发混合成一种淡淡的香，沁人心房，邢菲的心怦怦直跳。

“老傅，在你骂了我之后，我给自己立了一个誓言，那时候我就想，一定要让你收回对我的批评，并且，我想你做我的男朋友。”

原来，在那时，已经喜欢。

4

夜静静的，听得到两人的心跳。

长久的沉默后，傅邵言开了口：“收不回吧。”

为什么？好好的气氛被这句话全毁了，邢菲瞪着他，她越是瞪傅邵言越是笑：“你实在太差了点。”

还能不能愉快玩耍了！白让你抱半天了！

“所以嘲笑我的那些人说得没错，我眼神是不好，运气却不错，瞎了眼都找到女朋友。”

“不许说你瞎眼！”

“嘴疼。”

手在他嘴前一厘米的地方，他可怜巴巴地说，好在说得及时，避免一场捂嘴带来的伤害。

手心一热，竟是他额头抵在了掌心。

蹭了蹭，真暖啊。

“邢菲，你干吗呢！”半怒半威，竟是邢朗破门而入。

老哥没走，邢菲吓了一跳。

邢菲走了。

少了一个人的房间，空调声更大了，把温度调到凉爽，又连走几圈，傅邵言坐到桌前，板砖和叨叨冻得瑟瑟发抖直往被子里钻，他摇摇头，再次拿过遥控器。

温度调高了，烦躁的情绪又悄悄爬回来身体。

还是给自己找些事做，转移下注意力吧。

按照他锁定的范围，阚泽西的踪迹依旧全无。他藏得很好，可他的推断也不会错，一定是哪里被遗漏了。

苹果的台式机摆在桌上，按下开关，屏幕很快就亮了，简单地操作后，他登录QQ，打开网页，昔日的图灵论坛看样子萧条了许多，再没有红客组队贴，连悬赏任务都少了很多。不知是这群电脑迷的热情因为当年的事情降低了，还是由台前转去幕后了。

傅邵言一行一行看下来，没发现什么有用的东西，正想去别的地方找找线索，屏幕右下角一个小窗谈了出来，加粗的标题写着博人眼球的内容——

《五人斩的另一种可能》

他唔了一声，点进去。

帖子在图灵所在主站的一个附属论坛里，人气很高，长串的点击飘在数不清的话题顶，被论坛主加了红。楼主是个名为“幸存者”的人，因为他洋洋洒洒百余字的一篇文字引来了无数回帖，肯定寥寥，否定的居多，甚至很大一部分是恶言谩骂的。

引起如此多回复的帖子内容如下：

先要声明的是，我并不认识阚泽西，除了电视上也没见过他真人，我仅仅想通过案子的一些线索和对那几个被害人的浅见说一下我的看法。

警方通缉时，录像里明明还有一个人，那个人至今未能落网，警方说在现场只采集到了阚泽西一人的DNA和指纹，要知道，案发时正是安平多雨的季节，尸体被发现前，才下过几场大雨，而尸体在那里搁置了有至少七个小时才被发现，指纹的保留原理是基于人体分泌汗液，那样的空气湿度下，阚泽西的指纹又是怎么完好保留下来的？

说他不是凶手的原因一：至今下落不明的嫌疑人和保存得过好的物证。

再有，那五名死者被杀的原因是什么？仅仅因为阚泽西有反社会型人格倾向吗，据我所知，阚泽西欺负过的人不止一中那三个，阚泽西为什么偏偏选他们下手，还一并杀了两个邻校的学生，为什么是他们，还是说这五个人本身就存在着某种问题呢？他们是不是得罪了阚泽西？

怀疑凶手真相的原因二：为什么死的是这五个。

第三点，也是最关键的，五名死者诡异的死状，凶手对死者应该有着极大的恨，同时不仅如此，他还带着某种警示作用，被割去内脏的去向至今下落未明，利落的刀法也不该是一个高中生具备的。真凶年纪比阚泽西要大，读医科或有着相关的专业知识，有一定经济条件，有自己的车，具有可以威慑住五人的能力。

怀疑凶手真相的原因三：阚泽西一个未成年人，他的能力够吗？如果有帮凶，那这起谋杀就不会是简简单单的暴力行为了。

就是这近五百字的言论激起了底下无数条留言，其中意思重复最多的是怀疑这个“幸存者”就是那个在逃的嫌疑人。

傅邵言逐页翻下去，留意到一个名为“C维人的心灵”的留言者因为那五名死者被这个“幸存者”污蔑发了好长一顿牢骚，从口气看似乎是认识那五名死者的。

这倒提醒了他，明天让郑植联系一下当年的知情人，顺便再让陈森林查一下这个“幸存者”的IP。有个计算机狂人在，好处不少的。

盘算着，傅邵言有了些想法，虽然不肯定这个“幸存者”就是那个逃走的嫌疑人，不过他能肯定，这个人说的部分话有些道理。

鼠标滑轮一点点向下转，电脑里突然传来轻轻的一声叮。

他看着右下角跳出来的新对话框，之前还沉甸甸的心情顿时轻了一下。点开QQ对话框，他输入：刚好有个帖子想给你看。

@110救命回复：我哥在我房里，才演完黑脸包公，现在在演常住沙家浜了。[撇嘴]

@一笑千金回复：我会早点拿下大舅哥的。

@110救命回复：你要给我看什么？

复制粘贴发送，小窗安静了。

傅邵言抱臂静静看着屏幕，以为要过很久才会有回复呢，对话框却突然一跳，一个亲亲的表情蹦了出来。

徐向北坐在电脑前已经好一会儿了，脸映着屏幕，油光闪闪。他眨眨眼，听到门外传来窸窣的脚步声。

“爸。”他扬声喊了一嗓子，得到一声略带含糊的回应。腿向前一挺，他从椅子上站起来，去扶他那个脑血栓后遗症的老爹起夜。

日复一日，这样的岁月不知不觉已经好几年了。安顿好老爹睡下，徐向北回到卧室，重新又坐回电脑前，刚刚还只有六百八十七条回复的帖子如今像载上了火箭，短短几分钟，已经到了一千二百多条。他全神贯注，一条条看下去，手指甲不自觉被咬秃了三个。

“那个恶魔怎么会有拥趸者！”逐一看完那些回复，他又重新翻回了名为“幸存者”的楼主所发的内容，再次看了一遍。

终于，他挥舞起手指，在回复栏里键入了一长串的回复。

敲完最后一个字，他终于满意地笑了。

睡觉!

可惜做了一场噩梦，梦里，他又回到了学生时代，回到那段他不愿忆起的时光。

他猛地惊醒，呆呆地看着屏幕上的ID，他就是C维人的心灵。

又是一天。

对陈森林而言，这天格外忙碌。

才一清早，他就被Golden叫去了局里，不为让他帮忙追查那个依旧在逃的阚泽西，而是要他查几个IP。

“好。”陈森林答得很轻松。

“有五千多个IP呢。”这个工作量对邢菲无疑是巨大的，叹声气，她放下手里的东西，“给你备的口粮，猪肉脯果粒橙康师父猴菇饼干都有，还有，不止五千个，老傅让你监视每一条回复的IP，并且锁定他们的地址。森林，你最近有没有说老傅坏话？”

这么大的工作量全分给一个人，邢菲真怀疑陈森林是不是做了什么让老傅不高兴的事了。

“没有啊。”

“也没惹他？”

“没有。”

“你没在背后说我坏话吧？”邢菲一指陈森林。

“我不爱说话。”陈森林哭丧着脸，大清早这是怎么了。

“那就好。”她叹着气，那可是五千个啊，哎……

陈森林低头扒拉着那包吃的：“你们呢？今天做什么？”

“郑植他们继续排查高档公寓，我和老傅去资料室。老傅说在阚泽西的那群熟人里找找线索。”

“小飞侠，这个猴菇饼干怎么是‘江申’牌的？”

久久没人回答。

邢菲早走了。

五楼，档案室里，傅邵言早已经研究起资料了。

“这么多？”邢菲揉揉腕子，在他对面坐下，而搁在他们中间的是一摞足有半米高的资料。

“不止呢，这儿还有。”哼哧哼哧的声音从门外传来，紧随其后的是个熟悉的声音。

“加上这些才是当初7·18案的全部资料。”才放下手里那一大摞，肖白脸一屁股坐在了邢菲旁，“需要什么资料再和我说。”

“是你啊。怎么这么多？”邢菲拿起最上面一本笔录资料问道。

“当年的案子很大，一共发动了省市县近五百名警力参与，调查范围也大，包括了被害人的家人邻居学校，总之是一切的关系网。”

“哦。”

看完手里资料的第一页，邢菲就已经了解了，那个被切断心脉死亡的学生，他爹是某校校长，难怪这么兴师动众。

窗外，太阳照着白雪，窗内，邢菲和傅邵言头对头，安静地看着资料。

看了一会儿，傅邵言抬起头：“看起来，还是要找块白板。”

这么多的关系，他需要画一个结构图。

“我去。”肖白脸正愁没地儿帮忙呢，闻声便朝门外窜。

手还没碰到门把手呢门就开了。

陈森林额角带汗、气喘吁吁站在门口：“论……论坛上有情况。”

5

距离“幸存者”发帖已经过去十五个小时。

早上八点，早高峰的余威在积满雪的马路上迟迟不去，车流迟缓，有点像因访客太多而点击迟钝的论坛网页。

陈森林坐在电脑前，指着屏幕对身后几个人说：“这是发布在今早六点的一条留言，访客‘无头氏’说：高二（3）班徐向北，去那边见他们五个。”

留言转行，分别写着7·18五名被害人的名字——陶笛、蒋凯、蒋恩、陆帅、周江河。

“‘无头氏’这个名字听着毛毛的，还有‘徐向北’，这个名字耳熟，在哪里听过。”邢菲眉毛纠结成了两条麻花，撑在桌前的身子跟着拧劲儿。

“是阚泽西的同学。”

“是阚泽西的同学。”

“阚泽西的同学。”

几乎是同一时间，陈森林、傅邵言和郑植说出了同一个答案。

“郑队？来得真快。”邢菲回头看了眼急匆匆而来的郑植，吐吐舌头。

“他是有名的大长腿。”傅邵言拍了邢菲一下，“徐向北的笔录在我这边，不过你那里的几本应该提到过他。”

“森林你又没看资料，怎么知道？”

“帖子上写的。”鼠标点了几下，页面在刚才的位置下滑了几寸，果然，如陈森林所说，停住的地方有几条留言点明了徐向北的身份。

邢菲“哦”了一声，默默记下，眼神光好还是远远不够的，还要快。

“‘无头氏’很可能是阚泽西，徐向北是他下一个目标。”郑植“嘿”了一声，拿起电话，几句话做好了安排，“我带队去找徐向北，Golden 和邢菲也来，陈森林原地跟进论坛消息，有情况随时报告。”

邢菲点点头，又摇摇头跑开：“我去复印点档案，带着路上看。”

郑植看了傅邵言一眼：“够积极的啊？”

默了默，他又叹气：“阚泽西果然还有后招啊。”

紧赶慢赶还是迟到了。

邢菲捧着资料，风风火火跑出楼梯口，身后跟着气喘吁吁的王胖子。

“我说你倒是慢点啊。”

就这么喘着、喊着，总算来到了勘察车前，他扶着车门，张着已经喊干的嘴冲车里“喊”：“你……就不能照顾照顾胖子的脚速吗？”

“这不是急吗？”胡乱理好手上的资料，邢菲长出口气，抬头朝王高冷咧嘴一笑，“下次一定照顾。”

见她态度这么好，前车也在催，王高冷摆摆手，走了。

“和他熟了？”闭目养神的傅邵言眼睛撇开条缝，看了邢菲一眼。

“路上我把资料弄散了，胖子帮我捡来着。”邢菲本来也很少会讨厌一个人，“我拿了白纸，代替白板。”

“那我们先列下人物关系吧。”

“嗯。”邢菲叼紧笔帽，边翻资料边写了起来。

案件分为五年前和五年后两部分。

五年前涉及人物有凶手阚泽西和五名死者——陶笛、蒋凯、蒋恩、陆帅和周江河。

1. 阚泽西（凶手）：案发时十七岁，就读于安平一中高二（1）班，成绩班级倒数，同学老师眼里公认的差生，性格乖戾易怒，单亲家庭，有个精神病的母亲，在校时曾经因为私藏刀具、殴打同学等被多次记过，具有明显的反社会型人格，其中那次殴打对象是 7·18 案件中的死者之一蒋凯。

2. 陶笛（死者之一）：和阚泽西、蒋凯同班，班长，成绩优异，性格温厚，同学关系良好，父亲是某高校领导，母亲在药厂工作。尸体被发现时尸身叠在其他几人之上，致命伤在背部，属于锐器造成的穿透性心脏外伤引起的休克性死亡，凶器是把长度在15厘米左右的锐器，髋骨下沿有轻微的皮下出血，掌心有擦伤。事发前曾因课业问题同阚泽西发生口角。

3. 蒋凯（死者之一）：和阚泽西、陶笛同班，与在（2）班的蒋恩是双胞胎兄弟，蒋凯是哥哥，蒋家从商，蒋凯的姑姑在一中任课，蒋凯在班里担任体育委员，是老师眼里公认的好孩子，另外两名死者陆帅和周江河就是和他相熟。髋骨下沿有皮下出血，死因溺亡，死亡环境，淡水。

4. 蒋恩（死者之一）：就读在高二（2）班，性格较蒋凯内向，喜欢计算机，和哥哥蒋凯形影不离。死因溺亡，死亡环境，同蒋凯。除此之外，在蒋恩的左手臂上有大面积皮下出血，髋骨下沿同样有皮下出血。

5. 陆帅（死者之一）：蒋凯朋友，镇南中学高三（2）班学生，计算机特长生，死前已经保送南明省重点大学，死于多次重击下的颅脑损伤，凶器为前窄后宽梯形钝器。髋骨下沿有着其他几人都有的少量皮下出血。

6. 周江河（死者之一）：陆帅的同班同学，死于缺氧性窒息，左右手腕有条状皮下出血，背部有两片明显的卵圆形苍白区，这是死者生前背部受压迫，在压迫结束后死者已经死亡，毛细血管的血不再回流造成的。从周江河的脖颈处提取的化学物质看，他是被塑料袋套头，窒息而死。他的髋骨下沿同样有伤。

写到这里，不知行驶了多久的车一个急刹，停了。

邢菲收笔："所以有两个嫌犯的说法因为这个变得确凿了，一个凶手给周江河套上塑料袋，另一个禁锢住他。"

"这是当初的论断。"傅邵言拉开滑门，轻跳下车，回身手举在了车沿下。

"你的意思是有可能推翻？"邢菲跟着跳下了，才写好的东西被她板板整整放进包里。

"真相在揭开前都有无数种可能，每一种可能的背后都可能是真相。"

"老傅，你说这种深奥的话时特帅！"

"以前给你们上课时我就常讲。"

"嗯，那时觉得你可烦了。"

脚下一绊，这差别待遇也真让他无奈。

目的地就在眼前。

二楼东侧是徐向北的家，出租屋，郑植废了好大劲儿才找到这里的。进楼前，另外两组人已经分别在徐向北的单位和从他家到单位的这段路上安置了。

"徐向北，在一家民营企业做技术工作，与阚泽西和几名被害人同班，7·18发生时曾配合录过笔录，和几名死者关系亲密，家里一父一母，父亲前年脑血栓发作，有后遗症，家庭属于普通工薪阶层。我安排了人去他单位，我们来他家这边看看情况。”郑植边解释边上楼，终于停在五楼一家住户前，“这里。”

手都还没放在门上，一个满脸皱纹的老人已经开了门，门外的阵仗让他微微一愣，也仅仅是一愣，就自顾抿嘴朝外走去。

“大爷，我们是市公安局的，有些情况到你家了解下。”郑植解释道，一并出示了证件。

出人意料的是，老大爷看也不看他，只顾自己下楼。

这是怎么回事？郑植一脸不解：“跟个人去看看。”

他回头继续对着紧闭的门板耐心敲了起来，可无论他怎么敲，门这次始终没开。

这是怎么回事啊？正不明所以着，被派去跟老头的人回来了，一同带回来的是个老太太。

“这是徐向北的妈。”

“大妈，我们想见见你儿子徐向北，和他了解下情况。”

“我儿子……”老妇人眼神一闪，“他去上班了。”

“我们能进去看看吗？”

老妇人犹豫了一会儿，终于点点头。

钥匙插进锁孔，门随着打开。

那是间一室两厅的小居室，客厅对门，南北两向是一大一小两个卧室，分别关着门。老太太指着北面那间：“我儿子住那儿。”

郑植点头，朝身后的同事使了个眼色。

人有条不紊、鱼贯而入。

邢菲最先进了徐向北的房间，才一进去就被飘满房间的一股怪味弄得紧紧皱起了眉，有点像种药味，有点难闻。

手举在鼻子前扫了扫，邢菲蹲下身子开始仔细观察这个房间。老傅说过，凶手会把他的性格投射到他的杀人手法里，那么被作为目标的人，他的生活习惯或许也能反映出他被盯上的原因。

徐向北的床铺物品脏乱，多积有灰尘，说明他是个不自律也不自信的人，这种人能在什么地方得罪人呢？

她继续看。

房间里除了一张床外再有就是个电脑桌，屏幕关着，主机箱发着运作声。她走过去，按亮了屏幕，荧绿的界面慢慢亮起，页面竟是傅邵言昨天发给她的那个帖子。

邢菲打个激灵，撑着椅子想坐下来仔细看，这一撑不要紧，她发现了一件毛骨悚然的事，布艺靠椅上，还残留着温度。

徐向北才离开不久。

有了这个发现，她快步冲出了房间。客厅里，郑植在接电话。

“什么，你说徐向北已经辞职半年多了！”

“他是把原来的工作辞了，现在在做其他工作。”老妇人局促地搓着手，神情竟是一脸痛苦。

邢菲走过去，拍着她的肩：“大妈，我们在调查一起案子，你儿子现在有危险，我知道他才走，你要告诉我们他去哪儿了，不然后果不堪设想。”

“我想我知道他去哪儿了。”一直留在客厅默默观察环境的傅邵言缓缓地推开另一间房的门，“我们刚刚才见过徐向北。”

他从冰箱上面一个不起眼的地方拿起一个药瓶：“缓解获得性松弛症的药。”

获得性松弛症？邢菲默念着这个名字，眼睛不由得看向房内。

窗帘紧闭的房间床上，躺着一个目光木讷的大爷。

刚刚在门口那个人！

邢菲捂住了嘴。

“什么不堪设想？我儿子是遇到什么麻烦了吗？”老太太懵懵懂懂，却从一众人的神情上看出了端倪。

第三章　停摆的电梯

1

找遍整个小区也没见徐向北的影子，就像个光速飞行的星体，一眨眼，他就没了。

“警犬和痕迹专家呢？”郑植站在楼道门口，看着茫茫雪地上的纷乱足迹。

“联系过了，在路上。”随行警员也急得满头大汗，“队长你别急。”

他怎么能不急？不耐烦地叉起腰，郑植后退一步，没想到就是这一步差点踩到个人。

“干吗呢，小飞侠？”郑植看着半蹲半伏，身体几乎贴在地上的邢菲，收回了脚。

“试着分辨足迹。”邢菲蹙着眉，专心致志看着蔓延进雪地的纷乱足迹，“老傅他不会。”

郑植看向一旁的傅邵言，后者点点头，这个真不会。

哎，也有师哥不会的东西，叹息之余，郑植把希冀的眼光投向了邢菲：“看出来什么了？”

“没有。”邢菲实话实说，“这里的足迹太多了，不过，闲着也是闲着。”

看来只有寄希望于警犬和专家了。

正当郑植焦急地望着小区门口时，王高冷迈着摇摇晃晃的步子从另一个方向走来了，他打声哈欠，右手大拇指朝后一扬：“徐向北从侧门出去的，上了辆计程车，剩下的就得靠你们查，你们追，我没劲儿追了。”

说着，他一屁股坐在地上，连呼带喘。

“你怎么知道的？”

王高冷看眼问话的郑植，哼了一声，仰头凑到他裤脚旁闻了闻：“早饭在街角牛肉面馆吃的牛肉面，多加葱花，还加了两个蛋，我闻得对不对？”

郑植梗了一下，再什么也没说，指挥着人去追徐向北了。

王胖子得意地看着去忙活的郑植，肥肉隔着警服起伏，冷不防发现面前悬了另外一张脸。

“你真是闻出来的？”

“这是我的看家本事，鼻子灵，别人学不会。”

“狗的嗅觉灵敏度是人的一百万倍，如果你真闻得出徐向北逃跑的方向，那我要把你送去省里。”

“干吗？”

“解剖，探寻人体嗅觉奇高的秘密。”邢菲两眼放光。

“要珍爱胖子！”王高冷跳起来，躲瘟神似的躲着邢菲。

可邢菲哪是他想躲就躲得开的，没一会儿，王高冷便气喘吁吁地认了输，举手道：“好了好了，我是从足迹看出来的。”

得逞的邢菲朝傅邵言眨眨眼。

原来一个人的足迹能有这么多说道：足迹的造痕体、承痕体以及形成足迹的力，奔跑的人足印前后重、中间空，后蹬痕明显；跛脚的人足迹有边侧倾斜，鞋底磨损度及分布能反应穿鞋人的行走习惯……

所以在不清楚徐向北穿的是哪双鞋的情况下照样能进行足迹追踪，因为他后来是在跑。

“胖哥有两下子，又学一招。”邢菲合起本子，“不过我还是想不通，徐向北看了那个帖子，干吗还要跑呢？难不成，我们比阚泽西还吓人？”

说不定事实如此。傅邵言看向窗外，被手融化出一点世界的窗外白雪皑皑。

雪有成灾之势。

几年未有的大雪在这天突袭了安平。

房间里开着暖气，室温却尤显低，邢菲从门外进来，连跺了几下脚，声音让房内的人停下了手里的活。

陈森林揉着脖子看向她：“回来了，怎么样？”

“就你？他们人呢？”

邢菲口中的这个“他们”指的是早前还在这间房的专案组几人，包括老傅。

陈森林朝门外楼梯努努嘴：“阚泽西藏身的公寓找到了，人跑了，他们在开会讨论，让我在这儿继续监控论坛。”

邢菲点点头：“阚泽西就是‘无头氏’，你的工作很关键呢。”

在那一男一女死后的第五天，警方终于找到阚泽西的藏身地，一间屋主临时外出的高档公寓，关于屋主的信息在警方首轮排查中被忽视了，所以这个藏身点直到今早才被发现，邢菲就是才从现场参与完毕现场勘查后回来复命的。

“也不知道阚泽西为什么杀那两个学生，他们不同届，更不会有交集。”叹声气，她说起正事，“对了，除了登录信息，有别的发现吗？”

“其他数据都是清空的，联系了屋主，他有清理数据的习惯，保险起见，技术部在进行数据恢复，看有没有别的发现。”

“嗯，老傅说出事的人和这个论坛有关，你要跟踪IP，又要筛选可疑信息，任务很重。”邢菲有点同情陈森林，她撑着椅面，身子前倾，“老傅说帮你调帮手，干吗拒绝啊？”

“不重，我编了个程序，对IP的登录地址和次数进行监控，剩下的时间就是留意可疑留言了。”

为了监控IP，专门编了个程序？！

邢菲拱了拱手——牛。

“论坛有什么动静吗？无头氏出现了吗？”

“没有，就是有几条说徐向北已经死了的，再有就是安平一中的一些八卦，说一中有人被强奸，有人组织小团体和外校打架，打死过人，还说阚泽西是领头的，郑队调查过，无稽之谈。网民就爱瞎起哄。不过，他们让我查徐向北的电脑，还真被我发现了一个秘密。”

“什么秘密？”

“我进了论坛后台，调阅了他的登录时间，发现五年前他也是图灵论坛上相当活跃的一个人，自从发生那件事后，他就再没登录过这个论坛了，新一次登录就是这次，在讨论帖里。”

“被诅咒的‘图灵’？”邢菲皱着眉，想起之前听来的那句话，“老傅怎么说？”

“啥也没说。”

一场大雪淹没了徐向北的行踪，警局的人无功而返。舆论都在说徐向北已经遇害，大部分人在指责警方办案不利，这给了上方很大压力，上面敦促局长，局长压郑队，所以几个人又凑在一起开会了。

“你也上去看看吧。”

“好。”邢菲也正有此意，拿着资料出了房间。

阚泽西的案子，头疼的除了警方，再有就是安平一中的现任校长刘国庆了。

雪成灾，围堵在校办的记者也成灾。

他不懂，一个他还没在任时期就入狱的劣迹学生和他有什么关系，他不了解、更不知道啊！可是没办法，谁让他是一校之长呢？对记者他可以躲，警察找上门，这就不能躲了。

长长地叹声气，刘国庆从老婆手里接过外套，罩在已经发福的身躯上，摇晃着钻进电梯，比起一中那台一天到晚总是坏的电梯，他住的这栋高层住宅，电梯不知要好上多少倍。

叮的一声，电梯开了，他望着空无一人的二十三层，按了一下关门键。

电梯继续下行，二十二层，电梯门再次打开。这层楼的灯坏了，走廊里黑黢黢的，没一点光亮，他嘴里骂骂咧咧说了句什么，心想是谁搞的恶作剧，正准备按关门键，一声咕噜的响声从看不见的地方传来，有点像夜猫叫，心里本就有事的他打了个激灵，狂按按钮。

不知道是哪家孩子搞出来的恶作剧，竟然层层停，从家里下到一楼，刘国庆已经是心惊胆战了。

外面雪已齐膝，几个身穿橙黄褂子环卫工人拿着雪具正忙着扫雪，他走到车位，扫了两下车上的雪，钻进车里。

顺着一条被清扫出来的路，车子一路驶出了小区。

离助理通知他的那通电话，时间已经过去半个小时了。

这边的碰头会上，傅邵言、郑植和专案组的几个骨干确定了阚泽西案的几个方向：阚泽西的作案动机，菌丝的含义、来源，再有就是他们预感这次的受害人将不止目前这些，阚泽西通过什么选定受害者。而想弄清这些，他们兵分几路，其中一路去了安平一中。

在接待处等了好久，刘校长终于姗姗来迟，他双手合十，不住地作揖道歉：“积雪太厚，路难走。”

郑植说：“我们是想调查一下徐向北和阚泽西的关系，看你们这能提供什么资料。”

“没问题，没问题，去我办公室说。”刘国庆做了个请的姿势，引着几人朝电梯方向去。

“你们学校楼不高，设备不错，还有电梯。”郑植坦言。市局七八层的高楼都没电梯，领导美其名曰——强身健体，爱上爬楼梯。

“没有，老家伙了。”刘国庆指着正在维修梯的工人说，“三天两头出毛病。”

说话间，他把几人让进了电梯。

邢菲、傅邵言、王高冷、郑植和随行的记录员陆续走进电梯，等刘国庆和助理再进去时，电梯竟发出警报声。

“还是没修好啊，这电梯就是能装七个人的。”

“校长，你是不是又胖了？”女助理呵呵笑着。

刘国庆掩掩肚子，有些不好意思：“咱们换换位置，把电梯受重搞平均了就好了。”

几个人依言照做，电梯却仍然在响。

“不对头。”傅邵言突然出声。

邢菲：“怎么了？”

郑植也看着她：“怎么了？”

傅邵言不作声，眼睛终于停在电梯顶盖上。LED 小灯管环绕的顶盖扣得严丝合缝，不仔细看根本无法发现夹缝里什么时候多了一截塑料布。

“电梯超重了。”

一句话让忙着找重量均衡点的刘国庆停下来，一脸委屈：“我还没到二百斤呢。”

傅邵言摇摇头，指指头顶。

第八个，在上面。

2

随后赶来的技术人员踩着梯子，小心翼翼取下顶盖，那截被夹在缝中的塑料膜被顶盖一带，扯出了里面的一截。

一只绿色的人手!

留在现场录口供的刘国庆不小心一眼看到，妈呀一声，晕了。

这还得分出人手给他做急救。

郑植接完电话回来看着这一团乱，愁容写了一脸：“那个维修工人就是阚泽西，他从我们眼皮子底下跑了。”

他们的人需要梯子才能上去，阚泽西何尝不是。

等他想明白，派人去追，人早没影了。

郑植忍不住爆了句粗口。

“上面来的（电话）？”傅邵言看一眼电梯里，又看一眼郑植。

“不然呢？”郑植撇撇嘴，也注意到了电梯里的情况，“怎么回事？杨呢怎么上去了？”

他眼见着技术科的人上了梯子又下来，站上梯子的人成了杨呢。

“空间不够。”局里的技术员长得人高马大，一个上去勉强，还要和具尸体挤在一起就有点……鼻子沾了灰，傅邵言抬手蹭了蹭，“下次别那么老实，这么早说阚泽西跑了的事，领导问责，影响心情，案子还是要你办。”

“师哥你还是一如既往坏坏哒！”

傅邵言呵呵一声：“你没加个‘更’，看来我还有上升空间。”，

说完他不再理郑植，而是扭头朝电梯走去了。

继杨呢钻进电梯顶后，邢菲也登上了梯子。

“我俩个头小，正好。”见痕检员孩子固执，邢菲勾手指，“足迹灯递给我，这儿味道太冲，要速战速决。”

也许真是那味道太记忆犹新，痕检员不再执拗，乖乖递来了工具。邢菲扣紧面具，腿一蹬，利落地进了方洞。

上面是另一番天地。

黑。

直达上天。

原本明亮的光线一旦进到这里，竟变得模糊而飘忽，臭味四溢的地方，躺着那具幽绿而肿胀的尸体。

污绿色的静脉血管像藤蔓树枝似的爬满死者全部皮肤，衣服因为尸体的膨胀挣裂着。覆满菌孢的脸上，浑浊成一团的眼睛就那么圆鼓鼓地对着她，像要向和她诉说什么。

嗜灵也被染成了绿色。

杨呢就在尸体旁，手拿毛刷，正在安静地操作。

“好久不见啊，羊。”邢菲打着招呼，也拿起根毛刷，说是好久，其实就几天，不过对同处一队的两人而言，这也是很奇怪了。

“痕检这块我不大熟，你咋样？”说话的依旧是邢菲，而那只羊依旧默默做这事，没搭茬。

“小飞侠没事吧？”呼声来自脚下，是关心进度的痕检员。

“没事。”邢菲应了声，像她和杨呢之间根本不存在那种不和谐的尴尬一样，开始了她的痕检初体验。

“这边该用什么粉末？”邢菲看了眼杨呢，哦了一声，秒懂。

时间就这样在邢菲偶尔的一声问话里一点点过去了。

半小时后，两人收手。

灰尘减层痕迹三处，一处指印，没有指纹，凶手戴了手套，另外两处对称在直角两侧，形状类卵圆，纵长 2 厘米，横向 1.2 厘米，另有一片拖拽痕迹，逆向的……

杨呢欠了欠身，和邢菲在这个鬼地方闲庭叙话显然不是她想的，她掀了掀尸身，这个大块头挡路了。

不料越怕什么越来什么。

只听邢菲呀了一声，杨呢看着自己还没收回的手，再看看被尸体“吐”了一手的邢菲，脸一僵，说：“我和你可不是‘我们’。”

而她这一声，也被下面的人听见了。

将错就错，索性划清了界限吧，反正她也不想和谁有什么瓜葛。

这么想着，杨呢昂着头，在众目睽睽之下下了电梯。

“通知徐向北的家属过来认尸吧。”她冷冷地说。

徐向北的老妈已经离开停尸房有一会儿了，耳边响着地仍然是那嗡嗡哭声。

儿子上学时就挨阚泽西欺负，家长的当时怎么没见出声。杨呢撇撇嘴，一个人默不作声完成了解剖，邢菲也没回来。

杨呢摘着手套，感觉着来自录像机方向不友善的目光。说实话，这种目光她不知接受过多少，和往常一样，这次她也没在乎。

“走了。”她面无表情地朝门口走，冷不防门帘一掀跑进来一个人。

邢菲好像汗人似的跑进来，嘴里吐着粗气，衣服上沾得污渍经过简单清洗，痕迹浅了许多，味道依旧恶臭难闻。杨呢扬了下下巴：“结束了。”

“就结束了啊。”邢菲很失望，她以为至少能赶上个尾巴呢。

“不然呢？”

绕开邢菲，杨呢继续朝外走，不料邢菲竟跟屁虫似的跟了出来。

“死因是什么？致命伤在哪里？”

“擅自离岗的人会对这个有兴趣？我不觉得。”杨呢继续向外走，丝毫不理这个邢菲。

走廊里，殡仪馆的灯光冷若霜雪，傅邵言站在最近那盏壁灯旁，脸色幽然，见杨呢出来，他脚一横，挡住了杨呢。

“说吧。”这句话是对邢菲说的。

“我去检测电梯顶的温度了，因为空间相对封闭，机器老化，轴承间缺乏润滑，电梯顶的平均温度能达到二十五度，这个温度标准介于春夏之间，巨人观的形成时间夏天是两至三天，春秋三至七天，加上我在电梯的起降钢缆上找到了一些衣物纤维和人体组织纤维，可以提取徐向北的衣物和DNA做比对分析。”

“你回电梯间了？”杨呢又开口了，难得的是，这次不是挖苦。

“查这些有什么用。”好吧，还是有点挖苦。

“那能证明尸体在电梯里不止一天，还可以从死后伤推测出他大约被放进电梯的时间。”

“死者颅骨粉碎性骨折，多处内脏破裂，耳鼻口有出血、眼睑皮下有青紫色出血，死因是高空坠落，他可不是被‘放’进去的。”好像在说邢菲做的这一切都是无用功一样，杨呢迈开步子走了。

“桌上有香菜，臭死了。”走时，杨呢一同扔下这么一句。

“瞧吧，我说她这人不坏。”邢菲凑到傅邵言身边，望着杨呢的背影，小声说。

香菜能去尸臭。

说不出为什么，邢菲对这只“冷冰冰”的羊就是有种好感，哪怕她那么傲气。

“徐向北的家人走了吗？”

傅邵言摇摇头，不止徐向北的家人没走，其余几个受害者的家属也都赶来了，想想那一双双泪眼，傅邵言心里也少有地开始难受。

“不管怎样，先弄明白他下手的原因吧。”至少到现在为止，除了那对情侣外，傅邵言可以肯定的是，其余几个受害者都喜欢玩电脑，而且都来自图灵论坛。

这个论坛究竟藏着什么秘密呢？

邢朗这几天忙着接待江都来的访问团，几项合作也到了谈判的节骨眼，忙得焦头烂额，已经几天没回家了。

终于，这天开完会，司机把他送回家，一进门，除了潘喜正在擦柜子外，其他人竟没一个在家的。

“人呢？”

“那呢。”潘喜朝沙发前一指，邢朗放眼一看，电视啊！

邢菲竟然上电视了。

电视里，一名男警员一身警服，正朝电视外的邢朗行着军礼：“关于案情进展目前还不方便透露太多，不过线索方面，我们已经取得了重大突破，还望广大市民中有了解或认识疑犯的人积极向我们提供线索，更请大家留意我手中照片的人，一旦发现他的行踪，请第一时间拨打我们的举报电话……”

在男人不远处的身后，另外几名警员正对一件东西激烈讨论着什么，邢菲在列。

“这个丫头！一点警惕性也没有！还有那群记者也是，采访就采访，也不注意清场！就这样被照进电视里，多危险！”直到画面切到下一条新闻，邢朗关了电视。

窗外传来簌簌雪声，又开始下了。

潘喜擦了会儿，发现沙发上的邢朗始终默不作声，不免回头看了一眼：“少爷，你是在担心吗？”

半晌传回一声低低的“嗯”。

城市另一端，隐藏在万家灯火中的一处普通民宅里，门旁的鞋架上放着催缴电费单，撕扯留下的毛茬还是新鲜的。

屋主欠费 60.03 元，择日停电。

穿过过道，客厅应景的闪烁昏暗，光源来自墙壁上的电视机，画面一帧帧变换，无声地映亮屋角那人的背。

直播的新闻开到静音，阚泽西没回头看，因为上面播出的内容他一早就知道。

新线索？无非就是发现了他和徐向北的关系了嘛。

他看向电脑，绿色的论坛界面停留在一行文字上——

网名“捕蛇者不说”发言时间 14:35:01

发言内容：我记得在一中时，阚泽西有次就差点把徐向北推下楼。

是啊，这件事他也记得，所以当初未完成的，如今要一件件完成才对……

他笑了，张开手指在键盘上一阵按动，黑色的编程界面上，光标飞速下行，最后定格在一串数字上。

192.102.X.X

“捕蛇者不说”的 IP 地址。与此同时，另一个页面的城市地图上，红点定格在了一个街区。

他找到了“捕蛇者不说”的地址，不止如此，他还知道许多事情，譬如，警方内部有人和他一样，也在找这些失落的 IP……

电脑屏幕一角，亮着 QQ 界面，上面没有好友，有的仅仅是个群组，成员八人，那几个略显中二的网名背后分别是陶笛、蒋凯、蒋恩、陆帅、周江河、徐向北，以及……他另外的目标。

7·18 案件人物关系图　邢菲绘

五年前

陶笛（死）

高二（1）班班长，成绩优异，同学关系良好，父亲是某高校领导，母亲在药厂工作。死于锐器造成的穿透性心脏外伤引起的休克性死亡，凶器长 15cm 左右，髋骨下沿有轻微的皮下出血，掌心有擦伤。

阚泽西（凶手）

案发时 17 岁，高二（1）班，成绩倒数，单亲家庭，母精神病，因私藏刀具、殴打同学被两次记过。殴打对象是死者之一蒋凯。

蒋凯（死）

高二（1）班，蒋恩的双胞胎哥哥，有个姑姑在一中任课，另外两名死者陆帅和周江河就是和他相熟。死因溺亡，死亡环境，淡水。髋骨下沿有皮下出血。

蒋恩（死）

高二（2）班，性格内向，酷爱计算机，和蒋凯形影不离。死因溺亡，死亡环境，同蒋凯。此之，左臂有大面积条状皮下出血，髋骨下沿同样有皮下出血。

陆帅（死）

蒋凯朋友，镇南中学高三（2）班学生，计算机特长生，死前被保送南明省重点大学，蒋凯的朋友，死于多次重击下的颅脑损伤，凶器为前窄后宽梯形钝器。髋骨下沿有少量皮下出血。

周江河（死）

陆帅的同班同学，死于空气缺氧性窒息，左右手腕有条状皮下出血，背部有两片明显的卵圆形苍白区，生前背部受压迫。死于窒息，凶器是成分为 PHD452 型的塑料袋。髋骨下沿同样有伤。

五年后

顾义彦（死）

绿岛监狱狱警，颅脑外伤造成的脑出血死亡，凶器 A5023 型女式自行车车座，死时脸上覆有菌丝。

乔声（死）

男，安平工程技术大学大一生，计算机系，死因同顾义彦，死时半边脸覆有孢子菌丝。与阚泽西无交集。

方承焕（死）

女，安平工程技术大学大一生，外文系，溺亡。与阚泽西无交集。

徐向北（死）

阚泽西同学，原就读高二（2）班，死因高空坠落，死时脸部有凶手后放置的成熟孢子。

3

因为邢菲的意外出镜，邢朗专程打了通电话骂她。

意外的，邢菲竟没有回嘴。

她回了声知道了，竟就这样挂了电话。

这让邢朗格外无力，好比他出了组组合拳，原本以为对方至少能拿团棉花来挡一挡，没想到最后棉花也没有，让他对着空气白白挥了半天爪子。

“这丫头，怎么就不知道什么是危险？还敢上电视？”邢朗如是说。

邢菲不是不知道哥哥的担心，可入镜完全是个意外，她当时正在向同事求证一件事。

时间回溯到五小时前，天上没有太阳，阴天的办公室无论开多少盏灯都无法驱散房间的那份沉重。

又一次专案组碰头会。

因为邢菲没有参与解剖，关于尸检部分，这次是由杨呢发言。

“……所以死者死于高空坠落。另外死者指甲有多处断裂，第十二根肋骨断为三截，骨折处有大量出血，模拟出当时的现场情况就是凶手将死者或骗或逼到电梯口，电梯门开的瞬间，死者发现电梯间是空的，拒绝进入，并用手抓紧电梯两侧，无奈被凶手连踹数脚，最终坠楼死亡。”

“没可能是不慎坠楼造成骨折吗？”

杨呢抬头看了一眼问话的警员，端起杯子去一旁喝水，不再理会了。

这态度！

傅邵言歪头碰了碰邢菲：“你知道吧？”

“差不多吧。”

“知道就说说。”

邢菲也没客气，张口就来：“第十二根肋骨是人体十二对肋骨中最短、柔韧性也是最好的，前端游离腹腔中，普通的震荡不会让它发生断裂，即便高坠伤造成了它的断裂，也只可能断成两截，三截的可能只有在它多次受力的情况下。”

一片哦声中，邢菲看了眼杨呢，只见后者端着杯子，正认真喝着水，并没挑刺的迹象。

其他组的组员开始汇报各组情况。

因为徐向北出事，警方不得不再次调查几名学生当年的关系。

一组的组员说着他辛苦得来却乏善可陈的资料：“我们询问了当年高二（1）班的班主任，和五年前一样，她说陶笛、蒋凯、蒋恩是乖孩子，和阚泽西间不存在结怨的可能，而阚泽西却是个典型的坏同学，是班上一霸，案发前老师已经几次想劝退他了。高二（2）班的班主任移民了，还在联系，当时在任的校长一年前心脏病去世了……”

“一班的班主任教二班课程吗？”傅邵言问。

被问的人低头翻翻资料：“他们都是教数学的，按照道理不会，不排除偶尔代课。”

“代课老师能准确说出一个他接触机会不多的他班学生吗？”

“是啊。”邢菲也想问。

“他班？”小警员挠挠头，“我说的这三个人都是一班的啊。”

“蒋恩是二班的。”

“一班的啊。”

“二班的。”

小警员低头确认：“的确是一班的。”

因为这个问题，傅邵言和邢菲与刑警们争论起来，也是意外。

郑植连喊了几声，算把这场意外的争论不得不强行打断了。

郑植说：“其他组有什么发现没有？”

“乔声和方承焕没什么疑点，两人成绩都不错，女的漂亮，有些招人，但风评看是个安分学生，学生关系我们继续跟进。”

“还有吗？”

陈森林举手：“论坛出现疑似阚泽西同学的留言。”

他翻过电脑屏，绿色的论坛界面上，“捕蛇者不说”的留言被推到众人面前，“我们是不是该深挖一下阚泽西的同学呢？他们或许知道什么。”

一个人的记忆可能出错，两个人的记忆可能出错，白纸黑字落在笔头的东西怎么就会出错呢？邢菲无论如何都想不通了。

她看着自己画的关系图，无法理解，蒋恩明明是高二（2）班的学生，怎么就成了如今的高二（1）班了？从得知这件事起，她就四处问人，以求佐证。

她这副样子落在王高冷眼里就透着傻气，倒背着手劝阻无果，他也就懒得多说，跑去一旁游说傅邵言了。

王胖子问：“她怎么总对不用较真的事情这么较真呢，你也不管管。”

傅邵言回：“可的确有问题啊。”

不是她坚持，现在去问的就是傅邵言他自己了。

胖子看着一脸认真相的傅邵言，摇摇头溜了。有这工夫他不如找地方睡一觉呢，和一个呆子磨牙，当他傻啊！

目送走王高冷，傅邵言站在原地思考了一会儿，远处的邢菲还在和刑警队的队员们纠缠。

傅邵言朝手心哈了口气，雾茫茫的天地里，邢菲那张较劲的脸怎么瞧怎么好看。

已经接连问了几个人了，得到的答案都是——蒋恩是高二（1）班的学生，邢菲彻底迷茫了。

“有什么好奇怪的，这个关系图是你自己画的，肯定是画错了呗。行了行了，快别说了，都入镜了。”刑警队的一个人指着不远处正在做采访几个人，忙招呼着邢菲快闪。

真是她画错了？邢菲还想问，却被人拉了一把，离开了。

“他说得对。”走到僻静处，傅邵言这才放开手，指着远处的摄影师说，“警员入镜有可能被犯罪分子盯上，带来危险的。”

“干这行本来就有危险，选专业前我哥不知和我念叨多少遍了，再说你去拉我，你不是也入镜了？”

“我没关系。”

“我也是啊。”

“倔丫头，还是小心点好。”雪花缓缓而落，傅邵言站在院里雾凇之下刮了下邢菲的鼻头，“问出点眉目了吗？”

邢菲摇摇头：“都说是高二（1）班的，奇怪的是我去翻底本，也是高二（1）班。我都怀疑是不是我抄错了。”

“你没错。”冰天雪地中，杨呢的声音干巴巴的，她站在离两人两米远的地方，手插口袋，小小的脸冻得通红，“我也记得蒋恩是高二（2）班的，我的记忆力不会出错。”

那么，目前的情况是他们三个和远多于自己的人站在对立面，究竟是谁弄错了呢？

一定是哪里出了问题，傅邵言想。

这个问题困扰着三个人，而郑植却被另一个问题困扰着。

不知是谁在网上发表了关于阚泽西下手对象的言论，现在每天都有无数在安平一中就读过的学生家长带着他们的孩子来警局寻求保护，更不要说那些个死者家属了。

此刻的他揉揉额头，这个案子再不破，阚泽西再不缉捕归案，市局就要彻底沦为丧葬馆了，每天都有无数人在门前哭哭啼啼。

正心烦呢，一个小警员慌慌张张跑了进来，嘴里大喊着：“队长，出事了！”

此时的郑植真想回一句——队长没出事！

“阿弥陀佛。”这个最初并没被他放在心上的案子如今已经让他开始神经衰弱了。

“说吧，什么事？”

“刚才电视台安排来采访的摄影师在采访车上被人袭击了。”

4

雪停停下下，早已皑皑。出了警局大门，郑植朝东跑了几步便找到了停在院子里的采访车。王高冷念念叨叨地蹲在地上，在他面前躺着同事说的那个摄影师。

那人双目紧闭，面如死灰。

“伤哪了？”郑植问杵在一边的邢菲。

“乙醚吸入性昏迷，过一会儿就能好。”

“他在做什么？”他指着王高冷，不明白胖子蹲在地上撸胳膊挽袖子究竟想干吗。

“人工呼吸啊，我专程在卫校和小护士学的，一直没机会实践。”

“停止，找个帮手赶紧把人送进屋，这里太冷。”见王高冷蹲在地上没反应，郑植作势抬起脚。

“哎呀，去就去，动什么粗啊。”

王胖子念念叨叨抬着人走了，郑植站在原地奇怪：“知道是谁干的吗？”

“王高冷发现后叫了人，我们过来已经这样了。”傅邵言指着一旁正在检查录像机的记者，他们来时人躺在地上，录像机也跌在雪地里，王高冷正不知所措地搓着手。

“哎呀，怎么会这样！”突然而来的一声尖叫引得几人同时回头，只见记者捧着录像机，表情既懊恼又恐惧。

有人在电视台记者对警局采访录像的结尾多录了一段。

“是他。”

白茫茫地雪地上，阚泽西那张营养不良的脸被过分放大在镜头前，每次张嘴，哈气都会给镜头盖上一片白色。

“你们不是想知道我接下去要杀谁吗？告诉你们好了，他们是杜爷、安小主和格林。”他笑了笑，“试试看，你们能不能救下他们。”

雪花忽闪，笑声断续，镜头跌去了雪地上，咯吱咯吱的脚步声渐渐离去，世界慢慢沉默下来，火在几个人的胸膛里燃烧。

他跑来警局挑衅！

“局里的人手上没活的跟我去追！一定要把这个家伙追回来！王胖子不是会看足迹吗？一起去！”郑植这个暴脾气彻底被惹火了！他边挥手指挥着手下，自己也跟着加入了追踪阚泽西的队伍里。

只有傅邵言站在原地不动，低头像在想什么。

邢菲捅捅他：“怎么了？”

他摇摇头，望了还在摆弄摄像机的记者和他手里的东西一眼：“有些不对。”

哪里不对？

“我在想是不是该去找下陈森林。”

“去啊。”邢菲说着，拉起他就跑。

傅邵言跟在后面，人放风筝般被扯得东倒西歪，晃晃悠悠中他就想啊，他的女朋友算是被他带坏了？

陈森林坐在机房，被外面的人声吸引，正探头探脑。门一开，邢菲和傅邵言一前一后地进来。

他目视二人走到自己旁边坐下，有些摸不清情况：“怎么了？”

傅邵言说：“阚泽西的无头者 IP 是不是隐藏了？隐藏技术高吗？”

“高，他用的一种多重掩码隐藏，我也没查出来。”陈森林说着，不好意思地挠挠头，“Golden 你是有什么发现吗？”

“他在牢里待了五年，能用高级编码，刚刚那台摄像机也是。”傅邵言看了邢菲一眼，“JVC 今年产的新型摄录机，新增功能十二个，操作比老机型复杂许多，他会用。”

一句意味深长的换来邢菲和陈森林相视一愣：“会不会有人帮他？”

“那个女学生死的那间公寓里没有再多一个人的痕迹，电脑键盘也是，灰尘减层痕迹也是阚泽西留下的指纹，除非有人在旁边指导他，那种可能性太小。”

“所以……”

“他比我想象得要难对付，他不傻，甚至很聪明。”

当一个聪明人不愿意学习和努力时，事情就会变得相当可怕，没记错，他曾在考试里抄袭过。

当年，那几个上过论坛的孩子究竟经历了什么才引来了杀身之祸呢？

这个问题，没追到人的郑植也在想，他期待接下来见的这个证人能给他些线索。

他就是论坛上那个“捕蛇者说”，阚泽西的同班同学董方冰。

面前的白瓷水杯热气袅袅，氤氲开董方冰那张有棱有角的脸，他十指交扣，眼睛不带畏惧地看着对面的人。

“我的确看到他差点把徐向北推下楼，我还记得那是我们升高二后第一次月考，英语特别难，只有二班的徐向北一个人成绩过了 130 分，我那次也没考好，特心烦，就想去天台上透气，我们学校的天台有个门，我站在门外没进去就听见了徐向北的叫声，他是我们年级的英文学霸，平时会给我们录听力磁带，所以我对他的声音熟。当时听见他叫我就赶紧冲进去了。”

“进去后看见了什么？”问话员停下笔，抬头看看他，“喝口水。”

董方冰点头，拿起杯，环在手里却没急着喝，温度隔着杯身一波波涌进身体里，他微微皱眉，像在回忆一件特别不可理喻的事。

“阚泽西比我还小一岁，我想不出为什么他敢把徐向北往楼下推，那么狠。”他晃晃脑袋，依旧疑惑，“他当时就用胳膊抵着徐向北的脖子，徐向北半个身子已经后仰到楼沿外面了。”

“后来呢？”

“我叫了一声，说你在干吗？再不松手就叫人了之类的他这才狠狠地看了我一眼，放开了徐向北。他那个人一直闷闷的，很少说话，倒是徐向北和我道谢时说他是因为徐向北考了好成绩才看人不顺眼的。”

“阚泽西这人风评不好，你不怕他趁机报复你？”

“咋不怕。”董方冰轻轻一笑，“不是因为我马上就要转学了我才不敢做这个出头鸟呢。”

"现在就不怕吗？"

董方冰摇摇头："我一直觉得他杀陶笛他们不仅仅是因为他心理有问题，不然他欺负的人那么多，挨个儿不都得死？"

"他欺负过很多人？"

"不都在大厅里站着吗？"董方冰笑，问话员也笑了。

"你没转学前有没有留意过阚泽西，他有什么不寻常的表现吗？"

"我记得升高二后，很少听课的他上课突然不睡觉了，也不听课，只是看着教室前排发呆。"

"他是在看谁吗？"

"陶笛。"他沉吟了一下，"他们出事后我才反应过来，他看的是我们班长，陶笛。我记得特别清楚，那学期班上来了几个新西兰的交换生，班长就坐在他们旁边。"

陶笛。邢菲默默看了傅邵言一眼。

谈话断断续续进行着，傅邵言隔着玻璃看着董方冰。

郑植问："怎么样？说的是真话吗？"

傅邵言答："表情没有不自然的地方，动作协调，是个坦荡的人。"

此时，房间里的谈话已至尾声，问话人已经合起了本子。

"最后一个问题，你知道杜爷、安小主、格林吗？"

"杜爷和安小主是我们班的，一个叫杜俊星，另外一个长得好看，听说大学没毕业就进了娱乐圈，最近很红，叫安也。他哥哥你们该听过，安平的安小东。格林？丹麦那个？"

"知道了。"认真地做好记录，警员抬起头，"我们会安排警员保护你的安全的。"

董方冰一笑："不用，还是那句话，我觉得他选那些人做他的杀害对象一定有原因，至于我，无愧于心，所以我才敢在论坛上说那些话。"

玻璃这边的傅邵言不禁有点佩服起这个董方冰的理性了，甚至于，他也倾向于董方冰的看法，选择被杀对象，另有起因。

邢菲捅捅他："他这么不怕事，会不会就是阚泽西的那个帮手？"

"他没作案时间。"这个他们已经查过了。

"我们要马上联系杜俊星，他目前是最危险的，安也可以暂时放一下，他不在安平，就算回来了，有他哥在，也比杜俊星安全不少。还有这个神秘兮兮的格林，估计也是一班的人，没跑……现在先去找杜俊星。"郑植做了个吃力的表情，"现在活多人手少，所以，也请你和小飞侠别再动心思查什么蒋恩究竟是一班还是二班的了吧。"

邢菲："……"

傅邵言抿抿嘴，慢条斯理地开口："还是要查的吧。"

郑植要哭了，他这个师哥，任性的态度都独树一帜！

“别哭，那么大人了。”傅邵言依旧慢悠悠地从郑植身旁走过，看也没看在假哭的人。

“你知道安小东吗？”放下登载寥寥的手机百度，傅邵言朝外走，问邢菲。

“知道，我们安平的传奇人物，当混混时是混混头，后来混黑道，成了黑老大，如今下海经商也是大赚特赚，安平黑白两道没有不买他账的。”

难怪郑植那么说，傅邵言点点头，像没听见郑植喊他的声音一样。

“你们等等我啊，我不拦着你们查蒋恩了还不行吗？”

下午接到警局的电话，问了他现在的方位，才说了公司地址，杜俊星就后悔了。惴惴的心情让他坐立不安，填了请假单，杜俊星急匆匆地回了家。

老婆怀孕回了娘家，家里静悄悄的，他回到家，衣服没顾得上换便开了电脑。

手心、脑门都是汗。

说实话，那个 QQ 号他已经有段时间没登录过了。三年，还是五年？

自从出事后，他就想忘记那个 QQ 和上面的那个群，可有时候越想抛弃的记忆就越是在脑子里清晰。

企鹅转了几个圈，最终显示登录成功，可界面上空荡荡的，图灵社的群员列表里，除了一个在隐身的他外，其他都暗着。

他发了个表情上去，也没人回应，死去的几个不会回应，还活着的说不定也像他那样把这个 QQ 号抛弃了。

算了，几年的时间都过来了，怕也没用，一会儿去警局他就老实交代，都说坦白从宽，警察会保护市民的。他却忘了警方特别嘱咐他的那句——待在人多的地方，等他们过去。他只是急切地赶回家，上 QQ，退 QQ，再上了图灵论坛。

最近他三五不时地会登录一下，不发表任何言论，只是看那些人如何议论阚泽西。

他们说的就是事实，阚泽西是真的魔鬼。

可听说徐向北死了，他又迟疑了。

页面打开，输入用户名、密码。

提示——

该 ID 已自杀。

他以为自己眼花了，再试一次，依旧如此。

他擅长网络，知道这种销毁 ID 的行为要么是网站本身做的，要么就是手法强大的黑客。

他吓得浑身一颤，冷汗大颗大颗沿着额角流下来，他闭上眼，脑海中还能回忆起棍棒举起落下的情形，皮开肉绽，太疼了。

他忍不住抱住胳膊，好像当初的伤口还在，想事情太过专心，忍不住脖子一凉。

他一点点扭过头，对上了那张熟悉又狰狞的脸。

“阚泽西……”余光所及，阚泽西的身后，木床的床单不知什么时候掀了起来，一条爬行留下的灰尘痕迹延伸在床底。

“俊星，好久不见。”阚泽西笑着，举起手中的东西——白鸽 A5023 型女式自行车的车座。

5

得知杜俊星已经离开单位回家后，郑植带队，赶赴杜俊星家中。

“我们不去吗？”邢菲眼巴巴看着队伍开走，从门口转了回来。

“有些东西我要理理。”傅邵言垂头头坐在桌前，手撑着下巴，沉思的样子宛若思想者，话却依然说给邢菲，“你去也不大好吧，又没有尸体。”

邢菲被噎得一口气没上来，走到他旁边，咚地坐下，托腮望他：“老傅，我以前怎么不知道你也会毒舌？”

“毒舌？”傅邵言终于从埋头苦思里抽身出来，“这不是幽默吗？”

好吧，其实在“找人”这事上，她的兴趣也不大。

“没事的话过来和我一起找抓手。”傅邵言一招手，把邢菲拉到了身旁。只见傅邵言手上的 A4 纸上列着他所说的那些抓手——

1. 选择这些被杀对象的原因是什么？（图灵论坛←学生→学校）

2. 什么原因造成了乔声、方承焕的遇害？（他们身上一定有着某种特质触动了阚泽西的杀机→这种特质）

3. 格林是谁？

4. 尸体上的菌丝、特定凶器有什么样的特殊含义。

5. 高二（1）班和高二（2）班的问题（个人错误 or 学校）

邢菲看了半天，也没理出个所以然，没招，法医是她的长项，刑侦却是个死死的短板。想着想着，脖子都想软了，她可怜巴巴地仰脸看着傅邵言：“我觉得我转专业特别对。”

傅邵言一笑，正想说什么，门一晃，杨呢迈着小步推门进来。

“我出现场，你来吗？不来也没关系，我自己搞得定。”杨呢看着她，机关枪般发着邀请。

“去！老傅我还是去看现场吧，你这个等我回来帮你想。”

看着飞奔而去的邢菲，傅邵言有种沦为过气偶像的感觉。

“错觉。”他说。

安平市下设的县级市公安机关接到居民举报，一户人家对养子家暴，八岁的小孩长得面黄肌瘦，眼神病怏怏的，接到报案，当地便派出民警和法医进行调查，可在判定上出了顾虑，于是向市局请求支援。

“损伤鉴定啊……”坐在车里，邢菲一脸落寞，她满心以为又是个大案。

“不想参加就回去好了。”杨呢低头看书，车颠簸在山路上，外面是白茫茫的山景。

“我倒是想。”脸移向窗外，满眼尽是茫茫，邢菲感叹道，“难不成跑回去吗？”

杨呢嗯了一声，她是没意见的。

“杨呢，其实你没大家说的那么冷呀？”邢菲的注意力完全集中在杨呢说了几句话上，至于她说了什么……没分析。

杨呢的性格自然不会回答这个问题，邢菲研究地看着她，不巧一眼瞄到了她手里的本子。

“没外伤？”注意到那是她们要去看的那个男孩的伤情鉴定书，邢菲惊讶地发现这个孩子没有任何外伤，“那还怎么鉴定？”

低着头的杨呢终于看了她一眼，半晌幽幽地问：“你老师是谁？该吐血了，你没学过积极虐待和消极虐待吗？”

“学过呀。”

积极虐待的手法主要是殴打、各种形式的暴力，而消极虐待就阴险得多了，辱骂、讽刺、不准吃饱饭、限制睡眠，甚至强迫自杀都涵盖在消极虐待里。

“我的意思是消极虐待很难鉴定。”邢菲说。

“嗯。”杨呢低低地答，头抬也没抬一下。

杨呢这个人，的确不冷，但也不暖和。

邢菲撇头看向窗外，一边数着羊，别人数羊会睡着，她数羊会开心。

“一只羊呢，两只羊，三只羊呢，四只羊，五只羊来烤羊腿，六只羊来下火锅，邢菲，吃这么多会胖的。”

白茫茫的雪景催人平静，脑子里开始填满许多别的事情，郑植找到杜俊星没有……还有老傅说的那几个抓手……

五年前，那几个学生究竟遭遇了什么才让阚泽西对他们痛下杀手呢？

胡思乱想着，不知不觉到了目的地。

东莱市的老法医庞久宝站在路旁，搓手等人。一辆车远远驶入视野，久等的人眯了眯眼，咧嘴笑着朝驶来的车子招手。

“你们可算来了。”双方有认识的同事给新人做过介绍，庞久宝在前面引路，边说起了这件头疼的案子。

“其实还不如出个命案呢，你也知道，这种情况连法律都没明文规定。”老法医唉声叹气道，“这家父母不是第一次被举报了，可每次调查都是无疾而终，我看孩子实在太可怜了，所以就想请你们过来帮看看。”

“他自己怎么说？”杨呢边问，边跟着庞久宝进了一座回字形院落，这里是当事人姑姑家，几乎每次有人举报，这里都会成为男孩的临时住所。

邢菲走在队尾，最后一个迈进中间的堂屋。男孩和姑姑一家在吃饭，透过人群，邢菲看见了这次的当事人，一个个头不大、头发枯黄的男孩。

庞久宝搓着手："要不等他们吃完饭再问？"

"你养父母平时会让你吃饱饭吗？"杨呢的开门见山让在场人都是一愣，男孩也是一愣，端着饭碗的手抖了一下，随后轻轻点头回答："饱。"

"说谎。"不知为什么，杨呢突然这么说。这让邢菲吓了一跳，她看眼庞久宝，很明显，老法医也被弄蒙了。

"杨呢……"他伸手想拉杨呢一把，不料被甩手躲开了。

或许是觉得自己的言行有失，杨呢也垂下头："我想和他单独谈谈。"

谈话漫长，如同地上落不完的雪，邢菲等在门外，无聊地刷起了微博。

一条信息进来。

老傅：杜俊星失踪，现场有打斗痕迹，何时归队？

她望了房里一眼，房门紧闭，这不合规啊。

低下头，她回复：马上。

谁知道才回复完，门外就传来铺天盖地的人声，没一会儿，一群人冲进了院子，庞久宝最先发现情况，一下冲到门口："案子我们在查，你们回去等消息。"

"查查查，三番五次说我们虐待儿子，结果什么也查不出来，现在还把我儿子和其他人单独关在一起，你们是要给他洗脑！"

"怎么可能？"看着手拿木棍铁铲的乡民，庞久宝脑门冒出一层细汗。他后悔没多叫几个同事来，可如今的场面谁又能料到呢？

"你们别乱来！"

村民步步紧逼，场面即将失控。

突然，紧闭的门砰一声开了，杨呢走出来，身后那个小男孩低头站在门口。

"我是在洗脑，没洗成。不好意思庞法医，这个虐待损伤评估我做不了。"说完，她穿过发呆的人群，朝车走去。

邢菲看看庞久宝，又看看杨呢，跟着追了上去。

"不查了？"

"要放弃了？"

"就这么走了？"

接二连三的问题终于让杨呢止步，她回头说："不然呢？他自己都不想自救。"

说不出为什么，邢菲从杨呢眼里读出一种她以前从没见过的情绪，杨呢也会生气啊。

邢菲抿抿嘴，又回头看了一眼，突然决定了什么："你等等！"

杨呢看着她跑到男孩身边，揪了他一根头发，又指着人群里两个疑似养父母的人说了句什么，然后颠颠颠跑回车旁。

气喘吁吁。

"头发记录着人摄入养分的情况，他长得面黄肌瘦，他那对后爹妈却油光水滑，对比一下头发分段成分，应该可以作为依据。”邢菲眨眨眼，“其实，我在法医人类学方面还是蛮有天赋的。”

“……”杨呢转身，拉开车门，“这个是法医营养学的知识吧。”

有这个课？邢菲摇摇头，知道这是杨呢在挖苦她。

归程一路安静，窗外雪花簌簌，车内除了司机和随行外的两人都是沉默。

“对了，杜俊星失踪了，我们回去直接去现场。”

“嗯。”

“希望老傅他们能早点抓到凶手，可这个案子有点没头绪啊。”

“你一直这么爱说话吗？”

“……”

“你挺不简单的。”

“你是在夸我吗？”邢菲眨眨眼。

杨呢闭上嘴，扭开头。说句心里话，她是个不擅长也不喜欢和人打交道的人，可越是相处，杨呢就越是觉得这个邢菲还行吧。

“以后法医上的事情，多交流。”她讷讷开口。

“其实你人挺好的，我一直这么觉得。真的，回去我要告诉老傅，免得他不信。还有局里其他人，受排挤的感觉可不好。”

傅邵言听了这话都要喊冤，他可没说杨呢不好啊，只是想让这人打开心扉，费劲啊。

开车的司机也跌了眼镜，心想这个新来的女法医没搞错吧。

“咳咳，别。”杨呢后悔了，好端端干吗给这个邢菲蹬鼻子上脸的机会呢？

“为什么？”

“你和傅邵言刚才在研究什么？”杨呢答非所问，换了个话题。

说实话，对她这种一年加起来也说不上几句话的人来说，找话题是巨难无比，好在她找的这个是邢菲感兴趣的。

邢菲脸上喜色消失，她托着下巴回忆着老傅写的那几个抓手：“症结就在学校和图灵网。”

那是肯定。

“郑植和其他人为什么也说蒋恩是高二（2）班的呢，那天开会时你们明明说了，大家都在，怎么后来就否认了呢？”

“我也奇怪，资料上明明就是那样写的，到后来又变了，我可是按照资料抄的呢。”想起那天会后她复印资料花的时间，邢菲也不信自己会出错，“不过你那天没开会吧，会议上没说这么细，这是后来我和老傅整理的。”

“会上没说？王高冷翻译唇语时说了这个。”

“我们会上没说他到哪儿去翻译？”邢菲笑着纠正着杨呢的错误。

突然她不笑了。她记得复印资料那天，王高冷撞过她一次，帮她整理了资料。

如果是他偷换了资料……
如果是他翻译了错误的会议内容……
可他为什么要这么做?
邢菲看着杨呢，阚泽西留下视频留言后，也是王高冷第一个发现受伤记者的……
心突突跳起，她拿出电话，忙打给傅邵言。
而此时，傅邵言正和王高冷坐在同一辆车上，赶去杜俊星的家。

第四章　捉迷藏

1

邢菲的电话让傅邵言有些意外，挂断电话，他从前座捞过一瓶矿泉水，一下拧起了瓶盖。

王高冷就坐在他旁边，瓶子里的水波还能模糊映出他那张圆圆的瞌睡脸，在颠簸的车上，他也能睡得很沉。傅邵言拧了几下，手慢慢落下，他在想：这个曾经在秘密基地集中培训了四年的读唇和跟踪与反跟踪人才真会对邢菲的复印件动手脚？甚至有可能故意放走逃犯阚泽西？如果是他做的，那他图什么呢？

车身一晃，转眼间到达了目的地。王高冷被晃醒了，随手蹭了蹭腮帮子上的哈喇子：“到啦？这么快？还想着多睡会儿呢。”

是现在问他？还是向上级汇报？傅邵言摇摇头：“清醒一下，进去干活了。”

还是先按兵不动吧。

现场房门大开，鞋架歪倒在玄关前的门毯上，棕色暗花门毯折起一角，露出毯下的本色地板，不远处，勘查人员做好最后一处的拍照固定，正在往外撤，身后，包括血迹在内的几个可疑点都做了标记，用卡片编写序号，一个白圈一个白圈地散满房间。

痕检员在做取证作业，勘查箱敞盖放在地上，里面各种仪器队列般整齐排列着。

郑植在客厅右手边的小卧室里，正皱眉屈腿、无比愁苦地蹲在一块勘察踏板上，死盯着面前那张床。老式的格子床单被掀了起来，一角卷边掖去床上，幽暗的床底借着自然人造两重光线延伸向更幽暗的墙脚，一大片擦拭痕在布满灰尘的床底显得越发清晰。

“事先就躲在床底，趁杜俊星不备，爬出来，袭击。”他模拟着当时的情景，回头看了眼倒地的椅子，勾了勾手，“背后勾脖子。”

“被勾脖子前，杜俊星的状态是异常紧张。”不知什么时候就进了房间的傅邵言拿起翻落在地的键盘，干净的按键上，一个形状特殊的白色印记显得突兀，一头为圆，带波浪形外缘，另一头的条状剐蹭痕没到键盘边缘便中断了。白色是汗液里的盐分，条状剐蹭痕是电脑桌前的人被带翻时，随手带翻键盘造成的。在温度适宜的房间里，结合面前的电脑，汗液的来源很大可能是紧张，甚至恐惧。

重新被按亮的屏幕，界面停留在图灵论坛的登录页，用户名和密码还在，按下回车，自动弹出的窗口是——该ID已自杀。

而右上角，灰色的QQ界面上，图灵社这三个字如神鬼怪悬在一边，不用猜，傅邵言也猜得到群里的八个人是谁。五年前的图灵网上，这个群里究竟发生了什么呢？

傅邵言转头看向地上那两密一散的三滴血，非正圆形的血斑，不知道是属于杜俊星还是阚泽西的，但从目前看，杜俊星还没死。

“郑植，我要去一中看一看。”

“不等邢菲了？”

“找出阚泽西杀人的动机说不定还能救杜俊星一命，还有那两个大学生的社会关系也别放松。”

“知道了知道了，快走吧，啰唆劲儿。”

“我和高冷一起。”

“一起一起。”

看着一前一后离开的两个人，郑植摇头：带也不带个好人。

还有那两个大学生，不说还好，说起来郑植又是一阵头疼：那两孩子的父母也加入了警局的天天哭诉队，还有个暗恋女生的痴情男是天天来局里报道。

想想那张用情太深的脸和那一声声撕心裂肺的哭声，郑植忍不住又攥了把拳头，他们究竟犯了什么错要被阚泽西这么残忍的杀害啊。

“那个谁。”他伸手招呼人，“邻居笔录问得怎么样了？”

安平一中。

圆心操场。

复课后的第一天，学校组织着扫雪。

市区的雪不知几时停了，几个裹着围巾的女老师搓着手，站在雪地里，喊声此起彼伏却又有气无力，校园里时不时有学生趁老师不在意扬起一片冷兮兮的雪，再然后是一串得逞似的笑声。

校长办公室，刘国庆站在窗前，惆怅地捏着才从花盆里揪下来的几片多肉花叶。嫩绿的汁液浸湿指端，黏黏的，却无心擦拭。

他有心事。还是不小的心事。

笃笃门声突然响起，他猛一抚胸脯，吓了一跳：“谁啊，进来。”

他回头，见是上次来校的傅邵言，忙惊喜地迎了上去：“傅警官，是案子有进展了吗？还是人已经抓到了？阿弥陀佛快点抓到他吧，你不知道，现在外面的人在传他和我们学校的人有仇，要杀光这里的人呢……”

刘国庆絮絮叨叨说个没完，让跟在傅邵言身后的王高冷足足打了三个哈欠。

“喂，要不你在这听他唠叨，我去四周转转？”他捂着嘴，贴着傅邵言耳根悄声说。

没等傅邵言答，王高冷已经溜了。

这哪里能算是报备？傅邵言看了眼远去的背影一眼，扭头看向一脸焦急，似乎在等他好消息的刘国庆。

“刘校长，我来是有些情况要向你了解的。”

“不是人抓到了呀，也对，抓到了你也不会专程跑来通知我。说吧，需要我配合什么？你说我一定配合，天知道我们省重点的牌子保不保得住就看这回了。”刘国庆搓着手，一脸诚恳地看着傅邵言，那样子好像在说只要能把阚泽西逮住，你削我一块肉都行。

“没那么夸张，我来就是想见见以前教过阚泽西和几名被害学生的老师，顺便看看咱们学校的环境。”

“好好好，你等着，我这就去给你找。”刘国庆转身回了办公桌旁，拿起电话开始拨通号码。

很快，当时任教的几名老师赶到了刘国庆的办公室。

暖气熏红了屋里人的脸，也许还没适应这一冷一热的温度变化，他们三两坐在一起，搓着手，边揣度起这次谈话的目的。

“阚泽西？！”当听到这个名字时，几个人的脸上不约而同出现了厌恶兼有畏惧的神情。

良久的沉默后，一位已经鬓白的男人从沙发上起身，他神情肃穆，两道法令纹深深刻在鼻翼两侧。推了推鼻梁上的金丝眼镜，他语气凝重地道：“他毁了我最好的几个学生。”

这一句后便是良久的叹息。

提起五年前的阚泽西，对曾经担任过他班主任的陈子亥来讲，依旧是噩梦一场。

“我不知道他是怎么考上我们学校的，狗屎运也不能走成这样，哪怕是倒数第一的成绩。”陈子亥恨恨地开口，在他看来，允许像阚泽西这样的学生进入一中是个大大的错误。

“有没有这种可能，阚泽西是个天才呢？”傅邵言问。

“我教书这么多年，什么样的是天才，什么样的能成才我一清二楚，像阚泽西这样的的确有点小聪明，不过人太邪性。”

“能举个例子吗？”

“陶笛是那届学生里最出色的，我记得那时他才参加完物理奥赛回来，拿了二等奖，回校后校长还给他举行了表彰大会，那之后没多久，陶笛就被阚泽西堵在校门外的胡同里，幸好班上的蒋凯发现，两人一起才没让阚泽西得逞。当时阚泽西手里拿着钢管，陶笛的手上全是血。再有就是他们当时的表情，我永远忘不了：陶笛的一脸惊恐和阚泽西那满脸的淡漠，那是个冷血没人味的家伙，眼神就不像个正常孩子，沉默寡言，我们问他什么他都像没听见似的。”

手停停写写，傅邵言的脑子里浮现出阚泽西的脸，的确，和陈老师描述的一样，非常淡漠。

“陶笛、蒋恩、蒋凯、徐向北、杜俊星和安也这六个人都是你们学校的，你有没有印象他们有聚在一起的时候？”

“当然有。”

“知道他们在一起做什么吗？”

“学习，当然是学习了。”

哎……傅邵言放下了准备书写的笔。

窗外，扫雪活动还在继续，不知是谁扬起一片飞雪，撒向二楼一扇密闭的窗前。

窗内一片漆黑，风穿过窗缝，发出鬼哭声。王小雀闭着眼，捂着耳朵，头一下一下点在门板上——“四十三……四十四……四十五……”

风声更紧，鬼哭愈厉，王小雀终于忍不住睁开眼，虽然还是什么也看不见，她却知道面前的是门。

“沈襄，我可不可以换个地方数啊，这儿的声音有点吓人人，我怕……”她轻轻挠着门板，对门外的人说着话又不敢惊动的样子。

“小雀，你这样让我们怎么和你玩，和你做朋友啊，说好的在鬼教室数数就要在这数，人要讲信用啊。”门外的声音不是沈襄的，王小雀认得这个声音，是沈襄好朋友，一个高个子女生的，绰号勾儿姐。

“可是……”

“别可是了，数到一百出来找我们。”勾儿姐笑着跑了，不再理会王小雀。

外面没了声音，门内风声哭声却是更甚。王小雀又小声叫了几声，见没回应，只好死了心。

“没关系的，王小雀，只是数到一百而已，你行的。”她给自己打着气，又重新开始数起来。

“四十六……四十七……四十八……”

风声呜呜，如同女人哭，王小雀使劲使劲捂住耳朵，直到耳朵已经发麻，终于数到一百。她兴奋地起身，这才发现腿也蹲麻了。

跺了几下脚，她兴奋地去推门："沈襄，我来了。"

可奇怪得很，好好的门却怎么推都推不开了。

"沈襄，你在外面吗？能帮我把门打开吗？门好像坏了。"王小雀脸贴着门缝，朝外面小声地传递着声音。

沈襄是王小雀的同学，班上的班花，人长得漂亮，和王小雀的不讨人喜欢不一样，同学们都喜欢沈襄。

虽然王小雀成绩不算差，甚至比沈襄还好，可她知道她和班上其他人不一样，她脑子里的某个零部件出了点问题，导致她和同龄人有很大的不一样。

今天学校组织扫雪，她把自己的任务完成了就去帮其他同学，包括沈襄。沈襄说谢谢她，还邀请她和大家一起玩捉迷藏。

她特别开心，就乖乖在这间空教室里"扮鬼"。

现在出不去了。

她有点急，沈襄和同学们在等她呢。

"鬼"在哭，她有点怕。

又试了几次，门还是推不开。

没办法，王小雀只得靠门坐在了地上，再拼命捂住耳朵。

一定是门锁坏了，沈襄他们发现自己不见了会来找她的。

一定会的。

这么想着，王小雀觉得踏实多了。她又开始数数，从一到一百，再从一百到一。

"鬼"陪她一起数，从一到一百，再从一百到一。

耳朵越捂越紧，她控制不住地想起了鬼屋的传说。

据说曾经有位学姐在这里被侮辱，后来上吊自杀了。勾儿姐没告诉她是哪一届的学姐，只是告诉她敢进这间屋子，同学们就会喜欢她。

她真的想被同学们喜欢，真心的。

"学姐，我就是借你的地方待一下，一会儿我的同学就会来找我了。"她闭紧眼睛，不知什么时候，眼角早湿了。

"鬼"仍在哭，哭声从几张瘸腿的桌椅下传到黑板边，黑板上的粉笔字还没擦去，上面写着"高二（2）班迎新班会"几个字。

门外的走廊终于有了脚步声，王小雀精神一振。

她抹抹眼睛，脸贴在门板上手拢成喇叭，小声朝门外说："沈襄，是你吗？"

2

结束和老师们谈话的傅邵言提出在校舍里走走，刘国庆一脸热切地提出陪同，于是加上助理和教务处主任，一行人浩浩荡荡地开始在教学楼里走了起来。正朝二楼楼梯口走时，傅邵言突然停下来。

“怎么了？”刘国庆跟着停下来。

“有人声。”不理一脸发蒙的刘国庆，傅邵言兀自在周围找了起来。

终于，他停在一间教室前。那房间和走廊里其他房间唯一的不同是门板前顶着一根粗木棍。木棍一头抵在门锁上，声音就是从那间房里传出来的。

他二话不说走上前，伸手抓住了木棍。木棍抵得很牢，他试了好几次才把木棍挪走。

木刺扎进掌心，很疼，他却像全无感觉一样，就手拉开了那扇门。

王小雀本来是一脸欣喜的，当她看到门外站着的是个陌生男人不是沈襄时，那张稚嫩的脸上露出了丝疑惑。

“小雀，你在这干什么呢？”

“捉迷藏，校长。”

“大家都在扫雪，你跑这来捉迷藏？”

“我扫完了。”王小雀低下头。

有外人在，刘国庆懒得和她多说，一挥手：“那就回去自习。”

王小雀哦了一声走了。

“一个脑子有点问题的学生，不大会为人，成绩倒是还可以。”右手食指在太阳穴地方画了个圈，刘国庆解释道。

傅邵言没作声，眼睛却看向了房门里。

他看到了黑板上的那些字。

“刘校长，这间教室以前是高二（2）班的教室，是阚泽西那届的吗？为什么弃用了？”

“这我还真不清楚，我上任时就是这样的吧，助理？”刘国庆看向女助理。

刘校长的助理肖雯是个长得相当漂亮的女生，虽然是跟随刘国庆一同进的一中，为人干练和善的她对学校却是事无巨细都熟悉的。见校长示意，她推了推无框眼镜，红唇微起：“是这样的，我们一中的校舍是一九四九年前就有，据说在那之前在这间屋子里有个女学生被流氓侮辱致死，后来就总有人说这里闹鬼，虽然是无稽之谈，谣言总在，前任校长可能是为了稳定人心，便把这里封死了。再具体的我就不大清楚了，如果你想知道，我回头调查一下。”

傅邵言点点头，又问：“教室是哪年封的呢？”

“有五六年了。”另一个看上去年纪大些的人答。

高二（2）班的传说，被修改了资料的蒋恩，修改了资料的王高冷，这背后的联系和秘密，似乎正呼之欲出。

说起王高冷，傅邵言想起正事，他出来不全是为了看校舍，也是为了看看自由活动的王高冷去了哪些地方的。

“所以你不打算现在揭穿他，而是在车里撒了光化粉，就是为了看看他去了哪里？”入夜，邢菲不请自入，又一次偷溜进了傅邵言的房间。

“我觉得你应该尊重一下锁头的感受。”傅邵言无奈地叹气，等他叹好气，再睁眼看去，邢菲竟已整理衣衫朝门口走去。

“哪儿去？”

“去尊重锁啊。”邢菲扔开钥匙，步子迈得很是欢快。

傅邵言扶额，果断地朝她招招手：“回来。”

“就是，搞那些形式主义多不好。”邢菲摇着手里的钥匙，光傅邵言这间，她就配了三把钥匙。

邢菲笑着，把裤腿卷上一卷，露出一截白白的小腿。才洗好澡，她身上都没来得及好好擦干就跑来关心案情了。

“王高冷去哪儿了？”

“高一组的办公室。”他跟着足印一直到了高一组办公室，从光化粉的厚度上看，王高冷在那里驻足很久。

去时，办公室里空无一人。

傅邵言埋了埋头：“郑植找了在高一组办公的人员名单，看看会不会有什么发现。”

“为什么费这么大劲，不直接问他呢？”

“他看起来是有些不正经，可以我对他的了解，如果他真想隐瞒，谁问也不会回答的，而且我感觉他改了这个资料不是平白无故的，那个高二（2）班有故事。”

“什么故事？”

“现在还不好说，还有件事，安也近期回安平，刘国庆说他们邀请了安也近期回校访问，安也的经纪人给了反馈，答应了。这个时候回来，也不知道从哪儿来的胆量。”想想生死未卜的那个人，傅邵言低下头，她的脚又白又小，粉红的脚趾在他腿前晃啊晃的，傅邵言抿了抿嘴，你就挑衅吧。

手不自觉揉上了那团柔软。

呼……呼……

不知什么时候，邢菲已经睡着了。

“老傅，你可不能被我哥吓不举了啊。”梦中，她吧嗒着嘴，翻个身，一巴掌刚好拍在他脸上。

邢菲……

傅邵言忍痛托起下巴，警界有名的显微眼 Golden 接连数次被女友扇脱下巴，传出去绝对笑掉人家大牙。

无力地活动了下嘴巴，确定骨位已经扶正后，他重新回到床边。

月色之下，少女小小的身躯蜷缩在床上，口鼻发着轻微鼾声，睡得正是香甜。他看啊看，看了许久，终于弯身躺在一边，手轻轻环在了她的胸前。

不久，疲惫的身躯便陷入一场酣梦。

梦里，他看到了失踪许久的靳怀理。靳怀理站在海面上，背后一片日出霞光，他对傅邵言说：找到我。

靳怀理没死，这也是他坚持参与案子至今的原因，可是 GUIDE 和红蝎之间的羁绊是怎么产生的，他又怎么和靳怀理结下了梁子呢？

睁开眼，沉沉一觉竟然已是天亮。

床边的邢菲没发现他醒了，正专心揪着头发：“邢菲你个大傻缺，怎么就睡着了！”

“邢菲。”

“啊？”

傅邵言撑起头，侧身躺在一旁，一双眼睛含笑地望着她：“早啊。”

在对待傅邵言和邢菲的关系问题上，潘喜的态度比邢朗要好许多。清早天没亮，她便钻进厨房，给两人张罗早饭。

先洗漱下楼的傅邵言道声早安，挽起袖子帮潘喜端起了盘子。

“没事，你和小菲等着吃就好了。”潘喜笑眯眯地布好最后一道菜，手就着在围裙上抹了抹，“她和小朗都像我亲生孩子一样，你也别客气。是吧，小菲？”

“嗯嗯，唔。”邢菲叼着片三明治，嘴里含糊其辞，眼睛看也没看这边一眼。

“这孩子。”她这副没规矩的样子落在潘喜眼里，换来一个无奈的摇头。

“我去给你拿牛奶。”摇过头，潘喜离开了。

“她不是你家的老保姆吗？”傅邵言吃着东西问，一般情况下，这样的人大多是家里久居的。

“嗯。”

“来你家多久了？”

“唔。”

傅邵言也不急着吃东西了，只是拿着那块吃了一半的面包饶有兴趣地看着邢菲：“这是怎么了？才一个晚上，说话就改一个字一个字地蹦了？”

明知故问嘛，邢菲翻了个白眼。

“老傅，我怎么觉得我们之间像老夫老妻呢？明明才恋爱啊。”

“好巧，我也是。”

“怎么办？我觉得我亏了，初恋啊，应该满是心跳啊！”

“谁说没心跳？”门外脚步声声，是潘喜去而复返，傅邵言瞄了一眼，低头深深一啄，“这下有了吧？”

“有什么？”

“没什么？”邢菲不迭地朝潘喜摆手，“我们在说你呢。喜妈算不上保姆，我爸没病前，喜妈是我爸的左右手，六五年前吧，我爸病了，喜妈就帮着我哥打理公司，自己也退居二线，来我家照顾我。”

“都是陈芝麻烂谷子的事了。”潘喜笑笑，又走了。

傅邵言看着她：“纸老虎。”

谁纸老虎了！狠狠踮了踮脚，发现得来的高度在傅邵言面前根本占不到便宜后，邢菲憋气地放弃了拔高高度，使劲撤了口三明治在嘴里嚼啊嚼，囫囵道：“今天查什么？还有那个杜俊星，不知道人找到了没？”

邢菲嘴里塞着东西，按着电视遥控器，饭厅里的小电视上很快闪出画面，城市新闻。

电视播的那段刚好和邢朗有关。

“我哥说，这次的合作项目谈成了他就找对象，鬼才信。”说是说，邢菲仍一脸崇拜地看着屏幕上的人，他的哥哥已经不复几年前的青涩，谈笑自如地陪着江都医药团谈判。

画面里，除了邢朗，邢菲看到几个来自江都的熟人，正准备指给傅邵言看，放在一旁的手提电话突然响了起来。

傅邵言看了一眼号码，放下没吃完的面包片，拿起电话。

是个不好的消息。

杨呢把王高冷的事情反映给上级，如今，王高冷已经被控制了。

3

杨呢的行动打乱了原本的计划。

等他们驱车赶回安平市局时，王高冷已经被控制起来了。

“不是和你说了先不说的吗？”一下车，邢菲就跑去找杨呢，“你怎么又说啦？”

“就是他做的，为什么要帮他隐瞒？”法医鉴定中心里，杨呢小小的身影坐在办公桌后，正和痕检员讨论着什么，听到邢菲的问话，一脸的理当如此。

邢菲被噎得语滞，一时不知该怎么答了。最后，她跺了跺脚，哎了一声走了。

“杨法医，你和小飞侠蛮熟的啊？”敏锐地发现这事的痕检员笑着插言。

“你试剂又用错了。”

“哪里哪里？”杨呢一句话搞得新晋痕检员额汗连连，他已经错了好几次了。

杨呢一指，眼睛却看向门外，她和邢菲，这就算熟了？

“邢菲。”迟一步上楼的傅邵言站在门口，叫了一声，“去找杨呢了？”

“老傅，她把王胖子揭发了，你的计划怎么办啊？”

“计划没有变化快，知道微表情吧？”傅邵言一扬手里的东西，那是才从郑植那里拿来的在高一组办公的人员表以及昨天去过那里的人员名单。

这就是傅邵言的方法。

副局长从谈话室出来，一副身心疲惫的模样。刚巧看见等在外面的傅邵言，便往后扭了扭头："不承认、不否认，再这么下去，上头可要严办了。"

"我和他谈谈。"说着，傅邵言推开了那扇门。

房内。

王高冷的模样和平时没什么两样，手搭着扶手呼噜声震天响。邢菲看了眼傅邵言，走过去一通神摇。

"怎么了？地震了？"

"都什么时候了，还睡？"

"啊？"王高冷吧嗒着嘴巴，眼睛一点点清明起来，"是你们啊？车轮战，都说了我没什么好说的了。"

"我不是来问你什么的，只是想来和你说说目前的案情。"不顾王高冷一脸的满不在乎，傅邵言指着一旁的座位，"邢菲，坐那儿。"

"嗯。"没等坐下，邢菲手一滑，眼见着手中碳素笔滑到了王高冷脚下。

"麻烦抬下脚。"

王高冷抬起了脚，嘴里仍是唠叨："我真没什么可聊的啊。"

"假设阚泽西是凶手，五年前，包括已死五人的这些涉案学生因为某件事引来了杀身之祸，究竟是什么事能让一个未成年人对几人痛下杀手呢，和高二（2）班教室的传说有关吗？这是否是你想告诉我的？"

"你喜欢怎么想就怎么想。"王高冷低着头，无比认真地研究着邢菲的头发，那样子好像抬头看傅邵言一眼都不愿意似的。

"五年前案发时，你在基地接受特训，当时应该对案情一无所知。"

王高冷说："你好没好？"他继续看着邢菲。

"没好，要不你站起来吧。"

邢菲手一滑，王高冷直接被扫地起立。

"干吗啊。"

王高冷被折腾得心烦气躁，一旁的傅邵言却是气定神闲，稳稳开口："五年后，你受邀参案，发现了有些事情和我们掌握的事不符，但出于某种原因，你不好直接告诉我们，是什么原因？"

王高冷说："那是你说的，不是我说的。"他直视傅邵言一眼，又移开目光继续看着邢菲。

傅邵言继续说："那天回一中，你没和我们在一起，而是单独离开，去了高一组办公室。去干吗？"

王高冷说："跟踪我？"他继续低头，没有眼神交流。

傅邵言说："用不上跟踪，那天在那间办公室出现过的人员名单我看了几遍，只是不知道你找的是谁。"

邢菲此时才出声:“哎呀,总算捡到了,也真会掉,腰差点累断。王高冷你站着干吗?坐啊。”

“是你让我起来的。”王高冷已经无语了。

无视掉两人的对话，傅邵言比对着手里那份名单，不疾不徐地念起：“温爱华，语文组组长，带完这届就退休，性格敦厚，没教过阚泽西他们，你去的时候她在给学生批改作文，你找的不该是她。”

王高冷沉默着，又闭上了眼。

邢菲接茬道：“他问你呢，你平时不是挺能说吗？”

王高冷睁开眼，瞪了邢菲一眼。

傅邵言摇头：“看样子不是他。”

王高冷瞪完眼便开始叹气，眼睛也闭不成了。

傅邵言又说：“当时办公室里的其他老师大多去组织学生扫雪，教务主任有事，喊了温爱华的课代表去把老师们叫了回来。数学老师李峰、王建，英语老师胡巧妮，地理老师方冬儿，你要找的是他们中的一个。”

王高冷抓了下裤管，随后扯了下嘴角。

“我说了，你怎么想是你的事。”说完，他突然大叫起来，“救命啊，打人了！”

叫声引来了门外的人，推门进来的警员见到惊声尖叫的王高冷，愣了一秒，赶忙把他带离了房间。

邢菲一屁股蹲在地上：“他这么不配合怎么办啊？”

“录像怎么样，我看看。”傅邵言朝她勾勾手。

“差点忘了。”邢菲拍拍脑门，忙拿出那支笔。

是了，刚刚那出戏是她和老傅唱的一出双簧。老傅说，如果把王高冷这样的专业人士放在一个单纯的环境里是很难有收获的，所以一方面靠邢菲来干扰他，一方面傅邵言再从王高冷的反应里筛选出有用的信息。

同一个房间，傅邵言比对着录像做着分析：“最初的闭眼是想躲避，后面的长时间低头也是掩饰，他不想我观察他。当我提到高二（2）班的传说时，他的瞳孔有瞬间的放大，他很高兴，让他高兴的是什么呢？结合我的下一个问题，他看了我一眼，又马上移开，他高兴的是我发现了他想我发现的事情。”

“不对，我怎么记得注视对方是在验证对方是否相信他的谎言呢？”

“一般情况下的确是，王高冷不是一般人，而且人在高兴或兴奋时，不单单会表现在一个面部器官的。你看，在瞳孔放大的同时，他的颈部肌肉也有紧绷表现，颈部肌肉紧绷大多发生在兴奋或惊恐时。还有他说‘你跟踪我’的时候，瞳孔再次放大，如果他想隐瞒什么，应该是害怕我发现，那该瞳孔骤缩。”

邢菲托着下巴：“你的意思是他知道一些内幕，这内幕和当年的案子有关，和那间废教室有关？”

“还和蒋恩有关，改动他的班级不是巧合，查查看吧。”傅邵言关掉微型录像机，脑中挥之不去的是王高冷最后的两个动作，他应该是想蹭腿的，最后改为了抓，他在紧张什么，是因为他们在靠近真相吗？那他又因为什么蔑视什么呢？

待解的问题还有许多，好在已经有了方向了。

校园里，王小雀抱着大水桶步履蹒跚地走过校园，班里饮水机的水没有了，勾儿姐拜托她下楼提水，沈襄渴了，男生都有事在忙。

想起出门前沈襄感激的目光，王小雀不自觉地有些开心：“沈襄，我回来了。”

上次的事她并不记恨沈襄和勾儿姐，沈襄和她解释过了，没回去找她是因为老师找他们去打扫教室。

“小雀，抱歉啊。”想想沈襄微笑着同自己说的话，王小雀忍不住雀跃起来。

“王小雀。”

“啊？”现实里的一个声音把她从雀跃中拉回来，她回头，发现是班上的一个同学，正朝她招手。

“王小雀，我想拍幅照片，少个人物，你能当一下模特吗？”

“模特？”那很高大上呢！还是同学求她帮忙的，王小雀开心得要命，她觉得这两天过得太棒了。

正准备说好，想起怀里的水桶。

“我要给班里送水，沈襄渴了。”

“就一会儿，帮我拍完你再回去送水，好吗？求你了，这个照片要参加校展的。”

“好吧。”三两句说动了王小雀，她放下水桶，走到同学指定的那棵树下。

同学：“要笑哦。”

同学咧开嘴笑，王小雀跟着咧开嘴，她脑子里充满同学的笑脸、笑声，开心的情绪像烟花一样炸开在头顶，然后化成冰凉，落了一身。

她眨眨眼，眼睫上挂着才落下的雪，连大笑的嘴里都是雪。一声笑从身后传来，她回头，看见藏在树后的男生哈哈笑着跑开，他脚上也沾了雪，是刚刚踢的那一脚留下的。

远处的同学儿连拍，留下了这一幕，随后冲满身是雪还保持笑容的王小雀比了个OK的手势：“为了效果自然，特别准备了这个惊喜，小雀别介意啊，照片洗出来我送你一张，不要钱。”

“哦。”她想说她不怎么喜欢这个惊喜，可这是同学第一次叫她“小雀”，而不再是连名带姓地喊她王小雀。大约这和别人喊沈襄“襄襄”一个样。

这么想着，就不那么难过了。

她抖落身上的雪，重新抱起水桶，动作迟缓地朝教室走去，天可真冷啊。

才走到教学楼门口，身后又传来一声喊。

“王小雀！”

“啊？”她回头，看着身后乌泱泱的那一大群人，本能地朝后一缩，叫她的是校长。

“校长。”她低下头去。

“安也，这是我们学校一个学生。”校长的声音听起来很是和气，和叫王小雀时完全是两个样子。

王小雀眼角飞起，这个被保镖和校领导簇拥在人群中的人是谁啊？

“你身上的雪是怎么来的？”安也蹲下身子，掏出张面巾纸递过来，“我叫安也，也是这个学校毕业的，算你师兄。”

王小雀愣愣地看着安也，抿了抿干裂的嘴唇，默不作声。

“你师兄问你话呢。”刘国庆急得直使眼色。

要知道他可是耗费了天大的面子才请动了安也返校，一是安定民心，再者他们一中明年的生源啊。

可就算他挤瞎了眼睛，王小雀也只是低着头，一声不吭。

“她不想说就别逼她，一会儿有时间，我和她单独聊聊。”安也替她解围，“还有，你叫王小雀是吧？别人欺负你时要懂得以牙还牙，他们欺负你你就欺负回去，他们打你你要打回去，不能忍着。”

一旁的刘国庆开始还听得不亦乐乎，正想着难以把安也同安半城的弟弟和大明星这样的词联系起来，冷不防安也说了这么一句，吓得他当即跌了个跟头，忙说：“喂喂，安也，媒体在，注意影响啊。媒体同志，方才的话别录，别录！”

“校长，我是在教我的学弟学妹怎样避免再被阚泽西那样的人欺负，都是我们的学校把学生教得太老实了才会出陶笛他们的悲剧，难道你还想再让悲剧发生一次？”

悲剧？什么悲剧？

王小雀抬起头，看着远去的队伍里还在尴尬脸的校长，她不懂。

歪了一会儿头，直到寒风入骨，她才摇着头朝教室那边走。

等她回教室，沈襄已经不在了。

“她说渴了，要喝水的啊。”王小雀不死心地抱紧水桶，试图阻拦一个要打水的男生。

“沈襄会差你这口水喝？别闹了。让开让开。”他搡开王小雀，举着杯子接水。

王小雀趔趄到一旁，她看着推她那人宽宽的背，教室里同学不少，却没一个朝她这边看来的。

算了王小雀，多大的事啊，都是同学。她兀自念叨着，边朝座位走去。

一个人静坐，坐了不知多久。

“王小雀，那个明星让我转交你一封信。”有人喊她。

“啊？”王小雀看着才被塞进手里的东西，她的吗？

从没有人给她写过信。

可信封上工整的字迹分明写着“王小雀收”的字样。

她迟疑地拆开了信件。

信的第一句是这样的——朋友不是那么交的。

信有一页纸那么长，字迹却不如信封写的那般工整，有些潦草。

信末尾的那句让王小雀心里升起一股暖流。

你不再是一个人，需要我时，我就在你背后。

她回头，教室门口，安也远远地朝她挥了挥手。

4

手机开到静音，因而那条关于安也提前抵达的消息并没在第一时间被房间里的两人所知。

傅邵言低头看着手中的梨纹晶杯，杯中水映着同这栋二层灰楼一样干枯的一张女人脸。她是蒋凯和蒋恩的母亲，坐在傅邵言和邢菲对面，此刻正使劲绞着她那双发黄的细手。

她很矛盾。

她依赖警方，又憎恨警方，想他们快点抓到害死她孩子的凶手，又恨他们无能，过去不能保护她的儿子，如今更不能让他们起死回生。

得知警方要来家里了解些情况，犹豫许久的她还是从单位赶了回来。

“电视上说他又杀了人，我两个儿子死时你们说他未成年，不能判死刑，五条人命，因为他未成年就这么算了，都怪你们无能，让我儿子死得不明不白，如今，他跑出来了，你们不去抓他来找我做什么？”

“我们就是为了这事才来的。阚泽西下一个目标还是一中的学生，只是我们还不知道是谁，如果能确定是谁，抓到他的把握就会大许多。知道蒋凯他们的事对你造成了太大的伤害，我也失去过亲人，明白那种感受。”

傅邵言的话说得蒋母好难受，经历了丧子、离异，她现在唯一的愿望就是看见阚泽西死，可她又不是那么相信警察。

“你不是蒙我的吧？”

“五年前可能是蒙，现在不一样，他成年了，一旦拘捕，几条命案，量刑上会有考虑。”

“会判死刑？”

“说不定。”傅邵言微笑说着，冷不防袖口一重。

他看向邢菲。

别瞎说。邢菲瞪眼。

傅邵言又一笑，知道。

见他一副心中有数的样子，邢菲放了心，眼睛也忍不住四下张望起来，这一望就望见了蒋母身后玻璃柜上摆的水晶奖杯。

HGB颁发？邢朗的公司。

她疑惑地看向蒋母，却发现此刻的蒋母正抓牢了傅邵言的手不放。

“说吧，需要我做什么？”

“我想看看他们的遗物。”

二楼，蒋恩蒋凯的卧室。

门推开，掀动的气流摇动暗赭色窗帘一晃，窗台上，一盆小花含苞送香，时隔五年，这间房除了没了故主，其他什么都没变样。

蒋母仍然保持着每天打扫两个儿子房间的习惯，上下铺的木床上，被单发着皂荚香。床头，兄弟两人的书桌并排放着，蒋凯的桌前挂着AC米兰的海报，蒋恩的则是一张班级合影。

蒋凯蒋恩两兄弟并排站在第二排，两人和陶笛勾着肩膀，其余几个被害人也在照片里，他们似乎不知道“未来”会遭遇不幸一样，笑容恣意而阳光。在前排，几个金发碧眼的外国人朝镜头比划着各种手势。

照片下缘留白写着：高二（1）班与宾夕法尼亚交换生合影。

傅邵言的注意力并没在蒋凯摆满球星摆件的桌上过多停留，他径直走向蒋恩的桌子，拿起上面唯一一件摆设，一张林肯公园的CD。

“蒋凯喜欢金属乐吗？”

“他什么歌都喜欢，在的时候整天塞着耳机。”

傅邵言拉开抽屉，果然里面全是碟片，只是和蒋母描述的略有不同，蒋恩不是什么类型都喜欢。

“邢菲，有你认识的吗？”他指着那堆碟片。

“周杰伦啊，别说你不认识，2001年的《Jay》《范特西》，2002年的《叶惠美》《八度空间》《七里香》都是他的专辑，天，他的《魔杰座》是签名版！”

蒋母一咳，邢菲脖子一缩：“抱歉，我是杰伦发烧友。”

“这是他们兄弟俩高中时和几个朋友互赠的礼物，都在这儿，我儿子善良，朋友也多，总会交换礼物。”

“他们不记日记吗？”傅邵言问。

“男孩子记什么日记？”蒋母反问。

点点头，傅邵言从那摞东西最下面拿出几本书：“他们的课本？”

“对。”

傅邵言翻了几下蒋凯的课本，放下，又拿起另外一本。

时间在沙沙的翻书声里一点点过去，蒋母站了一会儿，像是不想多待似的走去门边，悠悠地说：“我给你们倒杯水去。”

“谢谢。”

门被轻声带上，蒋母的脚步声也慢慢远去了，翻完一册的傅邵言抬起头，指着邢菲手边：“把你那边和蒋恩有关的都给我。”

“嗯。”

各自忙碌的两人都没注意到，关着的房门外有只眼正透过门缝朝里面看来。

东西大半是蒋凯的。

“蒋恩的呢？”邢菲看着属于蒋恩的寥寥数物，笔记零散的有几本，课本只有高一学年的，其他东西呢？

“我出去看看。”傅邵言指着房间，“你在这儿继续看，等我。”

“我一起去。”

“你在房间里看看，说不定有遗漏的地方，你是女生，比我细心。”

“好吧。”

出了二楼的卧室，整栋楼透着股安静。蒋母不在二楼。

沿着挂满蒋凯蒋恩奖状的墙壁，一路下到一楼，仍然没有蒋母的影子。

走了？

傅邵言眼光一凝，走去正门，打开，门外明晃晃的雪地上只有他们来时的脚印，蒋母不会从这里走，那会是哪儿呢？

合上眼想了片刻，他想起来时路上看到的这片别墅区，是了，这片房子都配着后花园，那么就有后门。

他加快脚步，没一会儿就走到位于厨房里的后门，甚至还没用力推，门忽闪忽闪地自己便开了。

门没锁。

外面刮着风，呼呼乱响，一串脚窝远远地延伸到远处的楼间。

再没时间多想，傅邵言追了上去。

天色茫茫，一栋栋灰色的别墅楼立在寒风里，路上没有行人，他跟着足印，跑跑停停。终于，他停下脚，足印终止的地方，一堆火正在垃圾堆前熊熊燃烧着。

“糟。”他暗叫了声不好，跑了上去。

走近了，也看清，在烧的是几本书。

直觉告诉他，这些书是蒋恩的。他三两下脱了外套，抓在手里使劲地拍着火，没扑两下，颈上便是一疼。

人软软地倒在地上，迷迷糊糊间，他看见一双女鞋停在了自己面前，蒋母怨毒的声音响彻于天地：“你们是骗子，是想害我儿子的。”

他从没想过，他抬起头，浸血的眼睛就那么望着蒋母：“你果然在替蒋恩隐瞒什么。”

不知是不是被那双眼睛吓到，蒋母呼吸一滞，随即举起棒子，闭上眼，使劲挥了下去。

晕过去前，傅邵言心里肯定了一件事。

越是被寄予厚望的人，越是不允许身上有丁点污点。

杜俊星也曾被家人过厚望，此刻的他正闭着眼，幻想自己坐在一间宽敞明亮的办公室里，桌上摆着秘书送来的几份急需签字的文件，意式炒面打着漂亮的包装放在一旁，那是他美丽的妻子才做好送来的午餐。

他舔舔嘴唇，伸手去摸桌上的笔，笔没拿到，却抓到了另一样东西。

那东西圆圆的、凉凉的，带着两个圆圆的洞。

“小李，这是什么？”喊着并不存在的秘书名，他不耐烦地皱眉，可想而知，根本没人理他。嗓子都叫干了，他也放弃了。

他没有很大的办公室，只是个月薪微薄的小员工，甚至老婆也不漂亮，就在刚刚，老板还狠批了他一顿，他一气之下回了家。

他是因为这个回家的吧？

脑子开始打结，不是因为这个？

突然，他想起来了，他被袭击了，袭击他的人是阚泽西！

一身冷汗地睁开眼，周围漆黑一片，没有明亮的办公间，打着蝴蝶结的意面盒子也消失了，不知饿了多久的他正手拿一个圆圆的东西送到嘴边。

是一颗白森森的死人头。

他怪叫一声，扔了东西，边手脚并用地往后蹭，没蹭几下，手又摸到了一根长骨。

二话不说收回手，他也不再朝后蹭了，因为他发现这个火柴盒似的房间里除了他，几乎都是放眼不敢望的白骨。

“阚泽西，你究竟想干什么！”他发疯一样地起身、歇斯底里地大叫着，“你有今天和我没关系，为什么把我抓到这来，我告诉你，我岳父家很厉害的，他们很快就能救我出去，到时候你就死定了！”

威慑的话没得到丝毫回答，他却喊缺氧了，耳朵嗡嗡地发着响，他捂着耳朵，难受地瘫在地上，他说的是假的，他岳父早死了，没人能救他。

想着想着，他就哭了。

“我不想死啊，以前的事是我做错了好不好，我向你道歉，给你磕头，求求你放我出去吧，我老婆快生了，孩子不能没爸啊，你不就没爸吗？那种感觉你最知道啊。”他语无伦次说着，边跪倒在地，砰砰磕起了头，“对不起、对不起，求你放我出去吧……”

磕头磕得头晕眼花，已经想不起多久没吃饭的他晕倒在地。

他喊了这么久，阚泽西连个声也没出过，房间阴冷得可怕，望着和他近在咫尺的骷髅头，杜俊星舔舔嘴，闭紧眼睛，小声嘀咕：“老子做鬼也不放过你。”

王小雀的第一封信

学长，我以为只有我一个人是这样的，没想到你也遇到过。你说我不该围着沈襄他们转，可我一个人很孤独，我不习惯自己一个人，我想和同学们一起。

学长，你那时是怎么过来的，能告诉我吗？

王小雀

她小心翼翼叠好信件，像在整理一个珍贵的秘密。她把它放在学校二楼的一扇悬窗前，她和安也学长约定了，在那里互换信件的地方。天明后，信就没了。

5

会死。

傅邵言以为他这次真的会死。

可只是晕了一阵，他便醒了。雪落在脸上，化成水，沿着颧骨流进嘴里。

天更冷了。

他爬起来，恍惚看着垃圾桶旁散着余烟的灰堆，想起了刚刚的遭遇。

打他的人呢？

正想着，身后传来的尖叫声已经回答了他。

蒋母和邢菲扭在了一起，邢菲的头发乱了，衣服散了。

“你放开我，嗷！”又一声尖叫后，蒋母晕菜了。

再看邢菲，她昂着头，下巴微扬，脸上被挠出道长长的血檩子，却依然像个遗世的女战士般站得笔挺，细看下，她的下巴不知是因为紧张还是兴奋而微微颤抖着。

“邢菲。”他叫了声。

“女战士”闻声，肩膀一抖，缓缓抬起头，当她看清眼前是谁时，失神半天的眼睛顿时湿了。

“我以为你被她打死了呢。”

哎，哪能那么脆弱，揉揉脖子，傅邵言朝她走去：“从女战士变哭包，邢菲你是怎么做到的？”

扑哧，邢菲笑哭了。

一直联系不上他们的郑植只得先去见安也，人才到学校就接到了电话：Golden 和邢菲查案时被揍了。

这事闹得！匆匆布置好保护安也的人手，郑植带上人气也不喘又赶到了蒋家住的别墅区。

见了人，郑植先指了下腿：“看到没有？我这腿都跑抽筋了，为了你们。”

“不能给你揉。”眼睛轻轻扫过正给邢菲揉肩的双手，傅邵言抬起头，“没多余的了。”

气人劲儿！郑植哼了一声：“没多余手的那位，人家现在嚷嚷着要告你女朋友暴力执法，对她进行殴打，怎么办啊？”

“该怎么办怎么办。”傅邵言瞧了一眼不远处撒泼吵骂的女人。

“啥？”郑植傻眼了，虽然双方都动了手，可这种居民举报，一个弄不好，吃亏的就是他们，搞不好邢菲要停职的。

邢菲也看着傅邵言，她不信那个女人能随便动得了她，她相信人民正义，她更信傅邵言。

一切发生得那般毫无预兆，就在郑植发问时，傅邵言的脸顿时苍白起来，随即两眼一翻，倒地不起了。

邢菲吓了一跳，蹲在地上手足无措，她知道怎么对付死人，怎么弄醒活人她一窍不通啊。

“老傅，你怎么了？”

“没事。”

啊哦，看着躺在地上紧闭双眼的人，邢菲秒懂。

“郑队，联系救护车，老傅被人打了一棒子，脑震荡了。”

“啊？”

不远处正和警员胡搅蛮缠的女人听见了，几步跑过来否认：“我没打他，是你和他一起打了我！”

“那就麻烦郑队对她身上的皮屑、纤维进行采集，我打了你，这位女士的衣服上肯定有我的组织样本，有没有老傅的查查看就知道。”

蒋母脸色不好。

“还有，有人用木棍打了老傅，木棍上也会有行凶者的组织样本。如果有这些她还不承认，可以对老傅验伤，伤口和凶器有个匹配度的问题。我们警察从不污蔑人，我们讲证据。”

“你也打了我！”

“我打我承认啊，大不了脱了这身警服，我的罪过可不比殴打外加诬陷重。”

“不是殴打，是袭警。”也看出猫腻的郑植帮腔道。

“我忘了，是袭警，而且迟发型脑震荡比即发型严重得多。行了，郑队，她想告就告去吧，你让人把我带走，老傅也送医院。”

邢菲两手一举，样子真像要受铐子似的。

“我不告你了还不行？”蒋母终于服了软，可怜巴巴看着邢菲。

邢菲挑挑眉毛：“一码归一码。”

连蒙带唬，蒋母老实了，不再喊着告邢菲，乖乖跟着上了车。

远走的警车渐渐消失在雪雾中，邢菲放弃了张望，蹲下身去拉傅邵言：“老傅，起来了，人都走了。”

地上的人像没听见她的话，紧闭双眸，脸色苍白，如果不是他嘀嘀咕咕发着声，邢菲真会误以为他有个好歹。

“郑植，毕业时你刑侦基础那科作弊了吧，120十五分钟连个影也没有，这里离急救中心就三分钟路程啊。”

“……邢菲你还笑，到底怎么回事，好端端怎么打起来了？”

傅邵言扫雪起身，脸上已无戏谑：“东西在吗？”

郑植知道他问的是那堆烧过的东西，在身后一掏，摸出个物证袋：“就是这个。”

感谢这场雪，让蒋母拼命想烧毁的这件东西留下了一点残余。

隔着塑封袋，他看着里面的东西。

“她烧的是什么，干吗打你？”

“因为我可能发现了一件她不愿意让我发现的事。”

“什么事？”郑植和邢菲异口同声。

“反应不一致。”

傅邵言说的反应指的是蒋恩和蒋凯。

从心理学的角度看，成年前遭遇过暴力对待的人会有一定的心理创伤，创伤的表现类型可以是性情变化、成绩下降等。2010年，周杰伦的《跨时代》，蒋恩没有收藏，那年在他身上究竟发生了什么让他性情大变，放弃喜欢多年的歌手，改听发泄性的音乐？蒋恩的书桌上有许多陈旧磨损，是摆件留下的，如今摆件都不见了。《蜀道难》那么一篇重点古言，蒋凯的书做着密密麻麻的笔记，蒋恩的却全是空白，而他高二时期的其他书全没了，剩下的估计只有这本语文，他妈却要把它烧毁。

“所以，蒋恩经历的肯定不是件好事。”傅邵言说。

“很好解释啊，因为阚泽西。”

“杜俊星、徐向北大学毕业后都留在了安平，工作平平，这和他们高考失利有关，也可能是因为一个共同的经历。可蒋凯呢？蒋恩性情变化的那段时间，他的读书笔记做得相当工整，看不出当中一丝一毫的情绪波动，按理说，他们兄弟二人形影不离，如果蒋恩和阚泽西起了冲突，蒋凯也会受影响，他们的情绪倾向应该趋同，而不是如今这种分散式分布。”

“有没有可能蒋恩的变化与阚泽西无关呢？也不对。”邢菲摇摇头，自己的推论倒先被她否定了。因为杜俊星和徐向北成绩也不错，可在那件事后却一落千丈。

迷糊，头疼，一团乱麻！

拍拍她的肩示意她要冷静，傅邵言想了想，案子越是理不清头绪时越要冷静。他相信，一旦弄清当年在安平一中发生了什么，真相自然就明了了。

“看样子还要强攻一下王胖子了。还有……”他想起监狱那头。

“找人去那个牺牲的狱警家里看看，会不会有什么线索。”

“好。”郑植痛快地答。

当天傍晚，一个身形颀长的中年男人低头进了安平市局，他是蒋凯蒋恩的父亲，来保释他已经离异的前妻。

在局里的这段时间，蒋母只承认她打了傅邵言，却拒不交代原因。

傅邵言隔窗望着一前一后钻进车里的两人，心里默默浮现出一句话：没有真相是不能被发现的，哪怕这真相已经过去很久。

最近几天，肖雯忙得有点脚打后脑勺，连先生都说她至于的吗?

怎么不至于，校长的校务就一堆事等她安排，安也的接待又分去她大半的精力，还要分神配合警方找资料。

说起资料，肖雯想起已经收集好的资料，便打电话和警局约定了时间。

在那之前，有个汇报表演需要她再去看一眼，离开办公室，她赶往一楼的大礼堂。

王小雀在走廊里快速奔跑着。

就在刚刚，她收到了学长的回信，信很简短，只有几个字，写着——做自己，我会帮你。

学长没说他遭遇了什么，一定是不想提!

她有些开心，因为不再孤独了。

“快点，再快点。”她不断给自己打着气，终于捧着手里的东西，气喘吁吁地赶到了礼堂，“沈襄，礼服拿来了。”

彩排现场。

距离文艺汇报演出还有三天，她连妆也没来得及化只顾跑回去拿沈襄的服装了。

灯火似彩珠，五彩斑斓地落了一地，王小雀看着对面比灯火还要好看的沈襄，开口就结巴了：“你带衣服了？”

“你才走我就发现她衣服在我这儿，王小雀，你也太慢了，化妆老师都走了。”勾儿姐站在一旁，手抱着胸，一脸看好戏的模样。

王小雀似乎听见有人在笑，她咬了咬嘴，挤出一抹笑：“我先去把衣服换了吧。”

“小雀，彩排说要带妆，不带妆老师要骂的。”从沈襄身边走过，王小雀听见她说。

沈襄微笑着，模样那么美，美得让王小雀都不敢和她再对视下去了。

她摇摇头：“没事。”

然后跑走。

勾儿姐：“就她那傻样，还想跳集体舞？别给咱班丢人了。”

沈襄：“哎，不这样做，咱班就评不上第一，这个月就白练了。”

勾儿姐：“是呗，不过襄襄，我还真想看看她穿那身衣服是个什么样。”

勾儿姐正说的得意，冷不防沈襄捅捅她：“安也、肖助理。”

不远处，安也不知道看了她们多久了。

上次欺负王小雀的是你们？”安也问。他身后，那个高大魁梧的保镖就那么面无表情地站着，眼睛像在看她们，又像没在看。再往后，更是一水的黑衣保镖。在这样一群人里，安也显得那么不一样。

“啊？”沈襄被问愣了，上次？什么意思？安也学长是知道什么了吗？想想觉得不可能，安也学长才来学校多久啊。

这么一想，突突而跳的心跟着平静下来了，沈襄摇摇头，脸上露出微笑：“学长认识小雀吗？她以为我没带服装，跑回去替我拿，刚才她回来了，我催她赶紧去换衣服，排演快开始了。”

“对对，就是这样。”勾儿姐在一旁帮腔。

一旁正在布置现场的肖雯注意到这边的动静，踩着高跟鞋过来：“安也你怎么在这儿啊，校长方才找你呢。”

安也没急着答话，还是那么深深看了肖雯和勾儿姐一会儿，这才回过头：“我就是要去他那，抄了条近路。”

安也走了，肖雯拍拍两个女生：“怎么，看帅哥看傻了？学校是明令禁止早恋的呦。”

一句玩笑话让沈襄回过了神：“肖特助，安也身边的保镖好多啊，真气派。”

“这不是你们该管的，该学习的时候学习，该跳舞时好好跳舞，沈襄你是舞蹈特长生，演出那天好好跳，以后说不定也能走你们安学长那条路。”

勾儿姐捅了捅沈襄，这不正是她们之前想的那样吗？如果能在演出里吸引到安也的目光，说不定他肯带她们进娱乐圈呢。

勾儿姐：“那我们去了，谢谢肖特助。”

目送走两个学生，肖雯看眼安也离开的方向：安小东安排来保护弟弟的阵势，能不气派吗？

哎……但愿阚泽西的事早些过去。

她又看了看腕表，离和警方约定的时间还有一会儿，待会儿再回办公室吧。

这么想着，她又折回了前台。

在她刚刚站过的地方一直向后，是条长长的甬道，右手边第一间屋子里，王小雀愣愣地看着镜中的自己傻了：“这不是我的衣服，谁拿了我的衣服啊？”

细细的声音在身上那件宽大的有如睡袍的衣服里传来荡去，同学们都走了，彩排马上就要开始了，整个更衣室除了她一并带在身上的那件白舞衣外，再多一件衣服都没了。

王小雀想过换上那件白衣服的办法，可她是红裙子那组啊。

红裙二十三人，白裙二十三人，老师说过的。

想到老师的话，王小雀一狠心，拖着身上的睡袍出门了。

答应来学校取资料的是傅邵言，他和邢菲已经准备出门了，发现车上又多了几个人。

傅邵言：“你们跟来干吗？”

郑植：“见安也。”

想起之前听说的安也拒绝掉了警方的所有保护，傅邵言耸耸肩，不再言语。

“你都不问问我前因后果吗，他态度那么嚣张，靠那几个保镖就觉得没人能伤得了他一样！就算是他哥安排的保镖也不能这么胡来啊。”

郑植越说越气，邢菲眨眨眼，看向傅邵言：“还真像你说的哎。”

郑植：“他说什么了？”

邢菲：“老傅说，这种让你受挫的事不用问你自己也会说的。”

郑植：“傅邵言你还是不是个人？”

“事实而已，和我是不是人没关系。”

郑植气得一扭头：“对了，那只羊刚刚打电话回局里，问起你们了。”

自从王高冷的事情一出，邢菲和杨呢的关系似乎一下子就回到了从前，邢菲是忙得忘了理她，杨呢是有案子忙。算起来，两人已经有几天没说过话了。

邢菲：“你把她手机号给我，回来我给她打个电话。”

她都听说了，杨呢这次去办的案子有些棘手。

郑植拿出手机，一边翻一边说：“你也没点节操了，和杨呢做朋友。”

傅邵言：“不是生气了吗？怎么还和我们说话？”

郑植：“……”

就这样，一路吵闹，到了一中。郑植和傅邵言分开两队，一队去了教学楼找肖雯，一队去了大礼堂。到前，手下已经确认过，这个时候的安也在大礼堂给学生们做指导。

“拿了资料就快点过来，安也那人不好对付，你们过来帮帮我。”已经走出去好远了，郑植不忘回头招呼。

傅邵言回应似的一扬手，转身进了就近那栋楼。

“我们也进去吧。”说着，郑植领着人，朝稍远些的那栋楼走去。一中的演出大厅就在那栋楼里。

王小雀紧紧地抓着裙摆，头压得低低的，想解释一时又找不到自己的声音。

指导老师说得口干舌燥，终于一摆手：“算了，你下去吧，演出也不用你参加了。”

王小雀倏地抬起头，眼睛瞪大：“老师，我不是故意的，是我的衣服……”

“我不管是衣服还是什么，总之我的队伍不需要你，你走吧，别打扰我们排练。”

眼睛不知怎么就模糊了，王小雀吭哧了半天，嗓子被泪水糊住，说不出话来。

她心里急啊。

王小雀你解释啊！你倒是和老师解释啊！

“老师我……”她看向沈襄，沈襄那么漂亮，舞跳得也好，老师那么喜欢她，只要她替王小雀求求情，说不定……

让她出乎意料的，沈襄根本没看她，只是专心摆弄着裙摆。

倒是勾儿姐站了出来："王小雀，你还是先下去吧，排练的时间不多了。"

连推带搡，王小雀下了台。

音乐响起，舞蹈老师指挥着同学们变化着队形，整支舞甚至没有因为少她这个人而受到一点影响。

她就那么呆呆地站在帷幕旁，脸上偶尔被扫过的彩灯照上那么一两下。

"我该怎么办？你在哪儿？学长？能过来帮帮我吗？"她蹲在地上，喃喃地道。

身后传来木板被踩踏的声音，有人来了。王小雀闷不吭声蹲在那里，也没有打算擦眼泪，她就像只没人要的小狗，被随意丢弃在那里。

安也站在那里，看着独自哭泣的王小雀："别哭了。"

"学长？"王小雀哽咽地抬起头，惊喜地发现她的学长真像信里说的那样第一时间出现在她身边了。

他笑了笑："想跳舞？"

"想。"

"我帮你。"

身后的魁梧保镖突然发出一声类似"唔"的声音，安也抬起头，看见匆匆而来的一行警员，无奈地叹了声气："我的话很清楚了，我哥帮我安排的保镖足够应付一切变故，你们还是把警力花在抓捕阚泽西上吧。"

早听属下说了安也的不配合，郑植也早有准备："保护你是我们分内的事，多一份人力保护你我们也更放心，这次来，主要是案子的一些细节我希望能和你谈谈。"

安也："好吧，不过要等一下，我要去帮这个小姑娘求个名额。"

这么痛快？郑植有些意外。

他看着那个哭相狼藉、穿着一身不合体衣服的小姑娘，想起傅邵言关于校园暴力对象互换的问题。安也帮她？

教务主任监督着彩排效果，不想安也突然来到身边，还指着王小雀，态度特别诚恳地说："主任，能让这个孩子参加吗？"

"等下等下。"示意舞群停下，主任荣幸地搓着手，看着安也，"你说什么？"

"我想给那个叫王小雀的争取一个参加名额，就是上次来时，我和她聊过的那个小女生。"

教务主任愣了，舞群里沈襄和勾儿姐也愣了。

这个王小雀何德何能，能让安也替她开口啊。

愣神后，主任忙不迭地点头："行啊，没问题。"

"谢了，主任。"

安也伸出手，被教务主任一把握住。主任瘦瘦的脸朝舞台上努了努："安也，别急着走，和学生们说两句。"

说两句？

安也看了看台上："说什么？我也不知道该说什么，大家能在一个学校读书本身是种缘分，要珍惜这种缘分，不要像我，当初要好的几个同学如今都不在了。还有，不要做欺负弱者的败类。"

台上有几个人的脸不知怎么就白了，台下郑植的脸变得更莫测了。

"去哪儿谈？"

安也的问话拉回了郑植的神思，他指指门外："去主教楼吧。"

主教楼。

手机躺在地上，屏幕摔得四分五裂。肖雯摸了摸头，看着掌心的血，想站起来却依然头晕。

"这是怎么了？"原本邢菲看见门开着，以为是肖雯在等他们，没想到走近才发现肖助理人坐在地上，头撞出了血不说，办公室也是一片狼藉。密封着蒲公英的水晶摆件倒在桌沿，桌上相框倒扣，文件乱七八糟摊着，有些还落在了地上。看了一眼，邢菲赶忙跑进来，扶起来仍在头晕的肖雯。

邢菲："到底怎么了，是谁打了你吗？"

"蒋恩的妈妈来了。"伤口不浅，肖雯疼得直咧嘴，"问我你们是不是来要了资料，我当时手上拿的就是，就被她抢走了。对不起啊，我不想给，是她硬抢的。"

傅邵言在屋里看了："她走多久了？"

"才走。"

"邢菲，你待在这儿，我去追。"傅邵言按住了要行动的邢菲。

"追谁啊？"不知何时，动作麻利的郑植已经站在了门口。

傅邵言看了一眼他身后的人，变了主意。

"蒋母拿走了资料，你去追一下，我有点事想和安先生聊聊。"

"啥？明抢？"郑植来了脾气，点上一个人，追了出去。

"联系下校医，校长那边也知会一声。"傅邵言吩咐着邢菲，眼睛却看着安也，"安先生，不知道方便问你几个问题吗？"

"好。"安也无奈地点点头。

安静的走廊，魁梧的保镖背手站在两米远的地方，脸色阴郁地注意着这边的动向。

傅邵言垂着头，站在安也面前，两个身高不相上下的男人就那么静默着。

安也在等待他的问题。

大学没毕业，因为参加了一次歌唱比赛被星探发掘，肄业进了娱乐圈，如今已经几年了，在圈内，安也是公认的好脾气。他就像自带发光体般，即便站在黑暗中也是引人注目的。

可当他听到傅邵言接下去问的这个问题时，人还是一愣。

傅邵言：“当年，你们和阚泽西之间发生了什么？图灵社里究竟发生了什么？”

杜俊星已经记不清他究竟在这个地方待了几天了，此刻的他目光迷离，看着天上的星星。

对，是星星，就在他头顶——蓝色的天幕下闪着银亮的星星。这颗是蒋恩的、那颗是陶笛的。

阚泽西不会是想让他和他们一样升天吧？

会的，他肯定是这么想的！

杜俊星咬咬牙，发现自己连咬牙的力气都没有了，阚泽西竟然不给他一口饭吃、一口水喝，再这样下去，他会死的。

他不想死，他不能死！

可翻遍屋子，除了那堆现在对他而言已经麻木的白骨外，再无其他。

他挪了挪腿，脚蹭到什么东西。

那是他之前拉过的一摊屎，恶臭无比。

他无力地扫了一眼，眼神慢慢定在那坨恶臭上。

他不想死，他要活！

求生的意志给了他一点力气，他挪动身子，靠了过去。

6

“你知道图灵社？”沉默良久，安也开了口。

“当然。”

“已经很久没想过那个名字了。”像在脑子里重新描摹那段记忆般，安也的眼神瞬地变得无比旷远，“你问什么来着？图灵社里发生了什么？没什么。那只是我们几个好朋友在一起聊天交流学习的 QQ 群而已。”

“那为什么群里的人都成了阚泽西下手的目标？”

“据我所知他杀的或是想杀的不止我们几个吧。”

“你倒是清楚。”傅邵言一笑。

“曾经有一个那么可怕的人出现在我的生活里，他就是场噩梦，不是他我不会精神恍惚考了个二流大学，他还杀了我几个好朋友。不是他，他们都能活着。所以，实话告诉你，如果他这次真的想对我下手，我会让他有去无回。”说着，安也看了眼身后的方向，那里站着他哥派给他的贴身保镖黑子。

“所以，傅警官，你的问题我无法回答你，如果没其他事那我就先走了。”

“好。”傅邵言侧开身，让出了路。安也的话太过坦白，但以他的身份和经历，能说出这些话也是无可厚非。

谈没谈下去，他回了肖雯的办公室，肖雯的伤口处理得差不多了，邢菲正陪她聊天缓压。

“好端端怎么会打你呢？”

“她一进门就问我你们是不是朝我要了什么资料，刚巧那东西就在我手里，我就本能地看了一眼，她就来抢了。都怪我。”

“这事哪能怪你。放心吧，我们的人已经去追了。”

傅邵言插话：“那些资料上的东西你还记得吗？”

肖雯摇摇头：“不好意思，最近太忙，我只是按照你们的要求去档案馆调阅了蒋恩高一高二两年内学校的载记，根本没时间看。”

“哦。”傅邵言有些失望，开始百无聊赖地扫视起房间，不知是谁已经给肖雯的书桌草草整理过了，几张漂亮的风景照片嵌在相框里，顺序地摆在桌案上。

“这个是普罗旺斯的薰衣草田吗？”

肖雯摇摇头：“伊犁的，朋友去年去时拍了给我的。”

几个人正说着话，窗外的人声早已变得混乱不堪，傅邵言和邢菲同时向窗外看，也一同在心里说了句——坏了。

隔着楼距，他们仍然认出站在对面楼顶的人是蒋母。

“她不会是想跳楼吧？”顾不上身上的伤，肖雯撑起身子，跟着两人跑了出去。

寒风凛凛，撩动蒋母凌乱的头发。

她站在楼顶，再退后一步的地方就会踩空，她回头看了眼悄悄逼近的警察，疯了般挥舞着手：“别过来，都别过来，不然我就跳下去。”

“你冷静些，我们不过去！”郑植把手举高，腿略略退后。

这种时候，他只能假装顺从。

就这被拉开的丁点距离让蒋母不再那么歇斯底里，她捧着怀里的包，一脸怒意地瞪着郑植：“你们为什么查我儿子，我两个儿子死了几年了，你们不仅不判凶手死刑，还让他跑了。你们该去抓那个孽种，干吗要来查我儿子，你们是无能，你们想害我儿子！”

说到激动处，她又朝后退了半步。半只脚踩空，郑植眼见她身体虚晃一下，脸跟着一同白了几分。

“你别激动！我们不是想害你儿子，没人想害你儿子，调阅资料不过是为了利于查案，早日把凶手逮捕归案。请你相信我们。”

“我不信！”蒋母嘶吼着，嗓子已然哑了，“要我信也可以，我要你们领导保证不会查我儿子，还要让我录像。”

这怎么可能？

“阿姨，你先冷静冷静，你这个事我做不了主，我可以帮你请示下领导。”

“真的？我不信！”

“真的真的，我们本来也没想查你儿子。现在风大，那边不安全，你先下来好不好，咱们有话下来说。”

“这……。”蒋母似乎有了动摇。

郑植和他身后的同事也就势靠了过去。

本以为没事了，万万没想到，就在他们离蒋母还有一米不到距离的时候，磨磨蹭蹭的蒋母突然抬起头，大喊一声：“我不会给你们害我儿子的机会的！”

说完，她回头，纵身一跃。

一声尖叫从楼下传来，急红眼的郑植探身朝下一看，蒋母躺在五楼之下的雪地里，不远处，跟着傅邵言他们跑出来的肖雯吓得瘫软在他们身后十几米的地上。

一天后，出席完一场酒会的安也坐在保姆车里，看着车载电视里播放的城市新闻。主播的声音同助理的声音交织在一起，略高一筹的助理声音显出几分得意：“要我说那些警察是疯了，竟然怀疑你，因为查案差点逼出人命，这下好了，他们说的资料根本没找到，说有的证据没有，还被媒体批评，蛮活该的。”

“他们要找什么资料啊？”看着电视出神的安也问道。

“这个肯定不会说，只是说会严肃处理办案警员。”助理低头翻起手机，“我看看网上有没有消息。安也，要我说咱们不该来安平的，这里太不吉利，警察也讨厌。”

这话哥哥又何尝没同他说过呢？

可他对阚泽西的邀约不能置之不理。

安也看向窗外，雪色中的城市，华灯初上。

他不是那个只会挨欺负而不会反抗的安也了。

车载电视里播报的仅是事实的部分，市局的情况比报道的还要糟糕。

蒋母的事不仅惊动了媒体，也引起了上级的注意。

“蒋父有点能力，把我们调查蒋恩的事捅到了上面，说我们无能，抓不到凶手倒想污蔑他儿子。加上蒋母至今仍在昏迷中，局里的压力大，让郑队停职反省。郑队一走，也不知道安排个什么人带队。”组员垂头丧气地从外面进来，“Golden 现在还在里面挨训呢。”

“案子呢？调查方向会受影响吗？”邢菲着急地问，之前可是有无数小道消息说不许他们再查那几个死者了。

“不知道。”

真急死了。邢菲着急地揪着头发。

出差回来的杨呢端着杯冒热气的咖啡从旁经过，问了句：“你们要找的资料还没找到？”

“没有。”说起这个，当天在场的一个警员一脸沮丧，他们不止在蒋母的身上没发现，沿着蒋母的逃跑路线寻找，也是一无所获。“蒋恩他妈现在在ICU，就算想查也没法查，何况医院里还堵了那么一堆记者。”想想在医院里被围堵的情形，警员不寒而栗。

他和同事去了，明明什么都没说，第二天的报刊和门户网站就登出了这样的标题——《失子母亲被逼跳楼，无良警察继续苦苦相逼，天理何在？》

他们哪就苦苦相逼了？

“别气馁。”傅邵言不知什么时候走了进来，他表情平静，看上去丝毫不像才挨过批的。

“老傅，怎么样？还能不能查蒋恩陶笛他们？”

傅邵言摇摇头：“陶笛能查，蒋恩不能查。”这个上面已经明确了，不能查。

“上面派了新负责人接手这个案子，不过省厅帮着挡回去了，所以案子现在由我负责。明天是安也留在安平的最后一天，参加完文艺会演，他就要坐私人飞机去外地，我们先别管蒋家的事，抓阚泽西要紧。他要对安也下手，明天就一定会出现。”

“郑植什么时候能回来？”邢菲问。

“在我们找出真相的时候。”知觉告诉傅邵言，那几个人身上有什么地方不对头。

“安也今天是不是有个宣传活动？”

“对。”邢菲低头摆弄着手机屏，不多时，上面便出现了一个直播界面，傅邵言凑过去，看着画面里安也身后的条幅，上面写着——塑造正确人生观，提倡校园文明几个字。

此时的安也手拿话筒，正发表着讲话：“作为一个亲身经历过校园暴力的人，我深知校园暴力对我们这些受害人的深远影响，虽然我提倡校园文明，但我同样反对过度文明，如果你遇到了暴力对待，请记得反抗，并对这种行为说不！”

画面里的安也眼眶发红，看得出是真的动了情。

大家都感动于安也这个公众人物的深情，而傅邵言想的却是安也没说出来的那部分真相。

图灵图灵，究竟发生了什么。

安平一中。

王小雀伤痕累累地缩在墙角，咬着唇死死盯着眼前的几个人，沈襄虽然自始至终没动手，看她的眼神却是冷冷的。

勾儿姐站在一旁，嘴角抽动：“你以为抱上了安也学长的大腿就可以耀武扬威了，想得美！”

“我没有，我就是不想再帮你们打水了……”

“这是你不想就行的吗？”

反抗的结果是又一阵拳脚。

王小雀身体蜷缩护着脸，嘴里念着：“没事的，安也学长会帮我的。”

“安也学长会帮你？别做梦了，人家是大明星！”一群人当她在说疯话，拳脚落落停停中不乏嘲笑之声。

“不是梦，安也学长给我的信里就是这么说的。”

可惜并没人把她的话当真。

“好了，我们回去吧，明天就是演出了，别闹出什么事来。”

终于，沈襄发话了。

久久，王小雀抬起头，这才发现人走了，而她的衣服已经被扯得破烂不堪。

盖了盖裸露在外的地方，她失神地望了望门口——明天就要演出了呢。

突然，她有些高兴，因为她要演给安也学长看呢。

7

安平一中自建校来也没像今天这般热闹过，刘校长回头看了眼满礼堂的学生和媒体，心里早乐开了花。

“托你的福啊。”刘校长脸上横肉直颤，看向一旁。

“我也是一中的学生，为学校做宣传是我的荣幸。”安也笑着，想着这个时候他的人正在学校的各个角落里寻找着他要找的人，心里一阵踏实，几年了，终于要有个了结了。

想的工夫，一个男生过来，叫走了校长。打了声招呼的安也留在原地继续想事：黑子是跟了哥哥好多年的保镖，办事利落，哥哥说他的命都可以交给黑子的。

轻笑着，一个长相腼腆的男生走过来：“安也学长，请您跟我来。”

“？”

“校长给您安排了一个特别的出场。”

特别的？安也欠身起立，这个刘校长真是有心了。

傅邵言坐在二层的玻璃间里，耳朵里的对讲机不时传来汇报声，直到现在为止，他的人还没能找到安也那个“失踪”的保镖，倒不是因为他们搜查能力差，而是不知道是怎么回事，警员们明明身着便衣，却像被贴了标签般全被认了出来，此时，正被那群媒体记者包围着、围攻着。

傅邵言心里升起一种不好的预感，再抬头一看，安也也不见了。

啊哦。

他一面盯着现场，一面联系了近点保护的人查看，命令才下，他就眼看着几个向前台靠近的警员被架着摄像头的记者围住了。

预谋。

这一切都是预谋好的。

再没时间多想，傅邵言把监控任务布置给房里的同事后，自己起身离开了。

玻璃间的房门打开的瞬间，乐声响起，安平一中的汇报演出开始了。

阚泽西看着电脑屏幕，不知不觉就笑了，他都没想到安也会靠媒体这招牵制警方。

不过这样也好。

眼睛移向另一个电脑屏，漆黑的屏幕上再看不见杜俊星疯魔的画面了。

就在刚刚，他如安也所愿，把杜俊星放了。

“快跑快跑吧，看看是安也先找到你，还是警方？”阚泽西对着画面，发出一声诡笑。

有件事他知道警方却不知道，比起他自己，安也在乎的、想找的其实是杜俊星。

邢菲在外面转了一圈，发现了同事们的困境，跑回来向傅邵言汇报。一进门，却发现老傅不在。

“他人呢？”

“下去找安也去了。”

“安也也不见了？”邢菲头疼，正按着太阳穴，桌上一只手机屏幕闪了一下。

是老傅的。

“这人，手机都没拿。”

邢菲拿起来，放下，又重新拿起来。

看别人隐私不好，不过这个时候万一有什么事呢？

想着，她输入密码，完成解锁，当看清短信内容时，她的眼睛跟着瞪大了——杜俊星在附近。

“你们马上联系老傅，告诉他杜俊星在附近！快！”

“有人发短信到我手机上，杜俊星在附近？”

杜俊星在附近并不奇怪，奇怪的是有人发消息告诉他，这就相当奇怪了。某个思路电光火石般从脑子里一闪而过，这个时候杜俊星的出现，是不是有些蹊跷？

“通知各小组，无论如何抢先找到杜俊星，另外注意安也。”下达好命令，傅邵言脚步越发坚定地进了后台。

他要找到安也。他不知道第一个发现短信的人是邢菲，他也不知道自己心爱的女孩此时已经跑出大门，在刺骨冷风里敲着脑门看着空旷的操场。

“邢菲你快笨死算了。不管杜俊星为什么会出现，他肯定是寻求警方庇护的，全市人都知道警方现在在大礼堂里保护安也，杜俊星要在也是在里面啊。”

数落着自己，她转身准备回去，就在此时，一个声音让她止住了脚步。

“自欺欺人，在自欺欺人。”

轻轻地声音来自松柏灌木后，断断续续，还有点语无伦次。邢菲静静听着，慢慢靠了过去。

“是我虚伪，你比我还虚伪，至少我没动手打过他啊……我要揭穿你。”

“杜俊星？”稍微地一下迟疑，邢菲已经肯定了里面的是杜俊星，她再不多想，一个飞身，冲进灌木丛。

“杜俊星，真是你，快跟我走，这里危险。”她说着，一开口就被他身上那股恶臭弄得作呕。

像没听见她的话一样，杜俊星仍在自言自语：“他们不打你就会打我，真的不怪我，要怪就怪陶笛，是他带头的，也怪你，要装坏学生就装到底啊……”

“你说什么呢？不是阚泽西打你们？是你们打阚泽西？”她愣了一下，忙摸出手机，“录音功能、录音功能，找到了，你把刚刚说的再说一遍。”

“我没有，是他们，陶笛、蒋凯还有安也他们。”杜俊星几乎带上了哭腔，“我真的没动手，我只是没站出来帮你澄清而已，可图灵社的寻宝你确实参加了，谁知道你们去了药厂后发生了什么？”

“药厂？”怎么又多出来个药厂？

不知道为什么，杜俊星的声音就那么弱了下去，他低着头，鼻尖几乎贴进土里：“就是陶笛他妈在的那个药厂，蒋凯妈妈也在。”

HCG？哥哥？

她猛地想起回到安平时在车站发生的那一幕，她被误当成嫌犯。五年前，哥哥的个头和那个嫌犯刚好相符。

邢菲的后背冒出一层冷汗，她俯下身子，拉起杜俊星的脖领：“寻什么宝？”

“……悬赏……蝎……”手里一沉，杜俊星就这么断了气。

邢菲的脑子一片空白，老傅一直坚持阚泽西是校园暴力的受害者，杜俊星曾经是受害者、后来成了帮凶她如今也知道，邢朗会是嫌犯、会是红蝎吗？

这个她真不知道。

莫名的，脖颈一凉，一只黑洞洞的枪口对准了她。

“不许叫。”

安也的保镖原来不是哑巴……邢菲的后背冒出冷汗。

集体舞被排在第三个节目，王小雀激动地站在帘幕后，期待着帷幕拉起的那刻，她要把最美的舞姿献给观众，献给她的学长。

身后的人却乱了套。

指导老师在学生中穿梭着，寻找着：“沈襄人呢？”

勾儿姐也跟着急，自从换好服装，她就再没见过沈襄了。

“老师，找遍了后台，不见她啊。”

“算了算了。”助理老师摆着手，“还指望她领舞出彩呢，掉链子。等下你们照常上场，变队形时注意……”

老师说了许多，王小雀一句也没听进去，她站在人群外围，想着学长对她的鼓励，朋友不是靠巴结来的，做好自己，不要软弱。

做好自己，她抬起头，“咦”了一声，笑了。

同学们开始聚集在一起，音乐声盖住了王小雀的笑，幕布一点点朝两侧分去，台下响起掌声，掌声又随着一个徐徐从棚顶降落的东西戛然而止。

无数条红色的缆绳缠绕在沈襄身上，她像个被捆缚的耶稣一样，十字般悬在半空，一条长长的“红线”沿着她雪白的脖颈蜿蜒而下，滴答落地。

是血。

血刚好滴答在勾儿姐脸上。勾儿姐人像蜡像那样僵直了几秒，倒在了地上。

有人发出尖叫，有人开始乱跑，王小雀被乱跑的人撞得东倒西歪，却没离开。她像仰望天神那样望着上面，大声叫着：“安也学长！”

已经发现异常的傅邵言第一个冲上台，一眼看到了头顶升降台上脸色煞白的安也。

“不是我做的！有人害我！阚泽西害我！”

那晚，安也惊恐的声音定格在咔嚓作响的闪光灯里。

阚泽西站在窗外，看着里面这一幕，默默转身。

别急，九个人，还有一个呢。

卷四　五人斩

不可言说之事，必将无言以对。

——维特根斯坦

第一章　听话水

1

“有个学生告诉我校方安排了特别的出场方式给我，我才上去的。”面对警方的问话，脸色仍然苍白的安也如是说。

几分钟前，在警方的再三训诫下，他颤巍巍地被带离了高台，虽然腿还有些软，但脑子已经清醒。

那人不是他杀的！

安也咬了咬唇，余光里，那群平时能增高他曝光率的记者此时也在兢兢业业，闪光灯频闪，他的眼睛都快被闪瞎了……

打拼了这些年才走到今天，不能因为一个误会就毁了。

不过……真是误会吗？

就在安也忙于解释的时候，一直企图突破警戒线冲到里圈的王小雀眼见着几个警察缠着她的安也学长没完没了，她急了。

“你们不能抓安也学长，他是好人！”

安也眼眶一热，亲人啊！

天知道此时此刻这样的情况他是多么需要一个人维护好他的形象。

想着，安也再次转移视角，望向王小雀，她是叫王小雀吧，那个总被人欺负的小女生。

安也的眼中充满感激：“谢谢你啊，小学妹。”

像听见了一样，王小雀点点头说：“没事，安也学长是好人，谢谢你帮我，虽然杀人不对，可我知道你是为了我，安也学长谢谢你！”

“你胡说八道什么！我没杀人，她胡说，警察同志，她胡说……你干什么？”

安也的声音慢慢弱了下去，他眼见着王小雀完全不理他，兀自从口袋里小心翼翼拿出一沓纸，转手交给警方。

心里的疑惑和不安交织着朝心口翻腾，他死死盯着那沓东西。

那是什么啊？

傅邵言忙着接电话，却也注意到了这边的动静，三两句挂了电话，走过去。

“怎么了？”

“Golden，是信。”

落款为安也的一沓信被递到傅邵言手里，信的内容让他眉头一动。

一旁的王小雀见他不说话，急了：“安也学长是为了帮我才杀人的，他是好人！对暴力只能以暴制暴！”

以暴制暴。

这个在之前被安也提及数次的词放在此时有点巧，却正中了某些人的下怀，那些死赖着不走的记者听了这话无异于发现了新大陆。

原来安也杀人，早就有迹可循啊。

就这样，失神时手腕已经被上了家伙，安也傻眼了，愣了几秒后，他疯了般地开始挣扎，似乎想靠蛮力挣开。

“如果我是你，这时就乖乖跟警方走，毕竟你现在只是嫌犯，反应多了是不是给人感觉是做贼心虚。”专心看信的傅邵言抬起头，一句话让安也哑巴了。

是啊，他慌什么？暗自骂了自己好一顿，安也的眼睛茫然了，现在再表现出镇定也不知道晚不晚？

就这么愣着神，安也被带离了现场，也就是在踏上警车的前一秒，他后知后觉地想起了黑子。

那个女学生的事肯定是阚泽西从中作梗，人不是他杀的，所以安也不怕，现在他就寄希望于黑子干掉杜俊星，那样当年的事就不会有人知道了。

或许你要问了，别人不知道阚泽西也不知道吗？

当然知道，只不过在安也的思想里，阚泽西是杀了五个无辜学生的杀人凶手，他的话没人会信。

安也不知道的是，这个“所有人”不包括傅邵言。

如果之前傅邵言只是觉得案子哪里透着古怪，那此时他可以百分之百肯定阚泽西的案子有隐情。

来自监狱方面的最新消息，调整了调查方向后，案子有了重大突破。

在被阚泽西杀害的老狱警顾义彦家里找到了一样不该存在的东西——一种只留存于黑市的禁药，懂行的人都叫它听话药。顾名思义，吃了这药的人会反应迟钝，对身边人言听计从，失去反抗能力。

这种药出现在顾义彦的家里本来就不合理，加上阚泽西的号服和碗筷上也检测出药物微量残留，问题就很明显了。而故事最开始药关顾义彦对阚泽西的特别照顾如今看就根本不是那么回事了。

顾义彦一直在用药控制阚泽西！

一个狱警控制一个在押的犯人，再结合阚泽西越狱后的一系列举动，这里面的答案呼之欲出——阚泽西很可能是被冤枉的！！

有了这个认知的傅邵言有些兴奋，打发走安也，他急火火地找了块板凳就地整理起了思路，但很快，他就发现有什么事情不对劲。

想了半天，他抬起头："邢菲呢？"

邢菲失踪。

这是继阚泽西可能蒙冤后，在安平市局第二个迅速传开的惊人消息。

市局三楼，专案组办公室。

傅邵言实实地接下了邢朗这一拳，脸顷刻间肿起好大一块。

他趔趄半步后站住，眼睛直直望着邢朗："对不起。"

"对不起就完了？我和她说了多少遍，别干警察别干警察，偏不听！"说着说着，邢朗就跑题了。说实话，他是自责，自己怎么就没照顾好妹妹呢？

邢朗的感觉傅邵言又怎么不懂，说出来或许没人相信，邢菲对于他，比这世界上的任何人或事都来得重要。是邢菲让他不再孤独，是她让他觉得直来直往也是种不错的体验，他不再担心自己做得不好时会有人笑，也不用费着弯弯绕去以牙还牙，因为邢菲的存在，那些事情都变得那么的无所谓。

可如今，邢菲失踪了。

"我会找到她的。"他重重地道。

这次，邢朗没接茬，说什么呢？说什么也没意义了，找人要紧！

"有消息告诉我。"扔下这么一句，邢朗拉开门走了。

门外，隔着玻璃窗一直在围观的众人见了邢朗，纷纷散开，直到邢朗彻底走远了这才重新蜂拥入室。

"Golden，你没事吧？"有人小心翼翼地问。

傅邵言微微摇摇头："听话水的来源有进展了吗？"

"还在查。"

"二十四小时内给我进展。"

"二十四小时……"接话的人与傅邵言眼光对上，一咬舌头，下面的话生生地被吞进了肚子里。

像没看见对方的反应般，傅邵言继续布置着："王高冷那边呢？"

"依旧什么也不说。"

"交给我吧。"

"那邢菲那边……"几个人都犹豫着措辞。

"也交给我。"

一句话打发走了几个同事。

一场雪后，安平严寒之势已成，冰片层叠在玻璃上，房内的一切变得无比梦幻。

不知道在想什么，以至于有人推门进来傅邵言也是完全没听见。

"看样子邢菲在哪儿你心里有数喽？喂，你在干吗？"郑植的眼珠子快瞪出来了，"师哥，你不会是在揪头发吧？"

窗前，傅邵言缓缓地回过头，一双异眸竟都是通红通红的。

"不会吧？哭了？啧啧。哎，师兄，我这不是见你伤心自责所以想活跃下气氛而已，你还当真了。"几日不见，郑植狗腿的本事见长。

"你解禁了？"傅邵言终于肯分个眼神给他。

郑植摇摇头："没有。"

"不过虽然没解禁，可谁也没说我不能帮你们破案啊。"郑植眨眨眼，显然在为他这个绝妙的主意而得意，"怎么样，说说你的想法吧。"

傅邵言摇摇头。

"什么？别告诉我你没思路，那你刚刚说的'交给你'是空话啊？"

傅邵言一脸平静："脑子还蒙着呢。"

"得。"郑植一拍大腿，"著名犯罪心理专家、显微眼傅邵言因女友失踪过分自责以致脑子发蒙，这事放以前我是怎么也想不出来的。"

"我又不是怪物，有情绪很正常。"

"是是是，正常正常。正常的怪物，脑子别蒙了，我有个想法来和你说说。"

傅邵言抬眼看着他，眼里的消沉很快就消失不见了。

见他消沉不再，郑植清清嗓子后说："关于蒋恩他妈拿走的资料，我有个想法。"

"说。"见他又要卖关子，傅邵言飞起一脚伺候。

"我这几天闲得发慌就一直想这个案子，按理说咱们的排查已经够严密的了，为什么蒋恩他妈拿走的资料就是找不到呢？后来我想到一种可能，或许资料根本就没被蒋恩妈拿走。"

傅邵言眼睛一亮："肖雯。"

对，就是肖雯。

郑植得意扬扬地从怀里拿出一沓资料："我找人查了下她，不查不知道，肖雯也是安平一中毕业的，刚好高蒋恩他们一级。当年有外国访问团来安平，英语好的肖雯曾经作为翻译随行到下级旁听，访问团当时进驻的班级正是高二（1）班。"

"肖雯帮蒋母隐瞒……"傅邵言沉吟起来。

此时的他比起自责，更多拥有的是破案的急切，因为只有掌握了各方的利益关系，才能知道黑子为什么把邢菲带走。

虽然情绪有短暂的失控，但事发后那个叫黑子的保镖有个短暂失踪这个事实他又怎么能忽略呢？

潘喜站在门口，不时朝门外张望几眼。

终于，那熟悉的车轮声远远传来，她放下手里的抹布，几步奔去门口，迎上了推门进来的邢朗："怎么样，小菲有消息了吗？"

"已经在打听了。"邢朗一脸沉重，在打听了，意思是还没消息。

"哦。"潘喜蹭了蹭手，突然想起了什么，随即压低声音道，"他们在追查听话药了。"

邢朗闻声抬头。

2

陶笛就那么手插着口袋，站在一旁，唇角带笑，看着不远处的胡同。

"我就不信这次治不了他。"

听了这话，他偷偷撇撇嘴：陶笛未免也太小题大做了，不就是因为这次考试有道大题阚泽西的解法有点精妙吗？至于这么大惊小怪的？结果不是算错了吗？老师都没当回事，他们至于兴师动众地专程过来教训一次吗？

"我说，差不多得了吧，被老师发现了不好。怎么，我说错了？"他望着陶笛，后者正回头望着他。

"发现又怎样？老师会信他还是信我们？"

那倒是，他们几个要家世有家世，要成绩有成绩，打架的事说出去，任谁都会想是坏学生阚泽西打的他们，不是他们打的阚泽西。不过……

"陶笛，你看阚泽西不顺眼不止是因为他突然想上进了吧？"

陶笛冷着脸，没搭茬，只是微微红起的脸不小心泄露了真相。

他勾勾唇，陶笛突然这么针对阚泽西除了因为他其实是个天才外，再一个原因……少男怀春，以为谁不知道？

傻不傻啊？他撇撇嘴，听见陶笛问了句什么，这个问题不用想他也知道："杜俊星那个胆小鬼，你指望他随叫随到？他不躲就不错了。"

杜俊星也是他们的同学，陶笛总说他又土又笨，是一中之耻，然而这个曾经的一中之耻如今却隔三岔五被陶笛他们拉来一起给阚泽西的颜色。总之与他无关，都是陶笛他们的主意。他神情超然地抄着手，颇有不服地看着远方，那几个人明明该听他的，如果不是因为陶笛的家世……

"挺会抖机灵，又皮痒了。"自以为全宇宙都是他家的陶笛喊了声，"杜俊星。"

说曹操曹操到，陶笛冷眼看着远处那个肩膀一抖的人，嘴角一扬："去，给他找个家伙去。"

他站在旁边不大情愿地应了声，慢悠悠地去找东西，这块石头有点大，一下下去会打死人也说不定，还是这根棒子吧，轻点儿。

他颠了颠手里的东西，转身回去。

所以说他没欺负阚泽西，他是变相帮了他！

“我帮了你，你干吗还要缠着我！”他大喊着，为这份“恩将仇报”泛起了委屈，是的，他委屈，他明明没参与过，为什么要被这件事纠缠至今！

“浑叫什么呢，起来吃饭！”

腰上一痛，安也这才缓缓睁开眼，看着四面带着裂纹的墙壁和眼神冰冷的看守，他终于回过神来。

这里是安平市区内的某看守所，那个女生死在了他面前，他中了阚泽西的圈套，涉案了。

又是一阵愣神，直到来送饭的人不耐烦地离开，他还沉浸在思绪中无法自拔。

怎么办？阚泽西会不会为了陷害他做足功夫？之前那些警察按捺了他的指纹，阚泽西会不会把他的指纹弄到尸体上，和当初阚泽西被判刑的证据一样？

就这么越想越怕，他抖若筛糠，以至于有人再次出现在他面前他都没发现。

“小安先生，安先生派我过来接你。”隔着铁窗，哥哥的御用律师西装笔挺地站在外面。

这么说……可以出去了？

门哗啦啦地打开，安也扶着墙，颤巍巍地站起来：“那件事弄清了？”

“放心吧，小安先生，你是清白的，尸体上有阚泽西的指纹。”

是阚泽西的指纹，不是他的。安也心头一松，突然乐了，早就知道阚泽西哪有那么高明，真高明就不至于被人栽赃杀人了。

没错，安也知道，之前疯传的什么暴力倾向、杀人狂魔不是真的，陶笛他们死的那天，阚泽西和他们在一起，没有作案时间。

可这些他当年没说，如今更没机会说了。

“我哥呢？”跟在律师后面，安也垂着头，走这一遭，真伤元气啊。

“安先生在警局那边和他们碰头，我来之前，他让我转告你，要你安心，杜俊星已经死了，知道真相的人都不会在了。”

“黑子得手了？”

律师摇摇头。

“据说是活活饿死的。”

见安也终于安下心来，律师彻底放开了步子。

安先生的安排是对的，如果告诉安也杜俊星不只是死于饥饿更死于惊惧，想必小安先生的心情又会不轻松吧。

“谢谢。”就在安也踏出看守所的那刻，他的哥哥安小东正握着安平市局局长的手上下晃了两下。

就在刚刚，安小东坐在这位市局局长的办公室里，亲自等来了安也的鉴定结果。

“谢谢你们还我弟弟一个清白。”

“清者自清，我们只是复核人。”

有着两个酒窝的安小东听了这话又是一阵笑，双下巴因为这笑顿时又变成了三层。

送走安小东，技术科的秦科长长吁了一口气，笑面虎这气场，嗯，不是盖的。

“局长，你说结果出来，如果人真是安也杀的，安小东还能这么客气吗？”

“谁知道。”估计会被集体灭口也说不定。局长叹声气，现在只希望这位安先生的弟弟没有涉案太深，不然对付安也容易，对付笑面虎安小东真的会很麻烦，很麻烦。

见局长一副忧心忡忡的神情，秦科长抖了抖手里的报告单，想起件事，忙说：“Golden 刚刚也问我结果，我说了安小东的事，估计他人正朝这儿赶，会不会和安小东撞上？”

说完，两人的目光齐齐转去了门外。

因为天气的阴霾，走廊里灰沉沉的一片压抑，安小东沉默地走在保镖和助理中，默默想心事。

“安总。”

安小东抬起头，看着从楼梯一路上来的人。

“傅邵言。”

“安总知道我？”

“我弟弟案子的负责人，显微眼，纽海文大学年度优秀毕业生、最年轻的名誉教授，久仰大名。”安小东笑着，他这个身材着实很难让人把他和“能打”二字联系起来。

可年轻时的安小东能打在安平地界的确有名。

“听说你的女朋友、那个叫邢菲的法医失踪了，人找到了吗？”安小东笑得憨憨的，天知道这个笑曾经误导过多少人。

当然，这笑不足以误导傅邵言，他有样学样地回了个笑，眼睛有从安小东身后滑过，那个叫黑子的保镖如今就堂而皇之地出现在了这里。

从礼堂杀人事件至今，黑子失踪了几个小时，而同他一起失踪的邢菲又在哪儿呢？

是的，傅邵言从没怀疑过邢菲的失踪同黑子有关。

不可能是阚泽西，如果是，他没必要把邢菲带走。带走邢菲的只可能是心中有鬼的人，而在这点上，他竟然相信阚泽西。

思考着，观察着，傅邵言不动声色着。

“安总这个‘久’不会太久吧。”

安小东坦诚地笑道：“的确是这几天才知道的你，虽然不久，但不可谓了解得不多。”

“因为安也先生？”

“我是哥哥，他是我唯一的弟弟，为了他我可以做任何事。”

“包括触犯法律的事吗？”

傅邵言会问得这么直截了当让趴在屋里偷听的那一位局长和科长很是佩服，同时，他们也期待安小东的回答。

安小东会怎么答呢？

安小东望着傅邵言，然后哈哈一笑：“相信我，没人比我更加懂法守法了。”

傅邵言舔舔嘴唇。

“祝你早日找到你的女朋友，一个女孩子，真遇到危险可是很糟糕的。”

我谢谢你全家啊。

傅邵言就那么站在楼梯上，目送着安小东一行一一同他擦肩而过，再飞快朝另一侧的楼梯跑过去，他要下楼，马上。

“够虚伪的。”安小东走后，一直躲在一旁的郑植弓着腰走出来，眼睛还看着他们走的方向，却发现傅邵言早就跑了起来。

“喂，你干吗去？”

“你带人，去把肖雯保护起来，不能让线索人物有事。”

“那你呢？”

“找邢菲。”

麻辣烫、松香、烟草，还有那一丁点属于邢菲的味道……这些留存在黑子身上的微小分子或许能帮他尽快找到邢菲。

有生以来，傅邵言第一次如此庆幸他有一双显微眼。

邢菲，等我。

而与此同时，在城市一角，肖雯站在十八楼的阳台上，眼神恍惚，她的手里紧紧地抓着一个手机。

“老婆，帮我拿条新浴巾来。”

从浴室传来的声音让肖雯肩膀一颤，半晌，她缓缓回过头……

“来了，老公。”

第二章　邢菲之死

1

“你去哪儿？”

就在傅邵言跑出警局时，身后一声喊住了他。

他回头，是陈森林和杨呢。

“找邢菲。”他扭回头，继续向前疾走。

“等等。”

又被叫住，傅邵言烦躁了。

“干吗？”他看人的眼神都不友善了。

可杨呢就像没看见一样，她几步跑到傅邵言面前：“你想单枪匹马去找邢菲？”

“你们也想去？”

“人多力量大，也能有个照应。”杨呢说着，陈森林也跟着点点头。

道理傅邵言自然是懂的，只是心急间忘了。

“好吧，森林跟我来，至于你……”他看了眼杨呢，“去了不吉利，还是在家等我们的好消息吧。”

不吉利？

Excuse me？

杨呢低下头，把自己从头看到脚，哦，法医嘛，去了的确有点……

“我留下。”她面无表情地答着，倒是真的不介意，“你们加油。”

月意满满的雪夜，车子载着傅邵言和陈森林，上路了。

麻辣烫、中华烟，一路寻去，应该能找到邢菲。

“森林，帮我切到全市探头系统，我要看下几条路的监控。”他吩咐着，也坚信着邢菲没死。

如果灭口，就不会大费周章地把人带走了。

邢菲躺在一块软软的地上，悠悠转醒。

她没死，却疼死了。

问她哪儿疼她又说不出，问她身在何处她也不知道。

她只知道这里灯光好暗，地上铺着干草，成摞的纸箱子码堆成墙，黑漆漆地接连着天花板，空气里飘着怪怪的味道，什么看上去都晃晃悠悠的。

浏阳爆竹。

恍惚间，她看清了纸箱上的字，哦，那怪怪的味道是火药。可是怎么会有浏阳爆竹？

她皱了皱眉，想爬起来看清楚。

这一动才发现手脚不知什么时候就被捆个结实，不止如此，右膝上不知被谁立了根蜡烛，烛火哭泣，凝结成泪，滴在膝头，突突灼着她的心。

命挺大啊，烧了一半还没把身上的干草点着，不知道要她命的人会不会急死？

是的，她想起来了，杜俊星死了，阚泽西不是施暴方，而是受害者，道貌岸然的安也并不打算说出实情，当年的案子极有可能和哥哥有关，而知道这些的她被黑子敲晕带到这里，自身难保，更别提给局里通风报信了。

老傅现在在做什么呢？

应该发现她不见了吧？

他知不知道她就要死了呢？

这根蜡烛着了一半没倒，却已经烧热了一旁的干草。

保持一个姿势太久，人总是会不自主痉挛的，她还能坚持多久呢？

正想着，她膝头一抖，膝头的蜡烛跟着晃了晃，朝腿的一侧歪了下去。

邢菲的心都揪了起来。

老傅……

他们已经走过了七个路口，还在继续向北。

“牌照深B45196的夏利车过了这个路口又超出了监控范围。”

“调一下周围的路线图。”

“是。”几下操作后，一幅公路图被陈森林调阅出来。

傅邵言盯着它，心里默默计算着公式，属于麻辣烫的颗粒比烟草要大，消散速度相对较慢，他出声道：“江西路小吃街一号路口、新香坊美食城南门前的闽江路，还有奥特兰地下过道三号出口，这几个位置的监控调一下。”

陈森林应声操作，边看傅邵言快速指出其中一帧画面。

晚八时十五分九秒，一辆小型轿车从一处麻辣烫摊位前驶过，因为塞车，车子短暂地停了几秒，虽然监控画面不是很清，陈森林也辨认得出这辆车窗没有关严的车子就是他们在找的目标车辆。

深B45196。

“车子从南五金市场方向驶来。”说着，陈森林已经调出了五金市场路段的监控。

一路上，他们就靠着傅邵言的分子分析加上监控网络一路逆推回黑子来时的路线。

“Golden，我们一定能找到小飞侠的。”

“嗯。”但愿如此吧，傅邵言抿了抿嘴。他没告诉陈森林，这种高度集中下的搜索，他的眼睛已经有些吃不消了，但这不是最可怕的。

可怕的是黑子留在风里的痕迹随着时间推移，已经越来越少了。

夜漆黑一片，傅邵言睁大双眼，生怕错过空气中哪怕一丁点线索。

不知什么时候，陈森林一抬头：“Golden，你眼睛怎么红了？”

如果有选择，人临死前会做些什么。

邢菲做了下目测，她的生命大概只有几分钟好活了。

短短的一截蜡烛斜斜地夹在腿上。

继续这么夹着，等蜡烛烧到裤子和裤子上的草，顶多能再撑三分钟，如果不夹，呵呵，现在就挂。

她都看了，这满屋子堆地全都是烟花和火药，一旦点着足够送她上天。

她不想死，可她必须接受现实。她会死，而且是马上。

如果有选择，人临死前会做些什么。

邢菲想把她知道的告诉傅邵言，她想让他帮忙证明哥哥的清白。

是的，就算很多疑点都直指邢朗可能是凶手，可她仍然相信哥哥是清白的。

怎么才能给老傅留下信息呢？

邢菲茫然地看着四周。

不知不觉间，蜡烛又短一截。

傅邵言示意车子停下。

“不继续找了吗？”陈森林跟着下车，看着近处朝他摇头的傅邵言。

“属于黑子的痕迹没有了。”

“那怎么办？”陈森林急了，虽然他性格腼腆，不代表他没情绪、不关心朋友。没有了是找不到邢菲的意思了吗？

傅邵言又摇摇头：“她就在附近。”

按照空气流动和他的痕迹分析，邢菲就是被带到这里的。

“打电话给队里让人支援，靠我们两个想找出邢菲恐怕要花上些工夫。”

他指着眼前那片错落的贫民窟说。

话音才落，只听轰的一声，傅邵言和陈森林以及身侧的司机和车就被一股巨大的热浪掀了起来。

春节前一个月，安平市区及各县公安机关提前开展了一次建市以来规模最大的烟花爆竹检查工作，那几天，大到烟花厂，小到烟花手工作坊都一视同仁地得到了市里的警力关照，一旦发现不合规囤积，无论是谁，立马店厂查封。

那几天，安平城区不知哭倒多少大小老板，可除了哭，他们又不敢说什么，谁让他们这行才出了一件事呢？

有个姓李的作坊老板因为防护措施做得不到位，囤积了百来箱的仓库炸了，爆炸牵连四周民房不说，还炸死了人。

死的人是邢菲。

从现场残留的尸块上以及绳索上都采集到了邢菲的DNA样本，邢菲被活活炸死了。

得知这个消息，邢朗一屁股跌在沙发里，久久不能回神。

他的妹妹，就这么没了。

没了？

真的吗？他扭头，呆呆地看着潘喜："她上次回家还说我领带土气，要给我买条新领带呢，喜妈，你记不记得她说过，她是不是说过？"

"少爷，我记得。"

"小菲的性格咱们都知道，她从来都是说话算话，她领带还没买给我，不会死的。"

"少爷……"看着有些无理取闹的邢朗，潘喜一时间也不知道该说什么。

"警局的人说，小菲死前手脚都绑了绳子，好在没遭什么罪……"哎，潘喜闭了嘴，这算哪门子的安慰呢。

已经长斑的粗糙手掌在邢朗肩上拍了拍，有个话题不得不再次提起。

"他们已经在找黄有才了。"

黄有才是安平地下黑市里的一个名人，专司各种禁忌药物，这些禁忌药物里自然包括听话水。

见邢朗没搭茬，潘喜闭上了嘴。

不过，真由着警方这么查下去，迟早露馅啊。

邢菲的事的确给了警方极大的触动，连机动组的人都自发加入到案子里。

只有一个人除外。

从爆炸现场回来，傅邵言像现在这样把自己关在房间里已经有几个小时了。

局长几次过问，得到的答复依旧是"还没出来"。

傅邵言受刺激太大，一蹶不振了。

郑植担忧地看着紧闭的房门，心想该怎么开导师兄呢？

正想着，房门开了，傅邵言面无表情地站在门口。

“肖雯那边怎么样了？资料找到了吗？”

“师兄你没事了？”

“有事，不过要等案子破了。”现在没时间让他难过，他要在最短的时间里找出真相，为邢菲报仇。

他要以他全部的智慧最快地破掉这个案子。

郑植在心里对傅邵言竖了竖拇指，嘴上已经说起了案子：“我正想说这事，肖雯的反应有些不对。”

她不承认拿走了蒋恩几人的档案。

2

肖雯不承认拿走了几人的档案，这本没什么奇怪。

本来嘛，做了错事的人想到的第一件事就是掩盖错误，哪有人家一问她就承认的。

可肖雯不一样。

截至目前，这个案子基本已经被傅邵言定性了以陶笛为主的八人团和阚泽西之间存在着某个不为人知的秘密，邢菲的死也验证了那八人才有可能是过错方，而“帮”他们掩盖资料的肖雯就顺理成章地被推测成了阚泽西的第九个目标。

“可问题就在于，这个肖雯的心理素质感觉不强啊。”

无论是徐向北还是杜俊星、安也，他们都没有像肖雯表现得这么……失常。

“她老公说她最近神经衰弱，希望我们别再打搅她。”

“你怎么说？”

“怎么可能不打搅？我可不会因为她长得好看就怜香惜玉。”郑植得意地挥了下手，像个孤胆英雄一样，“我已经加派人手，集中安平一中档案室了，估计这会儿人已经到了。”

傅邵言看着他，脸上浮起了笑意。

“笑什么呢？是不是觉得我特棒。”

微微摇摇头，傅邵言就那么淡淡笑着，轻轻地说：“邢菲才是最好看的。”

郑植一愣，默默地叹了口气，亏他咋咋呼呼半天，一点用也没有。

“帮我拿这份血样和肖雯做个比对。”像没看到郑植叹气似的，傅邵言直接递了样东西过来。

“这啥？”郑植接了东西问。

安平一中。

一楼走廊，东侧。

皮鞋声过，陈国强呼哧呼哧捧着一摞文件夹朝西边开着的一扇门走来，年过四十的他肚子开始外凸，步子已经不复年轻时的稳健，一双高度近视的眼睛待在厚厚的眼镜片后，看着这个有些浑浊的世界。

他是安平一中档案馆的负责人，平时没什么事，最近几天却因为一件事变得格外忙。

“陈芝麻烂谷子的档案还要翻，都什么事啊，小肖？”他停住脚，叫了一声。

“啊？”肖雯听见声音停下来，“陈哥。”

“怎么了？”陈国强几步赶过来，看见肖雯一脸泪痕，吓了一跳，“怎么了？谁欺负你了？和陈哥说。”

肖雯扯了扯嘴角：“没什么，陈哥。”

她不说，可陈国强又哪里会不知道：“是因为那群警察吧。”

见肖雯没作声他就知道是了：“小肖，他们说你参与了……”

“陈哥，我说没有你信吗？”肖雯抬起眼，一脸的楚楚可怜。

那样子就算陈国强不信也说不出口了。

“哥信。”

肖雯感激地点点头，走了，走时依旧是魂不守舍的样子。

陈国强的心跟着一揪。

同样揪心的还有肖雯的老公程昱。

几天来，妻子的变化他是看在心里的，为了这事，他专门让老爸找市局的人谈过话，那群烦人的警察在那之后的确没再找过肖雯，可肖雯的憔悴却始终没变。

甚至于这几天，他觉得妻子走路都是恍惚的了。

“老婆，你到底怎么了？”这天，他发狠，又问了妻子一次，得到的却是又一次的摇头。

“你要信你老公，有事能帮你撑！”

“谢谢你老公，我没事。”

“可你这几天为什么总是魂不守舍的呢？”

“没有，可能是学校工作太忙，加上前几天警察找我，可能有点累。”

“那群人也是够烦的了。”程昱咬着牙说，“这几天没再烦过你吧？”

肖雯摇摇头，迟疑了一下，她幽幽开口：“他们没来烦我，就是在学校里做调查。”

“没烦你就好，他们想查查他们的去，反正这个案子和你又没关系。”对这一点，程昱是很有自信的。

他摸着妻子柔顺的长发，见她眉头仍是紧锁着，便问：“怎么了？”

“老公，如果我……”

“嗯？”

肖雯张张嘴，又摇摇头：“没什么。”

就这样看着妻子憔悴了几天，程昱开始琢磨起欧洲旅行团计划，出去玩玩，散散心，肖雯的心情或许会好。

“老婆，你喜欢希腊吗？”这天清晨，他朝厨房里的肖雯喊。

“嗯……”

“那我定个双人游。”

这次肖雯没应他他也不急，摇头晃脑地订票付款，他又来了兴致去大众点评上找了家西餐厅订了个晚餐。

“好久没和老婆放松放松了。”搞定一切，他看眼时间，竟就这么过去了半小时。

家里的味道怎么有点不对？

“老婆？”

郑植兴奋地推开房门：“有结果了！”

“怎么样？”

“你先告诉我和肖雯DNA对比成功的血样是谁的？你不会无缘无故拿肖雯家的亲戚血样来让我查，我知道你没那么无聊，说，是谁的？”

“吵。”傅邵言捏住郑植的嘴让他闭嘴，可怜郑植好大的个子力气却比不过傅邵言。急得脸都红了也没挣开傅邵言的魔爪，郑植苦着脸对他作揖，师兄我不吵了还不行。

“王高冷。”

“王高冷？”揉着嘴，郑植想不明白了，“他和肖雯怎么会？”

等等！

被改了班级的蒋恩，高二（2）班的传说，极度不配合的肖雯，难道……

想到了什么的郑植直勾勾地看着傅邵言：“肖雯被强暴过，王高冷想揭发却因为是亲戚就投鼠忌器？”

傅邵言端起茶杯抿了一口，算是默认。

郑植兴奋了，如果是蒋恩强暴了肖雯，那么那几个好学生可能根本不如传说的那样好，阚泽西当年杀人的动机就更有待商榷，而几年后阚泽西再度越狱杀人的动机就顺理成章了。

因为当年或许就是场诬陷。

不对，根本就是诬陷，不然就不会有听话水的存在了。

“我现在就去找肖雯，她现在肯定是心虚的，加点力度，能突破。”郑植兴奋地摸出电话，放在耳边，喂了一声听了没几句，脸色就变了。

“肖雯自杀了。”

肖雯自杀了。

得知这个消息的安也有点开心，因为知道当年事的人又少一个。

他又有些失落，如果可以，他还是希望肖雯能活下去的。

在声誉和肖雯之间，还是前者对他更加重要。

“哥，是你做的吗？”

办公桌后的安小东头也没抬，麻利地在文件末页签上了自己的名字：“这几天我安排你去国外玩玩。”

“什么时候回？”安也的注意力立马转移，早忘了肖雯的事。他想起才签的那部戏，和国内一线花旦演对手戏，这剧必火无疑，如果走得太久会影响这戏的。

“很快。”安小东终于抬头看了眼弟弟，他的童年过得相当惨淡，少年闯荡，如今人到中年总算有了属于自己的天地，有钱有地位的他最不想的就是让弟弟辛苦。

杀人对于他算什么？只要安也开心。

“我帮你联系了一个投资人，有部好莱坞的戏。”

“真的吗？哥！”安也兴奋地跳起来，甚至忘了问肖雯自杀，死了吗？

“肖雯自杀了。”

比起去问那个身在医院的人，傅邵言觉得在王高冷这里或许能知道更多。所以此刻的他就坐在问询室里，看着抬起头一脸惊讶外加悔恨懊恼看着他的王高冷。

“人救回来了。”他又补充道。

说这话的时候，傅邵言明显看见王高冷是松了口气的。

“不过人没醒过来，她老公冲进去时，厨房里已经满是煤气了，医生说再不醒就有可能成植物人。”

他看着王高冷眼神一暗，手也攥了起来。

“你很疼你这个表妹。”

有了 DNA 这条线，查出二人的关系不难。

王高冷又不作声。

“不打算说说她的事吗？”傅邵言又问。

依旧没人作声。

傅邵言叹了声气：“邢菲因为这事被炸死了。”

“我不能让她白死。

“我会查出真相。

“不管那真相能伤害谁。

“你可以告诉我你知道的，也可以不说，不过我一样查得出来。”

傅邵言看着王高冷，在他脸上，傅邵言已经看见了微微的动摇。

“我答应过她不说。”王高冷终于开了口。

“所以她自杀里有你的责任。”

“是。”他无奈地叹声气，“其实我是最近才知道这事的。肖雯从小被我姑送人了，所以知道我和她是兄妹的人就只有家人。五年前蒋恩欺负了我妹的事我的确是最近才知道，接到来队里的通知要过来报道，我就给我妹打了个电话，你知道我是干什么的，我妹情绪上有什么不对头我怎么可能感觉不到。”他手托着胖鼓鼓的腮帮子，“她拜托我不让我说，可一想到那个破人至今还被大家当个好人我就咽不下这口气，于是就想出了这个招，我也很矛盾，早知道就说出来了，也不至于有今天。”

“理解。谢谢。”傅邵言诚恳地说着谢谢，他知道王高冷这么做的一个原因也是因为他是名警察。

“有关陶笛、安也他们的情况呢？他们有什么劣迹？”

“不知道，我就知道蒋恩不是个东西，他欺负了我妹还让我妹闭嘴，也是我妹软弱，那之后没多久就听从安排转学了。”

这样啊……

“没听肖雯说起陶笛他们吗？”

“没有。”

这次换傅邵言无语了。

雪下了停，停了又下，就这样，又过了几天。

郑植站在窗前，郁闷地看着窗外一片皑皑嘟囔：“事到如今，他们会是好市民我也不信了。”

至今，距离邢非的事已经过去三天，三天里，肖雯没有醒来，黑市上卖听话药的卖家们也奇怪的行动一致，都表示不知道。

“怎么办，师哥，你不是说就算没证据你也查得出来吗？”

“随口说说的，你也信？”傅邵言淡淡答道。

身后扑通一声，郑植摔了一跤。

第三章　同是哥哥

1

安排安也出国时，安小东当然也没忘了另外两个人。

两个人，一个是阚泽西，还有一个是邢朗。

邢非死了，在一个圈子混了这么久的邢朗不可能猜不出是谁下的手，这就好比他也知道当年的事同邢朗脱不了干系一样。

那五个人死得有点冤，但说白了，还是自己作的，好端端找什么红蝎嘛。

安小东也年轻过，知道那个年纪的毛头小子是个什么德行，爱出风头，不服这个不服那个，以为老子天下第一，那种成绩好、家境好的更是这个德行。

成绩好当饭吃？骨子里更叛逆，整天没事想的就是怎么做他人不能做。

安也是没参与，不然恐怕也不在了。

想得出神，他扭身从桌上拾起个扁方盒子，盒盖一开，手里多了支雪茄。

刀在哪儿呢？

他一边找刀一边继续想着心事。

也幸好他这个弟弟脑子清楚，没跟着那几个作死，不然哪能逃过杀手。

杀手……

摸到刀的安小东搓了搓烟头，一刀下去。红蝎只偷，不杀人。那个邢朗不是被揭了底牌哪会轻易下杀手？

那次他杀了五个，这次呢？

手里的雪茄被他一捏折断。

门庭轻扣，他回过头，眉头一松，扔了手里的东西：“来得正好，怎么样？那边有动静吗？”

“全市上下的禁药市场集体闭口，董大方暂时没打听到邢朗给了那群人什么好处。另外邢朗有意出售 HCG，他名下的资产正在变卖，看样子他想跑路。”黑子站在桌前，毕恭毕敬地答。

跑路？

安小东倒背着手站在窗前，不给他妹报仇了？

“有蹊跷。”他一抬小指，“这样，让董大方那边再使使劲，但也别在一棵树上吊死，再找几个人试试。”

“是。”一直低着头的黑子抬起半张脸，“东哥，需要这么注意吗？”

“那是红蝎。”安小东望了黑子一眼，“我也就这么一个弟弟。”

“知道了，东哥。”

“阚泽西呢，有消息吗？”

“有人在王子路那边看见过他，我的人正摸过去。”

“抓紧点。”

“是。”一低头，黑子退出了房间。

门在身后轻轻关上，又被重重推开，安也脚底踩风跑进来。

“哥，我才见了投资方，是个大制作，演了这个我肯定火！”

瞧着弟弟跑得通红的脸，安小东轻轻一笑：“这才哪到哪？”

“哥，你知道这次是制作是什么规模吗？”

“不知道。”

“我和你说……”安也扳着指头准备细数下这剧的规模多宏大、投资多雄厚，还没开始说呢，突然想起来这剧就是哥哥拉来的，他又怎么会不知道。

这么一想，安也的脸红了。

“小也。”

“嗯？”安也抬头看着安小东，“咋了，哥？”

安小东摇摇头：“没啥。”

就是突然想起小时候。

他和弟弟是孤儿，从有记忆起就没见过父母，他们靠着路边摊的剩饭填肚子，冬天互相抱着趴窝棚，夏天睡水泥管子，因为吃饭，他们挨过打，因为睡觉，他们成了扫街民警眼里的熟面孔，这样的日子伴随了两人的整个童年。

那样的日子苦吗？当然苦，可安小东却以超乎常人的毅力熬过来了，因为他要保护弟弟，让弟弟过上好日子。

已经记不清那是多少年前的冬天了，大雪夜，天特别冷，他和弟弟冬衣都还没着落。一向身子骨好的他不知怎么就高烧不退了。迷迷糊糊间，他觉得有个人一直在身边跑来跑去。就这样不知睡了多久，他悠悠转醒，看见只穿件薄衬衫，在窝棚里早已冻僵的弟弟。

弟弟身上满是伤痕，再看自己身上多出来的衣服和一旁的药，不用多问安小东也猜得出大概。

那年冬天，为了救安小东，安也出去偷东西，因为技艺不精，被人抓住差点被打死。

如果不是棚户区一个江湖郎中发善心给安也处理了伤口，他就没弟弟了。

他的命是弟弟救回来的，弟弟也因此差点丢了命。从那时起，安小东发誓，不会再让安也涉险，更要让他过上随心所欲的好日子。

手指一动，安小东这才发现烟没了，手一伸，又摸起一支："签约的日子定了吗？"

"定了，三天后，百联国际十三楼举行签约仪式。"

三天啊。

"这三天你就待在家里，哪儿都别去，签完约就出国。"安小东安排着。

"哥，你还在担心那事？放心吧，黑子的功夫我可是见识过的。"安也现在是彻底的地放松了，肖雯成了植物人，杜俊星死了，阚泽西的话没人会信，至于那些妄图直接对他下手的他才不怕。

他最怕他这个偶像光环被抹黑掉。

见弟弟一扫之前的阴霾心情，安小东也不想去刻意破坏。

他朝弟弟一伸手："抽一支？算了，小孩子还是别抽这个了。"

安小东微笑地看着一脸嫌弃样的弟弟，幸福来之不易，他还是让黑子直接找出那朗就是红蝎的证据把他送进去才稳妥。

另一方。

大雪封门的街巷。

一栋蓝白二层小楼里。

午饭过后，片警小赵正就着水龙头刷饭盒，一抬头见了个熟人，不由皱眉道："怎么又是你啊？"

按理说见熟人完全该是友好团结的温馨场面，可轮到小赵和这位就完全温馨不起来了。

甩甩饭盒里的水，小赵走回办公桌旁，饭盒朝桌上一丢。

"说吧，这次又犯了什么事？"

"瞧你说的，赵警官，我可是好市民。"

"我污蔑你了呗？是好市民能抓你？你当我们警察闲啊。"小赵没工夫和说话这人磨叽，手就着裤腿蹭了蹭，问跟着进来的同事，"这次又是啥事？"

"聚赌，带着五六个人，我们去时'玩'得正热闹呢。"同事去里屋取了饭盒，才热好的铝饭盒滚烫滚烫，在手上连着几颠，终于被扔到了桌上。同事捏着耳垂，吐着舌头："他家没人管他，我看联系家属都可以免了，直接带里头关起来吧。"

谁说不是呢，对这个董大方，通知家属都是在浪费电话费。

“还是联系一下吧，除了拘留十五天，还要罚款两千元。两千够吧？”小赵看向同事。

以营利为目的，为赌博提供条件的，处五日以下拘留或五百元以下罚款，情节严重的处十日以上十五日以下拘留并处五百元以上三千元以下罚款。小赵不知道罚款两千是不是合适。

同事点点头：“不过我觉得两千不够他长记性的。”

“别啊，好歹大家这么熟了。”董大方还想胡搅蛮缠，却被小赵一搡：“我看你是把我们这当旅店了，没钱吃饭就进来住两天。”

“那是，我就爱吃这里的菜。”被叫作董大方的人一咬舌头，谄媚地回了小赵一个笑，“我是说哪能啊。”

不管怎样，十五分钟后，办好手续的董大方蹲在了号子里。

小赵的脚步声渐远，而董大方那双微微眯着的三角眼正偷摸地睁开了。

“怎么样？有消息吗？”他往一旁蹭了蹭，压低声音。

“周武仔说两天后给消息。”那人闭着眼答。

“两天！”董大方急了，眼睛瞪得老大，随即又警惕地闭了嘴，“问个口供要两天，这不是想我失业吗？不是，我的意思是两天这个效率安先生肯定不高兴，他不高兴你的跑腿费就少了啊。”

他的交谈对象嘴角一扬，那了然于胸的样子显然是知道却不屑揭穿董大方。

董大方也不怕尴尬，依旧装着傻。

那人似乎已经习惯了他的无赖像，只是笑了一声：“放心，这两天其他人也得不到任何消息，不用担心会失业，董爷，轻松点，来支烟。”

说着，火就递了过来。

“还是你够兄弟。”董大方放了心，接起烟，问起了为啥是两天后。

“不知道。”那人摇摇头，这倒是实话。

潘喜端着茶杯推门进来时，邢朗还像刚才那样站在窗前。

“电话打完了？”转个身，她带上了身后的门。

“嗯。”

“怎么样？”说话间，潘喜已经走到身后，毛峰的茶香在杯口袅袅而上。

“都想趁火打劫，价格低得很。”

“那还卖吗？”

“卖。”邢朗回过头，接过潘喜手里的茶杯，放在嘴边啜了一口，“又不是没想到。有家的报价还算厚道，我会尽快签约。”

潘喜点点头，又不死心地问：“小朗，公司一定要卖吗？”

被问的邢朗抿了抿唇，一口茶香入口化成苦涩无尽，他放下杯子，转身正对着潘喜说：“喜妈，我走以后，我爸就拜托给你了。”

“放心吧，不过小朗，等风头过去，还是回来。”

邢朗笑了笑：“那头有什么进展？”

“安小东在派人查你，他是怕咱们害他弟。”潘喜说得顺嘴，说完才发现邢朗正看着他。

哦……他们对安也，不能算害。

“小朗，你打算怎么对付安也？”

对付？他倒是想，就是时间略紧。

“喜妈，里面还能拖几天？”

“最多两天。”

“能再争取些时间吗？”

“我试试看。”答应着，潘喜又跟着叹了一声，“小朗啊，小菲人已经走了，我知道你心疼妹妹，可咱们要接受现实，好好活着，可别钻牛角尖啊。”

“就算我想钻也要有那个时间留给我钻。喜妈，你去帮我搞定那边的事吧。”两天的时间对他而言或许连完成转让合同都不够呢。

2

邢朗买了三天后去墨尔本的机票，三天后，也是他签订转让 HCG 合同的日子。

消息来时，傅邵言正一身黑衣站在白茫茫雪中，白雪飞扬，他的脸模糊不清。面前的青石碑上，黑白色的邢菲笑嘻嘻地望着他，还是那副没心没肺、元气满满的样子。

“我来晚了，小飞侠。”傅邵言身子一矮，挨着碑蹲下，手一下一下拍落碑身雪，“怪我了吧，我知道你肯定怪我，你那么记仇的一个人，你快来报复我啊，这次我保证不还手。”

他絮絮叨叨地说话，回答他的却只有呜咽风声。

好好的师兄就这么魔怔了，哎了一声，郑植挠挠头。

最开始他也不信死的人是邢菲，那么古灵精怪的一个人怎么就没了呢。

可是事实如此，爆炸留下的尸块采集不到几处有效的 DNA，唯一一两处测得出的都是属于邢菲的。

“师兄，节哀啊。”

“小郑，你说我是不是命硬啊？”傅邵言拍着腿说。

“啊？”傅邵言一句话搞得郑植猝不及防。

“爸妈死了，连她也走了。”

“封建迷信不好。”错愕之后，郑植掏了烟，磕出两根，分了傅邵言一根。

郑植就这么站了不知多久，听傅邵言絮叨着过往，心里一阵阵难过。邢菲下葬的日子，师兄被告知不能参加葬礼，他很替师兄憋屈。

“回吧。”也不知什么时候，傅邵言就站了起来，脸上再看不出悲伤。就这样，傅邵言又成了过去那个习惯独来独往的师兄。

“师兄，要不我送你回招待所休息一下？”

“不用。7·18的视频证据还有吗？”

“有，我叫人调给你。”郑植低头专心下着台阶，本能地答应着，“不过你看那个干吗？有发现了？”

“我和她到安平那天，车站有人把她误认成7·18案里逃逸的那个人。”

“这能说明什么？”

“邢菲和她哥长得很像。五年前，邢朗没这么高。”

“你是说……”郑植被脑子里冒出来的这个想法吓了一跳，“不会吧？”

“希望不是。”

从傅邵言意识到有这种可能起，一些看似零散的细节就被他想了起来：陶笛和蒋家兄弟的父母是在HCG上班的；邢菲死了，邢朗想的是卖掉公司出国，而不是为妹妹报仇，这本身不该是邢朗的风格。这些细节和反常之处是巧合吗？显然不是。

“还有件事，我的人查到有另外一个势力在查听话水，你猜得到是谁吗？”

“安小东。”

这么卖力查听话水的人不可能是张罗着卖厂出国的邢朗，而他和阚泽西却必然是安小东一心忌惮的人。

安小东查听话水？邢朗？这其中的渊源……他不敢深想。

矛盾着就出了青山墓园。

远山雪雾蒙蒙，一车载着两颗沉重的心朝背山方向渐行渐远。

“三天后去墨尔本？”听到黑子的汇报，安小东搓了搓下巴，“他那家药厂的买家找好了？”

“找好了，南边刚好有个药厂想扩大规模，听说邢朗要价不高，双方谈得还算顺利。”

“那为什么还要等三天？”

“涉及交割盘点吧，邢朗这两天一直忙着清点家业，看样子是真准备跑路了。东哥，接下去我们该怎么做？”

安小东想了想，放下手：“抓紧让那群人开口把他供出来，把他送进去我才放心。”毕竟他这个弟弟活得有点太恣意了，放着这么一个定时炸弹在外面总是不安全。

“还有，给警局那边也透透红蝎的事，有些事不必我们亲自动手。”接过黑子手里的雪茄，安小东吸了一口，烟圈慢慢化开，他的脸被锁在雾中，“阚泽西呢？”

“我正要汇报，昨晚我们在红旗大道附近看到他了。”

“红旗大道？邢朗家离那不远？”

“隔了一条街。”

“哦？”安小东一抬头，婴儿肥的脸上挂着副人畜无害的笑脸，“他是打算对邢朗下手？”

“暂时不清楚，不过如果他知道坑了他这些年的人是邢朗，这种可能性就很大了。”

“有意思。”安小东笑了笑，就手又猛抽两口，“把人盯牢了，至于邢朗，抓紧弄证据，在他出国前把他送进去，以防万一。”

“是。”

雪下下停停，堆满了邢家的窗棂。

又一天过去。

潘喜小心翼翼地推开门，走去窗前，站在邢朗身后。

“怎么样？”邢朗问。

“警察还有安小东那边的人都下了不小的工夫，小朗，我怕没等你合同签好那边就顶不住了。”

邢朗看着红木办公桌上的台钟，还有两天。

“喜妈，让他们再坚持一下，我只要两天。两天之后我就能处理好这里，这样我爸下半辈子也能有个着落。”

“少爷，就算你不卖掉厂子，我也有法子照顾老爷，再说，就算厂子卖了……哎……行吧，少爷。你饿不饿，忙了这些天，别饿出病。”

邢朗收回手，眼直勾勾看着窗外：“这要是一场梦多好，没红蝎，小菲不会死，爸爸说不定也不会病，一家人好好过日子。”

“谁说不是呢？”

叹着气，潘喜转身走了出去，她要想想怎么帮少爷再争取出这两天的时间。

夜在叹息声里慢慢加深，窗影晃动，不知何时，窗外多出来个黑影。

他静静地趴在窗前，看着屋里的人，看着这个让他蹲了好些年的大狱的人。

安小东这边则又有不同，天光大亮，上午，黑子带来了一个消息。

有一个人想吐口，条件是一百万。

“我答应了。”

安小东点点头。

“再问问姓邢的小子给了他们什么好处，嘴这么严。”

“是。”

黑子转身出去了。

三十六捏着刚从狱友那里要来的红双喜，吧嗒吧嗒含在嘴里当大烟抽。他一身青蓝破烂褂，头发半年没洗擀毡了，昏黄的两只眼睛挂在香肠嘴上方，从模样看像足了民国时期的破落户。

就是这副尊容的三十六还有着另一个身份——安平药品黑市的当家人。

此刻的他微眯着眼，听着旁边人耳语："一百万？涨这么快？"

"嗯，刘胡同这回真动心了，不过还是让我问问您的意见，这事能说吗？"

"别急。"手指一捏，掐了烟头，三十六仰着脖子看那没啥好看的天花板，"让他再等等，这个时候，越拖越贵。"

对方秒懂，挪窝时朝三十六哈了哈腰："不愧是老大。"

见那人走远，三十六叹了口气，朝另一个人勾手指："让他早想退路，我拦不了多久了。"

傅邵言坐在电脑前，反复看了那段监控录像数遍，一个小时过去，又一个小时，再一个小时过去，他闭上了眼。

"是他吗？"等了几个小时，郑植的脖子等直了，本以为这下能有答案，师兄怎么就闭眼了呢？急得眼睛发红的他伸手想推傅邵言，手到一半，才反应过来他要的这个结果对师兄……

"不会真是吧？"他吞口口水，气势跟着低了下去。

"没有正脸，细节符合。还需要一些证据固定才能抓人。"傅邵言低着头，那样子分不清是心情失落还是身体疲惫。

郑植抽了抽鼻子："那个，有个消息，还不确定。"

傅邵言抬头看着他。

"有人在网上发消息说，邢朗是红蝎，7·18 那五个人是他杀的。"

"哦。"

这话放在以前傅邵言是不会信的，如今……

"去见见他吧。"傅邵言起身。

刘胡同莫名其妙挨了顿胖揍，这让他泛起了寻思。

这是有人故意给他颜色看啊，一边揉着脸他一边想。

对方这次是动了刀子，下次指不定动什么呢，一百万不好赚啊。

他不知道，就在他揉脸的这个工夫，安家人对这条消息的要价又高了。

这次是两百万。

"小朗，对方又提价了，那边有点压不住了。"潘喜焦虑地搓着手。房间另一头，壁炉里的火烧得正旺，映着那人身形骨瘦。

潘喜看他沉默着沉默着，就觉得这个家就要完了。

咚咚咚，门外传来敲门声。

一撮毛吧嗒完嘴里最后这口烟，丢开烟头，再次从树后朝外探头，神情随之一振："来了来了，人来了。"

他说的人正是边走边压帽檐的阚泽西。

一分钟后，黑子再次敲开了安小东办公室的门。

"一撮毛他们抓住阚泽西了，还有里头的人也松口了，二百八十万。"站在门里，他先说了两个好消息，"东哥，阚泽西怎么办？"

"该怎么办怎么办。"安小东摆弄着手里的雪茄，轻松说话的样子像是他说的不过是随便哪个阿猫阿狗，而不是条人命，"把邢朗也看起来，警察来前，别让他乱跑。"

"放心，都看着呢。"

"小也呢？"

"说是投资方要再见一面，我让人跟着了。"

安小东点点头，这才拿起早就削好的雪茄。

潘喜站在吧台前，心事重重地沏着茶，这个时候傅先生和那个警察找来可不是好事啊。

盖上杯盖，她端起杯子，折回客厅。

"傅先生，您喝茶。"

"你让邢朗出来吧，我有事和他谈。"

"小朗他……"潘喜回头朝楼上看，没开口楼上已经传来了邢朗的一声喝："我不见他！"

潘喜回头，无奈又无辜地看着傅邵言。

郑植在一旁早等得不耐烦了，他拍了几下沙发扶手，准备站起来直说，就在这时，腰间电话一震，他不得不皱着眉接电话："什么？确定？"

他放开电话："师哥，号里的几个人撂了，组里的人正在做买药人的画像。"

他眼神朝楼上一飘："上去吧，这个时候上去说不定还能帮他争取个坦白从宽。"

傅邵言看了看郑植，又看了看潘喜，起身道："上去吧。"

"你们不能……"可怜潘喜茶杯才放下，回身就要拦人。

这么一路走一路拦，两人终于上了二楼，不顾潘喜阻挠，郑植一把推开了邢朗的房门。

热带鱼在浴缸里优哉游哉游着，壁炉的火焰早熄，屋内空无一人。

"人呢？"郑植回头朝潘喜瞪眼睛。

话音刚落，屋里就响起一声——"你让他们走！我不想见他们！"——竟是角落里的手机录音。

傅邵言捡起手机，走回潘喜旁边："喜妈，他现在在哪儿，邢朗涉案了，我们要劝他自首，必须赶在物证人证齐全之前找到他。”

“傅先生。”潘喜低着头，脸色别提多难看了，“其实小朗他已经不怕你们抓他了。他一早知道逃不掉，已经放弃了。”

“他在哪儿？”

“去找安也了，他要为小菲报仇。”

原来他一直想的就不是逃。

风吹翻树枝，郑植的车一转，急速驶出小区，还没过弯道呢，车头一晃，便停了下来。

有个人不知从哪里滚到了他们的车子前面。

安宅。

黑子汇报完事情，正准备退出房间，电话又响了起来。

电话里，一撮毛的声音尖厉得难听。

“黑哥，出事了，那家伙开始蛮老实的，谁知道要上车了突然被他给跑了。”

黑子眉头一紧，眼睛不由得朝安小东那边溜了下：“抓回来了吗？”

“那小子跑太急，被车给撞了。”

黑子正要松口气，那头一撮毛的丧气声音又响了起来。

“人没死，最难办的是撞他的是那两个警察，黑哥，现在咋办啊？哥。哥？”

一撮毛的声音早被黑子捂死了，他不得不折返回去，把这个情况告诉安小东。

“这么巧？”安小东敲着桌案，泛起了寻思。

“邢朗还在家吗？另外，打电话给小也，让他回来。”

“是。”黑子又开始打电话。

半分钟后。

“小安先生电话不通，邢家那边才回信，目标丢了。”

“小也在哪儿谈事？”

“玖金百货。”

“联系那边的人。”安小东说着，人已经拿起外套。他心里尚存一丝侥幸，玖金百货是安平最大的购物中心，人多，他马上联系那边，让那边的人保护安也。

会没事的。

黑子的电话很快拨了出去，可奇怪的是，无论是广场保卫科还是经理室，电话无一不通，却都无人接听。

他不知道的是，此时的玖金百货正在陷入一场沉睡。

第四章　自杀直播

1

玖金百货地处安平市中，正南是有着小时代广场之称的荣耀广场。

据不完全统计，在荣耀广场上演出过的大小歌手乐队就不下百余支，你可不要小看这个数字，因为来这演出的无一不是腕儿。

得益于这块广场，就算城市改建、市中心南迁，玖金百货依旧享受着它城市第一购物区的超然地段。

小贾是个技术员，周末本想在单位加班，无奈老婆要求，只得奉命陪着逛街。年关将近，有些嗅觉灵敏的商家提前打出了圣诞促销的标语，搞得街上人巨多无比。陪老婆逛了一会儿的小贾借着老婆买东西的工夫跑到对面的星巴克叫了杯咖啡偷闲。

看着满街花花绿绿的标语，小贾狠狠灌了口咖啡，摇头叹了声："奸商啊。"年终奖没进口袋就提前被人抢跑了，对此，他是一点招也没。

不过说起来……他一惊，老婆进去转得够久了，这是买了多少啊？想着，他就肉疼地朝商场方向看去。

装饰着巨大圣诞老人的正门前站了几个人，奇怪的是这些人只是站在门口瞧，都不进去。

出啥事了？小贾放下杯子，犹豫了几下，终于还是拎起包冲出了门。

门外，入冬停喷的加纳音乐喷泉正在玖金百货的巨幅 LED 屏幕下变着色彩，橘色那道随着小贾身影略过，黑了一下又重新亮了起来。

从咖啡厅到玖金百货不过几十米的距离，等跑近了，小贾也看清了。

"这是怎么了？"他想也没想就推开了玖金百货的大转门。贴着雪花装饰的落地玻璃那端，远远近近倒着好些人，或伏或趴，无一清醒。

心里惦记老婆的小贾根本没心思理会身后的喊声，几步冲了进去。可商场这么大，他老婆在哪儿呢？小贾的眼睛不够看，脑子也不够使，就这样，没几秒，他也慢慢软倒在了地上。

“完了完了，又倒一个。”玻璃门外，一个尖嘴猴腮的小年轻拍着玻璃，“110拨了没有啊，还有 120，对了还有 12345！”

12345 是安平市新闻在线的热线电话，难为他都这个时候了还能记得这个。

就在门外人忙得热火朝天的时候，有个人一抬头，突然喊了一声：“快看！”

原来，不知道什么时候，玖金百货的那块巨幅 LED 屏幕已经画面突变了。

邢朗调整好摄像头的位置，这才坐回了位置，和之前常出现在电视上高高大大的形象不同，此时的邢朗背微微弯着，脸色也不好，他清了清嗓子，对准了镜头——

“先要说声对不起，连累了这栋楼的人，不过你们不用担心，我只是用了副作用不大的麻醉剂让他们睡一会儿，方便我说下面的话。五年前安平一中的五个学生是我杀的，因为他们一直在追查红蝎，我试过阻止，可是都无效，没办法，我只好设了个局让他们自己上门，然后杀掉他们。因为我不想被他们查到我就是红蝎。杀人后，我找了阚泽西做替罪羊，用药物控制他。我承认我的罪，我会为我所犯下的罪负责，在伏法前，我想向大家介绍一下我的‘帮手’。”

镜头一转，换了一个角度。安也死狗一样趴在地上，邢朗走过去，兜头朝他浇了一瓢凉水。

低温刺激下，安也悠悠醒来。他眨眨眼，当看清眼前人时，吓了一跳。

“你要干什么？”

邢朗不作声，只是矮下身默默加固了几下安也手腕上的绳索。

“我问你什么你就答什么。”

看着面无表情开腔的邢朗，安也心中的不安急剧上升，嘴巴忍不住越强硬：“你要我说什么？告诉你，我什么也不会说的！”

“我妹妹邢菲是怎么死的？”邢朗最后抽紧了捆住安也脚踝的绳子，直起身，看着他。

“我……我怎么知道？李强、老魏，你们跑哪儿去了！”叫了半天，安也终于发现，先前跟在自己身边的那些个保镖如今一个也没见着。他这个气，我哥付你们那么高的薪水就是让你们吃干饭的吗？

“别叫了，麻醉剂是通过中央空调系统散播的，只要空调还运作，进到这楼的人都会丧失行为能力，你的人这会儿正在三楼躺着呢。”依旧是那种生无可恋的表情，邢朗踹了他一脚，“我妹是怎么死的？”

“我……”还想嘴硬的安也没工夫多说什么，人身子一空，已经仰了出去。

“啊！你要干什么？”安也一身冷汗，救命稻草般看着那个想把自己推下楼又把自己拉回来的人。

“我妹是怎么死的？”

还是那句话。

安也死死盯着邢朗的手，红润的嘴唇几乎要被咬烂了。

“不说我就松手了。”

“被我哥的人炸死了！”生怕他生气松手，安也脱口而出。

“为什么要杀我妹。”

“不知道，啊啊啊，我说，因为她目击了杜俊星的死，知道了一些秘密。”

“什么秘密。”

“……我说我说，你别松手，求你了！阚泽西和当年那起案子没关系，他没动机也没时间，我们几个知道却没站出来帮他澄清。”

“为什么没有帮他澄清。”

“因为……因为……”安也悄悄朝身后看去，视角限制，除了那扇全开的窗和撩着衣襟的猎猎寒风什么也看不见，他这是被邢朗推到了窗边呀。

安也闭着眼，曾经他以为自己的名声比性命要重，如今看，名声？都是狗屁，活着才最重要。

他紧紧闭着眼：“因为不是阚泽西欺负我们，他是被欺负的，不过我没参与，真的没有！”他咬牙说，好像强调一下他没参与直接欺负阚泽西他就是无辜的一样。

“阚泽西不是真的成绩不好，他只是不稀罕好好考试，其实他特别聪明，陶笛有次发现这点就开始看他不顺眼，一有机会就拉着人一起找他麻烦，蒋恩蒋凯徐向北他们都和陶笛一起过，陶笛开始时还喜欢欺负杜俊星，后来有了阚泽西，他就开始拉着杜俊星一起欺负阚泽西，如果杜俊星不参加，陶笛就能加倍地教训杜俊星，都是他们，我没参与，真的！”

安也看了一眼邢朗，恰好邢朗也在看他。

“因为你没直接动手，所以可以道貌岸然地做宣传校园暴力的大使，因为你的道貌岸然，我妹妹就该死，是吗？”说了这么久，邢朗的眼里第一次出现了情绪，他眼里的凶光让安也害怕。

安也嘴唇打战，哆嗦着想说什么。就在这时，远处终于传来了脚步声。

有人来了。

“救命！救我！啊！”

一声惨叫后，邢朗回过头，平静地看了眼那扇豁然洞开的门，再看了一眼房间一角的摄像头，手跟着搭上了窗沿。

窗外，圣诞欢歌远远悠扬。

这个周一，安平所有的媒体报刊几乎被几条爆炸式新闻席卷了。

先是玖金百货周末促销日当天进驻大楼的顾客和楼内所有工作人员集体昏迷了；再是前HCG当家人邢朗身份被揭穿，竟是久寂江湖的信息大盗红蝎；然后是已故明星安也学生时期的丑闻曝光；再然后是又一名著名企业家安小东因涉及一宗命案被警方传讯……至于上百涉事民众为索药费围攻HCG不成转而聘请律师追究玖金百货空调系统漏洞、安平一中或被从省重点行列除名这样的新闻已经算不得新闻了。

总之这个周一是忙坏新闻人，老百姓茶余饭后谈资多多的一个周一。

市局。

专案组办公室。

三两人在桌前清着东西，其中一个已经理好一摞文件朝门外走去。经过门时，他停了一下，有些兴奋地冲进来的另一个人打着招呼："Golden，那本世界典型案例分析我已经抄完了，感觉自己现在离成为神探又近一步，Golden你怎么了？脸色不好。"

傅邵言抬起头，想了好久，终于想起了这人是姓肖的那个白脸。

小白脸？

他不由得又想起了邢菲。

如果她还在，知道她的哥哥不在了，会怎么说呢？

"Golden，你还好吧，小飞侠家的事我听说了，你别太难过，毕竟人死不能复生。咦？"肖白脸一愣，待看清眼前的"东西"时，脸顿时又白了几个色号。

"妈呀，有鬼！"

2

"鬼叫什么呢？"杨呢眼皮没抬，冷冷地说着，一边挺了挺肩膀，"傅邵言你愣着干吗呢，你自己的女朋友不要了？"

杨呢气哼哼的声音总算把屋里的人喊醒了，傅邵言先是眨了眨眼，接着三两步赶到近前，接过了杨呢手里的人。

"邢菲？"

"老傅……"邢菲回给他一个虚弱的笑，舔了舔嘴唇，"有水吗？渴了。"

傅邵言嗯了一声，抬起头看了杨呢一眼，见对方点点头，明白了。

邢菲什么都知道了。

"我扶你进去。"

救邢菲的是个意想不到的人。

"就是我，你那是什么表情？我没死你很失望吗？"罗三胖眨眨金鱼眼，跷着腿，拇指回勾，朝脸上一扬，"多亏了我，历尽千辛万苦才把人给你们带回来，你们得谢谢我，知道吗？"

说起来，罗三胖也是命大，在长平医院那起案子里差一点就被灭了口，谁能想到带着口气的他怕凶手再回来杀他，爬上了刚好路过的垃圾车，就这么颠簸颠簸捡回一条命。

“既然活着为什么不回江都。”陈森林推推眼镜，天使蝎案他是全程参与的，罗三胖的事他自然也是清楚的。

“回去？找死吗？我怎么知道还有没有想杀我的人？坏人有没有被你们抓干净？再说了，我回去今天谁把你们这位法医带回来？告诉你们，你们得好好谢谢我！”罗三胖趾高气扬地说着，“喂，都不说话，想赖啊？”

“没人想赖你,走走走,跟我走,出去说说怎么谢谢你。”郑植手一伸,扯走了罗三胖。

陈森林后知后觉，也跟着起身：“我去倒水。”

“我也去。”杨呢面无表情地跟着往外走，论安慰人，她认倒数第二就没人敢认倒数第一，就目前屋里这个气氛……她还是走吧。

“你也走。”她一道扯走了王高冷。

人陆陆续续走了个干净，屋里最后只剩下邢菲和傅邵言。

少了久别重逢的喜悦，多的却是不知从哪儿说起的茫然。

“对不起。”

“谢谢你。”

一开口竟是两个截然相反的词，邢菲朝傅邵言笑笑：“你又没做错什么，道哪门子歉？”

傅邵言就那么看着她笑，硬是不知道该接什么。

“你是怎么出来的，为什么现场有你的 DNA？”

“我被黑子带走后就被扔到了一间全是爆竹炸药的房子里，本来我以为就会这么死了，后来来了一个人，他把我带走了。离开时我受了伤，估计就是那么留下的。”她抬了抬手，示意了下手腕上的伤，那里被剜去了一块肉，“那人把我扔在一辆车上，我是后来知道他是打算卖了我，那时估计已经走到南省交界了，我遇到了罗三胖，是他偷偷把我救了出来。那是昨晚的事，出来了我才知道哥哥他……”

邢菲咬了咬唇，“就算是强力爆炸也不会一块大块尸块都不留下，你们怎么就凭一点 DNA 断定我死了呢？杨呢不知道你也想不到吗？”

邢菲的情绪终于开始失控，失亲的痛苦让她眼睛通红，原本只会欢声笑语的小飞侠如今连控诉声都变得沙哑了。

傅邵言就静静地听她说，让她宣泄，慢慢抓牢她的手，一遍一遍解释着——现场有尸块，有效 DNA 只查到了你的，邢菲对不起，对不起……

慢慢地，邢菲终于停止了控诉，她埋在傅邵言怀里，哽咽着：“老傅，我没哥哥了。”

“你还有我。”

好容易安抚下邢菲的情绪，傅邵言让人把她送去了远郊的疗养所，和老邢待在一起对目前的她而言是有好处的。

而他则要留在局里，案子有些收尾工作等着他去做。

窗外，北风凛冽，室内，傅邵言的心却重新回暖。

她，回来了。

微微笑着，他低头看向手里的文件，这才多久工夫，先前看有如仓颉鬼符的东西如今竟也透着美妙和善来了。

阚泽西当时并没涉案，邢朗凭借一人之力杀死五个学生的可能性随之降低接近至零，之前的不少推论也因为凶手的变化被推翻，譬如几名死者髋骨下沿的皮下出血就不是最初想的那样，他们不是被凶手逼迫下跪的。

是什么让五个人一同跪地呢？

他拿出一张纸，画了两条平行线，如果这五个人曾经通过一条长而矮的通道就能完成了，因为需要匍匐前进。

蒋凯、蒋恩都死于溺水，蒋恩的左臂有条状皮下出血，如今再看照片，手臂出血上多下少的描述反映的正是一种施力方向；有水有甬道说明他们是在行进中遇害的；周江河死于窒息，双手被人从背后控制的同时有人在他的头部套上了塑料袋，说明行凶的有两个人；陆帅死于钝物重击下的颅脑损伤，凶器是样前窄后宽的东西，而死于锐器的陶笛掌心有奇怪的擦伤……

他叹了声气，拿起电话，拨了出去。

接电话的郑植正和同事逗咳嗽，邢菲能回来他也蛮高兴的，跷着脚，他听着傅邵言吩咐：“在 HCG 旗下厂房找一个带低矮甬道、水池的地方，找这个做什么？”

“我要验证那五个人的死因。”

说起那五个人，郑植的神情也严肃了起来：“我也一直想不明白他们五个是怎么死的？邢朗说是他做的，可怎么做到的呢？”

“蒋凯、蒋恩两个人先后被推下水淹死，蒋恩手上的伤是他哥救他时留下的，陶笛再和陆帅一起杀死周江河，陆帅再被陶笛杀死，凶器在陶笛掌心留下了擦伤。没猜错，是邢朗担心他们找出红蝎的秘密故意泄露出类似有宝藏这类的消息，让他们自相残杀。五个人，只有陶笛是他杀的。”

“这么肯定？”郑植想提出质疑，却又发现除了傅邵言的这种猜想外再没其他可能。

“你说这帮熊孩子图啥呢？行，我去查。查好这事估计案子差不多也该结了。”

该结了吗？傅邵言不那么觉得。他可没忘，阚泽西还有一个目标——格林。

周一下午。

月考还没结束的安平一中校园早已空荡，这恐怕是一中建校以来第一次考试期内中断考试的，傅邵言进门时，看门大叔正垂头丧气清扫着门口的垃圾。

“校长都被你们打进医院了，怎么还来啊。”听见脚步声，大叔回过头，一脸怨念地看着傅邵言。

“大叔，我不是来闹事的。”

“那你来干吗？学校停课了，你总不会是来接学生的家长吧？”大叔狐疑地看着他。

“我来找位老师。”

“哪个老师？”大叔还想追问，无奈此时的傅邵言已经走了进去，摸着满脸伤，大叔也懒得再去追他了。

傅邵言一路上了二楼，校长办公室旁，助理办公室的门半开着，陈国强正背对着门理东西。

“你好。”傅邵言敲了敲门。

“你是？”先是疑惑了一阵，陈国强慢慢地想起了眼前这人是谁，不过他不明白，好端端地他怎么来了，“案子不是结了吗？”

“你在干吗？要帮忙吗？”

“哦。肖雯醒了，过几天要和她先生出国，这不，她拜托我把东西整理出来，丢掉，给新助理腾地方。”

“我帮你吧。”

陈国强想拒绝，无奈傅邵言已经动起手了。

“那个，你动作轻些，肖雯她用东西仔细。”当傅邵言拿起桌上的蒲公英摆件时，陈国强如是说。

淮安路三岔口。医院。

肖雯看着忙前忙后的丈夫，眼里流露出笑意，她正要说什么，门一晃，从外面进来个人。

看着怀抱旧物款款走进来的傅邵言，肖雯愣了一下，紧接着笑着开口：“傅警官，你怎么来了？”

“你们学校的陈国强说你要走了，在帮你理东西，我看着丢了可惜，就给你送来了。”

“麻烦你了傅警官，老公，把东西收了再出去给我和傅警官买两瓶水。”

“好，你要喝什么？”

“橙汁，我想喝鲜榨的。”

“傅警官呢？”

“矿泉水就好。”空了手的傅邵言走进门，看着肖雯的老公出去，这才坐在椅子上，边搓手边打量起了房间，“你先生对你很好。”

肖雯微笑着没作声。

“看样子那件事对你们夫妻间并没造成多大影响。”

“他很爱我。”肖雯低着头，这个话题并不是她想多谈的。

“你以前不知道他这么爱你吗？”

肖雯抬起头："你什么意思？"

"有件事我一直觉得奇怪，一个内心软弱、一心害怕秘密败露的人想自杀为什么要选择在家人在家的时候？而她被救回后明明各项指标正常，人却迟迟不醒，直到可能对她起杀意的人被抓了，她也醒了。肖小姐，你能告诉我这一切为什么会这么巧吗？"

"我不知道你在说什么。"肖雯继续微笑着，眼睛弯弯的，脸格外美。

"图灵社有个 QQ 群，里面的八个人都死了，而阚泽西的第九个目标不在里面。最初我也以为你就是那第九个目标，因为没说出真相而被人怀恨。可换个思路想想，这个想法是不对的，知道你那件事的人不可能只有你们几个，学校的老师肯定也有人知道，他们为什么没成阚泽西的目标呢？"

"我根本不是阚泽西的目标也有可能啊。"

"的确有这种可能，不过后来我想到一件事，还记得方承焕和乔声吧，龙头桥双尸，阚泽西出狱后除了老狱警杀的一对'无辜'情侣，之前我一直想不通阚泽西为什么要杀他们，直到最近，我想起了案发后一直替乔声喊冤的那个男学生。乔声有男朋友，这个男生为什么还这么看重她呢？带着这个疑问，我去了他们的学校，想知道我发现了什么吗？在老师和男同学眼里风评很高的乔声在她的女性同学嘴里风评就差很多了，有人说她对待男生很有手腕，会扮可怜。我不是女生，不了解这种情况是不是会真实发生？"

"当然会，女性比男性敏感。"肖雯微微一笑，"所以你想说的是什么呢？"

"乔声玩弄着除她男朋友外其他人的感情，因为这个原因阚泽西杀了他们，因为他和那个被乔声玩弄感情的男生一样，被学校里的一个女生玩弄了，那个人就是你——肖雯。"

"你在说什么呢？我不懂。"肖雯依旧微微笑着。

"陶笛作为图灵社的领头人，机缘巧合下发现了红蝎可能就在父母工作的地方，于是约了同学一起去寻宝探险，其余四个人跟着去了，另外几个没去，没去的一个把消息告诉给了阚泽西，这才最终导致了阚泽西出现在犯罪现场，成了红蝎的替罪羊，能说动阚泽西的人势必不是欺负过他的几个男生，同时又了解他们的计划。"傅邵言说着，从怀里取出一张照片，"这是我从一中校长办公室里找到的一张照片，那年外国访问团造访，你作为翻译也参与了这张合照，阚泽西也在，他的眼睛并没看镜头。"他指着照片，"他在看左前方的你。正值青春期的阚泽西对你产生了某种情愫，因此突然开始好好学习，也因此触怒了陶笛。我想，除了成绩可能被超越的危机感外，自己喜欢的女生被他人觊觎也是他针对阚泽西的原因之一。"

"傅警官你的想象力真丰富，不过我真的不知道你在说什么。"

"蒋恩真的强暴你了吗？"按照他对蒋恩做的心理建模，蒋恩性格偏于内向，做出强暴肖雯这种事的概率本身很低，加上事发后蒋恩的反应，他才更像被害者，被诬陷的被害者。"他在几个人里是最没有反社会人格的，之所以被你盯上恐怕是因为发现了你有意和其余几人都有着暧昧的关系吧。再有就是阚泽西选择的凶器，教过他的老师回忆，他曾经买过一辆女款单车，是送给你的吧。另外，嗜灵在菌类里有个绰号是‘蒲公英’，我记得你喜欢蒲公英。”

“傅警官，我很好奇你为什么会想到这些的呢？”

“自杀，真心怀恐惧一心求死的人不会选择家人在家时自杀。”

肖雯耸耸肩：“不得不承认推理很精彩，可惜你说的这些没证据，就算有，这些里也没哪一条触犯了法律。”

傅邵言沉默了，的确，如她所说，即便证实了肖雯做过这些事，这其中也没有一条触犯了法律。

“不过，傅警官，你这么一说倒真提醒我了，虽然阚泽西被抓了，如果他真喜欢过我，说不定真会让那个 GUIDE 做一些对我不利的事，所以还是要拜托你，在我出国前，负责保护我的警力别撤，谢谢了。”

日光灯照亮肖雯笑靥如花，傅邵言却像在看一条吐着舌头的毒蛇。

第五章　风雪夜，犹大之秘

1

“所以呢？她这算是变相承认了，却还得了便宜还卖乖的让你们保护她？”郊外别墅，邢菲正专心致志找着东西，连回复傅邵言的电话都显得心不在焉。

电话那头，傅邵言倒没觉察到异常，点着头说：“是啊。”

警察难做，明知肖雯不是好人，却不得不分心保护，这是警察的义务。

“再者说，如果肖雯真的是阚泽西的目标，GUIDE极有可能代替阚泽西对她下手。”

“加油。”邢菲说着，又扔开一本书。

“你在干吗？”终于听出不对的傅邵言问。

“没什么。老傅，我有点事，晚些和你聊。”

邢菲就这么敷衍地挂了电话。

“小飞侠怎么样？”一旁的郑植呷了口咖啡，两眼通红地看着监视器。像这样保护肖雯已经有三十几个小时了。

傅邵言抓着手机，想了想，摇摇头。具体他也说不上来。

邢菲在家里翻箱倒柜，是在找一样东西，证明邢朗不是红蝎的东西。

她不信哥哥是红蝎。

如果要问为什么，除了身为妹妹的直觉外，再有就是了解吧。

从小跟在哥哥屁股后面长大的邢菲有这个自信，再没有人比她了解邢朗了。

虽然自负，虽然脾气不好，但哥哥离成为红蝎差距还是很大的。

他有什么？懂计算机？懂什么特殊技能？搞对象的技能算吗？她哥搞对象，一天能搞仨，速度之快，无人能及！

想到哥哥，邢菲的嘴角弯起一抹笑意。

所以她觉得哥哥不可能是红蝎，会承认，这里面一定有什么原因。

原因究竟是什么呢？

她翻了翻手里的相册，扔开。

她要找出记忆里那个似梦非梦的东西，死者亲口录音、亲笔留言这些场景不会凭空冒出来，她记得自己是从一本书上看到的。

什么书呢？她想着，没留意房间的门已经打开，潘喜从外面走了进来。

“小菲啊，在忙什么呢，不好好歇歇？”

“喜妈，你见过一本很旧的书没有？”

“多旧啊？咱家书不少。”

“多旧？算了，我还是自己找吧。”

潘喜站在一旁，看着她折腾，终于忍不住问：“小菲，你好不容易回来，不好好歇歇，折腾什么呢？”

潘喜的一句话像是挑动了邢菲的某根神经，她停下了手里的活，直直看着潘喜：“喜妈，我怀疑我哥不是红蝎。”

“你怎么有这种想法的？”潘喜一愣，“小菲，我知道小朗这么一走你心里难受，可你不能因为这事影响了自己的身体啊，你要好好活着，不然小朗在底下也不会安心的。”

“喜妈，我不是冲动，我哥不会是红蝎，我记得一些事情，这些事可能在一本书上，我要找出它，找出它说不定就能证明我哥的清白了。喜妈，你从爸爸没病时就在我们家，爸爸病后是你放弃了 HCG 的职位过来照顾我们俩，你要是想起什么一定告诉我！”

邢菲紧紧抓住潘喜的手，拼命晃着。几天了，她整个人被巨大的悲痛包围着，她不信哥哥是红蝎，她也怕他是。这种矛盾的感觉她不敢同傅邵言说。

潘喜就这么被她拉着，眼神忽悠忽悠的。

入夜，北风呜咽，大雪突至。

远郊城郭里，亮着的那两三盏灯火在风雪里像是随时可能熄灭。

邢菲打个寒战，悠悠醒来，不知什么时候她竟睡着了。

时间是午夜十二点。猫头鹰挂表左右晃着钟摆，风晃着窗棂，不知不觉，她从下午坐到了现在。屋里黑漆抹黑，地上隐约看得出那些书的轮廓。

找了两天，家里的书、本子、册子被她翻了个大遍，什么有价值的东西都没找到。沮丧地抿抿嘴，她伸手去摸灯。手没伸到一半呢就停了。

有什么声音在耳畔隐隐作响，远远的，却又那么分明。

听了听，确定那不是风声后她小心翼翼地起身，走到门口，拉开了门。

漆黑的走廊里，一道光小小地打在远处地上，声音就是从那边传来的邢菲有些紧张，她小心翼翼摸近，贴着门听了半天，终于把手放在了把手上，一转，竟然锁了。

“喜妈，是你在里面吗？”

没人应。

这个时间，这个地方，直觉告诉她不对劲。

再没多想，她飞起一脚，家里的门又报废了一扇。

“小……小菲。”

门里潘喜站在壁炉前，一脸不知所措。

“你在烧什么？”

“没什么。小菲你干吗，小心手！”

看着邢菲三两下把火堆里的东西拿了出来，潘喜彻底慌了：“小菲……我……我去拿药箱。”

邢家客厅。

邢菲做梦也没想到她一直在找的东西会以这种形式出现在她面前——一本有关红蝎的契约日记。

里面记述了红蝎组织从成立开始的一些事，以及内部的一些约定，包括身份被揭穿时各自特定死法所含有的意义，其中亲口留下遗言和亲笔宣言都是在警告同伴——危险。

“你为什么有这个？还有为什么要烧掉，不让我看到？”合起本子，邢菲看着潘喜。

“小菲，我这么做就是怕你查下去。你说得对，你哥他不是红蝎，当初他杀人和如今自杀不过是为了保护一个人。”

邢菲睁大眼睛，不会的……

“是你爸，你爸才是红蝎，你有那段记忆是因为你小时候的确看过这本东西。当年你爸想金盆洗手，遭到其他成员拒绝，那次回来后，你爸就病了。”

“和他们有关？”

“是他们下了药。后来如你所知，你哥为了这个家接手了公司。”

“他那时知道我爸的事吗？”

潘喜摇摇头：“是后来那群学生查到了 HCG，我怕把你爸揪出来，才告诉了你哥。你忘了那个赵海洋袭击你的事？你长得像你爸。”

“那五个学生是怎么死的？”

“你哥在网上发了个消息，说红蝎手上有笔巨款，把那几个学生引进了厂里的地下仓库，那五个学生家境都不错，有人想要独吞，也有人打退堂鼓，先是有个人想回去，被同伴按进水池，另外一个想救他也被淹死了，剩下的有一个似乎想独吞，也被另外两个闷死了。”

“是用塑料袋闷死的吧？”邢非想起了傅邵言的推理，周江河的确是这么死的。

潘喜点点头：“剩下的两个还想继续找，却发现仓库的氧气被他们折腾得差不多了，领头的那个就用仓库里的一个小千斤坠把他的同伴凿死了。”

“最后一个呢？”

“你哥做的，他怕有人知道你爸的秘密。”

邢非抿抿嘴：“喜妈你为什么会知道？”

“小非你忘了，以前跑业务都是我跟你爸去的。我对他……”

潘喜接下去的话没有说，脸上竟然浮起一种倾慕的神情。

“小非，为了你爸爸，喜妈求你，这件事别对其他人说，包括傅先生，好不好？”

还没从这一连串的信息里醒过神的邢非懵懂地点点头。

“喜妈，我想去看我爸。”

“好，过几天就去。”

十二月二十四日。

平安夜。

窗外的院落里，巨大的圣诞树发着雪味和松香。

邢非握着邢爸的手，听着身后门响。

“小非，我来喂你爸吃药。”

邢非听着起身，让开位置给潘喜。

潘喜坐下，先是摩挲了下邢爸的手，接着搅了搅杯里的药，舀起一勺，送去瞌睡的人嘴边。

忽然，她手一抖。

“喜妈，你怎么了？”邢非的声音冷冷的。

“你爸……没什么。”潘喜压着心底的诧异。一定是眼花了，邢城的眼睛怎么可能那么清明？她摇摇头，再次伸出了手。

手一僵，她看着抓住自己的邢非：“小非？”

“喜妈，你究竟想我爸傻多久？或者我该叫你另外一个名字——赤妃。”

“小非……你在说什么？”潘喜的心脏狂跳。

“赤妃，红蝎成员，国际刑警红色通缉令上排名第 38 位，是你吧，喜妈？”

潘喜轻轻放下手里的杯子，头跟着低了下去：“是怎么想到我的？”

“真的红蝎不会让外人知道那么多事。”

“说不定他喜欢我呢？爱情会让人失去理智。”

“是，可是红蝎不会把能泄露身份的东西保留这么久，何况那个本子根本是你新做的。”邢非从怀里拿出本子，“你把外壳做旧，内芯却是新的。喜妈，你为什么这么做？”

潘喜苦笑一下：“还是被发现了，其实能瞒这么久我已经很庆幸了。是，我是赤妃，没想到赤妃会是我这个老家伙吧，年轻时我也很漂亮的。”

没心思和她闲聊的邢菲直奔主题：“你为什么这么做？难道我们对你不够好吗？”

“你们对我是很好，有时我就想啊，就这么在你家待一辈子多好，可是大概六年前，你爸开始怀疑我，我这么对他纯粹是为了自保！不过既然你能查到我，想必也知道我对他用的是什么了吧？”“听话水，剂量加大后人就会变痴傻，你真狠。”

潘喜苦笑一下，不禁回头看了邢城一眼，这一眼让她顿时“呀”了一声，因为邢城的眼睛真的不像平时那么迟钝了。此时的他直着背坐着，神情安详，模样帅气一如当初。

潘喜不自觉地移开了眼。

“既然你已经知道我就是红蝎了，想必傅先生也知道了，他们在哪儿，让他们进来带我走吧。”

“那五个学生是不是我哥杀的？”

门声响起，邢菲却依旧固执地追问。

潘喜摇摇头：“是我做的。你爸的事发生后，我心一直惴惴的，后来那五个学生不知道从哪儿听说了我在 HCG，为了自保，我只有杀了他们。”

“按照你之前无赖说是我哥做的那套方法？”

潘喜点点头。

“可是为什么后来我哥会出现在抛尸现场？”

“我告诉他你们的爸爸是红蝎，他是为了保护你们的爸爸才去处理了尸体，刚好那个叫阚泽西的学生不知为什么会出现，就成了替罪羊。”

“所以我哥承认这一切是为了保护我爸，而你为了你自己，找了我爸和我哥做替罪羊，你怎么这么狠？！”

“我也不想，可是身不由己，小菲，对不起。”

“赵海洋偷袭我也是因为你？”

“具体我不清楚，我想大概是因为我通过邢城给他们送过几次东西，恰巧某次你也在，他们以为抓到你就能找到我吧。”

“他们为什么要找你？”这次问话的换成了傅邵言，他紧紧搂住邢菲，生怕她会冲动。

“我偷偷拿走了一项我们才得手的技术，脱离了组织，躲在邢家。”潘喜彻底低下了头，面对着突然冲进屋里的警察，她已经交代了所有。

“潘喜女士，你涉嫌谋害中国籍男子邢城及一宗谋杀案，请跟我们回去协助调查。”一个警员亮出手铐。

邢菲站在一旁，看着收走杯子的同事，就算是这次，潘喜还是给老爸下药了。

她说对不起，她说只是为了自保，可她仍然不放心，想再次给老邢下药。

眼睛不知怎么就湿了，说不清是因为证明了家人的清白，还是为少了个“亲人”在伤感。

“谢谢你。老傅。”谢谢你的陪伴，也谢谢你没放弃追查。

是的，傅邵言和邢菲一样，不信邢朗是红蝎。

傅邵言笑笑：“也谢谢你，肯把所有秘密都分享给我。”

门外，风雪已停，一只松鼠趴在圣诞树头，抱着颗闪亮的铃铛正好奇地研究。

日光正好，邢菲站在傅邵言身边，听他说：“对了，邢朗醒了。”

“终于醒了。”

“明天陪你去看他。”

“嗯。”

“老傅。”

“什么？”

“活着真好。”

“嗯。”

“有你真好。”

“彼此彼此。”

邢朗没死。

摔下来的过程中，被几条宣传用的彩带挡了一下，捡回条命。

为了找出真凶，傅邵言对外封锁了这个消息。

十二月末的这一天，公安医院格外热闹。

从窗前走回来的邢菲朝一身绷带的邢朗竖了竖指头：“你看你多牛，死的时候招来几十号人砸家，活了活了又招这么多人过来围观，搞得我想收门票了。”

在重症监护室躺了几天终于活过来的邢朗在得知傅邵言没把自己没死的消息公布时微微一愣后，明白了用意。他那会儿真是将死不活的，现在多好，大悲之后大喜，比大悲后大喜再挂了强多了。

不过……

“老家伙，我妹跟你在一起后话怎么这么多？”

“是你醒了后变多的，要不你再去睡会儿？”

邢朗翻了个白眼，抬起绷带手，招呼邢菲过来：“我把家产分给那几家做赔偿你不心疼？”

“疼，所以你进去后好好改造，改造好赶紧出来给我赚钱！”

“行啊，出来前，老家伙，我妹就交给你了。”

“他不老。”邢菲抗议。

邢朗伤好后，就要接受法院审判了，看着不久后就要分别却依旧笑着的兄妹俩，傅邵言不禁想起了另外一个人。

肖雯，那个特地让阚泽西赶去 HCG 的蛇蝎女人。

就在前天，她和家人登上了去加利福尼亚的飞机，起飞前，一位空乘突然冲到肖雯旁边泼了她一身硫酸，听说那位空乘后来被鉴定为精神病，而肖雯自然毁容了。

他把这个消息告诉阚泽西时，后者一脸平静，好像什么都在意料之中一样。

不过潘喜被平安送到了上级，这倒真让他对 GUIDE 的意图心生疑窦。难道 GUIDE 的目标不是红蝎？

思绪之中，电话响了。

他静静接听着，边看《木乃伊》，邢朗正正色嘱咐着邢菲：“做好人，做个好警察。”

他挂了电话，终于还是走过去拉起泪眼婆娑的邢菲。

“走吧。”

“嗯。”使劲抹掉眼泪，邢菲红着鼻子先一步走出门。

“好好照顾她。”邢朗说。

“我会的。”傅邵言答。

走廊尽头，傅邵言找到了在号啕大哭的邢菲。他静静抱着她，直到哭声渐息。

“告诉你个好消息。”

“什么？”邢菲的声音闷闷的。

“那些尸块有线索了。”

贫民窟，放满烟花爆竹的房间，邢菲差点出事的地方，那些被煮得烂熟的尸块，终于有线索了。

（《执剑者：心理画像师》第一季完，敬请期待第二季）

7·18大案死者关系图手稿